HEIKE WOLF

Die Tote im Nebel

Edition
QuoVadis

MORD ODER MÄRCHEN? Marburg im November 1803. Am Ufer der Lahn wird eine junge Frau tot aufgefunden. »Ertrunken« lautet die offizielle Todesursache. Die Professorentochter Sophie Dierlinger, eine Freundin der Toten, will sich damit jedoch nicht zufriedengeben. Gemeinsam mit dem jungen Studenten Wilhelm Grimm, für den sie schwärmt, geht sie der Sache nach. Doch auch ihr Vetter, der Arzt Julius Laumann, interessiert sich für die wahren Hintergründe. Bei der Untersuchung der Leiche hat er seine erfahrenen Kollegen vor den Kopf gestoßen und muss nun versuchen, seinen Ruf und die zugesagte Anstellung als Stadtphysikus zu retten. Gleichzeitig machen in Marburg Gerüchte von einem Wolf die Runde, der in den umliegenden Wäldern sein Unwesen treibt. Märchen und Wirklichkeit verschwimmen, und bald drohen die Jäger zu Gejagten zu werden ...

Heike Wolf, 1977 in Bonn geboren, unterrichtet Geschichte und Latein an einem Gymnasium in Marburg. Seit 2001 schreibt Heike Wolf für das Fantasy-Rollenspiel »Das Schwarze Auge«. Sie kann auf die Veröffentlichung mehrerer historischer Romane zurückblicken. Mit »Die Tote im Nebel« gibt die Autorin ihr Debüt im Gmeiner-Verlag.

HEIKE WOLF

Die Tote im Nebel

Historischer Kriminalroman

Original

GMEINER

Edition

Quo Vadis

Besuchen Sie uns im Internet:
www.gmeiner-verlag.de

Im Ehnried 5, 88605 Meßkirch
Telefon 07575/2095-0
info@gmeiner-verlag.de

1. Auflage 2013

Lektorat: René Stein
Herstellung: Mirjam Hecht
Umschlaggestaltung: U.O.R.G. Lutz Eberle, Stuttgart
unter Verwendung des Bildes »Elbschiff im Frühnebel« von
Caspar David Friedrich; http://commons.wikimedia.org/wiki/File:Elbschiff_im_Fruehnebel_(C_D_Friedrich).jpg
Druck: GGP Media GmbH, Pößneck
Printed in Germany
ISBN 978-3-8392-1353-7

Dieser Roman ist meiner Tochter Merle gewidmet, die inzwischen nicht nur Märchengestalten malt, sondern auch die Brüder Grimm – am Rand des Bildes. Beobachtend, abwartend, aber untrennbar mit ihren Geschichten verbunden.

Prolog

DIE JUNGE FRAU TAUMELTE. Keuchend rang sie nach Luft, während sie sich gehetzt umschaute. Die Schmerzen waren inzwischen fast unerträglich, pulsierten in ihrem Leib, dass sie am liebsten innegehalten und ihre Pein herausgeschrien hätte. Doch nicht, solange er hinter ihr her war.

Ihre Stiefel versanken in klebrigen Morast der Uferwiesen, während sie mühsam weiterhastete. Nebelbänke hingen schwer über der Aue des Flusses, waberten über dem Wasser wie höhnische Geister. Vielleicht konnte sie ihm entkommen, wenn sie es bis zum Ufer schaffte. Dort konnte sie sich zwischen den knorrigen Weiden verbergen, bis er seine Jagd aufgab.

Wieder durchzuckte sie der Schmerz, und sie fühlte im nächsten Moment, wie es warm ihre Beine hinablief. Sie strauchelte, spürte das nasse Gras unter ihren Händen, schmeckte Lehm zwischen den Lippen. Der Gestank ihrer eigenen Ausscheidungen ließ sie würgen. Herr im Himmel, hilf, flehte sie stumm, während sie sich hochstemmte und versuchte, nach dem Verfolger Ausschau zu halten.

Plötzlich stand er vor ihr, keine drei Schritte entfernt. Witternd, suchend drehte er sich um die eigene Achse, schien sie zunächst nicht zu bemerken, doch dann wandte er den Kopf. Sein Blick traf ihren.

Die junge Frau fuhr herum. Sie stolperte, fiel hin, rappelte sich wieder auf. Der Saum ihres Rocks war schwer von Nässe, schlug um ihre Knöchel, als sie vorantaumelte. Dort vorne war der Fluss, die Weiden, die dicht gedrängt wie dunkle Zauberwesen am Ufer lauerten. Das leise Gurgeln des Wassers mischte sich unter den dumpfen Nebel, der die Geräusche schluckte. Wenige Schritte noch, dann hätte sie die Uferwiese hinter sich gelassen und konnte sich verstecken. Sich verkriechen und darauf warten, dass diese rasenden Schmerzen nachließen. Wenn sie ihm nur entkam.

Abermals warf sie einen gehetzten Blick über die Schulter, aber hinter ihr war nur wabernder Dunst, keine Schritte im sumpfigen Untergrund, kein keuchender Atem, der näherkam. Vielleicht hatte er sie verloren, frohlockte sie.

Als sie die feuchte Rinde unter den Fingern spürte und sich um einen Stamm herumtastete, durchflutete sie eine Welle der Erleichterung. Wenn sie Glück hatte, fand sie eine Astgabel, die sie erklimmen konnte. Dort war sie sicher, sie musste sie nur …

Ihr Aufschrei erstickte noch in der Kehle, als der Schatten unvermittelt vor ihr aus dem Grau auftauchte. Etwas flog auf sie zu, dann explodierte der Schmerz und alles war Stille.

Marburg im November 1803

I

Ungeduldig wippte Sophie mit den Fersen auf und ab. »Nun lass mich auch einmal sehen«, quengelte sie und versuchte erneut, an ihrer Schwester vorbei einen Blick durch das Guckloch zu erhaschen.

»Sobald du an der Reihe bist.« Lisbeths Stimme erklang gedämpft von dem Holz, gegen das sie ihr Gesicht gedrückt hatte, um besser sehen zu können. »Sie sind noch nicht einmal in der Stube. Gedulde dich gefälligst.«

Sophie verdrehte die Augen und ließ sich wenig damenhaft auf einen Schemel fallen. Gedulde dich … wie sehr sie es hasste, wenn Lisbeth sie mit den Worten ihrer Mutter ermahnte. Dabei war es die große Schwester, die soeben höchst unschicklich ihr Gesicht an die Tür drückte, um einen Blick auf die Gäste zu erhaschen. Die große Schwester, die seit einem Monat verlobt war und weiß Gott anderes im Kopf haben sollte, als den Studenten nachzustieren.

Früher, als ihr Vater noch lebte, kam regelmäßig abends Besuch zum gelehrten Disput, der mitunter bis in die tiefe Nacht andauern konnte, wenn sich die Herren bei Tee und rotem Wein in Rage redeten. Sophie hätte viel dafür gegeben, an diesen Runden teilnehmen zu dürfen, aber so offen ihre Eltern in anderen Belangen waren, in diesem Punkt waren sie unnachgiebig. Zu jung und zu neugierig, sagte ihre Mutter, wenn Sophie sie bekniete, aber das sagte sie seit nunmehr drei Jahren. Seit dem Tod ihres Vaters kam man ohnehin noch selten hier zusammen. Meist traf man sich im Haus von Friedrich Carl von Savigny, eines jungen Professors für Rechtswissenschaften, um den sich inzwischen ein kleiner Kreis von Gelehrten, Dichtern und Studenten gesammelt hatte. Dass man sich heute hier einfand, war eine Ausnahme. Ihre Mutter hatte sich nicht wohlgefühlt, was Savigny und seine Freunde dazu veranlasst hatte, den Abend hier im Haus zu verbringen.

»Sie kommen herein«, flüsterte Lisbeth. Ihr Hinterteil wackelte, als sie aufgeregt hin- und hertrat. »Da ist der Savigny, er begrüßt gerade Mutter, und da ist der Brentano und dieser Grimm-Griesgram, und das muss …

»Lass mich jetzt endlich!« Mit einem Satz war Sophie auf den Beinen und stieß ihre Schwester beiseite, um sich an ihr vorbei zum Guckloch zu drängen.

»Heh!« Lisbeths erschrockener Ausruf ging in dem Gepolter unter, als sie gegen das Regal stolperte und Halt suchend die Schäferin aus Meißner Porzellan hinabfegte.

Der warnende Ruf blieb Sophie im Hals stecken, als das Püppchen zu Boden fiel und mit einem lauten Scheppern zerbarst. Fassungslos starrte sie auf die Porzellansplitter. Die Figur war ein Geschenk ihres Vaters an die Mutter gewesen, ein altes Erinnerungsstück, das gerade in Einzelteile zerbrochen war.

Die Stimmen in der Stube waren mit einem Mal verstummt.

»Weg da!« Lisbeth hatte sich als Erste von ihrem Schrecken erholt und stieß Sophie beiseite, um die Überreste der Figur mit dem Fuß unter das Regal zu schieben. Keinen Augenblick zu früh, denn im nächsten Moment wurde die Tür aufgerissen und ihre Mutter stand in der Kammer. Sie trug ihr schlichtes Trauerkleid mit einem schwarzen Spitzentuch und einer Haube, unter der ein weniger markantes Gesicht unscheinbar gewirkt hätte. Doch Lotte Dierlinger flößte in jedem Aufzug Respekt ein. Die Hände am Türrahmen und mit zornig funkelnden Augen erschien sie Sophie wie die Inkarnation eines Racheengels.

Die erwartete Strafpredigt blieb jedoch aus, stattdessen zog sie die Tür hinter sich zu.

»Seid ihr von allen guten Geistern verlassen?«, zischte sie. Die weißen Schleifspuren des Porzellans auf dem Dielenboden schien sie nicht zu bemerken. »Habe ich mich nicht klar ausgedrückt? Ab in eure Kammer!«

»Ja, Mutter.« Lisbeth neigte bestürzt den Kopf und gab Sophie mit einem Knuff zu verstehen, es ihr gleichzutun. »Wir waren nur gespannt …

»Neugierige Gänse seid ihr!« Obwohl sie gedämpft sprach, trafen sie die Worte der Mutter wie Peitschenhiebe. »Gerade von dir hätte ich mehr erwartet, Lisbeth. Wo ist eure Großmutter?«

»Sie schläft«, log Sophie, ohne zu zögern. Sie wollte nicht, dass es aussah, als würde die Großmutter ihr heimliches Lauschen gut heißen. »Sie hat uns nicht gesehen.«

»Verschwindet jetzt.« Ihre Mutter wandte sich wieder zur Stube, allerdings nicht, ohne den beiden einen warnenden Blick zuzuwerfen. »Und wehe, wenn ich heute Abend noch einen Mucks von euch höre.«

»Ja, Mutter«, murmelte Sophie, als sich die Tür bereits wieder geschlossen hatte. Hilflos blickte sie Lisbeth an. »Und jetzt?«

»Jetzt sammeln wir das Ding ein und gehen nach oben.« Lisbeth war neben dem Regal in die Knie gegangen und pickte sorgfältig die Überreste der Schäferin darunter hervor. »Morgen überlegen wir uns, wie wir das wieder gut machen. Vielleicht kann Heinrich uns helfen.«

»Sicher«, murrte Sophie. Wenn es für Lisbeth jemanden gab, der Wunder vollbringen konnte, dann war es ihr Verlobter Heinrich. Sogar zerborstene Porzellanfiguren wieder zusammensetzen.

Sehnsüchtig warf sie einen letzten Blick zum Guckloch, ehe sie Lisbeth folgte. Wie gern hätte sie sich trotz des Verbots dahinter versteckt, aber sie fürchtete, dass ihre Mutter die Tür nun sehr genau im Auge behalten würde. Dabei hatte sie sich den ganzen Tag schon gefreut, den jüngeren Grimm zu sehen. Seit Ostern lebte er in Marburg, und Sophie war, als tanzten unaufhörlich Schmetterlinge in ihrem Bauch, sobald sie auch nur an ihn dachte. Er sah gut aus, war freundlicher als sein Bruder und besaß ein entwaffnendes Lächeln, das ihre Knie jedes Mal weich werden ließ. Und er war klug, klüger als die meisten anderen jungen Männer, die bisweilen um sie herumscharwenzelten. Wie sein älterer Bruder war er nach Marburg gekommen, um bei Savigny Rechtswissenschaften zu studieren, aber Sophie hatte keine zwei Tage gebraucht, um festzustellen, dass Wilhelms Herz für viele Dinge schlug – nur nicht für die Juristerei.

»Wenn Heinrich und ich eines Tages nach Kassel ziehen, werde ich selbst Abendrunden veranstalten«, unterbrach Lisbeths Stimme ihre Gedanken, während sie die schmale Treppe zu ihrer Kammer emporstiegen.

»Wenn Heinrich das zulässt.« Sophie steuerte schnurstracks ihr Bett an und ließ sich darauf fallen. »Vielleicht denkt er, es könnte zu freiheitlich sein?«

»Heinrich mag es, wenn Frauen gebildet sind«, widersprach Lisbeth und zog eine Schachtel aus ihrer Kommode hervor, in die sie die Überreste der Porzellanschäferin bettete. »Du kannst uns ja besuchen kommen.«

Sicher, dachte Sophie, das ist genau das, was sie sich wünschte: Heinrich hier, Heinrich dort, und zwischendurch Lisbeths Belehrungen. Wortlos schüttelte sie ihre Pantoffeln ab und schlüpfte unter die Decke. Hier oben, fernab des Ofens in der Stube, war es inzwischen schon empfindlich kühl. Fröstelnd zog Sophie die warme Daunendecke über die Ohren. Sie spürte Lisbeths Blick, aber zu ihrer Erleichterung wandte sich die Schwester schließlich ab und löschte die Nachtkerze. Kurz darauf verriet der gleichmäßige, ruhige Atem, dass sie eingeschlafen war.

Sophie drehte sich auf die andere Seite, starrte mit offenen Augen gegen die dunkle Wand. Von unten drangen gedämpft Stimmen zu ihnen hinauf, zu undeutlich, als dass sie den Wortlaut hätte verstehen können. Ob Wilhelm Grimm auch das Wort ergriff oder war es Savigny, der dozierte? Vorsichtig schob sie die Hand unter der Decke hervor und strich mit den Fingerspitzen über die raue Oberfläche des Fachwerks. Ihre Haut kribbelte vor Neugier und Ungeduld, während sie vergeblich versuchte, aus den fernen Stimmen etwas herauszuhören. Warum konnte heute kein Hausmusikabend sein, bei dem Lisbeth und sie dabei sein durften? Ob Wilhelm sich etwas aus Musik machte? Sie hatte ihn noch nie gefragt, aber die Gelegenheiten waren auch rar gewesen.

Sophie warf sich auf die andere Seite und seufzte in die Kissen. Es half nichts, sie würde ohnehin nicht schlafen können. Wenigstens einen kurzen Blick erhaschen. Das konnte nicht so schlimm sein, solange sie niemand bemerkte.

Lautlos, um Lisbeth nicht zu wecken, schob sie die Decke zurück und setzte sich auf. Mit den Füßen angelte sie nach den Hausschlappen, klaubte den Morgenrock vom Stuhl und schlich auf Zehenspitzen aus der Kammer. Vorsichtig tastete sie sich die schmale Stiege hinab, wohlweislich darauf achtend, nicht auf die knarrenden Stufen zu treten. Unten warf sie den Morgenrock über die Schultern und wollte gerade hinüber in Vaters Bibliothek huschen, als sie ein wohlbekanntes Schnaufen vernahm.

Sophie fluchte innerlich und drückte sich in den Schatten eines Wandschranks. Den halben Nachmittag hatte ihre Großmutter friedlich im Lehnstuhl geschlummert, und jetzt, da sie sie am wenigsten gebrauchen konnte, hockte sie im Studierzimmer und versperrte Sophie den Weg zum Guckloch.

Fieberhaft ging Sophie in Gedanken die Möglichkeiten durch, die ihr blieben. Sie konnte zurück ins Bett, aber dann würde sie ebenso wenig schlafen können wie zuvor. Die Großmutter um Verschwiegenheit bitten, stand außer Frage. Blieb noch das Dach.

Ein letzter, wachsamer Blick zum offenen Türspalt, dann war Sophie am Fenster und öffnete es. Wie fast alle Fensteröffnungen war auch dieses in das Fachwerk eingelassen und entsprechend eng, gerade breit genug, damit Sophie sich mit etwas Geschick hindurchzwängen konnte. Als Kind hatte sie diesen Weg oft gewählt, denn man konnte ohne Mühe auf das Dach des Schuppens gelangen und von dort aus in den winzigen Garten hinabsteigen, den ihre Mutter mit viel Liebe angelegt hatte. Im Sommer, wenn der Gestank am schlimmsten war, verfluchte Sophie die Stadt mit ihren dicht zusammenstehenden, verwinkelten Häusern, die sich einem Labyrinth gleich den Schlossberg hinaufzogen, aber jetzt war sie dankbar für die mittelalterliche Enge.

Sicher fanden ihre Finger den Vorsprung, an dem sie sich halten konnte, um sich durch das Fensterloch zu ziehen. Klettern konnte sie gut. Auch wenn ihre Mutter es nicht gut hieß, hatte ihr Vater Vergnügen daran gefunden, ihr bei ihren gemeinsamen Ausflügen beizubringen, wie man einen Baum erklomm. *Du musst schneller sein als das Wildschwein*, hatte er scherzhaft gedroht und spielerisch nach ihren Füßen geschnappt, wenn sie nicht flink genug oben war. Ein Haus war schwieriger zu erklettern als ein Baum, aber an den meisten Fachwerkwänden gab es genug Spalten und Vorsprünge, an denen man Halt finden konnte. Und diesen Weg war sie schon Dutzende Male hinabgestiegen.

Sie streifte die Pantoffeln ab und ließ sich langsam hinab, bis sie den feuchten Schiefer unter den bloßen Füßen spürte. Vorsichtig bewegte sie sich zum Rand des Dachs. Als sie endlich die Ecke erreichte, an der sie über die Regentonne absteigen konnte, atmete sie erleichtert durch. Die Kälte der Tonne stach geradezu in ihre nackte Fußsohle, sodass ihr beinahe ein erschrockener Laut entfahren wäre. Es war Herbst, fast Winter schon. Im Grunde konnte sie froh sein, dass sich noch kein Eis auf dem Regenwasser gebildet hatte.

Mit zusammengebissenen Zähnen rutschte sie weiter hinab und landete geradewegs im Rosenbeet. Die lehmige Erde klebte an ihren Füßen, aber wenigstens hatte ihre Mutter die Rosen schon geschnitten, sodass sie nicht auch noch mit ihrem Nachtrock hängen blieb. Nun waren es nur noch wenige Schritte zu den erleuchteten Fenstern der Stube.

Vorsichtig stakste Sophie aus dem Beet und huschte zur Hauswand. Ihr Herz raste in der Brust, dass sie meinte, es müsse in ganz Marburg zu hören sein. Erwartungsvoll hob sie den Kopf, um einen Blick über das Fensterbrett zu riskieren.

»Was machen Sie da?«

Sophie fuhr zusammen und drehte sich um. Ihr Hals war eng, dass sie meinte, nie wieder Luft zu bekommen. Wie unsagbar peinlich, war der erste Gedanke, den sie fassen konnte, doch als sie den jungen Mann erkannte, der am Durchgang zum Garten stand und mit gerunzelter Stirn zu ihr hinüberblickte, wusste sie, dass peinlich noch viel zu harmlos war.

Die Schatten umschmeichelten seine Züge, das längliche Gesicht mit der schmalen, markanten Nase, die wachen Augen und der widerspenstige Haarschopf, der bei Jakob bisweilen störrisch, bei Wilhelm hingegen fast verwegen wirkte. Fragend blickte er sie an, mit einer Hand noch die Kleidung richtend. Vermutlich kam er gerade vom Abort und war deshalb auf sie aufmerksam geworden. Sophie verspürte das drängende Bedürfnis, auf der Stelle im Erdboden zu versinken.

»Sophie? Bist du das?« Er hielt inne, starrte sie ungläubig an. »Was zum Teufel machst du denn hier?«

Nur Mut, riss sich Sophie zusammen und machte einen Schritt auf ihn zu, ihren unangemessenen Aufzug kurzerhand ignorierend. »Herr Wilhelm Grimm«, stellte sie fest und zauberte tatsächlich ein liebenswürdiges Lächeln auf ihre Lippen. »Ich muss wohl kaum fragen, was *du* hier draußen tust?« Ihr Blick glitt zu seinem Hemd, das er gerade noch in seinen Hosenbund gestopft hatte.

»Äh … ja, ich …« In der Dunkelheit sah es Sophie nicht, aber sie konnte ahnen, wie ihm das Blut ins Gesicht schoss.

»Ich habe gewartet«, log sie dreist und betete, dass er im Dunkeln die frische Erde an ihren Füßen nicht bemerkte. »Ich war auf dem Weg zu dem Ort, den du gerade aufgesucht hast, doch leider bist du mir zuvor gekommen.« Erstaunlich, wie leicht die Lüge von den Lippen ging, aber sie schien überzeugend.

»Entschuldigung, ich wusste nicht … Ich habe dich nicht gesehen, sonst hätte ich dir natürlich den Vortritt gelassen.« Endlich hatte er das Hemd verstaut und straffte die Schultern. Sie hörte ihn ausatmen. »Ich hoffe, du wartest nicht zu lange?«

»Solange ich hier nicht festgefroren bin, musst du dir keine Gedanken machen.« Sophie zog den Nachtrock enger um die Schultern, während ihr Blick prüfend über das Gesicht ihres Gegenübers glitt. Er schien ihr zu glauben, einen Zweifel ließ er sich zumindest nicht anmerken. »Allerdings ist es schon sehr kalt.«

Wilhelm nickte und machte rasch einen Schritt zur Seite. »Dann … will ich dich nicht aufhalten. Vielleicht kann ich als Wiedergutmachung auf dich warten und dich zurück ins Haus geleiten?«

Um Himmels willen, fuhr es Sophie durch den Kopf, doch es gelang ihr, das offene Lächeln zu wahren. »Das ist freundlich, aber man wird dich drinnen bereits vermissen«, schüttelte sie mit gespieltem Bedauern den Kopf. »Geh ruhig, ich komme schon zurecht. Nein, warte …« Sophie stockte, als käme ihr gerade ein verwegener Gedanke. Natürlich war es ungebührlich, aber was konnte noch ungebührlicher sein, als im Nachtgewand auf dem Hinterhof mit einem Mann, mit dem man nicht einmal verlobt war, über den Latrinengang zu plaudern? »Du kannst die Unannehmlichkeit wieder gut machen«, verkündete sie großzügig und setzte ihr strahlendstes Lächeln auf, in der Gewissheit, dass es seine Wirkung nicht verfehlte. »Meine Freundin Anna, ihr Verlobter Friedrich und ich unternehmen morgen Nachmittag einen Spaziergang, um das goldene Herbstwetter zu genießen. Wie wäre es, wenn du uns begleitest?«

Bang erwartete sie seine Reaktion. Ob sie sich zu weit vorgewagt hatte?

Doch Wilhelm Grimm schien keineswegs schockiert. Eher – amüsiert. Vermutlich durchschaute er ihr Spielchen längst.

»Sicher«, nickte er und deutete eine Verbeugung an. »Es wird mir ein Vergnügen sein, Fräulein Dierlinger. Du erlaubst, dass ich meinen Bruder ebenfalls dazu bitte? Ihm täte es gut, die staubige Studierstube für ein paar Stunden zu verlassen.«

»Selbstverständlich. Morgen um drei Uhr? An der Weidenhäuser Brücke.« Sophie schob sich an ihm vorbei. »Seid pünktlich!«, drohte sie ihm spielerisch mit dem Finger.

Er lachte. »Keine Sorge, wir werden da sein.«

Sophie bewegte sich lächelnd rückwärts, bis sie die Tür zum Abort hinter sich spürte, hineinhuschte und eilig den Riegel vorschob. Bei allen Heiligen, war sie übergeschnappt?, ging es ihr durch den Kopf, während sie mit klopfendem Herzen an der Tür lehnte und ihren Atem zur Ruhe zwang. Sie war verrückt, irrsinnig. Ihre Mutter würde sie wochenlang in ihre Kammer sperren, wenn sie davon erführe.

Aber es fühlte sich unangemessen gut an.

II

Der Nebel, der das Lahntal am Morgen noch in trübes Grau gehüllt hatte, wich gegen Mittag der goldenen Herbstsonne. Im Schatten zwischen den Hauswänden war es noch kühl gewesen, sodass Sophie den wollenen Mantel umgelegt hatte, der ihr mittlerweile viel zu warm erschien. Gut gelaunt schritt sie voran, den Arm bei Wilhelm Grimm eingehakt, der zu ihrer Erleichterung kein Wort über ihr nächtliches Treffen verloren hatte. Verstohlen blickte Sophie an ihm hoch. Im warmen Herbstlicht sah er noch besser aus als im Halbschatten des Hinterhofs, feiner, gefälliger als sein großer Bruder, der sich ihnen angeschlossen hatte.

»Sehnst du dich eigentlich nach Kassel zurück?«, erkundigte sie sich beiläufig und fasste den Arm ein wenig fester.

»Ich fürchte, dass Sie ihn irgendwann zu einer für Sie unerfreulichen Antwort nötigen, wenn Sie ihn das immer wieder fragen, Fräulein Dierlinger«, ließ sich Jakob knurrend vernehmen. Die Hände in den Rocktaschen versenkt, ging er neben ihnen her. Sophie argwöhnte, dass er von Wilhelms Einladung wenig angetan war.

Wilhelm lachte. »Du musst Jakob verzeihen. Es ist spät geworden gestern, und ich fürchte, ich habe ihn um den Schlaf gebracht.«

»Geschnarcht hast du«, brummte Jakob. »Zumindest *ich* war heute Nacht einige Male kurz davor, dich umgehend nach Kassel zurückzuwünschen.«

»Ich kann meine Mutter fragen, ob es möglich ist, eine einzelne Kammer zu vermieten«, bot Sophie an. »Unser Haus ist groß genug, wenn Sie lieber alleine schlafen.«

Jakob schüttelte den Kopf. »Sorgen Sie sich nicht. Wir sind es gewohnt, eine Kammer zu teilen. Außerdem könnten wir es nicht bezahlen, so verlockend das Angebot auch ist.«

Sophie nickte leicht und wandte den Blick zurück zur Stadt, um die Enttäuschung zu verbergen. Der Gedanke war plötzlich gekommen, aber wenn sie weiter darüber nachdachte, musste sie eingestehen, dass Jakob recht hatte. Die Mutter der Grimms war die Witwe eines Amtmanns, die noch mehr Kinder als nur die beiden Söhne zu versorgen hatte. Der Luxus einer eigenen Kammer war undenkbar.

»Um deine Frage zu beantworten, es gefällt mir im Übrigen sehr gut.« Wilhelm lächelte. »Marburg. Es hat etwas Verwunschenes. Als sei die Zeit zwischen den Mauern stehen geblieben.«

»Warte nur ab, bis du es im Winter siehst«, nickte Sophie. »Wenn der Schnee die Dächer und Gassen bedeckt.«

Sie waren stehen geblieben und blickten nun alle drei hinauf zur Stadt, die sich am Schlossberg hinaufzog. Wie von Riesenhand zusammengeschoben drängten sich die Häuser aneinander, dazwischen der steil aufragende Turm der Pfarrkirche und das breite Satteldach des Rathauses mit seinen Stufengiebeln. Das Herbstlicht malte warme Farben auf Dächer und Mauern und ließ sie für den Moment tatsächlich wie aus einer anderen, märchenhaften Welt scheinen.

»Meine Großmutter sagt, die Stadt sei verwunschen«, sagte Sophie versonnen. »Irgendwo zwischen den Häusern soll es eine Treppe geben, die nicht wie alle anderen hinauf zur nächsten Tür führe, sondern immer zu einem anderen Ort, sooft man sie auch gehe.«

Wilhelm warf ihr einen amüsierten Blick zu. »Und? Wo bist du überall gelandet?«

»Ich habe sie nie gefunden.«

»Woher willst du dann wissen, dass es sie gibt?«

»Ich sagte nicht, *dass* es sie gibt, sondern dass es sie geben *soll*. Wenn es sie aber tatsächlich gibt und sie verwunschen ist, wundert es nicht, dass man sie nicht findet, weil man dadurch ihre Existenz beweisen würde. Wenn es gelänge, widerspräche das wiederum der Tatsache, dass sie verwunschen ist.«

»Bestechende Logik«, nickte Jakob und wandte sich an seinen Bruder. »Im Volksmund neigt man dazu, unerklärliche Ereignisse in wundersame Geschichten zu betten, und ein Ort wie dieses Marburg schreit geradezu danach, hinter jedem Stein ›Verwunschenes‹ zu vermuten. Das lässt sich mit den Kräften des Verstands nicht erfassen. Allerdings gibt es hier so viele Treppen, dass es mich nicht wundern sollte, wenn man eine davon als verwunschen annimmt. Aberglaube unterscheidet nicht zwischen Traum und Wirklichkeit.«

»So wie bei diesem Wolf, von dem man erzählt?«

»Ein Wolf?« Verdutzt blickte Sophie zwischen den Brüdern hin und her.

»Ein Wolf, ein Untier mit glühenden Augen«, erklärte Jakob nüchtern. »Ein Holzsammler will ihn gesehen haben. Am nächsten Tag hieß es bereits, er habe ein Dutzend Lämmer gerissen, inzwischen werden ihm das Verschwinden eines Kindes, der Tod einer Milchkuh, eines Ackergauls und der Diebstahl zweier Apfelbäumchen aus dem Pfarrgarten zur Last gelegt. Was die Bestie als solche wiederum durchaus bemerkenswert erscheinen lässt.«

»Du ziehst die Sache ins Lächerliche«, tadelte Wilhelm, schaffte es aber nicht, ein Grinsen zu unterdrücken. »Ich glaube, dass da wirklich ein Wolf im Wald unterwegs ist. Irgendwo müssen die Geschichten ja herkommen.«

Sophie wollte etwas einwerfen, stockte jedoch, als sie Anna rufen hörte. Bei ihren gemeinsamen Spaziergängen ließ sich Sophie meist ein wenig zurückfallen, um Anna und ihrem Friedrich Zeit für sich zu lassen, achtete aber darauf, dass sie nicht zu viel Abstand zwischen sich und das junge Paar brachte. Heute hatte sie sie im Gespräch mit dem Grimms ganz vergessen.

»Anna?« Sie löste sich von Wilhelm und raffte ihre Röcke, um zurückzueilen.

Die Freundin und ihr Verlobter waren an der letzten Biegung stehen geblieben und schienen etwas zu suchen. Während Friedrich mit einem bemoosten Stock im Uferdickicht herumstocherte, lief Anna ziellos hin und her, raufte sich die Haare und stieß kleine Verzweiflungslaute aus.

»Was ist geschehen?« Sophies Stimme war atemlos, als sie die Freundin erreichte, die sogleich die Hände sinken ließ und hilflos den Kopf schüttelte. Die schweren Schritte hinter ihr auf dem Weg deuteten Sophie, dass die Grimms gefolgt waren.

»Papillon ist weggelaufen!« Anna sah aus, als bräche sie jeden Augenblick in Tränen aus. »Friedrich hat ihn kurz von der Leine gelassen, weil er ständig an ihm hochsprang, und jetzt kommt er nicht mehr zurück.«

»Weit kann er nicht sein. Komm, wir helfen dir suchen.« Sophie schenkte Anna ein aufmunterndes Lächeln, auch wenn ihr keineswegs danach war. Der kleine Köter war eine Landplage, und sie bewunderte insgeheim Friedrichs Langmut, dass er das Vieh nicht schon längst in der Lahn ertränkt hatte. Die Aussicht, ihre wertvolle Zeit mit Wilhelm zu opfern, um durch das Uferdickicht zu kriechen und dieses verzogene Vieh einzufangen, erfüllte sie nicht gerade mit Begeisterung. Aber Anna hing an dem Tierchen und würde es ihr ewig übel nehmen, wenn sie nicht mithalf.

»Am besten teilen wir uns auf«, schlug Friedrich vor, der die Vergeblichkeit seiner Bemühungen wohl einsah und den Stock weggeworfen hatte. »Anna und ich, wir gehen den Weg zurück und sehen nach, ob Papillon dort irgendwo ist. Ihr arbeitet euch von hier aus weiter flussaufwärts vor. Wahrscheinlich hat er nur wieder einer Bisamratte nachgestellt«, wandte er sich tröstend an Anna.

»Hunde sind so, wenn sie der Jagdeifer überfällt«, pflichtete Jakob dem jungen Mann überraschend ernst bei. »Wir sollten uns beeilen, ehe er sich am Ende in einem Bau festgräbt.«

Annas Gesicht wurde für einen Moment noch bleicher. Ihre Hand tastete nach Friedrichs, und gemeinsam eilten sie den Weg zurück, den sie gekommen waren.

»Papillon!« Jakob stieß verächtlich Luft durch die Nasenflügel aus. »Warum nimmt man einen französischen Namen, wenn es einen schöneren deutschen gibt?«

»Schmetterling klingt auch nur in *deinen* Ohren hübscher als Papillon«, konterte Wilhelm und sah sich um. »Wo fangen wir am besten an?«

»Bei den Bisamratten.« Sophie seufzte. »Nehmt einen Stock, um die Pflanzen niederzudrücken. Der Köter kann überall sein.«

Die beiden Brüder bewaffneten sich mit je einem Stück Bruchholz und begannen mit wenig Enthusiasmus, den Uferbereich zu durchsuchen und dabei immer wieder nach dem verschwundenen Hund zu rufen.

»Du schätzt das gute Tier nicht sonderlich«, stellte Wilhelm nach einer Weile fest und schlug Brennnesselsträucher zur Seite, die sich im Schatten einer Erle bis zum Ufer ausgebreitete hatten.

»Wenn du das ›gute Tier‹ besser kennen würdest, verstündest du meine Abneigung. Es ist verzogen und heimtückisch.« Sophie blieb schwer atmend stehen, schaute sich erneut suchend um.

»Und der Liebling deiner besten Freundin.«

»Bedauerlicherweise«, stimmte sie zu. »Papillon ist ein Geschenk von Friedrich. Ich glaube, er bereut es inzwischen.«

»Dann weiß ich zumindest, was man dir auf gar keinen Fall schenken darf«, schmunzelte Wilhelm. Für einen Moment fand sein Blick ihren. Verschämt schlug sie die Augen nieder.

»Nein, ich ... Papillon!« Sophie beschleunigte ihre Schritte, als sie etwas im Ufergras rascheln hörte. Im nächsten Moment sprang das Hündchen hervor und tollte freudig hechelnd auf sie zu. »Papillon, da bist du ja!« Sophie seufzte erleichtert und ging in die Knie, um nach dem Tierchen zu haschen. »Komm her! Du hast schon genug Aufregung verursacht!«

Doch der Hund entzog sich ihren Händen, sprang ein paar Sätze zurück in Richtung Ufer, wo er stehen blieb und sich mit der Zunge über die Lefzen fuhr.

»Was ist denn mit seinem Maul?«, fragte Wilhelm, der ihr gefolgt war. »Das sieht aus wie Blut.«

Verdutzt wollte Sophie widersprechen, doch dann sah sie es selbst. Das helle Fell war dunkel verfärbt, rötlich, bis hinab zu den seidigen Brusthaaren.

»Papillon!« Sophie sprang auf und versuchte, den Hund zu packen, aber das Tier war schneller. Schrill kläffend verschwand es im Uferdickicht.

»Hinterher!« Wilhelm stürzte an ihr vorbei. Den Stock hatte er beiseite geworfen und schlug mit seinem Leib eine Schneise in den Uferbewuchs. Sophie rappelte sich auf und eilte ihm nach. Das Kläffen hatte sich zwischenzeitlich entfernt, doch jetzt war es auf einmal ganz nah, und Sophie wäre beinahe mit Wilhelm zusammengestoßen, als der junge Student unvermittelt stehen blieb. Sie wollte ihn schon empört zurechtweisen, doch dann fiel ihr Blick auf den Grund für Wilhelms Erstarren. Sie machte unwillkürlich einen Schritt zurück.

»Mein Gott«, war alles, was sie hervorbrachte.

Julius' Blick glitt durch das muffige Behandlungszimmer, über die mit allerlei Büchern und Präparaten vollgestopften Regale, den wurmstichigen Schreibtisch, auf dem Wasserränder ein wirres Muster ergaben. Staubmäuse tummelten sich um die wuchtigen Füße, die wohl einst Löwenpranken nachempfunden waren, ehe sie ein nervös scharrender Schuh im Laufe der Jahre rundgeschliffen hatte. Daneben stand ein zerzauster Weidenkorb, der von besudelten Binden und Tüchern überquoll. Julius' Nasenflügel hoben sich angewidert. Der Gestank nach geronnenem Blut, Eiter, Urin und Branntwein waberte durch den Raum und setzte sich wie klebriger Nebel an Kleidung und Haut fest, sodass Julius sich dabei ertappte, wie er unwillkürlich die Hände am Hosenbein abwischte.

»Der Doktor hat's gern warm. Er mag's nicht, wenn ich das Fenster öffne«, bemerkte die dicke Magd, die ihn hereingeführt hatte.

Nicht dick, fett, korrigierte sich Julius in Gedanken, während er ihr mit einem flüchtigen Nicken zu verstehen gab, dass er sie gehört hatte. Während seines Studiums in Köln und den Monaten in Paris hatte er eine Menge beleibter Menschen gesehen, aber noch nie eine Frau mit Ausmaßen wie diese Berte, die nun schnaufend in der Tür stand und sich am Rahmen festhielt. Er fragte sich, wie sie dem alten Doktor den Haushalt führen wollte, wenn sie sich kaum noch bewegen konnte. Ein Blick auf den Boden und auf die eingestaubten Möbel erübrigte die Frage. Er seufzte lautlos.

»Arbeiten Doktor Hirschner und ich vorerst gemeinsam in diesem Raum?«, erkundigte er sich beiläufig und trat an das Fenster, um einen Blick hinaus zu werfen. Ein trister Hanggarten, kaum drei Schritte bis zur Begrenzungsmauer. Pflöcke und ein Rankgitter verrieten, dass es hier einmal Blumen gegeben hatte, doch die waren längst von Unkraut überwuchert. Es würde viel Mühe kosten, ihn wieder herzurichten.

»Ich denk schon«, hörte er die Magd kurzatmig schnappen. »Aber fragen Sie ihn doch selbst. Er ist oben.«

Julius nickte leicht. »Danke, Berte«, sagte er. »Mach in der Zwischenzeit hier sauber. Das ist ein Schweinestall, den die Medicinal-Deputation längst geschlossen haben sollte, wenn sie davon wüsste.«

Der Blick der Magd geriet eingeschnappt, aber er hatte wenig Mitgefühl mit dem schwerfälligen Geschöpf. Wahrscheinlich hatte sie in den letzten Jahren ihren Lohn eingestrichen und sich ansonsten auf die faule Haut gelegt. Julius fragte sich, warum der Doktor ihr das durchgehen ließ. Diese Verwahrlosung konnte man schwerlich übersehen.

Die Antwort fand er, als er die Treppe hinauf die Wohnräume erklommen hatte und nach kurzem Klopfen die Stube betrat. Eine Wand aus Hitze und säuerlichem Schweißgestank schlug ihm entgegen und ließ ihn unwillkürlich einen Schritt zurückweichen. Wie unten waren auch hier alle Fenster geschlossen und die Ritzen mit Tüchern verstopft. Ein gigantischer Kachelofen nahm einen Großteil des Raumes ein. Davor saß in einem Schaukelstuhl ein hageres Männchen, eingehüllt in eine fleckige Decke. Die weißen, ungewöhnlich vollen Haare standen in wirren Locken vom Kopf ab, und auf der gekrümmten Nase trug es eine Brille, deren Linsen fast nur die Pupillen seiner Augen erkennen ließen. Er musste nahezu blind sein, stellte Julius befremdet fest. In seiner Erinnerung war Doktor Hirschner ein Hüne gewesen, hochgewachsen, mit breiten Schultern und großen Händen. Was ein paar Jahre mit einem Menschen anrichten konnten.

Julius räusperte sich. »Doktor Hirschner?«

»Hm?« Der Alte schrak auf, blinzelte einen Moment verwirrt hinter seiner Brille hervor, die er umständlich richtete. »Wer sind denn Sie?«

»Ich habe mich angekündigt. Letzte Woche, ich hoffe, der Brief hat Sie erreicht.« Julius zwang sich zu einem höflichen Lächeln und machte einen Schritt vor, um die Tür hinter sich zu schließen. »Mein Name ist Doktor Friedrich Julius Laumann. Ihr zukünftiger Adjunkt.«

»Der kleine Laumann!« Erkenntnis überzog das faltige Gesicht des Alten, der die Mundwinkel anhob und dabei eine Reihe erstaunlich guter Zähne entblößte. »Mein Gott, ich hätte dich kaum erkannt. Groß bist du geworden! Ich habe dich noch gar nicht erwartet.« Er stemmte sich aus dem Schaukelstuhl hoch, sodass Julius schon fürchtete, er wollte ihn umarmen, aber zu seiner Erleichterung streckte der Arzt ihm nur die Hand entgegen. »Willkommen in Marburg! Ich hoffe, der Familie geht es gut?«

»Ja, ich denke schon. Ich bin direkt aus Paris hierher gekommen und werde sie später sehen.« Die Begeisterung, seiner Familie zu begegnen, hielt sich in Grenzen, auch wenn er ahnte, dass sich seine Ankunft bereits herumgesprochen hatte. Wie eng die Stadt doch war, wenn man es einmal hinausgeschafft hatte, dachte er in einem Anflug von Wehmut. Paris war offen und voller Leben gewesen, eine aufstrebende Stadt, seit der korsische General die Direktoren davongejagt und die Macht übernommen hatte. Eine Stadt, die atmete, deren Geist ihn beflügelte. Das konnte er von Marburg bislang nicht sagen. Zumindest nicht von dem Marburg, das er damals verlassen hatte.

Der Alte wiegte missbilligend den Kopf. »Ts, Junge! Es ist nicht gut, immer nur an die Arbeit zu denken. Familie ist wichtig. Aber nun setz dich erst einmal und lass dich anschauen. Hattest du eine gute Reise?«

»Beschwerlich, wie es im Herbst eben ist, wenn man eine Reise wagt.« Julius blickte sich suchend um, zog dann einen Stuhl mit schmutziger Sitzfläche heran und ließ sich darauf nieder. »Das letzte Stück musste ich laufen, weil ein Teil der Straße überflutet war und die Postkutsche nicht passieren konnte. Es würde das Reisen erheblich vereinfachen, wenn der Kurfürst hochwassersichere Straßen bauen ließe.«

»Sei froh, dass dich nur das Hochwasser ereilt hat.« Hirschner beugte sich ein wenig in seinem Stuhl vor. »Es ist nicht ungefährlich, zu dieser Zeit allein dort draußen zu Fuß unterwegs zu sein. Da geht etwas um in den Wäldern. Ein Wolf. Eine Bestie.«

Julius runzelte verwundert die Stirn. In harten Wintern kam es bisweilen vor, dass sich die Wölfe bis in die Dörfer wagten oder Reisende angriffen, aber der Herbst war bislang mild gewesen. »Ich habe keinen Wolf gesehen. Wurden denn schon Leute angefallen?«

Hirschner nickte wissend. »Gestern erst. Ich habe die Verletzungen versorgt. Das Untier hat dem armen Mann das Fleisch vom Knochen gerissen. Er ist nur entkommen, weil die Bestie plötzlich von ihm abgelassen hat. Ein Teufelswesen. Es wird nicht lange dauern, bis es den ersten unachtsamen Wanderer in den Schlund der Hölle hinabreißt.«

Julius verkniff sich die Erwiderung, die ihm bereits auf der Zunge lag. Er wusste um die Schrullen Hirschners, jeder in Marburg kannte sie, aber bislang hatte der Doktor immer in dem Ruf gestanden, ein hervorragender Mediziner und ein kluger Kopf zu sein. Nur deshalb hatte Julius das Angebot seines Vaters angenommen, das ihn zur Rückkehr bewegen sollte. Allerdings schien sein Vater ihm verschwiegen zu haben, *wie* übel es um den Verstand des Alten stand.

»Nun, die Wolfsjagd zählt wohl weniger zu meinen Aufgabenbereichen. Ich nehme an, Sie haben alles mit meinem Vater und der Medicinal-Deputation besprochen?«, versuchte Julius zum geschäftlichen Teil überzuleiten.

»Sicher.« Der Doktor lehnte sich in seinem Stuhl zurück und legte die Fingerspitzen aufeinander. »Dein Vater und Professor Baldinger sprachen in höchsten Tönen von dir. Du hast dich prächtig gemacht, muss ich sagen. Ich weiß noch, wie du als Kind vor mir standest, dürr und schmächtig, dass wir fürchteten, das erste Fieber würde dich hinwegraffen.« Er lachte, das keckernde Lachen eines Greises. »Ich hoffe, man hat dir die Medizin gut beigebracht?«

»Ich denke schon.« Julius griff nach seiner Tasche, um eine Aktenmappe hervorzuholen. »Hier sind meine Zeugnisse. Ich habe aus Köln eine besondere Belobigung meiner Studien. In Paris habe ich bei Jean-Nicolas Corvisart gelernt und einige Zeit im L'Hôpital Saint-Louis gearbeitet.«

»Saint-Louis? Da beschäftigt man sich mit Hautsachen, nicht wahr?«

»Seit Kurzem, ja«, nickte Julius überrascht. Er hatte nicht damit gerechnet, dass der Alte das Hospital kannte, geschweige denn von dieser neueren Entwicklung wusste. »Doktor Corvisart schickte mich dorthin, um …«

»Das wird dir hier zu Gute kommen.« Hirschners

fahle Lippen zeigten ein zufriedenes Schmunzeln. »Hautgeschichten bekommst du hier täglich zu sehen. Und alles andere lernst du schon noch.« Er reichte Julius die Mappe zurück, ohne hinzuschauen. »Hat die Deputation dich schon geprüft?«

»Nein, ich werde mich morgen vorstellen. Mein Gesuch um Zulassung liegt vor.«

»Nun, da musst du keine Sorge haben. Baldinger hat dich vorgeschlagen, da wird er dafür sorgen, dass du nicht scheiterst.«

»Mir ist es lieber, durch eigenes Können zu glänzen, anstatt mich auf das Wohlwollen anderer zu verlassen.«

»Ach!«, winkte Hirschner ab. »Eine schützende Hand ist Gold wert, und du wirst sehen, du brauchst sie noch! Wo kommst du unter?«

»Ich bin bislang sehr gut damit gefahren, auf schützende Hände zu verzichten«, bemerkte Julius und erhob sich. »Ich gedenke, es weiterhin so zu halten. Nichtsdestotrotz – können Sie mir ein gutes Gasthaus empfehlen?«

»Gut und Gasthaus sind zwei Worte, die ich selten in einem Satz verwende. Du wohnst hier. Oben, unterm Dach.« Der Alte deutete auf die rußgeschwärzten Balken, die dem Raum eine beklemmende Enge verliehen. »Es ist nicht groß, aber trocken und warm, und solange du kein Weib und Kind zu ernähren hast, vollkommen ausreichend.«

Julius verzog den Mund, nickte aber. Für ein paar Tage würde es gehen, bis er sich eingelebt und eine andere Unterkunft gefunden hatte. »Vielen Dank«, sagte er. »Wichtig ist mir noch die Sache mit dem Behandlungszimmer. Ich nehme an, wir teilen es uns?«

»Es ist groß genug, und wenn wir … ja, Berte?« Hirschner hob den Blick zur Tür, wo die Magd aufgetaucht war und sich hörbar räusperte. Rote Flecken leuchteten auf ihren Wangen, und sie hatte wieder eine Hand an den Türsturz gestützt.

»Entschuldigen Sie, Doktor, da ist der Herr Wachtmeister unten.«

»Dann lass ihn herein!« Hirschner wedelte ungeduldig mit der Hand. »Den Wachtmeister lässt man nicht draußen stehen!«

»Ich wollt ja, aber der wollt nicht. Hat gesagt, man braucht Sie unten, am Fluss. Sie sollen sich beeilen. Da haben sie wohl 'ne Leiche gefunden.«

»Eine Leiche?« Julius' Augenbraue wanderte ein Stück nach oben. »Das gehört demnach auch zu Ihren Aufgaben?«

»Polizeyarbeit, mein Junge.« Hirschner seufzte tief und stemmte sich mühsam in seinem Stuhl hoch. Seine Knochen knackten vernehmlich. »Bei solchen Funden brauchen sie einen Arzt, der feststellt, dass die Leiche wirklich tot ist. Dafür bin ich bei der Polizey-Commission und werde gerufen, wenn es notwendig ist. Wir müssen wohl später weiterreden.« Er rückte die Brille zurecht. »Siehst du irgendwo meinen Stock?«

»Lassen Sie mich lieber gehen.«

»Dich?« Hirschner hielt inne, sein Kopf ruckte zu Julius herum. »Du warst doch noch nicht einmal vor der Deputation!«

»Ich habe durchaus gelernt, eine Leichenschau durchzuführen.« Julius verschränkte die Arme hinter dem Rücken. »Im Übrigen scheint es mir Ihrer Gesundheit förderlicher, wenn Sie Ihre Beine schonen und mich die Arbeit draußen übernehmen ließen.«

»Nun …« Der Alte strich sich das fleckige Kinn, während er langsam wieder zu seinem Schaukelstuhl trat. Seine Kiefer mahlten. »Das ist eine wichtige Sache, diese Begutachtungen, das weißt du, oder? Man darf keine voreiligen Schlüsse ziehen, das kann den Ruf ruinieren.«

»In Paris war ich dafür bekannt, immer zweimal hinzusehen.«

»Dreimal. Dann ist es wirklich sicher.« Hirschner ließ sich mit einem erschöpften Laut nieder und streckte die Beine aus. »Versuch es, mein Junge. Aber komm zurück, wenn du Fragen hast, ja? Berte kann unterdessen schon einmal deine Kammer einräumen.«

»Danke, das mache ich lieber selbst.« Der Gedanke, dass die ungebildete Magd seine kostbaren Vorlesungsmitschriften in die Finger bekam, behagte Julius überhaupt nicht. »Lassen Sie bitte alles, wie es ist. Ich kümmere mich später darum. Und dann sprechen wir noch über die Einzelheiten?«

Hirschner blinzelte verwirrt. »Welche Einzelheiten?«

»Unserer Zusammenarbeit.« Julius trat zur Tür, nickte dem Doktor höflich zu. »Ich denke, wir sollten die Zuständigkeiten absprechen.«

Hirschner entließ ihn mit einem brummigen Wink.

»Warum schickt man eigentlich Sie? Hat Marburg keine Polizey, oder warum sind Sie nun auch für Todesfälle zuständig?«, erkundigte sich Julius, während er dem Wachtmeister den Steinweg hinab folgte. Er hatte es nicht angesprochen, aber er kannte den gedrungenen Mann mit dem mächtigen Schnauzer und der rotgeäderten Nase noch von früher. Heinrich Schmitt hieß er, und Julius hoffte inständig, dass Schmitt sich nicht an jene Begebenheit erinnerte, die sie einmal zusammengebracht hatte. Seine älteren Brüder hatten der Statue am Marktbrunnen im Schutz der Abenddämmerung eine von Mutters gemopsten Unterhosen über den Kopf gezogen. An sich nur ein dummer Jungenstreich, hatte die ganze Angelegenheit unangenehme Züge angenommen, als die alte Frau Krämer aus der Aulgasse den Wachtmeister auf den Plan gerufen hatte, um die ›gottlosen Frevler‹ zu fassen. Dummerweise hatte sich bereits herumgesprochen, dass es die Söhne von Stadtrat Laumann gewesen seien, die für den Unfug verantwortlich zeichneten. Da seine Brüder ihn zu dem Zeitpunkt zwar um mindestens zwei Köpfe überragten, ansonsten aber zu feige waren, zu ihrem Streich zu stehen, hatte Schmitt Julius damals mit auf die Wache genommen, wo man ihn geschlagene fünf Stunden verhörte, bis einer seiner Brüder den Mut aufbrachte, den Vater zu benachrichtigen. Heinrich Schmitts Schnauzer gehörte zu den schlimmen Erinnerungen aus Julius' Kindheit, aber offensichtlich verlief das Wiedererkennen einseitig. Julius wunderte sich nicht darüber, er hatte schon oft erlebt, wie sehr Titel und Garderobe den Blick verschleierten. Und für Wachtmeister Schmitt war die Episode mit der Unterhose auf dem Haupt der Brunnenmaid wahrscheinlich zu unbedeutend, um hinter dem weitgereisten Doktor Laumann den greinenden Siebenjährigen zu sehen, den er damals in seiner Amtsstube vor sich gehabt hatte.

»Nun, nicht direkt«, grunzte Schmitt und wischte sich mit einem Taschentuch den Schweiß von der Stirn, während er sich beeilte, mit Julius Schritt zu halten. »Generalleutnant von Rotsman weilt zurzeit in Kassel und Herr Oberschultheiß Hille führt die Ermittlungen. Der hat mich zu Ihnen geschickt.« Schmitts Schnauzer zuckte unwillig. »Dabei hab ich eigentlich noch einen Hühnerdieb, um den ich mich kümmern muss. Gestern zwei, vorgestern zwei, und heute noch den Hahn. Am helllichten Tag! Obwohl das Türchen verschlossen war.«

»Und Sie sind sich sicher, dass es kein Fuchs war?«

Schmitt schnaubte. »Hören Sie mir auf mit Fuchs. Ich bin schon froh, dass niemand behauptet, auch das sei der Wolf gewesen. Übrigens, ein guter Rat von mir – gehen Sie nicht allein in den Wald. Da geht ein Untier um.«

»Der Wolf, ich habe schon davon gehört.« Julius nickte. »Ich bin zu alt für solche Ammenmärchen. Warum schicken Sie nicht einfach Nachricht an den Kurfürsten, er möge sich des Problems annehmen?«

»Der Herr Bürgermeister hat das bereits getan, aber man sah keine Notwendigkeit zum Handeln. Dort drüben ist es übrigens schon!« Schmitt wies auf eine kleine Gruppe von Leuten, die sich in einiger Entfernung am Flussufer versammelt hatten. Der Nachmittag war inzwischen fortgeschritten, die tief stehende Sonne warf goldenes Licht durch die Uferweiden, die viel zu friedlich und warm erschienen, sodass man die Gruppe mit einem flüchtigen Blick auch für eine Ausflugsgesellschaft hätte halten mögen. Doch beim Näherkommen spürte Julius deutlich die Unruhe, die die Wartenden erfasst hatte, und die erleichterten Blicke, als er sich näherte.

»Wer sind diese Leute?«, fragte Julius, während sie sich die letzten Schritte durch das Ufergras bahnten, das an vielen Stellen bereits plattgetreten war.

»Sie haben die Leiche gefunden. Ich dachte, wir behalten sie hier, damit Sie ihnen Fragen stellen können.«

»Gut, aber achten Sie darauf, dass der Hund angebunden bleibt«, ordnete Julius mit einem Blick auf den grauweißen Köter an, der hechelnd und jaulend in seiner Leine hing. Er hasste Hunde, und noch mehr hasste er diese degenerierten Schoßhündchen. Offensichtlich hatte die Begeisterung für französische Kläffer inzwischen auch Marburg erreicht.

»Schmitt! Wo ist der Doktor?« Ein hochgewachsener Mann mit ausgeprägten Tränensäcken trat ihnen entgegen, den Mund missmutig verzogen. »Es wird bald dunkel, wir haben keine Zeit, noch lange zu warten.«

Schmitt nickte, nach Luft ringend. »Herr Oberschultheiß, das ist der Doktor. Doktor Laumann, der neue Adjunkt von Doktor Hirschner. Er übernimmt die Untersuchung.«

»Adjunkt?« Der Schultheiß wölbte eine Braue und

legte den Kopf schief, um Julius zu mustern. Wie ein Storch, ging es Julius durch den Kopf. Er fragte sich, warum ihm das früher nie aufgefallen war. Der Zahn der Zeit hatte auch vor dem Oberschultheiß nicht Halt gemacht. Hager war er geworden, fast dürr, das Haar schütter, aber seine Augen waren immer noch stechend, wie Julius sie in Erinnerung hatte.

»Ich bin gegen Mittag erst angekommen«, gab Julius Auskunft. »Doktor Hirschner ist verhindert. Zeigen Sie mir die Leiche?«

»Gegen Mittag? Hat Ihnen die Medicinal-Deputation denn schon die Genehmigung erteilt?«

»Nein, da ich noch keine Gelegenheit hatte, mich vorzustellen. Aber wenn Sie mich jetzt meine Arbeit machen ließen, werden wir vor der Dunkelheit noch fertig. Sie können auch auf Doktor Hirschner warten. Ich fürchte jedoch, das würde dauern.«

Julius sah, wie Hille die Lippen aufeinander presste, während er wohl in Gedanken die Möglichkeiten durchging, die Angelegenheit hier und jetzt zu klären. »Machen Sie!«, befahl er grollend und warf dem Wachtmeister einen unheilvollen Blick zu. »Schmitt, Sie bleiben hier. Ich kehre in die Stadt zurück und erwarte Ihren Bericht.«

Es war dem Wachtmeister anzusehen, dass er hundertmal lieber seinen Hühnerdieb gejagt hätte, aber er nickte knapp.

Während Hille Anweisungen gab, wann sich die Anwesenden zur Befragung einzufinden hatten, trat Julius an den Leichnam heran, der halb im Uferschlamm, halb noch im Wasser lag. Obwohl er in Paris genug gesehen und gerochen hatte, dass er gemeint hatte, nichts könnte ihn mehr erschüttern, musste er einen Moment innehalten und tief Luft holen, um die jäh aufsteigende Übelkeit zu unterdrücken.

Sie mochte schön gewesen sein vor ihrem Tod mit ihrem langen schwarzen Haar und dem feingliedrigen Körper, doch davon war wenig geblieben. Ihr Leib war am Abdomen aufgerissen, sodass die Eingeweide hervorquollen. Das Kleid war zerfetzt und mit wässrigem Kot besudelt. Das Schlimmste war aber die Ansicht ihres Gesichts, von dem nur noch Teile der Nase und der linken Wangenpartie zu erkennen waren. Die Augen fehlten, und wo einst Mund und Bäckchen ein gefälliges Äußeres geformt haben mochten, klaffte nun ein blutiger Schlund.

Julius brauchte einen Moment, um sich zu sammeln. Haltung, beschwor er sich und atmete noch einmal unterdrückt durch, ehe er in die Knie ging und seine Tasche behutsam abstellte. Es wäre ein schlechter Einstand, wenn er es nicht schaffte, seinen Magen unter Kontrolle zu halten. Langsam, um sich selbst Zeit zu verschaffen, holte er die Handschuhe hervor und zog sie über die Finger. Eigentlich brauchte die Frau keine Untersuchung. Dass sie tot war, hätte vermutlich sogar Doktor Hirschner erkannt. Es galt nur zu klären, welche Verletzung ursächlich gewesen sein mochte.

»Weiß man schon, wer sie ist?«, fragte er, ohne aufzublicken.

»Helene Wittgen.«

Es war eine Frau, die ihm antwortete. Sie klang gefasst, trotz des leichten Zitterns in der Stimme, das sie vergeblich zu unterdrücken versuchte.

»Die Tochter von Doktor Wittgen, dem Regierungsadvokat.«

»Ah.« Julius nickte, obwohl ihm der Name nichts sagte. Vermutlich waren die Leute während seiner Kölner oder Pariser Zeit zugereist. Ein Regierungsadvokat als Angehöriger erforderte jedoch besondere Sorgfalt bei der Untersuchung. »Kannten Sie sie persönlich und können mir sagen, ob sie …« Er stockte, als er sich umdrehte und die junge Frau erblickte, die gesprochen hatte. Er kannte sie, dessen war er sich sicher, auch wenn er im ersten Moment nicht wusste, wo er sie einordnen sollte. Umständlich richtete er sich auf und nickte ihr ein wenig steif zu. »Verzeihen Sie, aber verraten Sie mir Ihren Namen?«

Ein flüchtiges Schmunzeln umspielte ihre Lippen, als amüsierte sie die Frage. »Sophie Amalia Dierlinger, mein Herr. Habe ich mich so verändert, dass du mich nicht mehr erkennst, *Doktor* Laumann?«

»Sophie … Dierlinger … Natürlich.« Julius versuchte, sich das Gesicht ins Gedächtnis zu rufen, das er mit dem Namen verband. Aber es erschien ihm unmöglich, in dieser jungen Frau das hagere Mädchen mit dem Pferdegesicht zu sehen, das er als seine Base kannte. Sie war recht hübsch geworden, stellte er fest – trotz des schmalen Gesichts und der modischen Kurzhaarfrisur, die man in Paris ›Tituskopf‹ nannte und die Julius eigentlich abscheulich fand. Offensichtlich wirkte die

Pariser Mode weit über ihre Grenzen hinaus, wenn selbst im beschaulichen Marburg die Mädchen Josephine Bonaparte nachahmten.

»Doktor Julius Laumann«, stellte Sophie fest. »Du siehst gut aus, Vetter. Seit wann bist du zurück?«

»Seit zwei Stunden.« Julius räusperte sich und deutete auf die Leiche. »Du kanntest sie also?«

»Wen? Helene, ja.« Sie schlug die Augen nieder, verschränkte die Finger, als müsste sie sich an sich selbst festhalten. »Ganz gut sogar. Sie ist … *war* eine gute Freundin. Ihre Familie ist erst vor einem Jahr nach Marburg gekommen. Ich mag gar nicht daran denken«, murmelte sie und wandte den Blick ab. Julius fiel auf, dass sie es vermied, die Leiche anzusehen, aber das verwunderte ihn nicht. Wenn es selbst für ihn kein schöner Anblick war, mochte es für jemanden, der derlei nicht alltäglich zu Gesicht bekam, entsetzlich sein.

»Jemand sollte ihre Angehörigen benachrichtigen«, bemerkte Julius und ging wieder neben der Leiche in die Hocke. Nachdenklich betrachtete er sie, drückte mit dem behandschuhten Fingern sacht auf die fahle Haut, die kaum noch nachgab. Seine erste Annahme, sie sei ertrunken und anschließend von einem Fuchs oder einem streunenden Hund angenagt worden, stellte Julius nicht zufrieden. Irgendetwas störte ihn daran.

»Was geschieht jetzt mit ihr?«, fragte Sophie vorsichtig. »Wenn ich mit ihrem Vater spreche, sollte ich wissen, was ich sagen soll.«

»Das ist nicht deine Aufgabe.« Julius blickte zu ihr auf und schüttelte den Kopf. »Wachtmeister Schmitt, kümmern Sie sich um die Angehörigen?«, rief er zu der Gruppe hinüber, während er sich wieder erhob und einen Schritt zurücktrat. »Und sorgen Sie bitte dafür, dass die Leiche zur Untersuchung ins Anatomische Theater gebracht wird.«

Schmitt stapfte heran und kratzte sich am Kinn. »Dafür brauche ich aber eine Anweisung von Doktor Hirschner.«

»Ich bin Doktor Hirschners Adjunkt, und ich sage Ihnen, dass die Leiche ins Anatomische Theater gebracht werden soll«, unterbrach ihn Julius mit jener selbstverständlichen Entschiedenheit, von der er wusste, dass sie auf Amtsleute wirkte. »Wenn Sie für das Mädchen einen Totenschein von mir wollen, schaffen Sie das arme Ding fort, ehe es dunkel wird. Irgendeinen freien Tisch wird es dort wohl geben, den ich nutzen kann.«

Schmitts Schnauzer zuckte, aber er widersprach nicht länger. Die übrigen begannen sich still und leise zu zerstreuen.

Julius verstaute seine Handschuhe wieder in der Tasche, als Sophie neben ihn trat.

»Was ist nun mit Helene?«, fragte sie unsicher. »Sie ist nicht ertrunken, oder?«

»Das wird sich zeigen.« Julius zog den Riemen der Tasche fest und erhob sich mit einem freundlichen, distanzierten Lächeln, wie er es inzwischen bestens beherrschte. »Aber das muss dich nicht kümmern. Den Rest übernimmt die Polizey.«

»Natürlich kümmert es mich.« Sophie schüttelte

erstaunt den Kopf. »Helene war eine gute Freundin. Sie geht doch nicht einfach so ins Wasser.«

»Das wird die Untersuchung zeigen«, erwiderte Julius. »Und nun sei so gut und geh nach Hause. Ich habe noch zu tun.«

Sophie folgte der Aufforderung nicht gleich. Sie zog die Unterlippe zwischen die Zähne, ihr Blick glitt zum Fluss, dann wieder zu ihm. »Komm uns besuchen, wenn deine Zeit es erlaubt«, bat sie. »Mutter würde sich freuen.«

Etwas in ihrem Tonfall sagte Julius, dass es nicht die Freude der Mutter war, die Sophie veranlasste, die Einladung auszusprechen, aber er nickte, damit er sie endlich loswurde. Bis er Zeit dazu fand, würden ohnehin ein paar Tage vergehen, und bis dahin hatte er diese Geschichte hier hoffentlich abgeschlossen. Zumindest bot ihm die Sache Gelegenheit, sich in der Stadt bekannt zu machen – als Doktor Laumann und zukünftiger Stadtphysikus und nicht als der jüngste, etwas seltsame Sohn von Stadtrat Laumann.

»Sie haben die Namen der übrigen Personen?«, erkundigte sich Julius, als Sophie gegangen war und Schmitt mit seinen Gehilfen die Leiche vorsichtig auf einer herbeigeschafften Bahre ablegte.

Schmitt nickte und strich sich über den Schnurrbart. »Studenten und ein paar Schaulustige. Der Herr Schultheiß wird sich um sie kümmern.« Neugierig äugte er zu der Toten, die seine Helfer gerade mit einem Tuch abdeckten. »Was meinen Sie eigentlich, Doktor, was ist mit dem armen Ding geschehen?«

»Das kann ich noch nicht sagen.« Julius fasste seine Tasche fester und nickte dem Wachtmeister zu. »Passen Sie auf, dass sie uns nicht verloren geht. Und achten Sie darauf, dass niemand das Gesicht sieht.«

»Warum das?«

»Weil Leichen wie diese reichlich Anlass für wilde Spekulationen bieten und man sich schon genug Schauergeschichten erzählt«, sagte Julius ernst. »Lassen Sie uns versuchen, den Spuk im Rahmen des Erträglichen zu halten.«

Wilhelm und sein Bruder hatten darauf bestanden, Sophie nach Hause zu bringen, und obwohl sie sich zunächst geweigert hatte, war sie nun froh, dass die beiden nicht nachgegeben hatten. Jetzt, da der erste Schock gewichen war, zitterten ihre Knie, sodass sie sich fester an Wilhelms Arm klammerte, als es sich geziemte. Noch immer konnte sie nicht recht erfassen, was sie gesehen hatte.

Helene. Die schöne, sanfte Helene war tot. Und immer wieder blitzte dieses Bild vor ihrem geistigen Auge auf, der bleiche Leichnam, umrahmt von schwarzem Haar, und in der Mitte des Gesichts dieses klaffende, blutige Loch.

»Weiß wie Schnee, rot wie Blut, schwarz wie Ebenholz.«

»Was meinst du?«

Sophie hob erschrocken den Kopf, bemerkte erst jetzt, dass sie den Gedanken laut vor sich hingemurmelt hatte. »Nichts«, sagte sie schnell und lächelte. »Nur ein Reim aus einem Märchen meiner Großmutter. Ich weiß nicht einmal mehr aus welchem.«

Sie bemerkte, wie sich die Brüder über ihrem Kopf einen wissenden Blick zuwarfen. Vermutlich dachten sie, sie sei jetzt vollkommen übergeschnappt, und vielleicht war sie das auch. Sophie schloss die Augen und versuchte den Knoten herunterzuschlucken, der ihr die Luft nahm. Ein blutroter Mund …

Die Sonne stand inzwischen tief, dämmrige Schatten breiteten sich zwischen den Häuserreihen aus, als sie das Haus in der Ritterstraße endlich erreicht hatten.

»Kommt doch noch mit hinein«, bat Sophie, ehe die Brüder Anstalten machen konnten, sich zu verabschieden. »Meine Mutter wird ohnehin zürnen, da ist es gleichgültig, ob ihr mich begleitet oder nicht.«

Wilhelm hob eine Augenbraue hoch. »Du hast nichts von unserer Verabredung erzählt?«

»Nein.« Sophie lächelte matt und hob den Saum ihres Rocks, um die steinernen Stufen hinauf zur Tür zu erklimmen. Ihre Mutter hätte vermutlich noch Verständnis gehabt, wenn Sophie sich mit Studenten wie den Grimms traf. Lotte Dierlinger zählte selbst zu den Frauen, die die Gesellschaft gebildeter Männer stickenden und tratschenden Freundinnen vorzog. Julius' Vater, Stadtrat Laumann, ihr Onkel und zu allem Überfluss seit Vaters Tod auch noch ihr Vormund, sah das indes überhaupt nicht gerne. Des lieben Friedens wegen beugte sich ihre Mutter seinen Anordnungen und verbot Sophie solche Ausflüge. Sophie wollte ihrer

Mutter keinen Ärger machen, daher verheimlichte sie ihre Treffen mit Wilhelm Grimm. Doch heute wollte sie nicht alleine sein, solange die Bilder der toten Helene in ihrem Kopf umhergingen, dass sie meinte, den Verstand zu verlieren.

Der Eingang mit der Treppe, die hinauf in die oberen Stockwerke führte, lag verlassen, aber von der Stube her klangen Stimmen. Mutter hatte also Besuch. Sophie presste die Lippen aufeinander und warf einen flüchtigen Blick zu den Grimms, während sie mit sich rang, sich doch lieber in ihrer Kammer unter den Kissen zu verkriechen, bis die Bilder endlich verschwanden. Dabei wusste sie, dass Verkriechen nicht half. Es hatte nach dem Tod ihres Vaters nicht geholfen, und es würde auch jetzt nichts nützen. Sie musste darüber reden, wollte sie diesen Anblick jemals aus ihrem Kopf verbannen. Tastend griff sie nach Wilhelms Hand, drückte sie kurz, ehe sie die Tür aufschob.

Wohlige Wärme und der würzige Duft nach Buchenholzfeuer schlug ihr entgegen. Onkel Hugo kniete vor dem Kachelofen und legte gerade Holzscheite nach. Ihre Mutter und ihre Besucher hatten die Sessel an den Ofen gerückt, auf ihrer Bank am Fenster saß in eine Decke gehüllt die Großmutter, die leise summend an ihrem Stickrahmen arbeitete. Obwohl sie fast blind war, flog die Nadel mit traumwandlerischer Sicherheit auf und ab und zauberte bunte Bilder auf den Stoff.

Hugo war es, der sie als Erster entdeckte. »Sophie!« Ein breites Lächeln spannte sich über sein grobschlächtiges Gesicht, während er rasch die Ofenklappe schloss und sich erhob. Er war ein großer Mann, der im Haus fast überall den Kopf einziehen musste, mit den Schultern eines Ochsen – und leider auch dessen Gemüt. Solange sich Sophie erinnern konnte, lebte Hugo bei ihnen und arbeitete als Hausknecht. Die Arbeit schien ihm Spaß zu machen, und seit dem Tod ihres Vaters verstand er sich als Beschützer und ›Mann‹ im Haus. Die Mutter ließ ihn gewähren, schließlich war sie es, die ihren schwachsinnigen Bruder zu sich geholt hatte. Dafür vergötterte Hugo sie, und genauso vergötterte er Lisbeth und Sophie, die er nun kopfschüttelnd musterte. »Wir haben uns Sorgen gemacht.«

»Sophie?« Ihre Mutter drehte sich in ihrem Sessel um, verengte die Augen ein wenig. »Wo bist du gewesen?«

Ihre Besucher wandten sich ihnen ebenfalls zu. Sophie erkannte Savigny, ihren Nachbarn in der Ritterstraße und guten Freund ihres verstorbenen Vaters. Wilhelm und Jakob studierten bei ihm, auch wenn Sophie sich bisweilen fragte, was ein so staubtrockener Mann Interessantes zu erzählen hatte. Dennoch mochte sie Savigny wegen seiner ruhigen, besonnenen Art – und weil Wilhelm ihn mochte. Savigny war heute in Begleitung von Clemens Brentano, ein Dichter und guter Freund des jungen Juristen. Lotte hatte einmal darüber gewitzelt, wie unterschiedlich die beiden doch seien – Savigny ein kühler, unergründlicher See, während Brentano das Spiel des Windes im Blattwerk, der tanzende Schmetterling oder der Vogel war, der von Zweig zu Zweig huschte und seine Lieder sang.

Er hatte kein Studium zu Ende gebracht, sondern zog umher, als bereite ihm die Eintönigkeit Qual. Zurzeit weilte er wieder einmal in Marburg, um noch diesen Monat die Schriftstellerin Sophie Mereau zu heiraten.

Sophie nickte den beiden flüchtig zu und machte ein paar Schritte in den Raum hinein, um den Grimms Gelegenheit zu bieten, ihr zu folgen. »Ich war an der Lahn«, antwortete sie wahrheitsgemäß. Ihre Zunge glitt über die zittrigen Lippen. »Ich war mit Anna und ihrem Friedrich unterwegs … und mit Jakob und Wilhelm Grimm. Wir haben Helene Wittgen gefunden. Sie ist tot.«

»Tot?« Die steile Falte auf der Stirn der Mutter, die bereits Unheil verkündete, wich ungläubigem Befremden. Irritiert wanderte ihr Blick zu den Grimmbrüdern, die bislang stumm dastanden. »Wieso … tot?«

»*Wieso* können wir nicht sagen«, antwortete Jakob an Sophies Stelle. Er sprach ruhig, aber wie immer schien es, als untermale er jedes seiner Worte mit einem Hauch beißenden Spotts, zu fein, um ihn zu fassen, aber zu spitz, um ihn nicht zu bemerken. »Es sei denn, Sie meinen die Tatsache, dass etwas ihr Kehle und Gesicht zerrissen hat.«

»Vermutlich streunende Hunde oder ein Fuchs«, ergänzte Wilhelm.

»Oder der Wolf!«

Die Großmutter hatte geflüstert, aber sofort wandten sich alle Gesichter zu ihr um.

»Was meinst du, Mutter?«, fragte Lotte und runzelte die Stirn.

»Es war der Wolf.« Ein wissendes Schaudern spiegelte sich auf dem Gesicht der Greisin. »Er kommt, um die jungen Mädchen zu holen.«

»Dann hätte das Tier einen höchst exquisiten Geschmack«, bemerkte Jakob. »Das Mädchen ist wahrscheinlich ins Wasser gestürzt, ertrunken und lag anschließend zu lange am Ufer.«

Lotte hob die Hand. »Schließen Sie bitte die Tür hinter sich, meine Herren, und setzen Sie sich. Du auch, Sophie«. Sie deutete auf die Bank neben dem Ofen. »Und erklärt uns noch einmal, was genau geschehen ist.«

Sophie und die Grimms beeilten sich, der Aufforderung nachzukommen. Sophie erzählte, wie sie sich getroffen hatten und an der Lahn spazieren gegangen waren, wie Papillon schließlich Reißaus nahm und sie versuchten, ihn einzufangen. Lotte zeigte während der ganzen Zeit keine Regung, kerzengerade saß sie in ihrem Sessel, während sich Brentano ein wenig vorgebeugt hatte und scheinbar interessiert lauschte.

Sophies Stimme versagte, als sie von dem Entdeckung der Toten erzählen wollte. Sie war froh, dass Wilhelm kurzerhand das Wort übernahm und knapp berichtete, was sie vorgefunden hatten.

»Der Wachtmeister hat einen Arzt geholt«, schloss Wilhelm. »Man will den Leichnam untersuchen, um festzustellen, ob sie ertrunken ist oder doch vom Wolf angefallen wurde«, fügte er mit einem flüchtigen Blick zu Sophies Großmutter hinzu, die sich wieder ihrer Stickerei widmete, als sei nichts gewesen.

Savigny nickte langsam. »Das wird nicht leicht für Doktor Wittgen. Das Mädchen war sein einziges Kind. Gott möge sie sicher heimgeleiten.«

»Sie ist nicht ertrunken«, murmelte Sophie, den Blick auf die Hände gesenkt. »Niemals.«

»Das wird die Untersuchung zeigen«, schüttelte Jakob Grimm den Kopf. »Was sollte ihr sonst zugestoßen sein?«

»Sie … konnte schwimmen.«

»Aber dann hätte sie jemand hineingeworfen, bewusstlos oder schon tot, und wer sollte …

»Wir sollten uns vor allem nicht wilden Spekulationen hingeben, die haltlos sind, solange wir nichts Genaueres wissen«, unterbrach die Mutter und wandte sich an die Grimmbrüder. Ihr Mundwinkel zuckte, eine sicheres Zeichen für ihren Unmut. »Vielen Dank, dass Sie Sophie heimgebracht haben. Sie ist nun in guter Obhut, sodass sie Ihre Unterstützung nicht länger bedarf.«

Der Blick, den Jakob und Wilhelm wechselten, verriet Sophie, dass sie den Rauswurf hinter der Dankesbezeugung verstanden hatten. Höflich verabschiedeten sie sich und ließen sich von Hugo hinausbegleiten. Sophie sah ihnen etwas verloren hinterher.

»Seit wann geht das schon?«, fragte die Mutter scharf, kaum dass die Haustür ins Schloss gefallen war. Savignys und Brentanos Gegenwart schien sie nicht zu stören.

Sophie hob hilflos die Schultern. Ihr Blick wanderte zu Hugo, der an der Tür lehnte und sie mitleidig betrachtete, aber sie wusste, dass sie von ihrem schwachsinnigen Onkel keine Hilfe gegen ihre Mutter erwarten durfte. Hugo würde seiner Schwester niemals widersprechen. Warum konnte Onkel Laumann nicht genauso unkompliziert und liebenswürdig sein?

»Es tut mir leid«, murmelte sie daher nur. In anderer Stimmung hätte sie sich vielleicht versucht zu rechtfertigen, aber sie war noch immer viel zu verwirrt und aufgewühlt, um Lottes Tribunal standzuhalten. »Wir waren ... spazieren und haben geredet.«

»Die Grimms sind aufrichtige, ehrenwerte junge Männer, für die ich die Hand ins Feuer lege«, schaltete sich Savigny ein. Er lächelte beschwichtigend. »Ich sehe in dem Umgang keine Gefahr für Ihre Tochter.«

»Ich wünschte, *ich* könnte das Gleiche sagen«, schüttelte Lotte den Kopf. »Dass Sie für Ihre Studenten sprechen, ehrt Sie. Lassen wir das nun«, winkte sie ab. »Sophie und ich werden später noch einmal darüber reden. Die armen Wittgens. Das muss schrecklich für sie sein.«

»Doktor Wittgen ist noch nicht lange in Marburg, nicht wahr?«, meldete sich nun auch Brentano zu Wort, der entgegen seiner sonstigen Gewohnheit ungewohnt schweigsam war. »Ich hatte kürzlich mit ihm zu tun. Ein angenehmer Mensch, gebildet und von feinem Geist. Ist er nicht mehrfacher Witwer?«

»Soweit ich weiß, ja. Er musste schon einige Schicksalsschläge hinnehmen. Und nun das.«

»Verzeih, Mutter, ich würde mich gerne zurückziehen.« Sophie hatte mit gesenktem Kopf gelauscht, aber es fiel ihr schwer, still sitzen zu bleiben. Sie hatte gehofft, zur Ruhe zu kommen, wenn sie darüber sprach, doch das Gegenteil war der Fall gewesen. Immer mehr offene Fragen verfingen sich in ihren Gedanken, drohten sie innerlich zu lähmen. Irgendetwas musste Helene zugestoßen sein. Etwas Furchtbares.

»Geh nur«, nickte Lotte. »Und lass dir in der Küche eine warme Milch machen. Wir reden später.«

Artig verabschiedete sich Sophie von Savigny und Brentano und schlüpfte hinaus. Einen Moment lang überlegte sie, tatsächlich in der Küche nachzuschauen und Käthe zu bitten, ob sie eine Milch bekam, erklomm dann aber doch gleich die Stufen hinauf in die oberen Stockwerke. Zu ihrer Erleichterung war Lisbeth nicht da, sodass sich niemand daran störte, dass sie das Fenster aufriss und mit geschlossenen Augen die kühle Luft empfing, die dabei half, die erschreckenden Bilder für einen Moment zurückzudrängen.

»Du bist nicht ertrunken, Helene«, murmelte sie in den Wind. »Wenn du doch nur noch reden könntest und berichten, was dir zugestoßen ist.« Vielleicht konnte Julius eine Antwort darauf geben, wenn er seine Untersuchung durchgeführt hatte. Sophie hatte vergessen, ihrer Mutter von seiner Rückkehr zu erzählen. Doch das konnte sie morgen noch nachholen, wenn sie um Erlaubnis bat, ihren Vetter zu besuchen. Denn genau das würde sie tun.

Sophie spürte, wie sich etwas in ihr zu lösen begann und sie etwas freier atmen konnte. Julius aufzusuchen war wichtig, um Licht in das Dunkel zu bringen und ihr eigenes Seelenchaos zu ordnen.

Ein wenig erleichtert schloss sie das Fenster und ließ sich auf das Bett fallen. Und dann musste sie mit ihrer Mutter reden. Wegen Wilhelm.

Das Anatomische Theater lag an der Ketzerbach unweit der Elisabethkirche. Jetzt, am späten Nachmittag, war es nach dem Ende der Vorlesung ruhig geworden. Von irgendwoher drang das leise Klappern von Instrumenten, die jemand säuberte und dabei vor sich hin pfiff. Die Gehilfen, die noch hier und dort putzten, hatten Schmitts Leuten anstandslos den Tisch im Theater gewiesen. Wahrscheinlich hätten sie nachgefragt, wenn sie gewusst hätten, wer die Leichenschau verfügt hatte, dachte Julius, während er mit kritischem Blick die Lichtverhältnisse studierte. Das Anatomische Institut galt als Herrschaftsbereich von Professor Michaelis, und der war nicht gut auf Julius zu sprechen, seitdem sie sich bei einem Abendessen im Hause Laumann über ein medizinisches Problem gestritten und er, Julius, der Schüler, am Ende recht behalten hatte. Michaelis war dafür bekannt, ein Gedächtnis zu haben wie der Felsen, auf dem Marburg erbaut worden war.

»Puh, ist es hier kalt!«, beklagte sich Wachtmeister Schmitt, der zurückgeblieben war, nachdem seine Helfer die Leiche abgelegt hatten. Fröstelnd schlug er die Arme um sich. »Kann man hier nicht heizen?«

»Wärme fördert den Verfall«, erläuterte Julius knapp, während er Handschuhe und Kittel aus seiner Tasche klaubte und beides anlegte. Es war in der Tat unangenehm kühl in dem Hörsaal, der sich ringförmig ansteigend um den Seziertisch erhob. Wenigstens dämpfte die Kälte den Gestank von Konservierungsmitteln und Leichenfäulnis, der sonst die anatomischen Theater durchzog. Er sollte sich dennoch beeilen.

Mit geübten Handgriffen legte er die Instrumente bereit und entkleidete die Leiche behutsam, seinen Ekel ignorierend.

Schmitt hielt ein Tuch vor die Nase gedrückt und beäugte ihn misstrauisch. »Bei der Medicinal-Deputation weiß man hoffentlich, was Sie hier tun?«

»Doktor Hirschner ist kaum mehr in der Lage, eine Leichenschau durchzuführen. Es hat schon alles seine Richtigkeit.« Mit einem letzten Ruck zog Julius die beschmutzte Unterhose unter der Hüfte hervor und warf sie zu den anderen Kleidungsstücken in einen Korb. Der Gestank nach Kot war fast unerträglich, sodass er zunächst damit begann, den Körper grob von Exkrementen zu säubern. Durchfall, registrierte er, wässrig, und das schon seit mindestens zwei Tagen, so ausgetrocknet, wie Haut und Lippen waren. Die junge Frau schien vor ihrem Tod bereits stark dehydriert.

Der Wachtmeister schnaufte und zog den Kopf tiefer zwischen die Schultern. »Ich frage mich, wozu das führen soll«, murrte er. »Warum füllen Sie mir nicht einfach den Totenschein aus?«

»Nicht bevor ich weiß, woran das Mädchen gestorben ist.« Julius stellte die Schale mit dem Schmutzwasser beiseite und begann, die Tote sorgsam auf Leichenflecken zu untersuchen. »Sie können sich in der Zwischenzeit nützlich machen und mir erzählen, wer sie eigentlich war. Ich kenne die Familie nicht.«

»Puh.« Schmitt blies die Backen auf und ließ seinen Schnauzer zittern. »Doktor Karl Friedrich Wittgen ist Regierungsadvokat. Ein freundlicher Mann, höflich und fromm. Vor Gericht soll er unnachgiebig sein, ein Erbsenzähler sondergleichen, habe ich aus Kassel gehört. Der Kurfürst hält große Stücke auf ihn. Soweit ich weiß, war das Mädchen hier seine einzige Tochter.«

»Und was ist mit der Mutter?«

Der Wachtmeister hob die Schultern. »Wittgen ist verheiratet, aber seine Gemahlin ist zu jung, um die Mutter zu sein. Wahrscheinlich die Stiefmutter. Eine hübsche Frau, übrigens.« Er zwinkerte verschwörerisch, wurde aber sofort wieder ernst, als ihn Julius' kühler Blick traf. Er räusperte sich. »Na ja, jedenfalls ist Wittgen recht wohlhabend. Er hat ein Haus in der Barfüßer Straße gekauft. Vor einem Jahr ist er mit seiner Familie nach Marburg gekommen, angeblich aus gesundheitlichen Gründen. Der Kurfürst scheint ihn jedoch nicht entbehren zu wollen. Wittgen fährt oft nach Kassel, nach allem, was ich so höre.«

»Ein wichtiger und mächtiger Mann also«, nickte Julius und deutete dem Wachtmeister, ihm beim Umdrehen der Leiche behilflich zu sein, was dieser widerwillig tat. Eine Weile arbeitete Julius schweigend, überprüfte Haut und Gewebe auf Druckstellen, schob die schmutzigen Haare beiseite, um keine Verletzung zu übersehen.

»Gibt es irgendwelche besonderen Vorkommnisse in der Familie?«, erkundigte er sich. »Oder Feinde?«

»Feinde?« Schmitt blinzelte. »Nein, warum?«

»Weil das Mädchen umgebracht wurde.«

Schmitt öffnete den Mund, schüttelte dann den Kopf und strich sich über den Schnauzer. »Woher wollen Sie das wissen?«

»Sehen Sie!« Julius hob den Schädel leicht an und strich die Haare beiseite. »Die Verletzungen hier und in ihrem Gesicht sind Folgen brachialer Gewalteinwirkung. Den Rest haben wilde Tiere erledigt. Kleine Tiere, Krähen, Füchse, streunende Hunde, Ratten. Der böse Wolf ist ausgeschlossen, dafür sind die Fraßspuren viel zu klein.«

»Also hat sie sich am Kopf verletzt und ist dann ins Wasser gefallen und ertrunken?«

»Das könnte man annehmen. Wobei viel dazu gehört, um so zu fallen, dass man sich sowohl am Hinterkopf als auch im Gesicht derart massive Traumata zuzieht. Es ist wahrscheinlicher, dass man auf sie eingeschlagen hat. Ein schwerer Knüppel oder ein Stein könnten die Wunden verursacht haben. Aber das allein hat sie nicht umgebracht.«

»Also doch ertrunken.«

»Nein.« Julius ging zu dem Korb hinüber, in dem er die besudelten Kleidungsstücke verwahrt hatte. »Was riechen Sie?«

Der Wachtmeister zuckte zurück. »Wohl das Gleiche wie Sie.« Er rümpfte angeekelt die Nase. »Das ist alles vollgeschissen.«

»In der Tat.« Julius lächelte knapp und stellte den Korb wieder weg. »Das Mädchen litt an Durchfall. An massivem Durchfall. Eine Erkrankung, mit der niemand – und ich betone: *niemand!* – freiwillig das Haus verlässt.« Julius' Blick glitt nachdenklich über den Leichnam, der bleich und nackt ungemein verletzlich wirkte, wenn man die grauenhaften Verletzungen nicht beachtete. »Ich brauche eine Obduktion, um Klarheit zu haben. Helfen Sie mir noch einmal sie zu drehen, ich muss an Bauch und Brustkorb herankommen.«

»Obduktion? Oh nein.« Schmitt schüttelte entschieden den Kopf. »Nicht ohne Hilles Anordnung. Sonst kommen wir in Teufels Küche!«

»Dann reden Sie mit Hille«, sagte Julius ungeduldig. »Hier steckt wahrscheinlich ein Mord dahinter, und ich will Gewissheit.«

»Sie vermuten einen Mord, weil sich das Mädchen vollgeschissen hat?« Der Wachtmeister verschränkte die Arme vor der Brust. »Ich sehe da keine Verbindung.«

Julius seufzte. »Ich gehe davon aus, dass man ihr Gift verabreicht hat. Jemand trachtete ihr nach dem Leben. Wahrscheinlich hat man sie erst versucht zu vergiften, und als das nicht erfolgreich war, hat man sie erschlagen und am Fluss liegen gelassen. Ich muss die Leiche öffnen! Besorgen Sie mir die Genehmigung.«

»Besorgen Sie sich die doch selbst! Ich halte mich schon viel zu lange damit auf.«

»Es geht hier nicht um gestohlenes Federvieh oder irgendeine andere Bagatelle. Es geht um Mord! Sie wollen mir doch nicht weismachen, dass hier jeder ungestraft morden darf, nur weil Sie lieber Hühnerdiebe jagen?«

»Das habe ich überhört.«

»Nein, haben Sie nicht.« Julius richtete sich auf, ging ein paar Schritte durch den Raum, ehe er sich abrupt umdrehte. »Fürchten Sie sich davor, den Schultheiß zu fragen?«

»Nein.« Schmitt schnaubte empört. »Aber Sie überschreiten fortwährend Ihre Amtsbefugnis. Warten Sie ab, bis sich jemand darum kümmert, der dafür zuständig ist.«

»Herrgott, kommen Sie mir nicht mit Zuständigkeiten!« Julius hieb mit der Faust auf den Seziertisch. »Das Mädchen wurde ermordet, und ich erwarte, dass Sie mir helfen. Es ist Ihre verdammte Pflicht!«

Einen Moment starrten sie einander herausfordernd an, dann schüttelte Schmitt ärgerlich den Kopf. »Ich mache Ihnen einen Vorschlag. Ich kümmere mich jetzt um meinen Hühnerdieb und spreche anschließend mit Hille. Ich muss ihm ohnehin noch Bericht erstatten. So lange kann die Leiche sicher warten. Wenn die Genehmigung erfolgt, machen Sie in Gottes Namen und mit Hilles Segen Ihre Obduktion. Wenn nicht, füllen Sie mir diesen verdammten Totenschein aus und schreiben drauf, dass sie ertrunken ist. Ist das klar?«

Julius wollte widersprechen, dass nichts klar war, dass er niemals einen falschen Totenschein ausfüllen würde, doch er nickte unwillig. Es war Zeit zu lernen, dass die Welt in Marburg anders tickte als in Paris.

»Einverstanden«, knurrte er und drehte Schmitt den Rücken zu, um seine Instrumente einzusammeln. »Ich hoffe, ich kann mir …

Weiter kam er nicht, denn in diesem Moment wurde die Tür zum Theater schwungvoll aufgerissen.

»Wachtmeister, was geht hier vor?«, donnerte eine Stimme die Ränge empor. »Wo ist Herr Decker?«

»Doktor Fichtner«, wandte sich Schmitt mit einem überraschten Grunzen an den Störer, der mit hochrotem Kopf auf sie zukam. »Na, wenn das einmal keine Überraschung ist. Doktor Fichtner, das ist übrigens …

»Ich kennen den Mann«, fuhr ihm Fichtner über den Mund und baute sich zu kugeliger Größe auf. Der Doktor war eher kurz geraten, mit stämmigen Beinen und einem untersetzten Leib, der bereits jetzt zur Fülle neigte. Sein dürrer Haarkranz stand in wirren Strähnen ab, als sei er in aller Eile hierher aufgebrochen, ohne sich die Zeit zum Herrichten zu nehmen. »Ich frage mich, was er hier zu suchen hat!«

»Die gleiche Frage dürfte ich wohl Ihnen stellen«, konterte Julius eisig, während er ungerührt damit fortfuhr, sein Skalpell zu reinigen. »Im Gegensatz zu Ihnen weiß ich nämlich nicht, mit wem ich es zu tun habe.« Aus den Augenwinkeln registrierte er den Burschen, der vorhin noch die Böden geschrubbt hatte und nun an der Tür herumdruckste und neugierig den Kopf reckte. Offensichtlich nutzte er die Gelegenheit, einen Blick auf die geheimnisvolle Leiche zu erhaschen.

Fichtners Nasenflügel hoben sich, er stieß ein ärgerliches Zischen aus. »Ich denke mir, dass Sie mich nicht kennen, wenn Sie hierher kommen, um sich ins gemachte Nest zu setzen! Aber Sie sollen es ruhig wissen – mein Name ist Ferdinand Bertram Fichtner, *Doktor* Ferdinand Bertram Fichtner. Ich bin Arzt und die rechte Hand von Professor Michaelis.« Er schob die Unterlippe vor und funkelte Julius an, offenbar eine Antwort erwartend.

Julius nickte kurz, um der Höflichkeit Genüge zu tun, und breitete das Tuch aus, in das er seine Instrumente einschlug. »Angenehm. Richten Sie dem Professor meinen Gruß und meinen Glückwunsch zu diesem Theater aus.«

»Nichts werde ich ihm ausrichten!« Fichtners Wangen schwollen rot an. »Wer glauben Sie eigentlich, dass Sie sind? Sie dürfen hier gar nicht praktizieren! Packen Sie Ihre Sachen und gehen Sie!«

Mit einem leisen Seufzer drehte sich Julius zu ihm um und verschränkte die Arme. »Zeigen Sie mich an, wenn es Ihnen beliebt«, sagte er, ohne sich wenigstens den Anschein von Höflichkeit zu geben. »Aber hören Sie auf, mich anzuschreien.«

»Oh ja, anzeigen werde ich Sie! Und noch viel mehr!« Fichtner fuchtelte mit dem Finger durch die Luft. »Darauf können Sie sich verlassen.« Schnaubend fuhr er herum und verließ das Theater, nicht, ohne die Tür krachend ins Schloss zu werfen.

Schmitt pfiff leise aus. »Da haben Sie sich einen Feind gemacht.«

»Hunde, die bellen, beißen nicht«, winkte Julius ab und zog die Knoten um sein Instrumentenbündel fest. »Warum war er so aufgebracht?«

»Nun ja, er ist Michaelis' rechte Hand. Er hat sich wohl Hoffnungen auf Ihre Stelle gemacht.«

»Das Leben ist nie gerecht. Ich habe den Posten, den er will, und ihm wäre er vermutlich viel mehr wert. Erzählen Sie mir noch von diesem Untier. Gibt es das eigentlich wirklich?«

»Den Wolf?« Schmitt hob und senkte die Schultern. »Da fragen Sie mich besser etwas Leichteres. Vielleicht. In jedem Fall treibt sich dort draußen ein wildes Tier herum, das die Leute in Angst und Schrecken versetzt. Zunächst hat es nur ein paar Ziegen und Hühner erwischt, aber inzwischen fällt es auch Menschen an. An Ihrer Stelle würde ich zurzeit lieber in der Nähe bleiben und nicht in den Wald hinausgehen.«

»Verstehe.« Julius zog die Schnallen seiner Tasche zu. »Nun, ich werde erst einmal in die Stadt zurückkehren und einige Dinge erledigen. Und morgen statte ich der Familie Wittgen einen Besuch ab.«

»Die Wittgens?« Schmitt runzelte die Stirn. »Warum das?«

»Weil ich hoffe, dort ein paar Antworten zu erhalten.«

Sorgfältig zupfte Theodor Laumann das Halstuch zurecht und besah sich noch einmal im Spiegel, ehe er den Kneifer von der Kommode nahm und auf die Nase setzte. Manche Dinge betrachtete man besser mit altersschwachen Augen, dachte er leise seufzend, während er die Uhr aus der Westentasche hervorzog. Ein müdes Gesicht etwa, dem die notwendige Entschlossenheit fehlte. Vor ein paar Jahren noch hätte ihm die überraschende Einladung der Medicinal-Deputation nicht solches Bauchgrimmen bereitet. Er hätte sich erhobenen Hauptes den Fragen gestellt, hätte vielleicht gestritten und wäre anschließend gemeinsam mit den Professoren zur ›Sonne‹ eingekehrt, um den Abend bei einer guten Pfeife ausklingen lassen. Vermutlich war es der Ärger der letzten Tage, der ihn erschöpft werden ließ, dachte er, während sein Blick zum Fenster hinausging auf den Markt, der inzwischen im Schatten der umliegenden Häuser lag. Laumann vertraute auf seinen Verstand. Er verabscheute alles, was sich nicht erklären ließ, denn man konnte keine Abhilfe schaffen, wenn man etwas nicht verstand. Und Abhilfe zu schaffen und den Dingen auf den Grund zu gehen war seine Aufgabe als Ratsherr und Stadtsyndikus. Nüchtern, präzise, schonungslos. Doch das, was Marburg zurzeit erschütterte, ließ sich nicht so einfach fassen. Laumann war, als habe sich in den Wäldern ein Tor zu längst vergangenen Zeiten aufgetan, um Übel auszuspeien, die ihre Welt in all ihrer Vernunft zu erschüttern suchten. Vor einer Woche noch hätte er gelacht und über die abergläubische Furcht vorm Bösen Wolf gespottet, doch seit sich am gestrigen Abend eine Menge zusammengerauft hatte und vors Rathaus gezogen war, verstand er, dass man die Furcht der Menschen nicht auf die leichte Schulter nehmen durfte. Angst gebar Ungeheuer, und das schlimmste aller Ungeheuer war die Revolution.

Ein Klopfen ließ ihn aufblicken und ein »Herein« knurren. Es war das Dienstmädchen, das den Kopf zur Tür hineinsteckte und ihm mitteilte, dass er Besuch habe.

»Richte aus, dass ich keine Zeit habe«, brummte er und ließ den Deckel seiner Taschenuhr aufspringen. Er schob den Zwinker auf der Nase zurecht, um das Ziffernblatt besser zu erkennen. Die Sitzung begann in einer Viertelstunde. Es wurde wahrlich Zeit, dass er sich auf den Weg machte. »Er soll morgen wiederkommen.«

»Morgen ist es leider zu spät.« Die Tür wurde ganz aufgeschoben, und ein Mann trat an dem Dienstmädchen vorbei hinein. Laumann legte die Hand an den Zwinker und wollte sich schon erkundigen, was diesen ungebührlichen Einfall rechtfertigte, als er den Besucher erkannte.

»Doktor Wittgen, wenn ich mich nicht irre?«

»Sie irren sich nicht, Herr Stadtrat.« Wittgen lächelte höflich und nahm seinen Hut vor die Brust, um eine Verbeugung anzudeuten. »Verzeihen Sie den Überfall, aber mein Anliegen kann nicht bis morgen warten.«

Laumanns Blick glitt kurz zur Tür und zu dem Dienstmädchen, das hastig den Kopf einzog. Er hatte die Magd angewiesen, dass er nicht mehr gestört werden wollte, doch dem Nachdruck zu verleihen würde morgen noch Zeit sein. Mit einem Wink gab er dem jungen Ding zu verstehen, dass es verschwinden sollte, und wandte sich wieder dem Besucher zu. »Bitte, setzen Sie sich.« Er wies auf einen Polsterstuhl am Fenster, während er selbst an seinen Schreibtisch zurückkehrte. »Ich muss Sie jedoch bitten, sich kurz zu fassen. Man erwartet mich zu einer Sitzung.«

»Ich weiß. Das ist der Grund meines Kommens.« Wittgen nahm Platz, schlug ein Bein über das andere, den Hut auf das Knie ablegend. »Sie kennen den Anlass der Versammlung?«

»Bislang nicht. Die Eile der Einladung ließ keine Zeit für Erklärungen. Aber ich gehe davon aus, dass man es mir gleich mitteilen wird«, antwortete Laumann ausweichend. Seine Befürchtungen musste er Wittgen nicht unter die Nase reiben. Es konnte kein Zufall sein, dass man ihm mittags mitgeteilt hatte, sein Sohn Julius sei in Marburg angekommen, und einen halben Tag später eine überraschende Sitzung der Medicinal-Deputation einberufen wurde. Als ob er nicht genug Ärger hätte. »Was kann ich denn für Sie tun?«

»Eine ganze Menge, Herr Stadtrat. Meine Tochter wurde heute Nachmittag tot aufgefunden.«

Laumann blickte betroffen auf. »Das … tut mir sehr leid. Was ist geschehen?«

»Sie ist ertrunken.« Wittgens Stimme klang erstaunlich fest. Noch immer lächelte er, die höfliche Maske eines Mannes, der jahrelang am Hofe gelebt hatte, aber das leichte Wippen seiner Schuhspitze verriet seine Anspannung. »Der Verlust trifft meine Frau und mich hart. Noch härter trifft uns jedoch das Vorhaben, ihren Leichnam zu obduzieren.«

Laumann nickte, obwohl er noch nicht ganz verstand, worauf Wittgen hinauswollte. Mit dem Daumen strich er über den goldenen Deckel seine Taschenuhr, spürte das leise Ticken des Uhrwerks. »Ich kann nachvollziehen, dass es ein schwerer Schlag für Sie ist«, sagte er. »Aber ich kenne den Fall nicht, sodass ich Ihnen nichts raten kann. Es ist wohl besser, Sie wenden sich damit an die Polizey oder an die ausführenden Ärzte.«

»Das würde ich gerne tun. Wenn man mir nicht zugetragen hätte, dass die Obduktion von ihrem Sohn beantragt wird.« Das Wippen hatte aufgehört. Laumann spürte Wittgens Blick auf sich ruhen. »Ich werde nicht dulden, dass man meine Tochter … aufschneidet wie ein beliebiges Stück Vieh. Unterbinden Sie das. Sorgen Sie dafür, dass mein Kind anständig und würdevoll bestattet werden kann.«

»Eine Obduktion steht dem nicht entgegen«, begann Laumann langsam, während er blitzschnell überlegte, was er tun sollte. Es war also tatsächlich Julius, der noch nicht einmal einen Tag in der Stadt weilte und bereits wieder für Schwierigkeiten sorgte. Im Grunde verstand Laumann Wittgens Anliegen, keinem Vater fiel es leicht zuzulassen, dass man den Leib des eigenen Kindes aufschnitt. Aber er konnte Julius nicht in den Rücken fallen, nachdem er ihn erst nach Marburg zurückgeholt hatte. Ein säuerlicher Klumpen formte sich in seinem Magen bei dem Gedanken daran, dass er inzwischen zu viele Hebel für seinen Sohn in Bewegung gesetzt hatte, um ihn nun fallen zu lassen, ohne dabei das Gesicht zu verlieren. Jetzt blieb nur, den Schaden in Grenzen zu halten.

Laumann fluchte stumm, während er den Deckel seiner Uhr hochklappte und einen Blick auf das Ziffernblatt warf. »So leid es mir auch tut, ich kann nichts tun«, sagte er und ließ den Deckel wieder zuschnappen. Vorsichtig verstaute er die Uhr in der Westentasche und erhob sich. »Entschuldigen Sie mich nun. Ich werde erwartet und sollte eigentlich schon längst auf dem Weg sein.«

Wittgen machte keine Anstalten aufzustehen, auch nicht, als Laumann an ihm vorbei zur Tür trat.

»Ich hörte, Sie haben an den Kurfürsten geschrieben«, sagte er schließlich, als Laumann bereits die Klinke in der Hand hielt. Seine Stimme klang überraschend ruhig, gelassen, als habe er eine Bemerkung über das Wetter gemacht. »Es ging um den Wolf, nicht wahr?«

Laumann ließ die Klinke wieder fahren und drehte sich um. »Woher wissen Sie davon?«

»Das tut nichts zur Sache.« Wittgen winkte ab. »Viel wichtiger ist, dass Ihnen die Sache sehr am Herzen liegt. Sie fürchten dieses Untier?«

»Eher das, was es hervorruft.« Laumann widerstand dem Versuch, zum Schreibtisch zurückzukehren. So sah er Wittgens Gesicht zwar nicht, aber er gab sich nicht die Blöße, wie ein gemaßregelter Schuljunge an seinen Platz zurückbestellt worden zu sein. »Warum interessiert Sie das?«

»Weil Sie sich mein Entgegenkommen mit einem Entgegenkommen Ihrerseits erkaufen können.« Laumann meinte, ihn lächeln zu hören. »Sie erhoffen sich eine Jagd auf Ihre Bestie, damit Marburgs Bürger wieder besser schlafen können. Ich wünsche mir lediglich, dass meine Tochter würdevoll und unversehrt bestattet wird. Sprechen Sie mit Ihrem Sohn und machen Sie Ihren Einfluss geltend. Dann werde ich dafür sorgen, dass man in Kassel wohlwollend über Ihren Hilferuf nachdenkt.«

Laumann schwieg, atmete tief durch. »Und wenn ich es nicht tue?«, fragte er, obwohl er die Antwort ahnte. Eine Antwort, die Wittgen gerade dadurch gab, dass er nichts sagte, sondern stumm aufstand und an Laumann vorbei zur Tür trat.

»Sie sind selbst ein Vater«, sagte der Regierungsadvokat leise und ohne Laumann anzusehen. »Versuchen Sie zu verstehen, warum ich diesen Weg gehen muss, um wenigstens die sterblichen Überreste meiner Tochter zu schützen.«

Es war bereits dunkel, als sich Theodor Laumann schließlich auf den Weg zum Anatomischen Institut machte. Nachdem Wittgen gegangen war, hatte er noch eine Weile nachgedacht, was er nun tun sollte. Doch so sehr er auch hin und her überlegte, die Antwort blieb die gleiche. Zumindest kannte er nun den Grund für die überraschende Zusammenkunft, als er das Theater erreichte. Der Gestank nach Tod und altem Blut hing in der Luft und setzte sich in Laumanns Nase, dass er sich zu gleichmäßigen Atemzügen zwingen musste. Er hasste diesen Geruch, der ihm Magengrimmen verursachte, die süßliche Schwere, die noch am nächsten Tag auf der Zunge hing und einen unangenehmen Geschmack hinterließ.

Laumann übergab Hut und Mantel einem Diener und wurde von ihm zu einem Raum geleitet. Einer

Reihe von Lampen sorgte für ausreichend Helligkeit, die die Gesichter der Anwesenden in ein diffuses Spiel aus Licht und Schatten tauchte. Professor Michaelis, der Leiter des Anatomischen Instituts, war da, der Stadtchirurg Johannes Decker und weitere Ärzte, die Laumann nur flüchtig kannte. Zu seiner Überraschung entdeckte er auch Professor Baldinger unter den Anwesenden, der aufmerkte, als er hineinkam.

»Da bist du ja endlich«, begrüßte ihn Baldinger und reichte ihm die Hand. Braunfleckige Haut spannte sich über die immer noch kraftvollen Finger, die trotz Baldingers Alter ebenso lebendig waren wie sein Geist. Der Professor genoss einen hervorragenden Ruf weit über Marburgs Grenzen hinaus, nicht nur als Arzt, sondern auch als akademischer Lehrer. Laumann war seit vielen Jahren mit Baldinger eng befreundet, und letztendlich war es vor allem seine Unterstützung gewesen, die es ermöglicht hatte, Julius als Adjunkt des Stadtphysikus durchzusetzen.

»Ich konnte nicht eher kommen«, entschuldigte Laumann sich und nickte Michaelis grüßend zu, was dieser mit einer knappen Kopfbewegung quittierte.

»Wir haben auf Sie gewartet, Stadtrat Laumann«, bemerkte Michaelis. Er deutete auf einen freien Platz. »Setzen Sie sich. Den Herrn Doktor Fichtner kennen Sie, nicht wahr?«

»Flüchtig.« Laumann nickte auch Fichtner zu und setzte bereits zu einer Frage an, als sich die Tür erneut öffnete und Oberschultheiß Hille eintrat, dessen Begrüßung ungewohnt sparsam ausfiel.

»Damit sind wir vollzählig«, teilte Michaelis mit und wartete, bis sich Hille gesetzt hatte. Die Hände vor sich auf dem Tisch verschränkt, blickte er in die kleine Runde. »Der Anlass unseres Treffens ist eine Anfrage des Herren Schultheiß, die keinen Aufschub duldet. Ein unschöner Anlass, aber das kann der Herr Schultheiß besser erklären, schließlich war er vor Ort.«

Er bedeutete Hille zu sprechen, eine Aufforderung, auf die der Schultheiß gewartet zu haben schien.

»Ich danke Ihnen, Professor Michaelis«, nickte er knapp. Sein Blick glitt flüchtig über die Anwesenden, blieb schließlich bei Laumann hängen, der bereits ahnte, was jetzt kam. »Um es kurz zu machen, ich habe eine Leiche, und ich brauche fachkundigen Rat bezüglich einer gerichtsmedizinischen Obduktion«, begann er ohne Umschweife. »Zunächst zu der Toten – sie wurde in den frühen Nachmittagsstunden am Lahnufer unweit der Afföllerwiesen gefunden. Es handelt sich um die Tochter des Regierungsadvokaten Karl Friedrich Wittgen. Der Name wird Ihnen vertraut sein, er kam erst kürzlich nach Marburg und steht in enger Verbindung zum kurfürstlichen Hof.«

»Was ist mit dieser Leiche?« Baldinger saß zurückgelehnt auf seinen Stuhl, die Fingerkuppen auf der Lehne aufgestellt. Sein Blick wanderte zu Decker, dem Stadtchirurgen. »Gab es keine gerichtsmedizinische Untersuchung?«

»Schon, aber nicht von einem der dafür bestellten Ärzte.« Der Chirurg wechselte einen kurzen Blick mit Fichtner, der mit verschränkten Armen dasaß. »Doktor

Hirschner hätte in seiner Funktion als Stadtphysikus die Untersuchung mit meiner Unterstützung durchführen sollen.«

»*Hätte*? Demnach hat er nicht?«

Hille schüttelte den Kopf. »Er hat seinen Adjunkt geschickt.«

»Der junge Laumann ist mitnichten Adjunkt von Doktor Hirschner«, mischte sich Fichtner ein. »Nach meinem Kenntnisstand hat er keine Erlaubnis der Deputation, in Marburg zu praktizieren, geschweige denn, die Aufgaben eines Stadtphysikus zu übernehmen!«

»Also bitte«, Baldinger schnalzte mit der Zunge. »Etwas Contenance, Herr Fichtner. Doktor Laumann wurde schließlich von dieser Runde hier berufen, die Stelle des Adjunkt zu bekleiden. Ich wusste noch gar nicht, dass er bereits in Marburg weilt.«

»Seit heute Vormittag, wenn ich richtig unterrichtet bin«, sagte Hille. »Heute Nachmittag erschien er anstelle Doktor Hirschners am Fundort der Leiche. Da kein anderer Arzt auf die Schnelle zu finden war, habe ich ihn gewähren lassen. Hätte ich gewusst, welche Schwierigkeiten sich daraus ergäben, hätte ich nicht zugestimmt.«

Laumann hatte die ganze Zeit über schweigend zugehört. Also hatte Julius tatsächlich nahtlos dort weitergemacht, wo er bei seiner Abreise vor einigen Jahren aufgehört hatte – sich ohne Not Feinde zu machen. Dabei musste er wissen, dass die Medicinal-Deputation eifersüchtig über ihr Recht wachte, die in Marburg praktizierenden Ärzte zu prüfen und nach ihren Leistungen zu beurteilen. Laumann presste die Zähne aufeinander. Dass Julius es nicht für nötig erachtete, seinem Elternhaus einen Besuch abzustatten, war eine Sache. Aber dass er mutwillig verspielte, was man in vielen mühsamen Gesprächen in Marburg und Kassel für ihn erreicht hatte, erzürnte ihn.

»Wenn ich das richtig verstehe, gab es keine ordentliche gerichtsmedizinische Untersuchung, weil sie von einem Arzt durchgeführt wurde, den wir zwar berufen, aber noch nicht geprüft haben?«, fasste Baldinger zusammen. Sein Mundwinkel hob sich unter einem leisen Schmunzeln. »Was wollen Sie nun von uns? Sollen Professor Michaelis und Doktor Fichtner die Obduktion übernehmen?«

»Ich erhoffe mir erst einmal eine Meinung, ob eine Obduktion überhaupt notwendig ist.« Hille fuhr sich durch die Haare, blickte kurz zu Michaelis, der bislang regungslos zugehört hatte. »Der Fall ist kompliziert. Der junge Laumann bat mich über Wachtmeister Schmitt um eine Obduktionserlaubnis. Allerdings war der Herr Regierungsadvokat Wittgen heute Nachmittag bei mir und hat mir mitgeteilt, dass er nach Kenntnis der bisherigen Untersuchung eine Obduktion rundheraus ablehnt. Eindringlich ablehnt.«

»Gibt es denn Gründe, die dagegen sprechen?«, fasste Baldinger nach.

»Sie wiegen schwerer als die Gründe, die dafür sprächen.« Hille nahm eine lederne Mappe auf, die vor ihm auf dem Tisch lag, und hielt sie ins Licht, um besser lesen zu können. »Wie bereits gesagt, das junge Mädchen wurde am Lahnufer nahe dem Dörfchen Wehrda aufgefunden. Sie lag mindestens einen Tag am Ufer, bis sie entdeckt wurde. Tiere haben Gesicht und Bauchraum aufgerissen. Den mysteriösen Wolf können wir aufgrund der Fraßspuren ausschließen, und ich rate angesichts der gespannten Lage, das nach außen hin auch zu tun. Alles macht den Anschein, als sei das Mädchen schlicht gestürzt und ertrunken.«

»Immerhin etwas«, brummte Baldinger. »Und warum will der junge Laumann sie trotzdem aufschneiden?«

»Weil ihre Kleidung kotbesudelt war«, kam Fichtner dem Schultheiß zuvor. Unruhig rutschte er auf seinem Platz hin und her, als falle es ihm schwer, sich zu gedulden. »Er schließt daraus, dass sie nicht ertrunken sein kann.«

Laumann konnte sehen, wie Michaelis' Brauen nach oben wanderten.

»Ich würde die Obduktion gerne verweigern, wenn sie nicht unbedingt erforderlich ist«, beendete Hille seine Ausführungen. »Der Herr Regierungsadvokat Wittgen hat mächtige Freunde am Hof in Kassel. Unter uns gesprochen: Ich halte es für gewagt, ihn zu brüskieren.« Er klappte die Mappe wieder zu. »Dazu möchte ich Ihren Rat einholen.«

»Das ist nicht allein eine medizinische Frage«, ließ sich Michaelis nun endlich vernehmen. Er hatte eine ruhige, angenehme Stimme, die ihm augenblicklich die Aufmerksamkeit aller zutrug. »Ihre Einschätzung bezüglich Wittgen teile ich in allen Punkten. Abgesehen davon sehe ich nach Lage der Dinge keine zwingende Veranlassung für eine Obduktion. Es sei denn, man wollte der Ursache der Darmentleerung nachgehen, doch ich bezweifle, dass der Aufwand den zu erwartenden Nutzen aufwiegt. Viel wichtiger erscheint mir die Frage, wie wir mit dem vorwitzigen jungen Mann umgehen, den Sie uns als zukünftigen Stadtphysikus empfohlen haben.« Sein Blick wanderte zu Laumann und Baldinger. »Meine Einwände haben Sie damals übergangen, obwohl ich Kenntnis darüber hatte, dass Ihr Sohn – verzeihen Sie, Herr Stadtrat Laumann – von schwierigem Charakter ist. Sein eigenmächtiges Handeln ohne Rücksprache mit der Deputation oder wenigstens mit jemandem Befugtem belegt dies erneut. Doktor Fichtner berichtete mir obendrein, dass der junge Mann selbst auf seine Aufforderung hin, das Anatomische Theater zu verlassen, darauf beharrte, die Untersuchung durchzuführen. Vermutlich hätte er auch die Obduktion ohne Erlaubnis vollzogen, wenn Doktor Fichtner nicht rechtzeitig vor Ort gewesen wäre. Ich frage mich, ob es klug ist, die Berufung aufrecht zu erhalten, oder ob wir uns nicht eingestehen sollten, einen Fehler gemacht zu haben und die Stelle neu ausschreiben.«

Baldinger wog bedächtig den Kopf. »Meinen Sie nicht, dass Sie voreilig urteilen? Ich muss gestehen, dass mich das Verhalten des jungen Laumann irritiert, aber ich bin nach wie vor davon überzeugt, einen guten Mediziner für Marburg gewonnen zu haben.«

»Ein guter Mediziner nützt uns nichts, wenn er nicht bereit ist, sich an geltende Verordnungen zu halten«, widersprach Michaelis säuerlich. »Wir holen uns Ärger in die Stadt, dem wir nicht Herr werden.«

»Na, so weit wird es schon nicht kommen. Junge Leute neigen dazu, unvernünftig zu handeln, wenn man ihnen die Gelegenheit lässt. Ich bin sicher, unser geschätzter Herr Stadtrat weist seinen Sohn in die notwendigen Schranken, sodass so etwas nicht noch einmal geschehen wird.«

Laumann nickte, als Baldinger ihn fragend ansah. Er war erleichtert, dass ihm Michaelis' Machtwort die Verantwortung abnahm, selbst gegen das Anliegen seines Sohnes zu reden. »Ich werde mit meinem Sohn sprechen.«

»Es bleibt trotzdem noch die Tatsache, dass Doktor Laumann noch nicht geprüft wurde«, warf Fichtner erneut ein. »Ich kann keinem Arzt zuarbeiten, dessen Qualifikation nicht abgesichert wurde.«

»Um Laumanns Qualifikation machen Sie sich keine Gedanken«, lächelte Baldinger mild. »Ich habe Schreiben seine akademischen Lehrer aus Köln, die mir seine Eignung einhellig versichern. Wenn es Sie beruhigt, schlage ich vor, dass wir ihn gleich morgen vor die Deputation rufen?«

Michaelis verzog den Mund. »Sie halten an ihm fest, und wenn es die Heilige Elisabeth selbst wäre, die Sie einen selbstgefälligen Narren schalt?«

»Ich verliere ungern einen guten Arzt. Morgen Nachmittag um vier Uhr?«

»Morgen Nachmittag.« Michaelis winkte resignierend ab. »Seien Sie froh, dass es Fichtner war, der ihn im Anatomischen Theater angetroffen hat, und nicht ich. Sonst säße der junge Laumann längst in einer Postkutsche zurück nach Paris. Reden Sie mit Ihrem Sohn!«, wandte er sich an Laumann. »Und sorgen Sie dafür, dass er sich von nun an zurückhält. In seinem eigenen Interesse.«

III

Das Haus erwachte gerade erst, als Sophie am nächsten Morgen aus ihrer Kammer schlich. Töpfe klapperten in der Küche, begleitet von dem gut gelaunten Summen der Magd, die ein Frühstück vorbereitete. Draußen hackte jemand Holz mit gleichmäßigen, schweren Schlägen. Scheite fielen polternd auf den gepflasterten Hof.

Sophie huschte die Treppe hinab, eine Hand in den Mantel geballt, in der anderen trug sie die Schuhe, die auf den hölzernen Stufen zu viel Lärm machten. Ihre Mutter ruhte morgens oft lang, aber sie hatte einen leichten Schlaf und Sophie wollte ihr nach dem gestrigen Abend noch nicht über den Weg laufen.

Nachdem Savigny gegangen war, hatte ihre Mutter sie zu sich in die Stube gerufen, allerdings nicht, um über die tote Helene zu sprechen, sondern um ihr eine Rüge ihres Onkels Laumann zu übermitteln, wie befremdlich er Sophies Verhalten empfinde. Es hatte Sophie verletzt, dass ihre Mutter die Worte des Onkels weitergab; es konnte nur bedeuten, dass sie dessen Ansicht teilte, obwohl sie es besser wissen musste. Ein Wort ergab das andere, und am Ende war Sophie heulend vor Wut und Enttäuschung in ihre Kammer geflohen und hatte sich unter der Decke vergraben, um Lisbeths wohlmeinende Vermittlungsversuche nicht hören zu müssen.

Natürlich war sie bei dem Streit nicht dazu gekommen, ihrer Mutter von Julius' Rückkehr zu erzählen, sodass sie sie auch nicht um Erlaubnis gebeten hatte, ihn zu besuchen. Eine Weile hatte sie darüber nachgedacht, bei Mutter zu klopfen und zu fragen, aber die immer noch schwelende Wut hatte sie davon abgehalten. Sollte ihre Mutter sich doch bestätigt sehen, wenn Sophie sich in aller Frühe aus dem Haus schlich! Sie selbst wusste es besser, und selbst Savigny sah nichts Verwerfliches darin, wenn sie sich mit den Grimms traf. Das tat nur der halsstarrige Onkel, der in jedem Studenten einen Lumpensack und Nichtsnutz mit gefährlichen Ideen im Kopf sah.

Sophie spürte, wie der Zorn wieder in ihr hochkam, während sie sich auf das Bänkchen neben der Tür setzte und ihre Schuhe überstreifte. Wenn sie die Wahl hätte, würde sie fortgehen, vielleicht nach Mainz oder über den Rhein, wo man die Ideen von Gleichheit und Freiheit nicht als gefährlichen Brandsatz betrachtete.

In der Küche stürzte etwas scheppernd zu Boden, ein erschrockener Fluch folgte. Sophie sprang auf und riss den Mantel von der Bank. Hastig schob sie den Riegel beiseite und huschte hinaus. Wenn ihre Mutter wach wurde, dann jetzt. Mit klopfendem Herzen schob sie die Tür hinter sich zu und schlang den Mantel um die Schultern, während sie unsicher die nebelverhangene Gasse hinabblickte. Diffuses Licht ließ die Konturen im grauen Schleier verschwimmen. Die Geräusche der erwachenden Stadt drangen gedämpft zur ihr heran, und erst jetzt bemerkte sie, dass das gleichtönige Poltern der Axt auf dem Spaltblock verstummt war. Sie wollte die Stufen hinabhuschen, als sich eine schwere Pranke auf ihre Schulter legte.

»Was machst du hier?«

Sophies Herz setzte einen Schlag aus. Der Aufschrei hing ihr schon auf der Zunge, als ihr Blick auf das Gesicht des Mannes fiel.

»Onkel Hugo!« Sophies Knie zitterten vor Schreck und Erleichterung. »Süßer Jesus, hast du mich erschreckt!«

»Das wollte ich nicht.« Zerknirschung spiegelte sich auf dem breiten Gesicht des Onkels, er ließ die Hand von ihrer Schulter gleiten. »Das tut mir leid.«

»Es ist schon gut.« Sophie atmete noch einmal durch und setzte ein versöhnliches Lächeln auf. »Ich habe dich nicht gehört.«

»Man hört schlecht im Nebel.« Hugo nickte bedächtig. »Hast du gedacht, dass ich der Mörder bin?«

»Mörder?« Sophie blinzelte fragend, ehe ihr klar wurde, was er meinte. »Dann glaubst wenigstens du mir, dass sie nicht ertrunken ist?«

Der Onkel wiegte den Kopf. »Ich weiß es nicht. Aber sie ist tot, oder?«

»Das ist sie«, nickte Sophie und schluckte, um die Beklemmung loszuwerden, die der Gedanke daran in ihr auslöste. Ihr Blick wanderte nervös zur Eingangstür, wo sie bereits Stimmen und Schritte zu vernehmen meinte. »Onkel Hugo, sei mir nicht böse, aber ich muss weiter. Ich will Julius besuchen, und wenn ich mich nicht beeile, treffe ich ihn nicht mehr an.«

Sie wusste, dass Hugo alles ihrer Mutter weitertragen würde, aber auf der anderen Seite wusste sie auch, dass es eine Sache gab, die ihr tumber Onkel gar nicht leiden konnte – Lügen.

»Julius?« Hugo runzelte die Stirn.

»Mein Vetter«, versuchte Sophie die Erklärung knapp zu halten. »Julius Laumann. Der in Köln war. Erinnerst du dich?«

Hugo bewegte grübelnd den Kiefer, riss dann plötzlich die Augen auf. »Der kleine Julius?«

»Genau der«, nickte Sophie. »Ich habe ihm versprochen, dass ich vorbeikomme.« Das war zwar eine Lüge, aber eine, die Hugo nicht ohne Weiteres entlarven konnte.

»Geh nicht alleine!«, rief er ihr nach, als sie bereits die Stufen hinab zum Pfarrhof nahm. »Da ist ein Mörder da irgendwo!«

Sophie winkte Hugo beruhigend zu, ehe er im Nebel verschwand und mit ihm das Haus und die Gasse. Fröstelnd eilte sie die Stufen hinab, und trotz der Feuchtigkeit, die den Sandstein gefährlich glatt machte, hielt sie nicht inne, bis sie wieder ebenes Pflaster unter den Füßen hatte. Sie winkte dem Küster zu, der verschlafen dürres Laub vor der Kirche zusammenfegte, doch erst, als sie die letzten Stufen zum Wendelstein und zur belebten Barfüßerstraße hinabgenommen hatte und sich unter die Menge mischte, löste sich die Anspannung, die Hugos warnende Worte in ihr zurückgelassen hatten.

Es war eine Amsel unter dem Fenster, die Julius an diesem Morgen aus einem unruhigen Schlaf hochschrecken ließ. Einen Moment lang blinzelte er orientierungslos in das dämmrige Licht, das durch die Fensterläden fiel. Es war kalt in der Dachkammer. Die spärliche Einrichtung war eher einem Dienstboten als einem zukünftigen Stadtphysikus angemessen, aber Julius war am Vorabend zu erschöpft gewesen, um sich darüber zu ärgern. Er hatte noch lange gelesen und vergeblich darauf gewartet, dass Schmitt ihm die Nachricht vom Schultheiß brachte. Darum musste er sich heute als Erstes kümmern, seufzte Julius stumm und fuhr sich mit der Hand über die Augen, um die letzten Reste des Schlafs zu vertreiben. Und danach stand der Besuch bei den Wittgens an.

Entschlossen schlug er die Decke zurück und schwang die Beine aus dem Bett. Die Bohlen fühlten sich hart und kalt unter seinen Füßen an und das von Berte bereitgestellte Wasser war eisig. Eine weitere Sache, derer er sich annehmen musste, sobald er Zeit dafür fand.

Flüchtiger als sonst wusch er sich und schlüpfte in frische Kleidung. Einen Spiegel gab es hier nicht, sodass er den Sitz von Weste und Halstuch nur ertasten konnte. Halbwegs zufrieden verließ er die Kammer und stieg die enge Treppe hinab zu den Wohnräumlichkeiten.

Doktor Hirschner saß beim Frühstück, als Julius eintrat. In einer Tasse dampfte ein herber Kräutertee, vor ihm auf dem Tisch standen ein Körbchen mit einer Handvoll Brotscheiben und ein Krug mit weißlichem

Honig. Der Doktor hatte eine Zeitung vor sich aufgeschlagen und hielt sie mit ausgestreckten Armen so weit von sich entfernt wie möglich.

»Oh, guten Morgen, Junge!«, rief er erfreut, als Julius mit einem Räuspern auf sich aufmerksam machte. »Setz dich und iss etwas. Möchtest du Tee?«

»Kaffee, wenn's recht ist«, nickte Julius eher aus Höflichkeit, während er einen Stuhl heranzog und sich setzte.

»Kaffee!« Doktor Hirschner schüttelte missbilligend den Kopf und faltete die Zeitung zusammen. »Dieses türkische Rattengift! Willst du dich umbringen?«

»Wie kommen Sie darauf, dass ich mich umbringen wollte?«

»Na, dieses Zeug ist doch gefährlich wie die Nacht.« Hirschner zog die Stirn kraus. »Bitterkeit warnt uns davor, dass wir im Begriff sind, Giftiges zu uns zu nehmen. Nur ein Narr würde etwas so Bitteres wie Kaffee für unbedenklich halten.«

»Die schwedischen Versuche zeigen etwas anderes.«

Hirschner blinzelte hinter seiner schweren Brille. »Welche Versuche?«

»Sie kennen die Geschichte nicht? König Gustav verurteilte zwei Schwerverbrecher – Zwillinge – zu einem Experiment. Der eine trank nur starken Tee, der andere nur starken Kaffee. Beide überlebten, und nicht nur dass, sie überlebten auch den König und die Ärzte, die den Versuch beobachteten. Nichts deutete darauf hin, dass Kaffee auch nur eine Spur Gift enthielt, beziehungsweise enthält.«

Hirschner winkte ab. »Das hat nichts zu sagen. Wer weiß, was sie diesen armen Töpfen gegeben haben, damit sie das überstehen. Merke dir, Junge, jede Untersuchung ist nur so viel wert wie die Absicht, die dahintersteht.« Er fuchtelte mit einem Löffel vor Julius' Nase herum. »Mir kommt das Zeug jedenfalls nicht ins Haus. Und dir rate ich, lass die Finger davon!«

Julius seufzte innerlich. In Paris hatte er sich angewöhnt, den Morgen mit einer Tasse Kaffee zu beginnen, der ihm half, in den Tag zu kommen. Bei dem Kräutertee hingegen verursachte ihm allein der Geruch schon Bauchgrimmen. Er begann zu zweifeln, ob es wirklich ein guter Einfall war, hier unterzukommen.

»Wissen Sie, ob Schultheiß Hille inzwischen die Obduktion angeordnet hat?«, wechselte er das Thema und erhob sich, um aus einem Geschirrschrank Teller und eine passende Tasse zu holen. Berte hatte sich anscheinend irgendwo verkrochen, anstatt ihren Pflichten nachzukommen. »Ich werde ihn nachher noch selbst aufsuchen, aber ich dachte …

»Es wird keine Obduktion geben.«

»Wie meinen Sie das?« Julius ließ die Teller, wo sie waren, und drehte sich um. »Wo liegt das Problem?«

»Sie ist ertrunken, da braucht man keine Obduktion.«

»Aber ich habe mich doch klar ausgedrückt, dass Ertrinken als Todesursache keineswegs gesichert ist.«

Hirschner verschwand ungerührt wieder hinter seiner Zeitung. »Junger Mann, es steht dir nicht zu, den Beschluss der Medicinal-Deputation infrage zu stellen.

Ein Bote von Professor Michaelis war hier. Er lässt dir ausrichten, dass nach Ansicht der Medicinal-Deputation keine ausreichenden Gründe für eine Obduktion vorliegen. Abgesehen davon rügt man dein eigenmächtiges Vorgehen aufs Schärfste und erwartet, dass du heute Nachmittag bei der Deputation vorstellig wirst. Also wirklich Junge«, Hirschner ließ die Zeitung erneut sinken und schnalzte tadelnd mit der Zunge. »Was hast du dir dabei gedacht?«

»Ich sollte wohl froh sein, dass die Deputation Tod durch Ertrinken und nicht Tod durch Wolf annimmt«, murmelte Julius. Fassungslos schüttelte er den Kopf, während er sich fragte, welche Rolle Fichtner wohl bei dieser Schmierenkomödie spielte. Es würde Julius nicht wundern, wenn der dicke Doktor nicht die treibende Kraft hinter allem war. Verletzter Stolz machte Menschen erfinderisch darin anderen zu schaden, und Fichtners Stolz schien schwer verletzt.

»Der Wolf macht uns schon Kummer genug, aber er ist nicht für alles verantwortlich«, brummte Hirschner. Er machte eine unwirsche Handbewegung »Nun setz dich endlich und iss. Du machst mich noch ganz nervös, wenn du so hinter mir herumschleichst.«

Einen Moment lang rang Julius mit einer bissigen Erwiderung, kehrte dann aber widerstrebend zum Tisch zurück und ließ sich auf den Stuhl fallen. Der Hunger war ihm vergangen. Was fiel diesen Wald- und Wiesenärzten ein? Sie konnten ihn doch nicht so einfach übergehen! Als ob seiner Erkenntnisse nichts wert seien.

Der alte Arzt äugte hinter seiner Zeitung hervor. »Nun iss schon was!«, wiederholte er seine Aufforderung.

»Später«, nickte Julius knapp. »Sobald ich bei den Wittgens war.«

Die Zeitung sank herab, verdutzt blickte Doktor Hirschner ihn an. »Was willst du denn da?«

»Reden. Herausfinden, was das Mädchen an der Lahn verloren hatte.«

Der Alte wackelte tadelnd mit dem Zeigefinger. »Lass die armen Leute in Frieden, die haben genug Kummer. Überlass das der Polizey und dem Schultheiß.«

»Ach, ich soll die Angelegenheit Männern überlassen, die eine Wasserleiche nicht von einem Mordopfer unterscheiden können?« Er klang schärfer, als er beabsichtigt hatte, aber die Vorstellung, den Dingen ihren Lauf zu lassen, erschien ihm geradezu absurd.

»Du sollst nicht nur, du *musst* die Angelegenheit kompetenteren Männern überlassen«, gab Doktor Hirschner nicht minder scharf zurück. »Du wurdest bislang noch nicht einmal geprüft!«

»Ich wurde oft genug geprüft und für gut befunden, dass ich mir sicher bin, wie das Mädchen umgekommen ist.« Julius stand auf. Es war vertane Zeit, mit dem alten Doktor zu streiten. Er sollte lieber sehen, dass er mit den Wittgens sprach. Je eher er beweisen konnte, dass er recht hatte, desto eher hatte dieser Spuk ein Ende.

Die Herbstblumen lagen noch auf den Stufen, zertreten von unachtsamen Füßen und besudelt vom Straßenschlamm. Es schien sie niemand gesehen zu haben, oder vielleicht hatte sich auch nur niemand für sie interessiert. Die Menschen waren blind für Dinge, die ihnen unwichtig erschienen oder alltäglich. Alltäglich wie der Sonnen-Hans, der Junge aus dem Gasthaus am Markt, den jeder kannte und der doch für die meisten Augen unsichtbar war. Nicht, dass Hans das gestört hätte, im Gegenteil, er legte keinen Wert darauf, wahrgenommen zu werden. Meistens war er damit zufrieden, still seinen Aufgaben nachzukommen, Fässer und Vorräte zu schleppen und abends im Schankraum auszuhelfen. Er war froh, wenn man ihn nicht ansprach. Er hasste die zotigen Witze der Trunkenen, ihr dröhnendes Lachen, das jäh abbrach, wenn er aus Versehen etwas von ihrem Bier verschüttete. Er hasste den Pfeifentabak, dessen Brösel er am Morgen von den Tischen wischen musste, und er hasste den Rauch, der ihm im Hals kratzte. Da er unsichtbar war, konnte er verschwinden, wenn es ihm zu viel wurde. Inzwischen wusste er, wie lange er fort sein konnte, bis es seinem Vater auffiel. An manchen Abenden fiel es überhaupt nicht auf, wenn der Alte selbst bei den Gästen saß und redete, bis Gesicht und Nase glühten und die Zunge schwer war vom Wein. Das waren die Abende, an denen Hans sich beizeiten davon schlich, um sie zu sehen. Sie ruhte meistens schon, wenn er auf das Dach des Schuppens kletterte, um in ihr Fenster blicken zu können. Manchmal las sie auch oder bürstete ihr dunkles Haar aus, bis es wie ein seidenes Tuch über ihre Schultern fiel. Sie war die Einzige, bei der er sich wünschte, nicht unsichtbar zu sein.

Im Sommer hatte er begonnen, Blumen vor ihr Haus zu legen, bunte Blüten, jetzt im Herbst hingegen Zweige mit roten Beeren oder goldenem Laub, das im Sonnenlicht satt leuchtete. Mit Schrecken hatte er schon an den Winter gedacht und überlegt, was er dann noch finden könnte, um ihr eine Freude zu machen.

Doch das war nun überflüssig geworden. Die letzten Blumen lagen zertreten im Dreck, und Hans war, als würde eine eiserne Faust sämtliche Luft aus seinen Lungen drücken und sein Herz in ein Stück dumpfes Eisen verwandeln, während er in seinem Versteck hockte und mit brennenden Augen zu ihrem Haus hinüber starrte. Blumen im Winter würde es nicht mehr geben.

Der Ärger wühlte immer noch in Julius' Brust, als er wenig später mit Rock und eilig zusammengeklaubter Tasche das Haus verließ. Er hatte lange geschlafen, stellte er fest, denn es herrschte mittlerweile reges Treiben auf der Wettergasse, die nun am Vormittag in satten Herbstfarben dalag. Hühner gackerten irgendwo in einem Hof, und ein junger Bursche in Holzschuhen schob rumpelnd einen Karren die Steigung hinauf. Nicht zum ersten Mal fiel Julius auf, wie dörflich Marburg war, vor allem nach den Jahren, die er in Köln und Paris verbracht hatte. Vielleicht war es doch ein Fehler gewesen zurückzukehren, und die Zeit in der Fremde hatte ihn zu stark verändert, um sich noch in das kleinstädtische Geschehen mit seinen bekannten Gesichtern und Bräuchen einzufinden.

»Julius!«

Sophie winkte und sprang von dem Mäuerchen, auf dem sie gesessen hatte. »Ich dachte schon, du kommst gar nicht mehr heraus«, lächelte sie, als sie vor ihm stand. »Ich habe vorhin geklopft, aber dieses dicke Hausmädchen hat mich wieder fortgeschickt.«

Vermutlich war es Berte zu anstrengend gewesen, ihn zu wecken, dachte Julius grimmig. Noch ein Punkt, der sich ändern musste. »Sophie. Wie nett. Wieso wolltest du denn zu mir?«, fragte er.

»Ich will dich fragen, was du über Helenes Tod herausgefunden hast.«

»Warum interessiert dich das?«

»Weil ich sicher bin, dass sie nicht ertrunken ist.«

»Dann sind wir zumindest zwei«, bemerkte Julius trocken. »Ich denke trotzdem nicht, dass du dir den Kopf darüber zerbrechen solltest. Geh nach Hause, ehe du dich erkältest.« Er machte mit der Hand eine scheuchende Geste und wollte schon an ihr vorbeigehen, aber sie stellte sich ihm mit einer schnellen Bewegung in den Weg.

»Ich habe den halben Vormittag gewartet, und ich bin nicht hier, um mich wieder nach Hause schicken zu lassen.« Ihr Lächeln war ebenso zuckersüß wie aufgesetzt und verbarg ihren Ärger kaum. »Sag mir wenigstens, was du herausgefunden hast. Eher gehe ich nicht.«

Julius hob irritiert eine Braue. »Ist das eine Drohung?«

»Nur, wenn es sich nicht vermeiden lässt.« Sie hielt seinen Blick, reckte das spitze Kinn herausfordernd. »Ich hatte eigentlich gehofft, dass du mir hilfst.«

»Wobei helfen?«

»Ich will herausfinden, was Helene zugestoßen ist. Was immer es war, ich bin mir sicher, dass es kein Unfall war. Helene war vorsichtig, fast ängstlich. Sie hätte sich niemals bewusst in Gefahr begeben.«

Julius zögerte einen Moment, dann fasste er Sophie am Arm und zog sie von der belebten Straße weg in eine Seitengasse. Eigentlich wollte er sie aus der Sache heraushalten, aber vielleicht konnte sie ihm helfen.

»Du kanntest Helene Wittgen doch gut. Könnte es denn sein, dass sie freiwillig ins Wasser gegangen ist?«, fragte er sie eindringlich.

»Nein, das hätte sie niemals getan.« Sophie schüttelte den Kopf, sodass die kurzen Locken flogen. »Sie hätte ihr Leben nicht einfach weggeworfen.«

»Glaub mir, es gibt wenig zwischen Himmel und Erde, was dem menschlichen Wesen fremd wäre«, sagte Julius nüchtern. »Weiß du, ob sie ein Kind getragen hat?«

Sophie schaute entsetzt. »Helene? Nein.«

»Was macht dich da so sicher?«

»Sie hätte es mir gesagt. Sie hat mir alles erzählt, was sie beschäftigt.« Sophie seufzte, wandte kurz den

Kopf, als von der Wettergasse her Unruhe aufkam. »Ich glaube, sie hatte keine andere Freundin seit ihrem Umzug von Kassel hierher nach Marburg.«

Julius blieb skeptisch, aber er sah ein, dass er nicht weiterkam. Auch hier wäre eine Obduktion hilfreich gewesen. Er musste dringend mit diesem Doktor Wittgen sprechen. Vielleicht rückte dieser von seiner ablehnenden Haltung ab, wenn Julius ihm die Notwendigkeit deutlich vor Augen führte. Der Mann musste doch ein Interesse daran haben, den Mord an seiner Tochter aufzuklären!

Julius ließ Sophies Arm los, richtete sich auf. »Ich muss weiter. Richte deiner Mutter meine Grüße aus«, verabschiedete er sich mit einem knappen Nicken. »Ich werde euch besuchen, wenn Zeit ist.«

»Warte!« Sophie fasste ihn am Rockärmel, ließ diesen aber sofort wieder fahren, als er ihr einen erbosten Blick zuwarf. »Du hast mir noch nicht geantwortet. Was hast du herausgefunden?«

Julius verdrehte innerlich die Augen, blieb aber stehen. »Ich habe fast nichts herausgefunden«, erklärte er barsch. »Ich bin mir ziemlich sicher, dass sie nicht ertrunken ist, und ich weiß, dass sie nicht von einem Wolf gerissen wurde. Der Herr Oberschultheiß und die Herren Professoren sind sich aber anscheinend sicher genug, um die Sache nicht weiter zu verfolgen.«

Sophie runzelte die Stirn, zog dann ärgerlich die feinen Brauen zusammen. »Du meinst, sie lassen nicht nach dem Mörder suchen?«

»Anscheinend nicht. Einen Mörder gibt es nur, wenn

man von einem Mord ausgeht. Das tut man nicht, also erübrigt sich die Suche.«

»Und was hast du nun vor? Willst du noch einmal mit dem Hille sprechen? Oder mit deinem Vater? Vielleicht könnte er …

»Ich bin kein kleiner Junge, der Hilfe braucht, wenn man ihm nicht gibt, was er will«, unterbrach Julius sie gereizt. »Im Übrigen ist das ohnehin nicht deine Angelegenheit. Grüß deine Mutter von mir und geh nach Hause.«

Ungerührt blickte Sophie ihn an. »Wo willst du hin?«

»Zu den Wittgens.«

»Ich komme mit!« Sophie raffte ihre Röcke, blickte wieder zur Wettergasse, wo die Unruhe und die Rufe lauter geworden waren. »Ich kenne die Wittgens. Vielleicht kann ich dir helfen.«

Julius holte tief Luft, atmete langsam aus. Am liebsten hätte er sie angefahren, dass sie ihn in Ruhe lassen und sich um ihren eigenen Dreck kümmern sollte. Andererseits ahnte er, dass er damit wahrscheinlich nichts erreichen würde. Zumindest nicht bei diesem dreisten Kind.

Wortlos drehte er sich um und ging davon. Sophie folgte ihm.

Doktor Wittgen bewohnte mit seiner Familie ein Haus in der Barfüßerstraße unweit des Stadttores. Auf dem Weg dorthin mussten sie am Markt eine aufgebrachte

Menge umgehen, die lautstark durcheinanderredete und immer wieder Fäuste in Richtung des Rathauses reckte. Julius zog Sophie weiter, als sie Anstalten machte stehen zu bleiben.

»Warte doch!«, protestierte sie. »Willst du gar nicht wissen, was da los ist?«

»Nein«, gab Julius zurück, ohne sich umzuschauen. »Wenn es wichtig ist, erfahren wir das früh genug. Komm jetzt.«

Sophie riss sich los und warf ihm einen Blick zu, der die Hölle zum Gefrieren gebracht hätte. Aber sie widersprach nicht länger.

Das Haus, zu dem sie ihn führte, lag nahe am Barfüßer Tor, ein größeres Bürgerhaus mit aufwendiger Gefachbemalung. Auf der Stufe vor der Tür hockte eine einzelne Krähe, die sie misstrauisch beäugte.

»Ich hätte angenommen, jemand wie Wittgen sucht sich ein Haus am Markt oder in der Ritterstraße«, bemerkte Julius. »Es erübrigt sich wahrscheinlich, dich zu fragen, ob du hier draußen wartest?«

Sophie gab ein verächtliches Schnaufen von sich und wandte sich gerade zur Tür, als diese aufgerissen wurde und die Krähe mit einem empörten Krächzen aufstob. Ein schlicht gekleideter Mann mit auffällig roten Haaren trat heraus und redete dabei heftig gestikulierend auf ein Dienstmädchen ein, das ihm folgte und gerade zu einer Erwiderung ansetzte, als Julius sich vernehmlich räusperte. Sofort verstummte der Mann, sein Blick flog kurz zu Julius und Sophie. Dann wandte er sich abrupt ab und schritt eilig davon.

Das Dienstmädchen, ein einfaches Ding mit einem groben Gesicht und Hasenzähnen, blickte ihm verstimmt nach.

»Wer war das?«, erkundigte sich Sophie neugierig.

Die Magd zuckte zusammen, schüttelte den Kopf. »Niemand von Bedeutung«, sagte sie grantig. »Was wollen Sie?«

»Doktor Laumann«, stellte sich Julius knapp vor. »Sind deine Herrschaften zu sprechen?«

»Kann sein.« Das Mädchen musterte Julius abschätzend. »Ich kenne Sie nicht, aber ich kann nachsehen, ob jemand zu Hause ist.«

»Dann tu das bitte«, forderte Julius sie unwirsch auf. »Es ist wichtig.«

»Unverschämtes Ding«, murmelte Sophie neben ihm, nachdem das Dienstmädchen langsamer als nötig im Haus verschwunden war. »Meine Mutter ließe es sich nicht bieten, wenn unsere Magd so mit Besuchern umspränge.«

»Dafür lässt deine Mutter zu, dass du dich den halben Vormittag auf der Wettergasse herumdrückst.«

»Ich war zwischendurch bei Anna. Im Übrigen kann ich nichts dafür, dass der Herr Doktor erst zum Mittagsgeläut aufsteht«, gab Sophie spitz zurück.

Julius hob die Brauen, sparte sich aber die scharfe Erwiderung, die ihm auf der Zunge lag. Ihn wurmte es, dass Sophie zielsicher die Schwäche fand, die ihn selbst am meisten störte: Er konnte nächtelang arbeiten, aber des Morgens aus dem Bett zu kommen, erschien ihm manchmal ein Ding der Unmöglichkeit. Dennoch sollte er dringend etwas ändern, wenn er schon seiner kleinen Base Anlass zum Spott bot.

Zu seiner Erleichterung erschien das Dienstmädchen wieder und bat sie herein. Der Hausherr erwartete sie in der Stube. Eine Reihe kleiner Fenster passten sich in das Fachwerk ein und gewährten einen beeindruckenden Blick über die Gärten südlich des Schlossbergs, die sich bis hinab zur Lahn erstreckten. Im Gegensatz zu den sonnendurchfluteten Weiten jenseits der Mauern stand die tiefe, unverputzte Balkendecke, die den Raum zu erdrücken schien und Julius veranlasste, beim Eintreten den Kopf unwillkürlich einzuziehen. Warum man am Verputz der Decke sparte, wollte Julius nicht in den Sinn, zumal die Stube ansonsten von einem wohlhabenden, reinlichen Haushalt kündete. Die geschmackvollen Möbel standen akkurat, der Dielenboden war sauber und geschrubbt, und doch fehlte diesem Raum etwas, was Julius erst im zweiten Moment auffiel: Es war kalt. Zu kalt. Nicht nur, dass der Hausherr mit dem Feuerholz geizte, es gab nichts, was die Räumlichkeiten wohnlich gemacht hätten, keine Deckchen, keine Bilder, keine Blumen und nicht einmal eine Schale mit rotbackigen Herbstäpfeln, wie sie zu dieser Jahreszeit in nahezu jeder Stube zu finden waren.

Der Hausherr stand am Fenster, als sie eintraten, den Blick hinaus auf das Lahntal gerichtet und die Hände hinter dem Rücken verschränkt. Auf einem Sofa neben dem erkalteten Kachelofen saßen zwei Frauen, von denen sich eine bei ihrem Eintreten erhob.

»Doktor Laumann«, begrüßte sie Julius mit einem bemühten Lächeln. »Wir hatten noch keine Gelegenheit.«

»Frau Doktor Wittgen, nehme ich an?«, erwiderte Julius die Begrüßung steif. Es irritierte ihn, dass sie ihn empfing und nicht ihr Gatte, aber noch mehr irritierte ihn die Art, wie sie ihn ansah. Sie war überraschend jung und recht hübsch mit ihren großen, rehbrauen Augen, die einen warmen Kontrast zu den flachsblonden Locken unter der Haube bildeten. Ihre ganze Art zu sprechen, die Art, wie sie sich bewegte, hatte etwas erschreckend Sinnliches, und Julius konnte sich gut vorstellen, wie dieses junge Ding ihrem Gemahl den Kopf verdreht hatte. Sie mochte kaum älter sein als ihre Stieftochter Helene, fiel Julius auf, eine junge, erfrischende Frau. Man sah ihr an, dass es ihr schwerfiel, Trauer für das Mädchen zu heucheln.

»Katharina Wittgen«, nickte sie und deutete auf die andere Frau, die Julius interessiert musterte. »Das ist meine Freundin Emilie Breuer. Sie steht uns bei in diesen schweren Tagen.«

Julius neigte den Kopf höflich in die Richtung der Breuer, die den Gruß ebenso knapp erwiderte. Sie war älter als Katharina Wittgen, eine Frau, deren Jugend bereits verblüht, aber noch nicht verwelkt war. Sie hatte auffallend rote Backen, die im erfrischenden Widerspruch zu dem tristen Witwenschwarz standen, das sie trug.

»Es tut mir auch sehr leid, Frau Wittgen«, meldete sich Sophie und senkte den Blick auf die Hände. »Ich bin … immer noch durcheinander, wie das geschehen konnte.«

Katharina lächelte sacht. »Das ist sehr freundlich von Ihnen, Fräulein Dierlinger. Wir sind ebenfalls sehr traurig und mitgenommen von der schlimmen Nachricht. Was können wir denn für Sie tun, Doktor Laumann?«, erkundigte sie sich höflich.

Julius verschränkte die Arme hinter dem Rücken. »Ich habe Ihre Tochter untersucht, nachdem man sie gefunden hat, und bin auf ein paar Ungereimtheiten gestoßen. Ich hoffe, es ist für Sie erträglich, wenn ich ein paar Fragen an Sie habe?«

»Kaum, aber Sie werden sich wohl nicht abweisen lassen«, antwortete der Hausherr anstelle seiner Frau. Doktor Wittgens Stimme hatte einen angenehmen, vollen Klang, auch wenn nun Bitterkeit in ihr mitschwang. Seine Schultern hoben sich leicht unter einem tiefen Atemzug, dann drehte er sich um. Im Gegensatz zu vielen anderen Männern seines Alters, die dank ihres Wohlstandes zu einer gewissen Leibesfülle neigten, hatte sich Karl Friedrich Wittgen anscheinend die schlanke, hochgewachsene Erscheinung seiner Jugendtage erhalten. Sein aschblondes, volles Haar war nur an den Schläfen ergraut und umrahmte ein gefälliges Gesicht mit markanten Zügen, das auf Frauen zweifellos anziehend wirken mochte, auch wenn es jetzt von Kummer gezeichnet war. »Vielleicht kann ich Ihnen mit einer Auskunft dienen. Was möchten Sie wissen?«, fragte er, während er langsam neben das Sofa trat und Julius aufforderte, sich zu setzen. Seine Stimme klang erschöpft, wie nach einer langen Reise. »Ich dachte eigentlich, es sei alles geklärt.«

»Das ist es leider noch nicht ganz«, platzte Sophie dazwischen. »Helene ist nicht ertrunken, und sie …

»Sie *ist* ertrunken.« Wittgens Stimme war nicht laut, aber scharf genug, um Sophie verstummen zu lassen. »Man hat es mir versichert, und es gibt keinen Grund, es anzuzweifeln. Und ich bitte, unsere Trauer zu respektieren. Helene ist tot. Sie war mein einziges Kind. Lassen Sie sie in Frieden ruhen.«

»Sie haben mein ehrliches Mitgefühl«, sagte Julius und warf Sophie einen warnenden Blick zu.

Ihre Augen funkelten trotzig, aber sie versuchte nicht noch einmal, ihn zu unterbrechen.

»Ich will Ihnen kein zusätzliches Leid antun«, fuhr Julius fort. »Mir ist jedoch etwas aufgefallen, was vielleicht in einem Zusammenhang mit diesem Unfall, wie man sagt, stehen könnte. War Helene krank?«

»Das kann ich Ihnen nicht sagen« Ein unterschwelliges Beben in Wittgens Stimme verriet, dass es ihm schwerfiel, die Fassung zu wahren. »Ich war auf Reisen und habe erst bei meiner Rückkehr erfahren, dass …« Er verstummte.

»Helene fühlte sich nicht wohl, das stimmt«, ließ sich Katharina vernehmen. »Aber sie hat nicht mit mir gesprochen. Sie war nicht bereit, eine Mutter in mir zu sehen, ja, nicht einmal die Gattin ihres Vaters, der sie Gehorsam schuldete. Sie tat, was immer sie für richtig hielt, wenn mein Gemahl unterwegs war, und hat mich behandelt, als sei ich Luft.«

»Verdammt, Weib, es hätte zu deinen Pflichten gehört, für sie zu sorgen!«, fuhr Wittgen herum. »Dann wäre sie vielleicht noch am Leben.«

»Ich kann nicht behaupten, dass Sie sich besonders darum bemüht hätten, mir den Gehorsam Ihrer Tochter zu sichern«, gab Katharina spitz zurück. »Was sollte ich denn tun? Sie einsperren?«

Julius räusperte sich. Ihm war es unangenehm, Zeuge dieses Streits zu sein, der anscheinend schon länger schwelte, und ein Blick zu Sophie verriet ihm, dass es ihr genauso erging.

»Wann haben Sie sie denn zuletzt gesehen?«, fragte er rasch.

Katharina hob die Schultern und wechselte einen kurzen Blick mit Emilie. »Vorgestern. Sie wollte nicht zum Essen herunterkommen. Angeblich war ihr nicht gut.«

»Könnte sie etwas Verdorbenes gegessen haben? Oder waren noch andere Mitglieder des Haushalts erkrankt in letzter Zeit?«

Katharina schüttelte ratlos den Kopf. »Nicht, dass es mir bekannt wäre. Greta, unser Mädchen, ist gesund wie eine junge Kuh, und mein Mann … war auf Reisen.«

»Sie reisen viel?«, wandte sich Julius an den Hausherrn, der die Arme verschränkt hatte.

»Man ersucht in Kassel oft meinen Rat«, erwiderte Wittgen knapp. »Ich bin gezwungen, viel zu reisen.«

»Verstehe.« Julius nickte. »Würde es Ihnen etwas ausmachen, wenn ich einen Blick in Helenes Zimmer werfe? Vielleicht findet sich dort etwas, was uns weiterhilft, ihren Tod zu erklären.«

Für einen Moment schien es, als wollte Wittgen die Bitte rundheraus ablehnen, aber dann nickte er widerstrebend. »Ich habe angeordnet, dass nichts angerührt wird. Wenn es Ihnen weiterhilft, schauen Sie sich in Gottes Namen um. Danach lassen Sie uns bitte in Frieden.«

»Ich danke Ihnen.« Julius erhob sich. »Machen Sie sich keine Umstände, wir finden die Kammer schon.«

»Greta begleitet Sie hinauf. Und teilen Sie uns mit, wenn Sie etwas herausfinden.«

Das hätte man vielleicht schon, wenn man die Obduktion zuließe, dachte Julius im Stillen. Höflich verabschiedete er sich von den beiden Frauen sowie dem Doktor und folgte der Magd, die unerwartet schnell zur Stelle war, dass er annahm, sie habe jedes Wort an der Tür belauscht.

Julius musste kein Hellseher sein, um zu bemerken, dass Sophie verärgert war. Wortlos schritt sie hinter ihm die Treppe hinauf, die sie in Helenes Schlafzimmer führte, und sie sagte nichts, als die Magd sie darauf aufmerksam machte, dass auf Wunsch des Hausherrn nichts angerührt werden dürfe. Erst, als sich die Tür hinter Greta geschlossen hatte und ihre Schritte auf der Treppe verklungen waren, wirbelte sie herum. Ihre Augen blitzten unter den zusammengezogenen Brauen. »Was fällt dir eigentlich ein?«, fauchte sie. »Du hast doch selbst gesagt, dass sie nicht ertrunken ist! Warum redest du den Leuten nach dem Mund, obwohl du es besser weißt? Dieser Wittgen …

»… trauert«, unterbrach sie Julius knapp. Er ging ein paar Schritte durch den Raum, sah sich suchend um. »Er ist außer sich vor Schmerz. Nachvollziehbar. Menschlich.«

»Ja?« Sophie schüttelte verständnislos den Kopf, die Hände in die Hüfte gestemmt. »Gerade dann müsste er doch herausfinden wollen, was Helene wirklich zugestoßen ist.«

»Menschen neigen dazu, die leichteste Antwort für die wahre zu halten, wenn jede andere schmerzen würde«, erwiderte Julius, während er sich fragte, was er hier eigentlich erwartet hatte. Es war eine Schlafkammer, wie es sie in Marburg wohl in jedem besseren Bürgerhaus gab, mit einem Bett, einem bemalten Kleiderschrank, Tischchen und einem Bücherregal, das zur Hälfte mit leichter Literatur gefüllt war. Ein Strauß vertrockneter Herbstblumen stand in einem irdenen Krug am Fenster, und auf dem Tisch stand eine leere Schale, wie man sie als Obstablage nutzte. »Weißt du, ob Helene Tagebuch oder Briefe geschrieben hat?«

»Nein«, schnappte Sophie. Sie hatte sich noch nicht von der Stelle gerührt. »Was erwartest du dort zu finden? Einen Eintrag, in dem sie beschreibt, dass sie vorhat, sich am Abend in die Lahn zu stürzen?«

»Das würde die Sache erheblich erleichtern.« Julius trat vor den Schrank und fuhr mit den Fingerspitzen über die feinstrichige Blumenbemalung. Es widerstrebte ihm, die persönliche Habe des jungen Mädchens zu durchwühlen, aber es war der einzige Anhaltspunkt, den er hatte. »Wenn du dich nützlich machen willst, dann schau dich bitte um.«

Er hörte, wie Sophie zornig Luft zwischen den Zähnen hindurchdrückte, doch das Rascheln ihres Kleides zeigte ihm an, dass sie seiner Aufforderung nachkam.

Der Kleiderschrank war erwartungsgemäß nicht verschlossen, förderte aber außer einer Reihe modischer Kleider und einer kleinen Schatulle mit Schmuck nichts Bemerkenswertes zu Tage.

»Sei vorsichtig mit den Kleidern«, warnte Sophie, die das Regal in Augenschein genommen hatte. »Die haben ein Vermögen gekostet.«

»Das erkennst du?« Julius nahm das Kleid, das er gerade aus dem Schrank gezogen hatte, und hob es an, um es zu betrachten. Er verstand wenig von solchen Dingen, stellte er einmal mehr fest, aber das kam vermutlich noch auf ihn zu, wenn er sich ein Weib nahm. »Dem Doktor war seine Tochter demnach einiges wert?«

»Ich glaube schon.« Sophie streckte sich auf die Zehenspitzen, um auf das Regal blicken zu können – ein vergebliches Unterfangen. »Er reist wirklich sehr viel, und Helene hat ihn nicht oft erwähnt. Aber wenn sie von ihm gesprochen hat, dann immer in den höchsten Tönen.« Mit einem leisen Seufzer sah sie sich um und griff nach dem Stuhl, der am Tischchen stand. »Ich kenne ihn kaum, aber wenn ich ihn gesehen habe, war er immer freundlich. Weißt du was?«, hielt sie unvermittelt inne und drehte sich zu ihm um. »Ich glaube, ich weiß, wer Helenes Tod zu verantworten hat.«

»Ach wirklich?« Julius' Mundwinkel zuckte ironisch. Vorsichtig schob er das Kleid zurück in den Schrank, bemüht, es nicht zu sehr zu zerknittern. »Was bringt dich zu dieser Erkenntnis?«

»Mein Verstand.« Sophie stellte den Stuhl ab und raffte ihren Rock, um die Sitzfläche zu erklimmen. »Es ist doch ganz logisch, wenn man überlegt, wer einen Grund haben könnte, Helene den Tod zu wünschen. Da bleiben nicht viele. Helene hatte keine Feinde.«

»Und wer bliebe dann noch?« Julius hatte die Schranktür inzwischen geschlossen und lehnte sich dagegen, um Sophie bei ihrem Artistenstück zuzusehen, wie sie auf dem Stuhl balancierte und versuchte, einen Blick auf die Oberseite des Regals zu erhaschen.

»Vorausgesetzt, es gibt tatsächlich jemanden, der ihr nach dem Leben trachten könnte, dann fiele mir nur eine Person ein.« Sophie streckte den Arm aus, um auch den hinteren Teil abzutasten, der im Schatten eines Balken lag. »Ihre Stiefmutter. Katharina. Sie und Helene hassten sich, und vielleicht hat Katharina befürchtet, Helene könnte ihren Vater gegen sie aufbringen.«

Julius runzelte die Stirn. »Interessante Idee, aber es scheint mir unwahrscheinlich, dass Frau Wittgen in der Lage wäre, Helene in die Lahn zu werfen.«

»Sie könnte einen Helfer gehabt haben. Oder …« Sophie stieß einen spitzen Schrei aus und prallte zurück. Wild ruderte sie mit den Armen durch die Luft und wäre gefallen, wenn Julius nicht mit einem Satz bei ihr gewesen wäre.

»Pass auf!«, herrschte er sie an und trat zurück, nachdem er sich vergewissert hatte, dass ihr nichts geschehen war. »Du brichst dir noch den Hals!«

»Da … da ist etwas!«

Julius warf ihr einen zweifelnden Blick zu. Mit einem knappen Wink scheuchte er sie vom Stuhl und kletterte selbst hinauf. »Was soll da schon sein außer Spinnweben und …« Er stockte, als er etwas Hartes, Pelziges unter seinen tastenden Fingern spürte. Wortlos griff er nach einem Roman aus dem Regal und angelte damit wie mit einem verlängerten Arm unter den Balken, um Sophies Fund vorsichtig hervorzuschieben.

»Und?« Sophie trat ungeduldig von einem Fuß auf den anderen. »Was ist es?«

Julius spitzte die Lippen vor Ekel, während er das Wesen mit dem Buch vorsichtig auf den Rücken rollte. »Eine Ratte. Eine fette, tote Ratte.«

Sophie schüttelte sich angewidert, aber zu Julius' Erleichterung fing sie nicht an zu kreischen, wie es andere Frauen vielleicht getan hätten. Nur ihre Stimme zitterte leicht. »Wie kommt die wohl dorthin?«

»Vermutlich hat sie sich dort versteckt und ist verendet.« Julius hob die Schultern und wollte schon ansetzen, vom Stuhl hinabzusteigen, als sein Blick noch einmal auf den schmalen Spalt zwischen Schrankoberfläche und Balken fiel. »Warte …« Er nahm das Buch wieder zur Hand und stellte sich auf die Zehenspitzen, um den hintersten Winkel zu erreichen und die verschrumpelten Überreste eines Apfels hervor zu fischen.

»Ich hab's!«, verkündete er triumphierend und klaubte ein Taschentuch aus der Hosentasche, um die angeknabberten Apfelreste damit vorsichtig aufzunehmen. »Nun wissen wir wenigstens, woran sich die Ratte den Magen verdorben hat.«

»An einem Apfel?« Sophies feine Brauen wölbten sich skeptisch.

»An einem Apfel«, bestätigte Julius und kletterte etwas umständlich vom Stuhl, da er sich nur mit einer Hand festhalten konnte. Er deutete auf die verwaiste Schale, die auf dem Tisch stand. »Was fällt dir auf?«

»Eine leere Schale.«

»Das Offensichtliche. Was mag darin gelegen haben?«

»Birnen oder Äpfel oder … was weiß ich.« Sophie schüttelte ungehalten den Kopf. »Julius, ich mag so etwas nicht. Sag endlich, was du meinst.«

»Die Blumen.« Mit einem Schritt war Julius am Fenster und strich mit dem Finger vorsichtig über die verwelkten Blütenstände, woraufhin sich die Blütenblätter lösten und sacht zu Boden rieselten. »Jemand hat sich die Mühe gemacht, die Schale zu leeren, aber die Blumen stehen gelassen.«

»Vielleicht eine Nachlässigkeit der Magd.« Sophie hob die Schultern. »Sie scheint mir ohnehin nicht die Fleißigste zu sein.«

»Vielleicht. Vielleicht hat jemand aber auch ganz bewusst die Obstschale geleert. Weil jemand wusste, dass sich ein vergifteter Apfel darunter befand. Diese Maßnahme kam für die bedauernswerte Ratte jedoch zu spät.«

Sophie nickte leicht. Sie knetete die Unterlippe zwischen den Zähnen, den Blick nachdenklich auf die leere Schale gerichtet. »Wenn es wirklich so wäre, spräche es doch dafür, dass Katharina etwas mit Helenes Tod zu tun hat, nicht wahr?«

»Wie kommst du darauf?«

»Ich habe noch nie von einem Mann gehört, der mit Gift gemordet hätte.«

Julius' Lippen kräuselten sich zu einem ironischen Lächeln. »Diese Logik schließt sich nahtlos an die Mutmaßungen um den bösen Wolf an. Benutze deinen Kopf, liebste Base, dafür hast du ihn. Und nun verabschieden wir uns und gehen. Ich bringe dich nach Hause.«

Widerspruch regte in Sophies Mimik, aber sie nickte nur mit zusammengekniffenen Lippen. Ohne ein weiteres Wort wandte sie sich ab und verließ die Kammer.

Julius begleitete Sophie bis zur Haustür, schlug ihre Aufforderung, ihrer Mutter einen kurzen Besuch abzustatten, aber unter einem Vorwand in den Wind.

Sophie hatte nichts anderes erwartet, auch wenn es sie ärgerte, dass er sich so eilig verabschiedete. Er schien froh, sie endlich los zu sein.

Ihre Erinnerungen an Julius' Zeit vor seinem Studium waren erschreckend blass, doch sie wusste aus den Erzählungen ihrer Mutter, dass er immer schon ein Eigenbrötler gewesen war, der sich wenig aus anderen Menschen machte. Vielleicht war er zu klug für seine

Umwelt, hatte ihre Mutter einmal im Scherz gesagt, und Sophie war inzwischen bereit, ihr beizupflichten. Zumindest fühlte sich Julius zu klug.

So blieb ein galliger Geschmack auf der Zunge, als sie in der Hoffnung ins Haus schlüpfte, ihrer Mutter nicht gleich in die Arme zu laufen. Zu ihrer Erleichterung lagen Stube und Bibliothek verlassen. Nur aus der Küche klang ein gleichmäßiges, schmatzendes Klopfen, das verriet, dass das Hausmädchen Käthe gerade Brotteig auf einem Brett knetete.

Sophie huschte rasch die Stufen hinauf zu ihrer Kammer, wo sie ihre Schwester vorfand, die ihre Kleider auf dem Bett ausgebreitet hatte und gerade dabei war, einen Arm voll Wäsche vorsichtig in einer Tasche zu stapeln. Verwundert blieb Sophie in der Tür stehen.

»Was tust du da?«

Lisbeth schrak auf, schob sich mit dem Unterarm die Haare aus der Stirn, die sich aus dem Zopf gelöst hatten. Sie lächelte matt. »Sophie. Ich habe dich gar nicht kommen gehört. Wo warst du? Mutter hat dich gesucht.«

»Ich habe die Wittgens besucht, um Ihnen mein Beileid auszudrücken«, antwortete Sophie ausweichend und machte einen zaghaften Schritt in den Raum hinein, blieb aber stehen, als sie mit dem Fuß gegen einen Hutkarton stieß. »Wirst du verreisen?«

»Ich nehme die Postkutsche morgen früh nach Kassel.« Lisbeth seufzte leise und schob einen Wäschestapel zurecht. »Mutter hat vorhin eine Nachricht bekommen, dass Tante Hilde gestürzt sei. Sie braucht dringend Hilfe.«

»Du wirkst nicht glücklich.«

Lisbeth lachte heiser auf. »Das wäre auch zu viel verlangt. Du kennst doch Tante Hilde. Sie wird mich nicht gehen lassen, solange sie noch irgendein Zipperlein plagt. Vielleicht wird es Frühjahr, bis ich heimkomme.«

Sophie nickte leicht. Sie hatte die Tante selten zu Gesicht bekommen, da diese sich lieber an Lisbeth hielt, aber sie wusste aus Gesprächen ihrer Mutter, dass Hilde sehr einsam war in Kassel. Sie wäre nicht die erste Witwe, die sich Gesellschaft ›erzwang‹. »Heinrich wird es verkraften«, tröstete sie, auch wenn sie wusste, wie hohl ihre Worte klangen. »Vielleicht stellt er ja auch fest, wie sehr er dich vermisst, und beeilt sich mit der Hochzeit, ehe Tante Hilde dich noch einmal in Beschlag nimmt.«

Ein Lächeln zuckte in Lisbeths Mundwinkeln. Sie umarmte Sophie kurz und stumm. »Möge Gott geben, dass du recht behältst und er mich nicht vergisst«, murmelte sie, während sie sich wieder löste. Sie griff nach einem weiteren Stapel Wäsche. »Dein Galan war vorhin übrigens hier und hat nach dir gefragt.«

»Wilhelm?«

Lisbeth nickte, sie grinste flüchtig. »Gibt es noch mehr?«

Sophie schüttelte heftig den Kopf. »Er ist nicht mein Galan. Wann war er hier? Und was wollte er?«

»Das weiß ich nicht. Aber er hat eine Nachricht hier gelassen. Sei froh, dass ich mit ihm gesprochen habe und nicht Mutter. Dort auf deinem Bett liegt der Zettel.«

»Gott schütze dich, Lisbeth!« Mit einem Satz war Sophie am Bett und riss den einfach gefalteten Zettel an sich. Rasch überflog sie die wenigen Zeilen und spürte, wie ihr Herz bereits zu pochen begann, kaum, dass sie die ersten Worte gelesen hatte. »Ich muss wieder fort«, verkündete sie und ließ den Brief in ihrem Ärmel verschwinden. »Bis zum Abendessen bin ich zurück.«

»Und was soll ich Mutter sagen, wenn sie fragt, wo du steckst?«

»Denk dir etwas aus.« Sophie war bereits an der Tür, warf ihrer Schwester einen Handkuss zu. »Dir fällt sicher etwas ein, Schwesterherz.«

»Ja, geh schon«, brummelte Lisbeth, aber Sophie wusste, dass sie ihr nicht gram war. So verschieden sie waren, sie waren doch Schwestern.

Immer zwei Stufen auf einmal nehmend, eilte sie die Treppe hinab.

Julius spürte die Blicke, die auf ihm ruhten, fast körperlich. Man hatte Tische in einem Halbkreis um ihn herum aufgestellt, ohne ihm selbst einen Stuhl anzubieten, sodass er sich gleich einem Angeklagten fühlte, der vor seinen Richtern stand. Wahrscheinlich war das die Intention der Deputation, dachte er grimmig, während er sich zwang, seinen Unmut hinter einer Maske freundlicher Gleichgültigkeit zu verbergen. Mochten sie sich besser fühlen, indem sie Wege ersonnen, ihn einzuschüchtern – er würde ihnen den Erfolg nicht gönnen.

»Doktor Friedrich Julius Laumann«, verlas Professor Michaelis gedehnt. »Geboren am siebenundzwanzigsten Mai des Jahres Siebzehnhundertachtundsiebzig zu Marburg. Sind Sie das?«

Julius nickte – überflüssigerweise, wie er fand, aber er wollte der Deputation keinen unnötigen Grund zum Ärger geben. »Die Angaben stimmen.«

»Gut.« Michaelis strich sich mit den Fingerrücken über die Lippen, während er das Dokument überflog, als läse er es das erste Mal. »Man hat Sie nach Marburg gerufen, um die Stelle als Adjunkt des Stadtphysikus' Doktor Hirschner anzutreten. Der Deputation liegen Empfehlungen vor, die Sie als geeignet ausweisen. Wie Sie wissen, obliegt die Einschätzung Ihrer Befähigung gemäß der Kurfürstlichen Verordnung jedoch der Deputation. Ohne deren Zustimmung sind jegliche medizinische Handlungen untersagt, zum Schutz der Untertanen und zur Verbesserung des Medicinalwesens.«

Julius nickte erneut. Er ahnte, worauf Michaelis hinauswollte, und die aufkommende Unruhe verriet, dass es den Anwesenden ebenso ging.

»Mir sind die Bestimmungen sehr bewusst«, sagte er ruhig und verschränkte die Hände auf dem Rücken. Den Kopf erhoben, blickte er Michaelis entgegen. »Ich bin bereit, mich Ihrer werten Prüfung zu unterziehen und darzulegen, dass ich den Anforderungen, die an einen Adjunkt gestellt werden, sehr wohl gewachsen bin.«

Michaelis stützte die Ellenbogen auf den Tisch. Über die angelegten Fingerspitzen sah er Julius an. »Sie haben ein gesundes Selbstbewusstsein, Laumann«, bemerkte er. »Sie halten sich für einen großen Arzt, weil Sie in Paris waren, nicht wahr?«

»Ich habe in Paris gelernt und gearbeitet«, nickte Julius steif. »Sie können das meinen Papieren entnehmen. Die Befähigung, ein guter Arzt zu sein, hängt meines Erachtens jedoch nicht mit dem Ort der Ausbildung zusammen, sondern ist eine Sache der Eignung und des Genius'.«

Irgendwer sog die Luft zischend zwischen den Zähnen ein, und es kam wieder Gemurmel auf. Michaelis machte jedoch keine Anstalten, für Ruhe zu sorgen, sondern fixierte Julius aus leicht verengten Augen. »Ihr Genius interessiert uns nicht. Wir kennen Ihre Papiere, die Empfehlungen sowie deren Provenienz, die uns letztendlich bewogen haben, Sie mit dieser Stelle zu betrauen. Dennoch – oder gerade deswegen – fragen wir uns, woher Sie die Kühnheit nehmen zu glauben, dass die Kurfürstlichen Verordnungen nicht für Sie gelten.« Michaelis machte eine kurze Pause, um seine Worte sacken zu lassen, fuhr jedoch fort, ehe Julius etwas erwiderte. »Sie sind seit gestern Morgen in der Stadt und haben noch am gleichen Tag ohne Berechtigung Aufgaben wahrgenommen, die dem Stadtphysikus obliegen«, sagte er hart. »Ehe wir Ihnen die Prüfung gestatten, erwarten wir eine Erklärung für Ihr Verhalten.«

Julius atmete tief durch die Nase ein. Sein Blick glitt zu Baldinger, der regungslos auf seinem Platz saß und ihn aufmerksam beobachtete. Julius wusste, dass er in dem alten Professor einen mächtigen Protegé hatte, der wahrscheinlich im Hintergrund bereits die Fäden zu seinen Gunsten gezogen hatte. Doch jetzt musste er sich allein behaupten.

»Ich nehme an, dass jeder der Anwesenden über Doktor Hirschners Zustand informiert ist«, begann er mit fester Stimme. »Ich war es zuvor nicht, aber die Begegnung mit Hirschner hat mir deutlich vor Augen geführt, wie notwendig die Zuweisung eines Adjunkts ist. Deshalb habe ich nicht gezögert, Wachtmeister Schmitt zu begleiten. Es wäre unverantwortlich gewesen, Doktor Hirschner den Marsch zu den Afföllerwiesen zuzumuten. Die Dringlichkeit ließ nicht zu, zuvor um eine Prüfung meiner Befähigung zu ersuchen.«

Wieder kam Gemurmel auf, das Michaelis dieses Mal unterband, indem er mit der Handfläche auf seinen Tisch klopfte. »Gut und schön«, wandte er sich an Julius, »aber nachdem die Leiche in die Anatomie verbracht worden war, überließen Sie die Arbeit nicht dem dazu ausgebildeten und geprüften Chirurgen Johannes Decker oder riefen wenigstens einen anderen – *anerkannten* – Arzt hinzu, sondern beharrten darauf, die Untersuchung selbst fortzusetzen.«

Julius nickte steif. »Der Tod des Mädchens wirft eine Reihe von Fragen auf. Ich habe Zweifel, dass Herr Decker oder ein anderer Arzt die Dringlichkeit erkennt.«

»Sie haben Ihre Kompetenzen weit überschritten.«

»Ich habe das getan, was notwendig ist, um die Wahrheit ans Licht zu bringen«, widersprach Julius.

»Ich bin davon überzeugt, dass das Mädchen umgebracht wurde, und ich werde es beweisen, wenn man mir die Gelegenheit dazu gibt.«

Das Gemurmel hob erneut an, schärfer dieses Mal, sodass Michaelis mehrere Male auf den Tisch klopfen musste, bis es wieder ruhig wurde.

»Sie werden jetzt hinausgehen und warten, bis wir beraten haben, was geschehen soll«, wandte er sich an Julius. Seine Mimik schien gefroren. »Sie bewegen sich auf dünnen Eis, Laumann. Ich hoffe, Sie sind sich dessen bewusst.«

Julius nickte knapp und folgte dem Dienstboten hinaus in einen Vorraum, wo man ihn warten hieß. Durch ein Fenster fiel sattes Herbstlicht in den kleinen Raum und malte ein goldenes Viereck auf den Fußboden. Gedankenverloren folgte sein Blick den winzigen Staubkörnchen, die sich in den Sonnenstrahlen glitzernd bewegten. Er sollte angespannt sein oder unruhig, schließlich beriet man gerade über seine Zukunft. Die Anstellung als zukünftiger Stadtphysikus war ein Geschenk, für das er dankbar sein sollte, anstatt es leichtfertig zu verspielen. Trotzdem war ihm die Entscheidung gleichgültig, da es nicht in seiner Macht lag, sie zu beeinflussen. Vielleicht hätte er unter anderen Umständen eher versucht zu sagen, was sie hören wollten, aber es widerstrebte ihm, die Wahrheit zu verleugnen, um sich kleinlich seine Pfründe zu sichern. Sollten sie ihm die Anstellung verweigern, würde er versuchen, den Tod des Mädchens zu klären, ehe er weiterzog – vielleicht zurück nach Paris, vielleicht nach

Köln oder Prag oder Wien. Seinem Vater würde es nicht gefallen, aber es war nie sein Anliegen gewesen, seinen Vater glücklich zu machen. Das hatten seine Brüder zu besorgen, die ihre Berufung in Vaters Fußstapfen sahen, anstatt eigene zu hinterlassen.

Er konnte nicht sagen, wie viel Zeit vergangen war, bis der Diener wieder erschien und Julius mitteilte, dass die Deputation ihn zu sehen wünschte.

Die Luft war inzwischen abgestanden und schwer, und Julius war sich der Augen bewusst, die ihm folgten, als er vor Michaelis' Pult trat und die Arme erneut hinter dem Rücken verschränkte. Er spürte den musternden Blick, mit dem der Anatom ihn maß, bis dieser schließlich die Hände auf die Tischplatte sinken ließ und sich aufrichtete.

»Wir haben über Sie beraten und sind zu dem Schluss gekommen, dass wir Ihnen die Möglichkeit einräumen werden, uns von Ihrer Befähigung zu überzeugen«, sagte er und nahm eine Mappe auf, die vor ihm auf dem Tisch lag. »Dies sind die Aufgaben, die Sie innerhalb dreier Wochen schriftlich zu bearbeiten haben. Die Ergebnisse werden noch einmal geprüft und anschließend Ihre Befähigung festgestellt.« Michaelis hielt die Mappe auffordernd in Julius' Richtung, zog sie noch einmal zurück, als er danach greifen wollte. »Allerdings muss Ihnen bewusst sein, dass Ihnen bis zum Tag der abschließenden Beurteilung jegliche ärztliche Tätigkeit untersagt ist. Ausnahme sind allein Tätigkeiten, bei denen Sie Doktor Hirschner entlasten und die Sie unter seiner Aufsicht durchführen.«

Julius ließ die Hand wieder sinken. Er runzelte die Stirn. »Sie stellen mir einen blinden, alten Mann als Aufpasser zur Seite?«, fragte er ungläubig. »Das ist nicht Ihr Ernst.«

»Es ist unser Ernst, ebenso wie wir es Ihnen untersagen, in der Sache der Helene Wittgen weiter Staub aufzuwirbeln. Ihre Thesen sind haltlos und gefährlich angesichts der aufgebrachten Stimmung in der Stadt. Wir verlangen, dass Sie alles tun, um die öffentliche Ruhe zu wahren. Marburg braucht Ärzte, denen ein gesundes Gemeinwesen am Herzen liegt, keine unbelehrbaren Einzelgänger, die sich in wirre Thesen versteifen.«

Julius' Blick suchte Baldinger, aber das Gesicht des Professors wirkte unbestimmt und ließ nicht erkennen, wie er darüber dachte. Wahrscheinlich unterstützte er die getroffene Entscheidung, als Entgegenkommen, dass man Julius überhaupt noch zur Prüfung zuließ. Julius presste die Kiefer fest aufeinander, während er vortrat und die Mappe aus Michaelis' Händen entgegennahm.

»Ich habe verstanden«, sagte er knapp und verließ den Raum ohne ein weiteres Wort. Im Vorbeigehen haschte er nach seinem Mantel, den ihm ein Diener hinhielt, und trat hinaus in die helle Nachmittagssonne. Die Luft schmeckte würzig nach Herbst, nach Laub und Erde, als er tief durchatmete und die Augen schloss, um die tobende Wut in seinem Innern niederzuringen. Ein unbeirrbarer Einzelgänger mit wirren Thesen … wie konnte jemand so kurzsichtig sein, das Offensichtliche nicht zu sehen? Und sich obendrein erdreisten, ihm zu verbieten, die Wahrheit zu ergründen.

»Laumann!«

Julius hielt die Luft an und zählte in Gedanken bis drei, ehe er die Augen wieder öffnete und sich zu Fichtner umdrehte, der ihm gefolgt war. Er hatte sich schon gewundert, dass der rundliche Doktor während der Anhörung nichts gesagt hatte, aber vermutlich hatte Michaelis ihn zum Schweigen verdammt, um keinen Ärger aufkommen zu lassen.

»*Doktor* Laumann«, verbesserte Julius, doch der Spott klang nur halb so bissig, wie er gedacht war. Fichtner taugte nicht dazu, Ärger abzulassen, da ihm die Wendigkeit fehlte, scharfe Bemerkungen zu parieren. »Was wollen Sie noch?«

»Das kann ich Ihnen gerne sagen!« Mit zwei Schritten war Fichtner bei ihm und baute sich vor ihm auf, die Hände an der Knopfleiste. Seine Augen funkelten unter den zusammengezogenen Brauen. »Professor Michaelis hat Nachsehen, aber ich habe das nicht!«, zischte er, nachdrücklich, aber mit gesenkter Stimme. »Ich werde dafür sorgen, dass Sie Marburg verlassen. Sie werden hier keinen Fuß auf den Boden bekommen, das verspreche ich Ihnen. Ich behalte Sie im Auge, und glauben Sie mir, machen Sie nur einen Fehler, sind Sie schneller weg, als Sie Amen sagen können.«

Julius hob eine Braue. Er war keinen Schritt zurückgewichen, sodass er Fichtners Atem unangenehm in seinem Gesicht spürte. »Man sollte meinen, dass Ihre Aufgaben als Arzt Sie ausreichend beschäftigen und

Ihnen keine Zeit für derlei Albernheiten lassen sollten«, bemerkte er kühl. »Und nun entschuldigen Sie mich. Ich habe zu tun.«

Fichtner rief noch etwas hinter ihm her, als er sich abwandte, aber Julius schenkte ihm keine Beachtung mehr. Mit der Mappe unter dem Arm machte er sich auf den Heimweg.

Die warme Spätherbstsonne tauchte die Gärten oberhalb des Forsthofs in satte, kräftige Farben und nahm ihnen die Trostlosigkeit des nahenden Winters. Rote Beeren leuchteten zwischen den kahlen Büschen, und unter Sophies Füßen raschelte das Laub, das sich spätestens beim nächsten Regen in klebrigen, braunen Matsch verwandeln würde. Eine unbeschwerte, und dennoch melancholische Idylle, die Sophie liebte wie kaum eine andere Zeit des Jahres, als könnte sie die Erinnerung dieser letzten warmen Tage mitnehmen in die kalten Winternächte.

Sie fand Wilhelm an der vertrauten Stelle auf einem Mäuerchen bei dem maurisch anmutenden Gartenhaus. Über ihm erhob sich der alte Stadtturm, zu dem eine Reihe steiler Sandsteinstufen hinaufführte. Sophie verlangsamte ihre Schritte und blieb schließlich stehen, um ihn einen Augenblick nur zu betrachten. Er sah gut aus in seiner studentischen Tracht mit dem Samtkragen und den hohen Stiefeln, die ihn stattlich erscheinen ließen. Im Frühjahr, als er nach Marburg gekommen war, litt er noch an den Folgen einer Erkrankung im letzten Winter, und es hatte lange gedauert, bis er wieder zu Kräften gekommen war. Inzwischen schien er nahezu genesen, und dennoch war Sophie nicht entgangen, dass ihn die gemeinsamen Spaziergänge anstrengten, ganz abgesehen von dem Aufstieg zum Schlossberg und in die Forsthofgärten. Sie hätte ihm die Mühe gerne erspart, aber dann hätte sie zugeben müssen, dass sie über seinen Gesundheitszustand besser im Bilde war, als ihm vermutlich lieb war.

Nächstes Frühjahr, versprach sie sich im Stillen, während ihr Blick über den schwarzen Kragen zu seinem Gesicht wanderte und sie spürte, wie ihr Herz warm wurde. Er schien in Gedanken versunken, sonst hätte er sie wahrscheinlich schon bemerkt. Seine Miene wirkte abwesend, sein Blick verlor sich in der Weite, während er hinaussah über das Lahntal mit seinen Gärten und Wiesen, zwischen denen ein Saum von Weiden und Erlen den Fluss erahnen ließ.

»Worüber denkt jemand wie du nach, wenn er sich im Anblick der Natur verliert?«, fragte sie leise. Sie lächelte scheu, als er erschrocken aus seinen Gedanken hochfuhr. »Entschuldige, ich wollte dich nicht stören.«

»Du störst mich nicht, Sophie.« Mit einem Satz sprang er auf und stand im nächsten Moment vor ihr. Sophie schauderte, als sie seine Lippen auf der Stirn spürte, ein kleiner, zaghafter Kuss nur, der ausreichte, um ein warmes Kribbeln in ihrem Bauch hervorzurufen. Sie bedauerte es fast, dass er sich wieder von ihr löste und ihre Hand zwischen die Finger nahm, um sie zur Mauer zu geleiten. Manchmal wünschte sie sich, er wäre forscher, wie Annas Friedrich, der seine Liebste auch auf den Mund küsste und sogar schon ihre Brust berührt hatte. Dass Wilhelm Sophie küsste, geschah nur in besonders verwegenen Momenten, und selbst dann wahrte er schickliche Distanz.

»Ich habe darüber nachgedacht, was für eine seltsame Stadt Marburg doch ist«, erklärte Wilhelm mit einem sachten Lächeln. »Jakob hasst die vielen Winkel und Treppen und dass es kaum einen Ort gibt, der über drei Schritte hinweg eben bleibt. Gleichzeitig liebt er den Blick aus Savignys Bibliothek hinaus auf das Lahntal, der nach den engen Gassen so viel sehnsüchtige Weite eröffnet. Und dann findet sich hier eine Universität, an der Männer wie Savigny oder Christian Wolff lehren, und gleichzeitig wird man des Morgens geweckt, wenn der Sauhirte seine Schweine durch die Straßen treibt. Als lebte man in einem Dorf!«

Sophie lachte und stellte sich auf die Zehenspitzen, um neben Wilhelm auf die Mauer zu rutschen. Der raue Sandstein war unerwartet warm unter ihren Fingern, fast wie ein lebendiges Wesen. »Hast du mir deshalb die Nachricht geschickt?«, zwinkerte sie. »Um dich über den Sauhirten zu beschweren?«

Wie zufällig strichen ihre Finger über das Moos, das sich in den Furchen der Mauerblöcke gebildet hatte, streiften dabei flüchtig seine Hand. Der Blick, den er ihr zuwarf, wirkte fast scheu, dann richtete er seine Aufmerksamkeit schnell wieder auf die Landschaft, die sich vor ihnen ausbreitete. Manchmal wollte sie ihn ohrfeigen für seine Schüchternheit, doch ebenso oft liebte sie ihn gerade dafür.

»Ich wollte eigentlich wissen, wie es dir geht. Ich habe mir Sorgen gemacht, als ich gehört habe, dass du den ganzen Tag schon fort warst.«

Sophie gluckste erheitert und schob ihre Hand kurz entschlossen über Wilhelms Finger, um sie sacht zu drücken. »Was sollte mir am helllichten Tag mitten in der Stadt zustoßen?«

»Vielleicht hat deine Freundin Helene das gleiche gedacht«, erwiderte Wilhelm ernst und wandte sich ihr zu, ohne seine Hand unter ihrer zu lösen. »Die ganze Stadt scheint übrigens davon zu sprechen. Im Wirtshaus war man gestern Abend kurz davor, die Balken aus der Wand zu reißen und auf Wolfsjagd zu gehen. Irgendein Tropf hat verbreitet, ein Wolf habe das Mädchen gefressen. Heute Morgen gab es einen Auflauf vor dem Rathaus.« Wilhelm hob einen Mundwinkel. »Man sollte meinen, dass eine Stadt wie diese voller Menschen ist, die gelernt haben, auf ihren Verstand zu vertrauen.«

»Das sollte man«, nickte Sophie zustimmend und spreizte die Finger, um sie zwischen seine zu schieben. »Übrigens vermutet Julius, dass Helene vergiftet wurde. Es fügt sich plötzlich alles zusammen. Helene und ihre Stiefmutter konnten sich noch nie leiden, und vielleicht hat Helene ihr irgendwie gedroht, dass Katharina sie getötet hat, ehe sie ihr schaden konnte.«

»Du meinst also, dass diese Katharina die Mörderin ist?«

»Es scheint mir einleuchtend.« Sophie hob die Schultern. »Sie hätte einen Grund, sie hat sicher Wege, an Gift zu kommen. Und sie ist eine Frau.«

»Und Frauen sind per se zum Giftmord geneigt?«, fragte Wilhelm amüsiert. »Was hält dein Vetter von deinem Verdacht?«

»Nichts.« Sophie seufzte. »Er will sich erst vergewissern, dass er recht hat und es wirklich Gift war. Bis dahin hat man Helene vermutlich längst bestattet, und Katharina kommt ungeschoren davon.«

»Vielleicht sprichst du einmal mit ihr.«

»Warum?« Sophie blinzelte fragend. »Was sollte das bringen?«

»Vielleicht verrät sie sich, wenn sie sich sicher fühlt. Oder macht Fehler.« Wilhelm hob die Schultern. »Ich wüsste nicht, was man sonst tun könnte.«

Noch immer strichen ihre Finger zwischen Wilhelms, sie schwieg einen Moment nachdenklich. »Ich sollte langsam gehen«, sagte sie bedauernd. »Mutter wird nach mir suchen lassen, wenn sie nach Hause kommt.«

Sophie löste ihre Hand und ließ sich von dem Mäuerchen fallen, strich ihren Rock glatt. Ihr war mit einem Mal kühl im Abendwind. »Onkel Laumann meint, ich solle mich nicht mit dahergelaufenen Studenten treffen, und Mutter gibt ihm in allem nach.« Sie lächelte etwas gezwungen. »Wenn du mir also einen schönen Abend wünschen willst, wäre das die Gelegenheit. Ich weiß nicht, ob Onkel Hugo dich einlassen darf, wenn du zu uns kommst.«

»Ich lasse es darauf ankommen«, beschloss Wilhelm und erhob sich ebenfalls. Der erdige Geruch seines Rocks drang Sophie in die Nase, als er vor ihr stand, unschlüssig die Hände an den Rocktaschen abwischend. »Ich höre mich um wegen Helene«, versprach er. »Komm gut nach Hause.«

Sophie nickte und blickte stumm zu ihm hoch. Warum küsste er sie nicht? Jetzt war die Gelegenheit, gleich war sie vorüber, und niemand wusste, wann sie zurückkehrte. Sie schloss die Augen, als er sich vorbeugte, doch zu ihrer Enttäuschung spürte sie nur seine Hand, die über ihre Wange strich.

»Pass auf dich auf«, hörte sie ihn murmeln. Sie nickte leicht, die Lippen zusammengepresst und versucht, sich ihre Enttäuschung nicht allzu sehr anmerken zu lassen.

»Bis morgen«, brachte sie irgendwie hervor und fuhr herum, ehe er etwas erwidern konnte. Mit raschen Schritten eilte sie den Hang hinab und blickte sich erst um, als sie die Stufen zum Forsthof erreicht hatte.

Wilhelm stand noch immer dort, wo sie ihn zurückgelassen hatte, und sah ihr nach.

Die Barthärchen zitterten, als die Ratte prüfend die Nase hob. Zögerlich, als spüre sie die Gefahr, machte sie einen Schritt auf den Apfel zu, hielt dann aber wieder inne.

»Nun mach schon«, flüsterte Julius. Wie gebannt saß er vor dem Käfig, während er mit den Augen jede

Bewegung der beiden Ratten verfolgte, regungslos, um sie nicht zu verschrecken. Es war überraschend einfach gewesen, Ratten zu bekommen – zwei Münzen hatten ausgereicht, und der sommersprossige Sohn des Schuhmachers hatte keine Stunde später einen Sack mit zwei zappelnden Ratten bei ihm abgegeben. Sogar einen Vogelkäfig hatte er seiner Mutter abgeschwatzt, der zwar viel zu hoch für die beiden Nager war, aber seinen Zweck erfüllte. Julius hatte ohnehin nicht vor, sie lange gefangen zu halten.

Nachdem er den neugierigen Jungen vor die Tür gesetzt hatte, warf er den Ratten den Apfelrest aus Helenes Zimmer in den Käfig. Wenn seine Theorie stimmte, war der Apfel vergiftet, und dann würde das Gift an den Ratten seine Wirkung zeigen. Allerdings mussten die Viecher dazu erst einmal fressen, und den Gefallen taten sie ihm nicht.

Ein Poltern an der Tür ließ ihn zusammenfahren. Mit einem ärgerlichen Zischen drehte sich Julius herum und machte eine wedelnde Handbewegung, um Berte wieder hinauszuscheuchen, die mit einem Stapel Tücher beladen in der Tür erschienen war. Doch die dicke Magd regte sich nicht. Ihr Blick glitt an ihm vorbei und fing sich an dem Käfig, wo die Ratten jetzt aufgescheucht fiepend versuchten, sich am Gitter hochzuziehen. Ihr teigiges Gesicht zeigte Fassungslosigkeit.

»Sind Sie von allen guten Geistern verlassen? Was ist *das*?«

»Ratten«, knurrte Julius und warf seinem Experiment einen bedauernden Blick zu. Bis sich die scheuen Tiere wieder soweit beruhigt hatten, dass sie sich dem Apfel näherten, mochten einige weitere Stunden vergehen.

»Das sehe ich selbst«, blaffte Berte, die sich von ihrem ersten Schrecken erholt hatte. Ihre Wangen liefen rot an. »Was denken Sie sich dabei, *Ungeziefer* ins Haus zu holen?«

»Ratten sind gesellige Zeitgenossen. Geselliger als die meisten Menschen.« Julius nahm ihr die Tücher ab und legte sie beiseite. Sein Mundwinkel zuckte. »Sei so gut und geh. Koch dem Hirschner einen Tee oder was auch immer. Ich habe zu arbeiten.«

Berte schnappte nach Luft, und für einen Moment schien es, als wollte ihr Schädel vor Empörung platzen.

»Das sage ich dem Doktor!«, stieß sie schließlich hervor. »Ich habe ihm gleich gesagt, das ist nicht gut, Sie hier wohnen zu lassen! Sie sind …

»Halt den Mund und geh jetzt!« Julius hatte nicht laut gesprochen, aber es war jener Befehlston, der ihm schon in den Hospitälern von Paris Respekt eingebracht hatte. Er drehte sich wieder zum Käfig und legte die Hand auf die Gitterstäbe. Sofort stoben die Ratten beiseite, drängten sich ängstlich auf die andere Seite des Käfigs. Viele weitere Stunden, korrigierte er sich in Gedanken.

Hinter sich hörte er Berte einatmen, einmal, ein zweites Mal. »Übrigens kam vorhin ein Bursche für Sie.«

»Was wollte er?« Julius drehte überrascht den Kopf.

»Hat das hier gebracht.« Berte pfriemelte einen zerknitterten Brief aus ihrem Ärmel und warf ihn Julius schnaufend zu. »Von Ihrem Vater, glaube ich.«

»Du hast hineingesehen«, stellte Julius fest, zu perplex über die Dreistigkeit der Magd, um sie zurecht zu weisen.

Berte hob die schweren Schultern. »Der Doktor hat's mir vorgelesen. Musste ja wissen, ob es was Wichtiges ist. Ich koch dann heut nicht, wenn Sie zum Essen sind. Der Doktor isst eh nichts.«

»Faule Gans«, murmelte Julius, während er die Tür hinter ihr schloss und abwartete, bis die Schritte auf der Treppe verklungen waren. Dann erst schlug er das Papier auseinander und überflog die wenigen Zeilen, in denen sein Vater ihm mitteilte, dass er ihn am Abend erwartete. Es war ein nüchterner Brief, kein herzliches Willkommen, kein Vorwurf, nur eine Aufforderung, mehr Befehl als Einladung. Zumindest in dieser Hinsicht hatte sich nichts geändert.

Julius' Blick glitt zum Käfig, von wo aus ihn zwei paar unruhige Knopfaugen beobachteten. Ihm wäre es lieber gewesen, wenn er einen Beweis in der Hand gehabt hätte, ehe er seinem Vater gegenübertrat. Doch nun musste es so gehen. Er hatte schon schlimmere Gewitter überlebt.

Die Schnurrhärchen der Ratten zitterten.

Es war längst dunkel geworden, als Julius sich schließlich auf den Weg zum Haus seiner Familie machte. Nun, da es sich nicht mehr vermeiden ließ, fühlte er wieder jenes unwohle Ziehen in seinem Magen, das ihm früher ein stetiger Begleiter gewesen war. Das Verhältnis zu seinem Vater als schlecht zu bezeichnen, wäre verfehlt, denn es waren nicht unbedingt laute Wortgefechte, die ihr Miteinander prägten. Sein Vater konnte mit niemandem streiten. Für den Stadtrat Laumann gab es nur eine Meinung, und das war seine eigene. Er polterte und brüllte nicht, das wäre etwas gewesen, womit Julius hätte leben können, um sich insgeheim seiner Überlegenheit zu erfreuen, den Vater so weit getrieben zu haben, dass er die Contenance verlor. Doch die herablassende Ignoranz, mit der sein Vater seine Umwelt als um ihn kreisende Planeten verstand, jeden Widerspruch im Keim erstickte und mit einer spöttischen Bemerkung beiseite wischte, konnte Julius nicht ertragen. In seinem ersten Jahr in Köln hatten ihn die Erinnerungen an seine Abreise noch verfolgt, eine unerfreuliche Szene voller böser Worte, und es war ihm bewusst gewesen, dass er die gelegentlichen Geldsendungen vor allem dem Zuspruch seiner Mutter zu verdanken hatte. Sie war es auch, die über all die Jahre durch ihre Briefe zumindest einen Teil von ihm mit Marburg verbunden gehalten hatte.

Ein Diener, den er nicht kannte, öffnete ihm und führte ihn hinauf in die Stube, in der alles noch genauso war, wie Julius es im Gedächtnis behalten hatte – die verputzten Balken, die die Decke höher erscheinen ließen, als sie war, die Fenster zum Markt mit den Lichtern darin, der ausgestopfte Wolfskopf neben der Tür, der ledrige Geruch des alten Lesesessels … sogar Klappohr, der halb blinde Hund seiner Mutter, lebte noch und humpelte ihm schwanzwedelnd entgegen.

»Du kommst spät«, bemerkte sein Vater anstelle einer Begrüßung. Er legte das Buch beiseite, in dem er geblättert hatte, und erhob sich. Auch an ihm schienen die Jahre nahezu spurlos vorbeigegangen zu sein, nur die straffe Weste über dem Bauch hatte sich ein klein wenig mehr gewölbt, was bei seiner ansonsten hageren Statur fast grotesk wirkte. Die aschroten Harre trug er streng nach hinten gekämmt, grauer war er geworden. Er schob den Kneifer auf der Nase zurecht, während er Julius mit hochgezogenen Brauen musterte. »Gibt es einen Grund?«

»Keinen, den es lohnt anzuführen«, gab Julius steif zurück. »Ich hoffe, es geht Ihnen gut, Vater. Mutter, Hermann, Louise«, nickte er den übrigen Familienmitgliedern zu, die an einem kleinen Tisch saßen und in ihrem Kartenspiel innegehalten hatten. »Ich bedanke mich für die Einladung.«

»Und ich freue mich, dass du dich hier endlich blicken lässt, Struwwel«, grinste Hermann und sprang auf, um Julius in die Arme zu schließen. Er drückte ihn für einen Moment an sich, sodass Julius sich zwingen musste, nicht nach Luft zu schnappen. Dann ließ er ihn wieder los und betrachtete ihn, den Mundwinkel spöttisch gehoben. »Mein Gott, Julius, gibt man den Ärzten in Paris nichts zu essen?«

»Ausreichend und schmackhaft. Danke für deine Sorge«, antwortete Julius gequält. Hermann war immer schon der kräftigste der Brüder gewesen, ausgestattet mit Schultern, die einem Schmied zur Ehre gereicht hätten. Julius hingegen hatte die Statur seines Vaters geerbt, den hageren, fast schlaksigen Körperbau mit langen Fingern und einem zu großen Kopf, als habe er den Sprung vom Jüngling zum Mann nie ganz vollzogen. Julius verspürte einen neidvollen Stich, als er gewahr wurde, dass Hermann nicht einmal mit der für die Familie so typischen Kurzsichtigkeit geschlagen war, die ihn selbst bereits seit seinem zwanzigsten Lebensjahr zwang, eine Brille zu tragen. »Es freut mich, dich wiederzusehen. Dir geht es gut?«

»Könnte nicht besser sein.« Hermann grinste breit und schob Julius herum, sodass er die beiden Frauen begrüßen konnte. »Ich gehe bald nach Heidelberg. Und Louise erwartet im Frühjahr ein Kind. Schade, dass ich nicht eher von deiner Rückkehr erfahren habe, sonst hätte ich dich gebeten, Pate zu sein.«

»Ihr werdet noch genug Kinder bekommen, dass sich eine Gelegenheit bietet«, antwortete Julius und nickte seiner Schwägerin höflich zu. Die Tochter eines Offiziers aus Kassel, wusste er aus den Briefen, die seine Mutter ihm geschrieben hatte, und bildschön, wie er neidvoll zugeben musste. Aber Hermann hatte immer schon einen besonderen Schlag bei den Frauen. Julius suchte noch nach einen höflichen Kompliment, doch sein Vater kam ihm zuvor.

»Das Essen wird kalt. Wir gehen jetzt rüber.« Mit einer knappen Geste gebot er, ihm zu folgen.

Julius wollte sich Hermann und Louise anschließen, blieb aber in der Tür zurück, um auf seine Mutter zu warten, die noch die Karten zusammenräumte. Sie war nie eine große Frau gewesen, doch das Alter schien sie schrumpfen zu lassen. Graue Strähnen zogen sich durch ihr dunkles Haar, und die Falten um Mund und Nase traten deutlicher hervor, als Julius es in Erinnerung hatte. Als sie den Blick hob, huschte ein flüchtiges Lächeln über ihr Gesicht und verlieh ihm für einen kurzen Moment einen Hauch der vertrauten Wärme. »Lass deinen Vater nicht warten, Julius.«

»So viel Zeit, Sie zu begrüßen, muss sein«, schüttelte Julius den Kopf und umarmte sie zögerlich, eine Geste, die er das letzte Mal als Kind getan hatte. Dennoch schien sie ihm richtig, denn er spürte, wie ein tiefer Seufzer die Mutter durchlief und sie für einen Moment den Kopf an seine Schulter lehnte.

»Willkommen daheim, Junge«, murmelte sie, ehe sie sich behutsam löste und ihn prüfend musterte. »Du bist erwachsen geworden.«

»Das liegt im Lauf der Natur.« Julius erwiderte ihren Blick. »Ich hoffe, es war die richtige Entscheidung, Ihrem Drängen nachzugeben.«

»Das war es. Vor manchen Dingen kann man sich nicht ewig verstecken.«

»Ist das der Grund, weshalb Sie wollten, dass ich zurückkehre?«

»Nicht nur.« Die Mutter lächelte matt. »Dein Vater ist ein guter Mann, auch wenn er oft ungerecht ist. Aber ich lasse nicht zu, dass er meine Söhne forttreibt. Er muss einsehen, dass er nicht jedem seinen Willen aufzwingen kann.«

Julius runzelte die Stirn. »Hermann machte nicht den Eindruck, von Vater herumgestoßen zu werden.«

»Hermann tut, was dein Vater sagt.« Die Mutter legte eine Hand auf seinen Arm. »Genau wie Heinrich und Gustav. Du bist der Einzige, der ihm die Stirn bietet. Ihr seid euch zu ähnlich. Und deshalb ist es gut, dass du zurückgekommen bist, mein Sohn.« Sie stellte sich auf die Zehenspitzen, um ihm einen Kuss auf die Stirn zu geben. »Zeig ihm, aus welchem Holz du geschnitzt bist«, flüsterte sie.

Die Köchin hatte in den Jahren seiner Abwesenheit nichts dazugelernt, stellte Julius während des Essens fest. Der Suppe fehlte das Salz, das am Braten zu reichlich war, und die Rüben waren zu einem undefinierbaren Mus ohne jeden Geschmack zerkocht. Dennoch aß Julius der Höflichkeit halber, während er Hermann und Louise lauschte, die von Hermanns bevorstehendem Ruf nach Heidelberg erzählten. Es war vor allem Louise, die die Vorzüge ihres Gatten herausstrich und bitterlich die Ungerechtigkeit beklagte, dass er erst jetzt eine Anstellung als Justiziar gefunden habe, obwohl er es seit Jahren mehr verdient habe als all die Stümper, die man ihm vorgezogen habe. Ein eitles, auf Schein bedachtes Huhn, kam es Julius in den Sinn, und er beschloss, seinen ersten Eindruck zu revidieren. Hermann unternahm ein paar halbherzige Versuche, sie zu bremsen, aber Julius beschlich das Gefühl, dass ihm die Lobhudelei seiner Gattin durchaus schmeichelte.

Sein Vater sprach dagegen wenig und ergriff erst das Wort, als die Bratenreste abgetragen wurden und die Köchin das Dessert verteilte.

»Ich hoffe, du weißt, dass es nicht leicht war, den Kurfürsten und die Medicinal-Deputation von deiner Qualifikation zu überzeugen«, begann er, ohne sich darum zu scheren, dass er seiner Schwiegertochter ins Wort fiel. »Es gab Bedenken, deine Loyalität betreffend, und manche sehen sich nach deinen ersten Auftritten bestätigt. Du hast es Baldinger zu verdanken, dass man dir die Gelegenheit zur Reputation gibt. Ich erwarte keine Klagen diesbezüglich.«

»Sicher nicht, Vater. Man hat mir sehr deutlich gemacht, was von mir erwartet wird und was nicht.« Julius schob das Schälchen von sich und legte den Löffel daneben ab. »Wie heißt es? *Wes Brot ich fress', des Lied ich sing*. Auch wenn es noch so schief sein mag.«

Der Vater hob drohend eine Augenbraue. »Werde nicht frech. Dass ich mich für dich eingesetzt habe, geschah wider besseres Wissen. Ich werde nicht die Hand über dich halten, wenn du meinst, dich wie ein Sansculotte verhalten zu müssen.«

»Verzeihen Sie, Vater, aber diese Art des Pöbels ist mir zutiefst zuwider.« Julius bezweifelte, dass sein Vater wusste, welche Ideen die Sansculotten vertraten, aber vermutlich war für ihn ein Franzose wie der andere – unverbesserliche Revolutionäre, die ihren König geköpft und einen korsischen Leutnant zum Konsul gemacht hatten. Dass Julius derlei Ideen ebenso verabscheute wie diesen Wendehals von einem Kurfürsten, der im Kielwasser Napoleons seinen Vorteil witterte, spielte für den Vater vermutlich keine Rolle. Für den Ratsherrn und Syndikus Laumann war alles revolutionär und französisch, was seinen eigenen Ansichten widersprach, und allein die Tatsache, dass Julius nach Paris gegangen war, hatte ihn zutiefst erzürnt und jahrelang schweigen lassen.

Der Vater zog den Kneifer ein wenig nach unten, sodass er Julius über die Ränder hinweg ansehen konnte. »Ich weiß, dass du in Frankreich viel wirres Zeug gehört und gesehen hast, aber du wirst dich von nun an den Regeln beugen. Du bringst uns alle in Misskredit mit deinem unverantwortlichen Handeln.«

Julius atmete tief durch. »Es tut mir leid, dass meine Arbeit Missmut erregt. Ich wusste nicht, dass es zu den Regeln zählt, die Augen zu verschließen, wenn offensichtlich Fehler gemacht werden.«

»Es ist nicht deine Sache zu beurteilen, ob dieses Mädchen umgebracht wurde oder nicht.« Die Stimme des Vaters war immer noch ruhig, aber es schwang ein gefährlicher Unterton darin mit. »Du hast es fertig gebracht, an einem Tag Professor Michaelis, Oberschultheiß Hille und Doktor Fichtner zu brüskieren.«

»Das wäre nicht nötig gewesen, wenn sie einmal genauer hingeschaut hätten. Dann hätten sie erkannt, dass ich recht habe.« Julius zwang sich, die Hände ruhig neben den unangerührten Nachtisch zu legen. »Dieses Mädchen ist nicht ertrunken, sondern wurde vergiftet.«

»Das ist lächerlich, und das weißt du«, wehrte sein Vater brüsk ab. »Lass die Sache ruhen und tu dein Bestes, dann wird man den Zwischenfall bald vergessen haben. Und hör auf, die Familie Wittgen zu belästigen.«

»Wittgen hat sich beschwert«, mischte sich Hermann in den Disput ein. Er warf Julius einen entschuldigenden Blick zu. »Er war vorhin hier und bat um Ruhe für sich und seine Familie.«

Der Vater nickte. »Der Mann hat genug erlitten, und jetzt auch noch die Tochter. Es ist unredlich, sich in anderer Leute Unglück zu suhlen, um sich selbst zu profilieren.«

»Ich suche nichts als die Wahrheit. Aber auf Wahrheit scheint man hier wenig zu geben.« Julius erhob sich, stemmte beide Fäuste auf die Tischplatte. Die Wut drückte ihm die Luft ab, aber es gelang ihm, die Stimme ruhig zu halten. »Hat man einen Grund, die Angelegenheit totzuschweigen? Oder nehmen Sie gar jemanden in Schutz, Vater?«

»Ich nehme niemanden in Schutz. Unterlass diese Unterstellungen!« Sein Vater erhob sich ebenfalls, langsam und gemessen. Seine Miene blieb unbewegt, lediglich die Augenwinkel zuckten hinter dem Zwinker und verrieten seinen Ärger. »Ich bin verantwortlich für diese Stadt und seine Bewohner, und ich lasse nicht zu, dass du mit deinen Mordgeschichten die Unruhe noch mehr anheizt. Überall in der Stadt redet man von nichts anderem als von diesem Wolf. Kaum ein Tag, an dem keine neue Sichtung bekannt wird. Heute früh standen sie vor dem Rathaus und forderten den Kopf der Bestie, weil sie glauben, dass *er* die junge Wittgen geholt habe. Marburg war eine ruhige, friedliche Stadt, ehe dieser Wolfswahn aufkam, und ich werde nicht zulassen, dass du mit deinen Giftgeschichten die Leute noch mehr verrückt machst!«

»Ich habe nicht vor, ihnen Geschichten aufzutischen.«

»Dann finde dich damit ab, dass hier nicht alles nach deinem Willen läuft. Und nun iss.« Ohne Julius eines weiteren Blickes zu würdigen, setzte er sich wieder und nahm seinen Löffel auf.

Julius presste die Lippen aufeinander, die Hände zu Fäusten geballt. Einen Moment lang war er versucht, seinem Vater die eigene Kurzsichtigkeit auf den Kopf zuzusagen, aber er wusste, dass er damit nichts erreichen würde.

»Ich wünsche noch einen schönen Abend.« Er richtete sich auf, atmete kurz durch, um die Schultern zurückzuziehen. »Wenn Sie mich suchen, finden Sie mich bei Doktor Hirschner.« Ein knappes Nicken in Richtung Hermann und Louise, ein weiteres zu seiner Mutter, die den Kopf über den Nachtisch gesenkt hatte und sich nicht anmerken ließ, was sie dachte. »Vielen Dank für die Einladung.«

Er drehte sich auf dem Absatz herum und verließ das Zimmer, klaubte seinen Mantel vom Haken und eilte die Stufen hinab zur Eingangstür.

»Julius, warte!«

Julius blieb stehen, die Hand schon an der Tür, bis Hermann ihn eingeholt hatte.

»Was sollte das?«, baute sich der Bruder vor ihm auf, die Hände in die Hüfte gestemmt. »Bist du übergeschnappt?«

»Dann wäre ich geblieben.« Julius schlug den Mantel über die Schultern. »Was ist noch?«

»Verdammt, Julius, ist dir nicht klar, was Vater alles für dich getan hat? Wie kannst du ihn so brüskieren?«

»Es gibt Dinge, da irrt Vater. Und ich sitze nicht tatenlos herum, nur weil ihm die Ruhe in der Stadt wichtiger ist als ein Mord. Da ist eine junge Frau umgekommen, Hermann, und die halbe Stadt glaubt an den bösen Wolf, das dunkle Ungetüm, das sie geholt habe, und die, die für Aufklärung sorgen könnten, glauben lieber an einen Unfall. Dabei genügt ein Blick, um die Wahrheit zu erkennen.« Julius schüttelte den Kopf und seufzte. »Geh zurück zu deiner Louise und macht euch noch einen schönen Abend. Wir sehen uns in den nächsten Tagen?«

Hermann zögerte, nickte dann. »Pass auf dich auf, Struwwel.«

»Du auch, Großer.« Julius rang sich ein schwaches Grinsen ab und öffnete die Tür. Kalte Nachtluft drang ihm entgegen. »Bis bald.«

Wie jeden Abend war der Schankraum der ›Sonne‹ gut besucht. Tabakqualm waberte in dichten Schwaden unter der Decke entlang, es roch nach Bier, altem Holz und der deftigen Wurst, für die die Wirtsfrau bekannt und geliebt war.

Wilhelm blieb im Eingang stehen und reckte den Hals, bis er zwischen den abendlichen Zechern im hinteren Teil der verwinkelten Stube die Gesuchten entdeckte. Entschuldigungen murmelnd bahnte er sich einen Weg zwischen den Tischen hindurch und ließ sich mit einem erleichterten Seufzer auf den Stuhl fallen, den man ihm freigehalten hatte.

»Mensch, Wilhelm, du bist spät dran heute!«, grinste Paul Wigand, sein engster Freund aus Kasseler Tagen, und schob ihm unaufgefordert einen Becher Bier zu. »Warst du wieder bei der hübschen Dierlinger?«

»Was heißt hier *wieder*?« Wilhelm versetzte Paul einen Stoß mit dem Ellbogen, um davon abzulenken, dass ihm das Blut in die Wangen stieg. Es war eine seltsame Geschichte mit dem Mädchen, das ihm anfangs nachgelaufen war wie ein verstoßenes Hündchen, bis er wider Erwarten doch Gefallen an ihrer Gesellschaft gefunden hatte. Er wusste selbst nicht, was er für sie empfand – Freundschaft oder doch mehr? Bislang hatte er seine Studien vorgeschoben, sich nicht mit dem Gedanken zu befassen, doch das konnte er so nicht ewig weiterführen.

»Ich habe noch gelesen«, erklärte er, nachdem er einen kräftigen Schluck von dem Bier genommen hatte. »Jakob hat einen Stapel Bücher aus Kriegers Leihbibliothek geholt, die er morgen zurückbringen will. Er wollte mich nicht gehen lassen, ehe ich mir nicht mindestens zwei davon angesehen habe.«

»Er hätte mitkommen sollen, anstatt dich aufzuhalten«, lachte ein anderer Student, Johannes Mühlheimer, der erst vor wenigen Wochen nach Marburg gekommen war, um an der medizinischen Fakultät zu studieren. »Habt ihr eigentlich schon gehört? Der Wolf hat ein neues Opfer gefunden.«

»Dieses Mädchen?«, fragte Paul neugierig nach. »Das man an der Lahn gefunden hat?«

»Nein, irgendein Knabe, der Pilze gesammelt hat.« Johannes lehnte sich zurück, offensichtlich zufrieden mit der Aufmerksamkeit, die ihm schlagartig zuteilwurde. Er nippte an seinem Bier. »Ich weiß es, weil die Eltern den Bengel zu Doktor Hirschner gebracht haben und ich dabei war, als er ihn untersucht hat. Bisswunden, ziemlich tiefe. Es muss ein gigantisches Monstrum gewesen sein, sagte Doktor Hirschner.«

»Dann war es wohl das gleiche, das auch das Mädchen erwischt hat«, nickte Caspar, ein dicklicher junger Mann aus Fritzlar, der mit Wilhelm Jura studierte. Er schüttelte sich. »Grausig, dass es immer noch dort draußen herumläuft.«

»Glaubt ihr wirklich daran, dass es ein Wolf ist?«, hakte Wilhelm nach. »Es ist noch nicht einmal Winter. Warum sollte ein Wolf so nah an der Stadt jagen, und dazu noch alleine?«

»Was soll es denn sonst sein? Ein Eichhörnchen wäre wohl kaum in der Lage, das Mädchen so zuzurichten. Dabei war die Helene immer so hübsch.«

»Doktor Laumann meint, dass die Bissspuren von kleineren Tieren stammen. Nach ihrem Tod, als sie am Ufer lag.«

»Wer ist denn Doktor Laumann?«, fragte Caspar und zog an seiner Pfeife. »Noch nie gehört.«

»Der neue Adjunkt des Stadtphysikus. Er ist erst gestern zurückgekommen. Nach allem, was ich von Sophie weiß, war er lange in Paris.«

»Paris!« Johannes pfiff aus. »Und da gibt es genug Wölfe, dass er sich damit auskennt?«

»Warst du schon einmal in Paris, um das beurteilen zu können?«, gab Wilhelm spitz zurück. Johannes liebte es zu provozieren, und wenn man ihm Gelegenheit zum Zupacken gab, verbiss er sich mit der Hartnäckigkeit eines Dachshundes. An manchen Tagen fand Wilhelm Gefallen am Austausch bösartiger Spitzen, die den Geist ebenso forderten wie die Zunge. Sophies Anteilnahme an Helenes Tod machte diese Geschichte jedoch in gewisser Weise auch zu seiner und ihn damit angreifbar.

»Letztendlich ist es einerlei, woran das arme Ding gestorben ist«, lenkte er daher ein und hob den Becher in Johannes' Richtung, der das Zuprosten mit einem gleichmütigen Zucken seines Mundwinkels erwiderte.

»Du hast recht, interessanter ist vielmehr, was sie dazu gebracht hat, allein hinaus an die Lahn zu gehen, und das an einem so nebligen Tag.« Ein süffisantes Grinsen stahl sich auf Johannes' Lippen. »Vielleicht wollte sie zu der alten Hexe. Ist doch möglich, dass sie Schwierigkeiten hatte, die ein junges Mädchen … nun einmal nicht haben sollte, oder?« Seine Augen funkelten, als er sich vorlehnte und Paul und Wilhelm deutete, näher zu rücken. »Wenn es so wäre, wäre das ein guter Grund, warum sie alleine gegangen ist, oder? Schließlich soll niemand davon erfahren. Und wenn sie wirklich vergiftet wurde …« Er verstummte bedeutungsvoll.

»Du meinst, die Hexe hat sie vergiftet?«, flüsterte Caspar. »Ich habe gehört, sie sei eine Kinderfresserin und sie …«

»Helene war nicht dort!«

Mit einem lauten Knall schlug das Brett mit den vollen Bierkrügen auf der Tischplatte auf. Wilhelm zuckte erschrocken zurück, blickte verdutzt zu dem pickligen jungen Mann, der mit zornesroten Wangen vor ihnen stand.

»Helene war nie dort! Hört auf, so etwas zu sagen!«

»Ach, nun reg dich nicht auf, Hans!«, winkte Johannes ab und verzog angewidert das Gesicht, als er seine Kappe aus der Bierlache fischte. »Hol lieber einen Lappen und wisch die Schweinerei hier weg! Kannst du nicht aufpassen, du Tollpatsch?«

Die Lippen des Jungen bebten, deutlich konnte man den Kiefer über dem mageren Hals arbeiten sehen, und für einen Moment sah es so aus, als wollte er Johannes an die Gurgel gehen. Doch dann warf er sich herum, drängte sich grob durch den Schankraum und stürmte hinaus.

»He!«, brüllte Johannes ihm nach und wollte aufspringen. »Was ist mit dem Bier?«

»Lass gut sein.« Paul hielt ihn zurück. Von den anderen Tischen warf man ihnen inzwischen missfällige Blicke zu. »Lass ihn einfach.«

»Der wird mich noch kennenlernen«, fluchte Johannes, ließ sich aber wieder auf seinen Stuhl fallen. »Was fällt dem eigentlich ein?«

»Was hat er eigentlich?«, fragte Wilhelm. Er kannte

den Sonnen-Hans nur als in sich gekehrten und schweigsamen Zeitgenossen, der tagsüber Vorratsfässer in den Keller wuchtete und abends stumm Bier und Apfelwein verteilte.

Caspar lehnte sich zu ihm herüber und kicherte. »Na, der hatte sich doch in die schöne Helene verguckt. Er hat ihr jeden Morgen Blumen vor die Tür gelegt. Manchmal haben wir einen Pferdeapfel dazugelegt, wenn er wieder weg war.«

»Das heißt, er kannte Helene?«

»Ja, und wenn ich nicht genau wüsste, dass die kleine Helene ein so tugendhaftes Wesen war, würde ich darauf wetten, dass *er* ihr ein Kind gemacht hat«, knurrte Johannes. »Der war eifersüchtig auf alles und jeden, der sich Helene genähert hat.«

Wilhelm sprang auf, sodass der Stuhl zu Boden krachte. Eifersüchtig … »Passt auf mein Bier auf. Bin gleich wieder da.«

»Wo willst du hin?«, rief ihm Paul nach, doch Wilhelm antwortete nicht mehr, sondern schob sich zwischen den Tischen hindurch zur Tür. Unerwartet kalt umfing ihn die Nachtluft, leichter Nebel hatte sich zwischen den Häusern gebildet, wie ein feuchter, feiner Schleier, der die Umrisse verwischte und das Licht der Stuben in ein diffuses Leuchten verwandelte.

»Hans!« Wilhelm machte ein paar Schritte auf den Marktplatz hinaus, die in der Stille des Nebels ungewohnt hart widerklangen. »Hans, wo bist du?« Suchend blickte er sich um, lief hinunter zur Barfüßerstraße, lauschte erneut. »Komm raus, ich will mit dir reden!«

»Ich rede nicht!«

Wilhelms Kopf ruckte in die Richtung, aus der die Stimme kam. Aus den Augenwinkeln erkannte er eine Gestalt, die sich aus dem Schatten einer Hauswand löste und in der Nikolaistraße verschwand.

»Hans!« Wilhelm rannte los. »Warte!« Irgendwo vor sich hörte er schnelle Schritte, die die Gasse hinaufeilten. Vielleicht wollte der Junge zur Pfarrkirche, schoss es Wilhelm durch den Kopf, oder er hoffte, ihn im Gewirr der Gassen und Treppen abhängen zu können. Wilhelm beschleunigte seine Schritte. Sein Atem ging rasselnd, schmerzte in der Brust durch die ungewohnte Anstrengung.

»Ich tu dir nichts!«, keuchte er. »Ich will nur mit dir reden!«

»Um Lügen über Helene zu verbreiten?« Unvermittelt tauchte ein Schatten neben Wilhelm auf, etwas flog auf ihn zu. Im letzten Moment gelang es ihm, den Kopf zur Seite zu ziehen, sodass ihn das Brett nur an der Wange streifte, anstatt ihn mit voller Wucht zu treffen. »Ihr habt sie auf dem Gewissen!« Hans riss das Brett zurück, um ein zweites Mal zuzuschlagen. »Du und dein Freund und alle anderen! Ihr habt sie getötet!«

»Das ist nicht wahr!« Hastig sprang Wilhelm zurück, um sich außer Reichweite zu bringen. Seine Knie zitterten, beinahe hätte er das Gleichgewicht verloren. »Ich will herausfinden, was mit ihr geschehen ist!«

Für einen kurzen Moment war es still, viel zu still, sodass Wilhelm sein eigenes, trommelndes Herz hören konnte. Dann erklang plötzlich ein tiefes Schluchzen, herzzerreißend und voller Verzweiflung. »Sie ist tot. Tot …«

»Das weiß ich.« Wilhelm zwang sich, beruhigend zu klingen, auch wenn sich seine Stimme vor Anstrengung zu überschlagen drohte. »Und ich glaube, dass du etwas darüber weißt, wie sie gestorben ist. Bitte«, er machte einen unsicheren Schritt auf Hans zu. »Rede mit mir!«

Das Schluchzen erstarb, und für einen Moment frohlockte Wilhelm, ihn überzeugt zu haben. Doch plötzlich riss Hans mit einem bedrohlichen Zischen die Planke hoch und hätte Wilhelm am Kinn getroffen, wenn dieser nicht geistesgegenwärtig einen Schritt nach hinten gemacht hätte, der ihn ins Straucheln brachte. Hart schlug Wilhelm auf dem Pflaster auf, voller Panik versuchte er, zur Seite zu krabbeln, um dem nächsten Schlag zu entkommen.

Doch der blieb aus. Das Holz fiel mit einem dumpfen Geräusch zu Boden, dann entfernten sich Hans' Schritte eilig. Bereits nach wenigen Metern hatten sie sich im Nebel verloren.

Wilhelm rappelte sich mühsam auf und rieb sich die schmerzende Seite. Sein Herz rumpelte immer noch in seiner Brust, und sein Atem ging stoßweise. Wie lange würde es noch dauern, bis er sich nicht mehr bei jeder Anstrengung fühlte wie ein schwaches Kind? Die Begegnung mit Hans hatte mehr Fragen aufgeworfen als beantwortet, aber vielleicht wusste Sophie etwas mit den seltsamen Andeutungen anzufangen.

Sie kannte diesen unheimlichen Vogel vermutlich besser als er.

Leise Verwünschungen ausstoßend humpelte er zurück zum Gasthaus.

Die Nacht hatte dem Wald jegliche Farbe geraubt. Schwarz und düster reckten die Bäume ihre kahlen Äste gen Himmel. Nebelschwaden zogen dazwischen umher und fingen sich in dürren Büschen. Stille umfasste den Wald, kein Eulenruf, nicht einmal ein Säuseln der Fichtenwipfel, die sich im Wind sacht hin und her bewegten. Nur das Klopfen seines Herzen, unnatürlich laut und hämmernd, als wollte es die Beklemmung herausschreien, die ihn umfasst hatte. Er kannte diesen Wald nicht, diesen finsteren Ort, der aus einem Albtraum geboren schien und mit Vernunft nicht zu fassen war. Moos rankte von Zweigen hinab, bewegte sich leicht im Wind. Fröstelnd drückte er die Arme um sich, machte ein paar Schritte in eine Richtung, ohne dass er wusste, wohin er sich wenden sollte. Eisige Finger schienen nach ihm zu haschen, strichen über seinen Nacken, berührten sein Gesicht, als er herumfuhr. Doch um ihn herum blieb nur Dunkelheit, die ihn erdrückte in ihrem Schweigen. Er hörte seinen eigenen Atem, sah den feinen Dampf, der vor seinem Gesicht aufstieg. während er den Kopf herumwarf, verzweifelt nach einem Weg hinaus aus diesem Albtraum suchte. Doch es gab keinen Weg hinaus, er war gefangen in dieser düsteren Natur, die sich aus seinen Ängsten nährte. Die Schatten schienen zusammenzurücken, formten Mäuler und Ungetüme, Wesen, die es nicht geben durfte. Und dann hörte er es, ein leises Hecheln erst, fern noch, doch er wusste, dass es näher kam. Angst griff nach seinem Herzen, schrumpfte es auf einen winzigen, kalten Ballen, dessen Schläge wie Kanonendonner durch die Nacht dröhnten. Er wollte fort, doch er konnte sich nicht bewegen, stand wie festgewurzelt da, während die Furcht in seinem Hals emporkroch und ihm die Luft nahm. Und er wusste, dass es näher kam, er spürte den hitzigen Atem und den geifernden Rachen und …

Julius schrak hoch. Sein Atem ging flach und stoßweise, und für einen Moment fürchtete er, immer noch in der finsteren Traumwelt gefangen zu sein. Doch dann erkannte er hinter den drohenden Schatten die Balken der Dachkammer, und mit der Erkenntnis schienen sie zu schrumpfen, bis sie alles Bedrohliche verloren hatten und nur noch die grob gezimmerten Balken waren, an die er am Vorabend seine Notizen geheftet hatte.

Julius schlug die Decke zurück und setzte sich auf, während er versuchte, seine Gedanken zu ordnen und die Beklemmung abzuschütteln, die der Traum in ihm hinterlassen hatte. Immer noch zitternd erhob er sich und trat ans Fenster, um den Laden zu öffnen und kühle Nachtluft in die Kammer strömen zu lassen. Er fröstelte in seinem Hemd, aber die Kälte half seinem Geist, zur Ruhe zu kommen und wieder klare Gedanken zu fassen. Was war nur mit ihm geschehen? Hatte ihm das Wolfsgeschwätz so zugesetzt, dass es ihn nachts heimsuchte, wenn er schlief und sich nicht wehren konnte? Oder war es diese Stadt mit ihren Erinnerungen und Geheimnissen, die ihn aus der Wirklichkeit riss?

Julius atmete tief durch, während sein Blick hinaus auf das nächtliche Lahntal ging, das sich schwarz und still vor ihm ausbreitete. Er musste herausfinden, was mit dem Mädchen geschehen war und Beweise vorlegen, die man nicht leugnen konnte, und wenn er danach Marburg für immer verlassen müsste.

Irgendwo dort draußen lagen die Antworten. Und er musste sie finden.

IV

Emilie Breuer mochte von sich selbst behaupten, ein geduldiger Mensch zu sein. Das Leben hatte sie Langmut gelehrt, zweimal schon hatte es sie bis an die Grenzen dessen getrieben, was ein Mensch ertragen konnte. Sie hatte lange gebraucht, um sich aus ihrer Trauer zu befreien und ins Leben zurückzukehren. Dass sie just in diesen Wochen Katharina Wittgen kennengelernt hatte, war ihr als Geschenk des Schicksals erschienen, eine kleine Wiedergutmachung für das erlittene Leid.

Sie waren keine Seelenverwandte, aber eine trauernde Witwe mit Hang zur Melancholie hätte Emilie nicht geholfen, die Füße wieder auf die Erde zu bekommen. Die junge, lebenslustige Frau hingegen, fast ein Jahrzehnt jünger als sie selbst, hatte ihr geholfen, wieder Lust am Leben zu finden. Da der Herr Regierungsadvocat Wittgen oft auf Reisen war, suchte auch Katharina Gesellschaft, die sie sich gegenseitig geben konnten. Es gab kaum ein Geheimnis zwischen ihnen, und obwohl Emilie Katharinas Lebenswandel nicht in allen Punkten gut hieß, öffnete sie sich unter dem Zuspruch der Freundin so weit, dass sie sich von Wachtmeister Schmitt den Hof machen ließ – nicht, weil sie ernsthaft in Erwägung zog, sich ein zweites Mal zu vermählen, sondern weil es ihr schmeichelte, dass ein Mann ihr Aufmerksamkeit schenkte. Ihr Gemahl hatte ihr ein mittleres Vermögen hinterlassen, sodass sie es sich erlauben konnte, allein zu bleiben, solange es ihr gefiel. Vielleicht würde sie auch anfangen, Gedichte zu schreiben, hatte sie sich schon überlegt, oder Romane, wenn die Winterabende zu einsam wurden. Andere alleinstehende Frauen taten das auch, und es gab ihnen die Aura von Gelehrten.

Heute gab es allerdings erst etwas zu klären, was ihr schon lange auf der Seele brannte, und dazu musste sie ihre Freundin Katharina aufsuchen, solange deren Gemahl unterwegs war. Sie hatten abgemacht, dass er nichts davon erfahren sollte, und Emilie hatte lange gewartet, bis sich eine günstige Gelegenheit ergab.

Die muffelige Greta ließ sie wortlos ein; sie war es gewohnt, dass Emilie im Haus der Wittgens ein- und ausging. Gewöhnlich verlor sie kein Wort, sodass Emilie heute verwundert innehielt, als das Mädchen sie am Arm zurückhielt.

»Gehen Sie besser noch nicht hoch«, murmelte sie und zog die Hand zurück, als Emilie ihr einen verstimmten Blick zuwarf. »Da ist noch jemand oben.«

Fragend zog Emilie die Brauen hoch, aber das Dienstmädchen hatte sich schon abgewandt. Verwirrt stieg Emilie die Treppe hinauf zu den Wohnräumen. Eine bange Ahnung stieg in ihr auf. Katharina würde doch nicht … so kurz nach Helenes Tod …

Die Antwort fand sie schneller, als ihr lieb war, als ihr auf dem Absatz zum oberen Stockwerk ein junger Mann in der Tracht eines Studenten entgegenkam. Obwohl er den Blick abgewandt hielt und sich hastig an ihr vorbeidrängte, konnte sie erkennen, dass er ausgesprochen hübsch war, zwanzig Jahre vielleicht, kaum mehr, mit schwarzen Locken und einem sinnlichen Mund, wie ihn Katharina an Männern liebte.

Stumm wartete sie ab, bis die Schritte verklungen waren und das Schnappen der Haustür ihr anzeigte, dass er gegangen war. Dann machte sie sich auf den Weg zu Katharinas Schlafzimmer.

Frische Herbstluft strömte durch das offene Fenster hinein, doch noch nicht lang genug, um den Geruch nach dem, was hier gerade erst geschehen war, zu überdecken. Das Bett lag zerwühlt wie nach einem anstrengenden Kampf. Katharina selbst saß an ihrem Spiegeltisch, nur mit einem Nachtrock bekleidet, und bürstete die offenen Haare. Sie blickte erschrocken auf, als Emilie die Tür lauter als notwendig hinter sich ins Schloss zog.

»Ach, Mili, du bist es«, lächelte sie sichtlich erleichtert und fuhr fort, die Bürste in gleichmäßigen Zügen durch ihr Haar zu ziehen. »Komm herein und setz dich. Ich bin gleich so weit.«

Emilie blieb in der Tür stehen. »Muss das wirklich sein?«

»Was?« Katharina drehte sich überrascht um. Ihre rehbrauen Augen blickten unschuldig. »Was meinst du?«

»Das weißt du ganz genau«, giftete Emilie. »Der Student gerade. Nicht, dass ich es dir nicht gönnen würde, aber …«

»Bist du etwa neidisch?« Katharina hielt in ihrem Tun inne und erhob sich. Ihr Lächeln wurde warm, fast mitleidig. »Du musst dich nicht grämen, Mili. Dein

Wachtmeister kommt sicher wieder zu dir. Er hat sicher zurzeit viel zu tun, mit all den Hühnerdieben und …

»Darum geht es nicht!« Emilie machte eine abwehrende Bewegung, als Katharina ihre Hand fassen wollte, und trat einen raschen Schritt zur Seite. »Es geht darum, dass Helene keine drei Tage tot ist und du dich schon wieder mit deinem Liebhaber vergnügst!«

Katharina blieb stehen. »Und?«, fragte sie mit gerunzelter Stirn. »Was ist daran so schlimm?«

»Du solltest wenigstens so tun, als ob du trauern würdest!« Emilie schüttelte den Kopf, um die Enttäuschung zu vertreiben, die in ihr fraß wie eine hungrige Made, aber es gelang ihr nicht. Wie konnte Katharina an ihren Liebhaber denken, wenn gerade erst ihr Kind umgekommen war, auch wenn es ›nur‹ die Stieftochter war? Emilie spürte, wie sich ihre Augen mit Tränen füllten bei dem Gedanken an ihr eigenes Kind, das sie zu Grabe hatte tragen müssen. Sie wusste, dass es zwischen Katharina und Helene immer wieder zu Spannungen gekommen war, aber sie verstand nicht, wie Katharina das Glück, Mutter sein zu dürfen, so gedankenlos beiseiteschob.

Als habe Katharina ihre Gedanken gelesen, stand sie plötzlich vor ihr und legte die Arme um Emilie. Ihr haftete noch der Gestank der vergangenen Lust und des fremden Mannes an, aber das versuchte Emilie für den Moment zu verdrängen. Hilflos schluchzend ließ sie sich in die Umarmung fallen.

»Schsch«, machte Katharina leise und löste sacht die Bänder ihrer Haube. »Es ist alles gut, Mili.«

Emilie nickte, schluckte, schob dann Katharinas Arme behutsam von sich, um sich wieder aufzurichten. »Ich habe dir das Dokument mitgebracht«, schniefte sie und fuhr sich mit dem Handrücken unter der Nase entlang. »Wir wollten ja besprechen, wie wir es schreiben.«

Katharina strahlte. »Du bist ein Schatz, Mili!«, sagte sie und gab Emilie einen Kuss auf die Wange. »Ich hole gleich Feder und Tinte.«

»Nicht so schnell.« Emilie hob die Hand. Ihre Finger zitterten. »Ich habe eine Bedingung.«

»Bedingung?«

Emilie nickte langsam. »Ich will, dass du den Studenten nicht mehr siehst. Zumindest bis Helene unter der Erde ist.«

Sie sah, wie sich Katharinas Augenbrauen zusammenzogen. Die Freundin wandte sich ab, ging zurück zum Spiegeltisch, wo sie eine Moment lang regungslos stehen blieb.

»Einverstanden«, nickte sie schließlich, als sie sich wieder umdrehte. »Wenn es dir lieber ist, dann soll es so sein.«

Emilie lächelte erleichtert.

Greta hatte in der Küche gewartet, bis sich die Haustür wieder schloss und Emilie Breuer gegangen war. Gewöhnlich blieb das Mädchen in der Nähe, wenn ihre Herrschaften Besuch empfingen. Oft wurde laut genug gesprochen, dass sie vor der Tür jedes Wort mithören konnte, und sie achtete darauf, über die Geschehnisse im Haus Bescheid zu wissen. Es waren die großen und kleinen Geheimnisse, die ihre Herrschaften erpressbar machten. Sie machte sich nichts vor, ihre Herrin setzte sie lieber heute als morgen auf die Straße, und vermutlich hätte sie das längst getan, wenn sie nicht in Greta eine unfreiwillige Mitwisserin ihrer Fehltritte hätte. Doktor Wittgen würde sich wahrscheinlich brennend dafür interessieren, was seine Gemahlin trieb, während er selbst auf Reisen war, doch solange Katharina nicht versuchte, sie hinauszuwerfen, würde Greta schweigen. Vorerst und weil Hannes es so wollte.

Greta wartete noch einen Moment, ob jemand nach ihr rief. Dann huschte sie aus der Küche und die Treppe hinauf. Sie hätte zu gerne belauscht, was die Witwe Breuer mit der jungen Hausherrin zu besprechen gehabt hatte, aber Katharina war inzwischen zu misstrauisch, als dass sie unbemerkt vor der Tür ausharren konnte, wenn die Breuer kam. Zwei Mal schon hatte sie sie beim Lauschen entdeckt und jedes Mal geprügelt. Am liebsten wäre Greta sofort zum Herrn Doktor gelaufen und hätte alles erzählt, die ganzen bösen Lügen, doch Hannes hatte es ihr verboten. Sie würde mit ihren kindischen Rachegelüsten alles verderben, hatte er ihr gesagt, und Greta musste sich eingestehen, dass er recht hatte. Aber es würde ihn sicher interessieren zu erfahren, was die Breuer wollte.

Auf Zehenspitzen schlich Greta zur Tür von Katharinas Kammer und legte das Ohr an das Holz. Es war still auf der anderen Seite. Gewöhnlich summte die junge Hausherrin vor sich hin, wenn sie alleine war, doch davon war nichts zu hören, nicht einmal das Knistern von Papier, wenn man in einem Buch umblätterte oder das Rascheln der Laken unter einem sich rekelnden Körper.

Greta zählte in Gedanken bis zehn, dann legte sie die Hand auf die Klinke und schob die Tür vorsichtig auf. Mit einem raschen Blick versicherte sie sich, dass tatsächlich niemand da war, ehe sie zu dem Tisch hinüber huschte. Ein zusammengefaltetes Stück Papier lag dort neben der erloschenen Lampe. Greta fluchte unterdrückt, als ihr Blick auf das Siegelwachs fiel, das das Dokument verschloss. Das Wachs war noch weich, vermutlich hatte Katharina es gerade erst darauf gedrückt, aber es verhinderte, dass Greta einen Blick auf den Inhalt erhaschen konnte. Unschlüssig hielt sie das Papier in der Hand und überlegte schon, es mitzunehmen und später wieder zurückzulegen, als ein Geräusch an der Tür sie herumfahren ließ.

Katharina Wittgen trug noch immer den Nachtrock, und ihr Haar hing offen über die schmalen Schultern. Einen Herzschlag stand sie da, einen zweiten, während sich ihre Augen erst erschrocken weiteten und dann verengten. Die Lippen zu einem schmalen Spalt aufeinandergepresst, schloss sie wortlos die Tür hinter sich und trat auf Greta zu.

»Ich wollte …«, versuchte Greta sich zu erklären, verstummte aber, als im nächsten Moment eine scharfe Maulschelle ihre Wange traf. Mit einem erstickten Keuchen machte sie einen Schritt zurück und stieß dabei gegen den Tisch. Etwas krachte und schepperte, vermutlich die Lampe, die zu Boden fiel. Doch es blieb ihr keine Zeit darüber nachzudenken, welche Arbeit es machte, das Öl aufzunehmen, denn es folgte sogleich ein weiterer Schlag, der ihre Ohren singen ließ.

»Gib das her!« Das Papier wurde ihr aus den Fingern gerissen. Greta reckte die Hand, um danach zu greifen, doch ein Tritt in den Unterleib ließ sie mit einem erstickten Aufschrei zu Boden gehen. Stöhnend hielt sie sich den Bauch und nahm aus den Augenwinkeln wahr, wie Katharina ein paar schnelle Schritte zurück machte und das Papier unter ihrem Nachtrock verschwinden ließ. »Raus!«, herrschte sie Greta an. »Verschwinde sofort! Und lass dich nicht wieder blicken!«

Greta rappelte sich auf und schlurfte an ihrer Herrin vorbei zur Tür. »Fassen Sie mich nicht noch einmal an«, presste sie zwischen den Zähnen hervor, ohne dabei aufzuschauen. »Oder ich verrate alles Ihrem Herrn Gemahl.«

Sie hörte, wie Katharina scharf einatmete. »Scher dich raus.«

Greta ging, hielt auch nicht inne, als hinter ihr die Tür ins Schloss flog. Ihre Fingernägel drückten sich schmerzhaft in die Handballen, während sie langsam, Schritt für Schritt, die Treppe hinabstieg. Ihr Ohr pfiff und ihre Wange schien zu glühen, aber dafür würde Katharina Wittgen büßen. Wenn die Zeit reif dafür war und Hannes es endlich erlaubte.

Julius kannte diese Patienten, die einfach nicht gehen wollten. Meistens kamen sie mit kleineren Wehwehchen, die kaum einer ernsthaften Behandlung bedurften. Wohlhabend waren sie, diese Patienten, die sich einen Arzt leisten konnten, obwohl ein einfaches Hausmittel geholfen hätte. Aber darum ging es ihnen eigentlich gar nicht. Sie wollten reden, erzählen, von sich und ihren echten und eingebildeten Leiden, und da sie den Arzt dafür bezahlten, erwarteten sie auch, dass er ihnen zuhörte. Oft waren es Frauen, die aus diesem Grund kamen, kinderlose Witwen aus guten Verhältnissen oder unverheiratete Jungfern, die über die Jahre die Hoffnung aufgegeben hatten, doch noch in den Stand der Ehe eintreten zu können. Zu letzteren gehörte auch das Fräulein Bieker, das wegen eines gestauchten Fingers gekommen war und nicht daran dachte zu gehen. Eifrig erzählte sie von den verschiedenen Erkrankungen, die sie im Laufe der Jahre durchgestanden hatte, und schien nicht zu merken, dass Julius' Antworten immer einsilbiger ausfielen.

Doktor Hirschner hatte ihn heute genötigt, ihm bei der Behandlung zu assistieren. Zuschauen und lernen, hatte der greise Doktor ihm mit einem wissenden Lächeln erklärt und sich Zeit genommen, ihm ein Untersuchungsinstrument nach dem anderen zu erklären. Julius hatte darauf verzichtet anzumerken, dass er bereits als Arzt gearbeitet hatte und die Instrumente größtenteils alt und schadhaft waren. Der Doktor schien dabei aufzublühen, ihn zu unterweisen, und Julius wollte ihn heute nicht unnötig vor den

Kopf stoßen. Feinde hatte er sich inzwischen genug gemacht.

Nach dem dritten Patienten hatte Hirschner Julius gebeten, die Behandlung zu übernehmen, weil ihm nicht gut sei, und beim vierten Patienten, einer Bäckersfrau mit schwerem Husten, war der alte Doktor in seinem Stuhl eingeschlafen. Julius hatte ihn mit Bertes Hilfe nach oben in die Wohnräume gebracht und die Untersuchungen alleine fortgeführt.

Julius wandte den Blick zum Fenster, während das Fräulein Bieker von den Leiden ihrer armen Frau Mutter erzählte, die im vergangenen Sommer an einem Stück Wurst erstickt war. Es war schwer vorzustellen, dass dies nun seine Tätigkeit für den Rest seiner Tage sein sollte, dachte er frustriert. Er murmelte gerade eine halbherzige Zustimmung, obwohl er der Frage gar nicht zugehört hatte, als ihn eine Bewegung vor dem Fenster aufmerken ließ. Ein gerötetes Gesicht unter einem dunklen Hut, das gleich wieder verschwunden war. Im nächsten Moment donnerte jemand an die Haustür, als wollte er sie einreißen.

»Verzeihen Sie«, bat Julius das erschrockene Fräulein und erhob sich mit einem eleganten Lächeln. »Ich muss nachsehen, was so dringend ist.« Gewöhnlich überließ er es Berte, Besucher zu empfangen, doch jetzt war es ein willkommener Anlass, das Gespräch zu unterbrechen.

Es war Fichtner, der beinahe mit der Tür ins Haus stolperte, als Julius ihm öffnete. Hastig machte er einen Schritt zurück und hob seinen Stock, dessen Spitze bedrohlich vor Julius' Nase kreiste. »Ich habe Sie gewarnt, Laumann!«

Julius verschränkte die Arme und versuchte, unbeteiligt zu tun. Er ahnte, worauf Fichtner hinauswollte, hätte aber nicht geglaubt, dass sich der kugelige Doktor dazu herabließ, höchstpersönlich durch die Fenster zu spähen. Sein Zorn musste tiefer sitzen als Julius ursprünglich angenommen hatte. Wahrscheinlich hatte sich Fichtner den Rücken krummgebuckelt, um sich vor Michaelis und den übrigen Ärzten zu beweisen, und musste dann erleben, dass man wie aus dem Nichts einen anderen Anwärter für das Amt des Stadtphysikus herbeizauberte. In gewisser Weise hatte Julius sogar Mitleid mit dem Doktor, der vermutlich alles, worauf er seit Jahren hingearbeitet hatte, davon schwimmen sah. Allerdings gab es zwei Arten, mit Niederlagen umzugehen, und Fichtner wählte die eindeutig schwächere. Affektgetriebene Rachsucht hatte Julius immer schon verabscheut.

»Ich weiß nicht, wovon Sie sprechen«, antwortete er neutral. »Aber Sie können es mir gerne erklären.« Er trat zur Seite und machte eine auffordernde Geste einzutreten.

Man konnte deutlich sehen, wie es in Fichtners Kopf arbeitete, ehe er etwas knurrte und sich an Julius vorbei ins Behandlungszimmer drängte.

Julius folgte ihm und nutzte die Gelegenheit, das Fräulein Bieker höflich hinaus zu bitten. Nachdem er die Tür hinter ihr geschlossen hatte, wandte er sich Fichtner zu. Der Doktor stand mitten im Raum auf seinen Stock gestützt und machte auch auf Julius' Aufforderung hin keine Anstalten, sich zu setzen.

»Womit kann ich Ihnen dienen?«, erkundigte sich Julius höflich, während er sich wie selbstverständlich hinter dem Schreibtisch niederließ.

Fichtner stieß schnaubend Luft aus der Nase aus. »Das fragen Sie noch, Laumann? Ich dachte, die Anweisungen der Deputation waren deutlich genug.«

»Verzeihung, aber ich kann Ihnen nicht ganz folgen.«

»Nicht?« Fichtners Stock knallte auf den Schreibtisch, dass Julius sich zusammenreißen musste, nicht zusammenzuzucken. »Sie haben keine Erlaubnis zum Praktizieren!«

»Ich weiß.«

»Sie tun es trotzdem.«

Julius seufzte lautlos. Er lehnte sich in seinem Stuhl zurück und legte die Fingerspitzen aufeinander. »Sie waren doch dabei, nicht wahr? Dann erinnern Sie sich auch daran, dass es meine Aufgabe ist, Doktor Hirschner zu entlasten?«

»Sie dürfen nur unter seiner Aufsicht praktizieren.«

»Das habe ich. Bis er eingeschlafen ist. Soll ich von nun an Hilfesuchende fortschicken und ihnen erklären, der Herr Stadtphysikus sei eingeschlafen, ich dürfe leider nichts mehr tun?«

Fichtner starrte ihn an, und Julius sah, wie es erneut hinter seiner Stirn arbeitete. »Ja, das hätten Sie tun sollen«, schnappte er. »Glauben Sie mir, ich werde es an die Deputation weiterleiten. Man wird Sie fortjagen, ehe Sie überhaupt eine Möglichkeit haben werden, zur

Prüfung anzutreten. Sie werden hier nicht gebraucht, Laumann.«

»Das Gefühl habe ich nicht, eher im Gegenteil«, widersprach Julius kühl. »Aber gehen Sie nur zur Deputation, wenn Sie es für richtig halten. Erklären Sie dort auch, dass Sie wie ein neugieriges Kind am Fenster gelauert haben, um mich bei einem Fehltritt zu erwischen.«

Fichtners Kopf schwoll an, und einen Wimpernschlag lang schien es, als wollte er auf der Stelle zu brüllen beginnen, dass man es noch in Cölbe hören mochte. Doch dann beugte er sich vor, die Hände auf dem Schreibtisch aufgestützt, und senkte die Stimme zu einem grimmigen Flüstern. »Unterschätzen Sie mich nicht, Laumann. Wenn Sie nicht gehen, dann werde ich Sie vernichten. Ich habe Freunde, mächtige Freunde. Ich kann Sie vernichten. Vertreiben. Ich werde Sie aus der Stadt jagen und dafür sorgen, dass Sie niemals wieder eine Anstellung bekommen. Niemals wieder.« Mit einem Ruck richtete er sich auf, drehte sich um und verließ den Raum, ehe Julius etwas erwidern konnte. Die Haustür schlug mit lautem Krachen hinter ihm zu.

Julius atmete tief durch, knetete die Nasewurzel zwischen den Zeigefingern, während er überlegte, was er tun sollte. Er hing nicht an der Anstellung als Stadtphysikus, wenn es nach ihm ginge, könnte man Fichtner das Amt gerne übertragen, aber es widerstrebte ihm zutiefst, den Drohungen nachzugeben. Einem kläffenden Hund warf man keine Brocken zu, und wenn er sich noch so wild gebärdete. Und wenn Fichtner den Krieg wollte, dann sollte er ihn haben. Allerdings stand zu befürchten, dass er nicht bluffte. Jemand wie Fichtner suchte die Nähe der Mächtigen. Er sollte vorsichtig sein, vielleicht konnte ihm der wütende Doktor am Ende doch mehr schaden, als er ihm zugestehen wollte. Julius seufzte lautlos und erhob sich dann, um die Untersuchungsinstrumente aufzuräumen. So sehr es ihm widerstrebte, er brauchte ebenfalls Verbündete in dieser Stadt, wenn er diesen Krieg nicht verloren geben wollte.

V

Helenes Beerdigung fand zwei Tage später statt. Als zolle das Wetter dem traurigen Anlass Respekt, hatte sich eine graue Wolkenwand vor den Himmel geschoben. Trostlos ließen die Bäume ihre kahlen Zweige hängen, von denen es unaufhörlich tropfte. Etwas verloren drängten sich die Trauernden unter ihre Schirme und warteten frierend darauf, dass der Pastor zum Ende kam und der Sarg endlich in der Erde verschwand.

Es waren erstaunlich wenige Trauergäste, die sich auf dem Friedhof am Barfüßertor eingefunden hatten, die Familie und eine Handvoll Bekannter Wittgens, der stumm neben dem ausgehobenen Grab stand, den Hut vor sich in den gefalteten Händen. Längst rann ihm das Wasser durch Haare und Bart in den Kragen, doch sein Blick hing starr an dem dunklen Loch, das neben dem Sarg gähnte.

»Der arme Doktor«, murmelte Wachtmeister Schmitt, der Julius Zuflucht unter seinem Schirm gewährt hatte. »Es scheint ihn sehr mitzunehmen.«

»Helene war seine einzige Tochter«, nickte Julius geistesabwesend. Sein Blick hing an Katharina Wittgen, die neben ihrem Mann stand und sich immer wieder umsah, als könnte sie es kaum abwarten, den Friedhof zu verlassen. »Umso mehr wundert es mich, dass er keinen Wert darauf legt herauszufinden, was ihr wirklich zugestoßen ist.«

Schmitt seufzte vernehmlich und strich sich durch den Schnauzer. »Sie haben Ihren Vater und die Professoren gehört«, sagte er leise. »Lassen Sie es endlich gut sein, der arme Mann hat genug gelitten.«

»Würde ich gerne, wenn ich glauben könnte, damit recht zu tun«, antwortete Julius langsam.

Katharina Wittgen trat gerade einen Schritt zurück, verstohlen fast, aber ihr Mann schien es ohnehin nicht zu bemerken. Sie drehte den Kopf und raunte Emilie Breuer etwas zu, die sich daraufhin behutsam neben sie schob.

»Kennen Sie eigentlich Frau Breuer?« Julius deutete mit dem Kinn zu den beiden hinüber.

»Emilie Breuer?« Der Wachtmeister stockte kurz, als müsste er nachdenken, was er Julius sagen könnte. »Sie ist Witwe. Eine sehr vermögende Witwe. Die beiden sind gute Freundinnen.«

Julius nickte langsam. »Ich bin mir inzwischen übrigens sicher, dass Helene Wittgen vergiftet wurde.«

Schmitts Kopf ruckte herum. »Wie kommen Sie darauf?«

»Ich habe in ihrem Zimmer die Reste eines vergifteten Apfels gefunden. Für eine Ratte hat ein Bissen gereicht, um sie umzubringen.« Noch an dem Abend, als er vom Essen bei seinen Eltern zurückgekehrt war, hatte Julius die beiden Tiere tot im Käfig vorgefunden. »Ich denke, eine halbe Frucht dürfte eine gesunde junge Frau töten.«

Der Wachtmeister brummte, schwieg dann eine ganze Weile nachdenklich. »Warum haben Sie Ihrem Vater nichts davon erzählt? Oder Schultheiß Hille?«

»Weil man mir untersagt hat, mich der Sache anzunehmen.«

»Ich fürchte, Sie schlagen das Verbot dennoch in den Wind?«

»Ja«, gab Julius unumwunden zu. Noch immer beobachtete er die beiden Frauen, die ungeachtet des Segens, den der Pastor gerade sprach, munter die Köpfe zusammensteckten. »Es würde meinen Überzeugungen zutiefst widersprechen, mich blind und taub zu stellen.«

»Es gehört zu Ihren Überzeugungen, Polizeyarbeit an sich zu reißen?«

»Es gehört zu meinen Überzeugungen, offensichtliches Unrecht nicht einfach hinzunehmen, nur weil es bequemer wäre.«

»Sie sollten mir das nicht so offen sagen«, brummelte Schmitt. »Sonst muss ich es Ihnen verbieten oder es dem Schultheißen melden.«

»Aber das würden Sie nicht tun, oder?« Julius' Blick wanderte wieder zum Grab, wo die Totengräber den Sarg nun langsam hinabließen. Doktor Wittgen hatte den Kopf gesenkt, aber Julius meinte zu erkennen, wie sich seine Finger in die Hutkrempe krallten. »Ich muss gehen. Haben Sie Dank für den Schirm.«

»Nicht dafür«, murrte Schmitt und zog den Kopf fröstelnd zwischen die Schultern. »Ich gehe auch gleich, sobald hier alles vorbei ist. Bis bald, Herr Doktor.«

Julius erwiderte den Gruß mit einem knappen Nicken und wandte sich ab, hinaus in den Regen. Ein trüber Tag in einer Stadt voller trüber Gestalten.

Warum, zum Teufel, war er bloß zurück nach Marburg gekommen?

Sophie fror. Die letzten Tage hatten sie fast den herannahenden Winter vergessen lassen, sodass sie die Kälte des Novemberregens schlichtweg unterschätzt hatte. Zitternd schlug sie die Arme um den Oberkörper und trat unruhig auf und ab, bis ihr Anna, die einen Schirm mit ihr teilte, einen ungehalten Knuff in die Seite gab. Der Pastor war sonst dafür bekannt, dass er die Leute eilig unter die Erde brachte, bisweilen so hastig, dass die Trauernden kaum das ›Amen‹ zu Ende gesprochen hatten, ehe die erste Schaufel Erde auf den Sarg fiel. Doch heute ließ er sich Zeit, als wollte er damit den besonderen Todesumständen der jungen Frau Rechnung tragen.

Sophies Blick glitt zu Julius, der sich gerade mit einem knappen Nicken von Wachtmeister Schmitt verabschiedete. Sie hatte ihn gleich erblickt, als er gekommen war, und sie wäre gerne zu ihm hinübergegangen und hätte ihm davon berichtet, was Wilhelm ihr erzählt hatte. Sie wusste um Hans' Verehrung von Helene, aber sie hätte nie gedacht, dass es ihm so ernst war. Dass der picklige Junge deshalb etwas mit Helenes Tod zu tun haben sollte, konnte sie sich kaum vorstellen. Sie kannte den Sonnen-Hans von Kindheit an, verschlossen, ein stiller Bursche, der immer etwas abseits stand, aber nicht einmal einem Regenwurm etwas zu Leide getan hätte. Insgeheim hatte sie gehofft, nach der Beerdigung noch Gelegenheit zu haben, mit Julius zu reden, doch offensichtlich zog ihr Vetter es vor, ihr aus dem Weg zu gehen.

Das Flüstern zwischen Katharina und Emilie Breuer hatte inzwischen selbst aus der Entfernung einen harten, zischenden Ton angenommen. Emilies Kopf zuckte vor, wenn sie etwas sagte, wie eine kampflustige Henne, während Katharina starr auf das Grab blickte. Sie schienen zu streiten.

»Unmöglich«, murmelte Sophies Mutter. »Nicht einmal jetzt kann sich dieses Weib benehmen.«

»Woher auch? Meine Mutter sagt, sie sei eine Wirtstochter aus Bebra«, flüsterte Anna. »Sie ist ja kaum älter als Helene. Kein Wunder, dass sie sich nicht leiden konnten.«

»Für eine Wirtstochter ist sie ziemlich gerissen«, wisperte Sophie zurück. »Kennst du …

»Still jetzt!«, zischte Sophies Mutter und bedachte die beiden mit einem missbilligenden Blick. »Zeigt *ihr* wenigstens etwas Anstand.«

Sophie senkte den Kopf, aber ihr Blick wanderte verstohlen zurück zu Katharina und Emilie, die inzwischen aufgehört hatten zu streiten und mit starrer Miene das Ende der Liturgie abwarteten. Man musste kein Hellseher sein, um zu erkennen, dass sich Katharinas Trauer in Grenzen hielt. Ungeduldig blickte sie über die Schulter, trat von einem Fuß auf den anderen. Sie sollte noch einmal versuchen, mit Katharina zu reden, beschloss Sophie im Stillen. Sie hatte keine Ahnung, was Julius vorhatte, aber wenn ihr Herr Vetter sich nicht genötigt sah, mit ihr zu sprechen, dann musste sie eben auf eigene Faust handeln.

Hans hatte sich im Schatten eines Baumes versteckt. Regungslos hatte er dort gewartet, während der Pfarrer geredet hatte und kein Ende zu finden schien. Seine Kleidung war vollkommen durchnässt und klebte ihm auf der Haut, er fror erbärmlich, aber er konnte nicht gehen. Nicht, ehe er seiner Prinzessin nicht Lebewohl gesagt hatte. Wenn er sich nicht bewegte, ertrug er die Kälte leichter und es bemerkte ihn niemand. Er wollte nicht, dass sie ihn sahen. Der Gedanke, dass man sie nun in dieses nasse, kalte Loch hinabließ, ließ sein Herz gefrieren. Wenigstens wusste er, wo sie ruhte. Hier konnte er sie besuchen, wann immer er wollte, und niemand würde ihn davon abhalten.

Hans' Zähne schlugen klappernd aufeinander, er versuchte, dagegen anzukämpfen, Kälte und Anspannung waren übermächtig. Sie sollten endlich gehen und seine Prinzessin allein lassen, diese elenden Heuchler und Mörder. Doch er musste warten, ausharren, während sie die Trauernden spielten und insgeheim dem Leichenschmaus entgegensehnten.

Endlich verstreute sich die Menge und hastete durch den Regen davon. Zwei Totengräber mit tief ins Gesicht gezogenen Hüten blieben zurück, um das Grab zuzuschaufeln, bis auch sie schließlich verschwanden. Als Hans aus seinem Versteck trat, musste er acht geben, dass er mit seinen steifgefrorenen Gelenken nicht stolperte. Das Gras hatte sich unter den Schuhen der Trauergäste in braunen, klebrigen Schlamm verwandelt, der bei jedem Schritt an Hans' Füßen haften blieb. Langsam trat er näher, die Finger fest um die Stiele der Herbstblumen gedrückt. Eigentlich hatte er sie ins Grab werfen wollen, doch nun würde er sie auf der frischen Erde ablegen. Er könnte jede Woche herkommen und neue bringen, Blumen oder hübsche Steine, wenn sich im Winter der Schnee über die Blüten gelegt hatte. Sie würde wissen, dass er sie nicht vergessen hatte.

Schlamm quoll unter seinen Schuhen hervor, als er schließlich am Grab stehen blieb. Langsam ging er in die Knie, senkte den Kopf zum Gebet. »Heiliger Herr Jesus …«, begann er, stockte dann, als er plötzlich Stimmen vernahm. Vielleicht waren sie die ganze Zeit dagewesen, verdeckt durch das Geräusch des Regens, doch jetzt wurden sie lauter. Eine Frauenstimme, grell vor Erregung, und dazwischen das tiefe Brummen eines Mannes. Vorsichtig wandte Hans den Blick in die Richtung, aus der die Stimmen kamen. Er erkannte die beiden nicht sofort. Sie standen halb hinter einem Baum verborgen, vielleicht schon die ganze Zeit. Die Frau schnitt mit den Armen aufgebrachte Gesten in die Luft, während der Mann entschieden den Kopf schüttelte.

Dann brach das Schimpfen mit einem Mal ab, und die beiden drehten sich zu ihm um. Eine eisige Faust umschloss Hans' Herz, als er begriff, dass sie ihn bemerkt hatten. Einen Moment lang starrten sie einander stumm an, zwischen ihnen der graue Regen, der

Konturen und Gesichter verwischte. Dennoch erkannte Hans mit einem Mal, wen er dort vor sich hatte.

Er rutschte beinahe aus, als er aufsprang. Der Mann ließ die Frau stehen und machte einen Schritt auf ihn zu, rief etwas, was Hans nicht richtig verstand. Fuchs, der rothaarige Fuchs, rauschte es in seinem Kopf, während er rückwärts stolperte. Er hatte Fuchs oft gesehen, wie er um Wittgens Haus geschlichen war. Manchmal hatte er mit dem Dienstmädchen gesprochen, vertraulich, als kannten sie sich, manchmal auch mit Frau Wittgen. Und jetzt war er hier, anstatt sich ins Trockene zu flüchten wie all die anderen. Hans verstand nicht, was das zu bedeuten hatte, aber er wollte nicht mit Fuchs reden. Der Rothaarige machte Hans Angst, man erzählte schlimme Geschichten über ihn, dass Hans sich ohnehin schon gewundert hatte, was er ständig im Haus der Wittgens trieb.

Wieder rief Fuchs ihn an, aber Hans schüttelte nur den Kopf. Die Blumen entglitten seiner Hand, als er sich umdrehte und davonrannte. Die durchnässte Jacke schlug schwer an seine Seiten, Wasser rann ihm über das Gesicht, während er zum Friedhofstor hastete und mit einem Satz über den Zaun setzte. Irgendwo hinter sich hörte er Fuchs noch rufen, doch er hielt sich die Ohren zu beim Laufen. Er wollte nichts hören, nichts sehen, nur nach Hause und sich in seiner Kammer verkriechen. Und um seine Prinzessin trauern.

VI

Vielleicht könnte Helene noch leben, wenn ihr Vater nicht ständig auf Reisen gewesen wäre, ging es Sophie durch den Kopf, als sie sich am nächsten Mittag auf den Weg zum Haus der Wittgens machte. Vielleicht hätte er verhindern können, was Katharina ihr angetan hatte – wenn er nur dagewesen wäre.

Das Herz klopfte Sophie bis zum Hals, als sie den Türklopfer hob und gegen die eichene Haustür fallen ließ. Sie besuchte womöglich eine Mörderin, die skrupellos genug war, ihre Stieftochter umzubringen. Jetzt, da sie auf der Türschwelle stand, kam ihr Mut ins Wanken. Sie hätte auf Wilhelm warten sollen, aber der war heute Morgen bei Savigny, wie ihr ein verschlafener Paul Wiegand mitgeteilt hatte. Einen Moment hatte sie tatsächlich erwogen, die Vorlesung zu stören und Wilhelm um seine Begleitung zu bitte, war jedoch schnell wieder davon abgekommen. Das Studium schien ihm und seinem Bruder heilig zu sein, und Sophie war sich keineswegs sicher, ob er ihr eine Störung verzieh. Es würde schon nichts passieren, sprach sie sich noch einmal vor, schloss die Augen kurz und atmete tief durch, ehe sie erneut nach dem Klopfer griff.

Es dauerte eine Weile, bis sie Schritte vernahm und das Dienstmädchen öffnete.

»Fräulein Dierlinger …«

»Ich will zu Frau Wittgen«, erklärte Sophie bestimmt und hob das Kinn, um entschlossen zu wirken. Bloß keine Furcht zeigen. »Ich muss dringend mit ihr sprechen.«

»Das ist schlecht, fürchte ich.«

»Warum?«

»Sie fühlt sich nicht wohl.« Die Magd warf einen verstohlenen Blick über die Schulter. »Soll ich ihr etwas ausrichten?«

»Nein, ich muss selbst mit ihr sprechen«, schüttelte sie den Kopf. »Ich bleibe nicht lange. Bitte. Es ist wirklich dringend.«

»Ich kann sie fragen«, sagte die Magd widerstrebend und verschwand im Haus. Als sie zurückkam, teilte sie Sophie mit, dass die Hausherrin in der Stube sei und sie erwarte. »Seid freundlich«, raunte sie ihr noch zu, als sie sie die Treppe hinauf zu den Wohnräumen führte. »Madame geht es heute wirklich nicht gut.«

Sophie nickte und trat ein. Es roch muffig in der Stube, trotz der unangenehmen Kälte, die Sophie unwillkürlich frösteln ließ. Katharina saß auf dem Sofa, eine Decke über die Knie gebettet und ein Buch aufgeschlagen auf dem Schoß. Bei Sophies Eintreten klappte sie es zu und legte es beiseite. Ihr Gesicht war fahl und gleichzeitig rotfleckig. Dunkle Ringe lagen unter ihren Augen, und das Lächeln wirkte zu verkniffen, um ehrlich zu sein.

»Fräulein Dierlinger. Was kann ich für Sie tun? Ich hoffe, es geht nicht wieder um Helene?«

»Ich fürchte doch.« Sophie zwang sich zu einem freundlichen Ton und trat näher, nahm auf Aufforderung Katharinas Platz. Ihre Hände zitterten, sodass sie sie eilig auf die Oberschenkel ablegte. Gütiger Gott, was tat sie hier? »Ich wollte noch fragen ... Da gibt es noch ein, zwei Dinge, die ich einfach nicht verstehe.«

Katharinas Lippen wurden schmal. »Ich dachte, mein Gemahl hat sich klar ausgedrückt? Helene ist tot, und nichts kann sie zurückbringen. Nun lassen Sie uns endlich in Frieden trauern.«

»Ich hatte gehofft, bei Ihnen mehr Verständnis zu finden als bei Ihrem Mann.« Angriff ist die beste Verteidigung, hatte ihr Vater ihr vor gefühlten hundert Jahren einmal gesagt, doch im Moment musste sie sich zwingen, ein hysterisches Zittern im Kiefer zu unterdrücken. »Sie schienen mir nicht sehr mitgenommen bei der Bestattung. Es wäre daher geheuchelt, von mir zu verlangen, auf Ihre Befindlichkeiten Rücksicht zu nehmen.«

Katharinas Stirn legte sich in feine Falten. »Wovon sprichst du, Mädchen?«

»Ich will wissen, was mit Helene geschehen ist.« Sie zögerte, entschied sich dann, die Dinge beim Namen zu nennen. »Haben Sie sie umgebracht?«

»Wie kommst du denn auf diesen Unsinn?«

»Sie mochten sich nicht. Und Sie wollten sie loswerden.«

Katharina lachte trocken auf. »Du meinst also, ich hätte Helene umgebracht? Verstehe ich das richtig? Deshalb bist du hier?«

»Ja.« Sophie konterte den Blick der jungen Frau. Für einen kurzen Moment fühlte sie sich stark, auf dem richtigen Weg. »Sie könnten einen Grund haben. Und Sie waren in Marburg, als es geschehen ist. Sie hatten alle Zeit der Welt und ausreichend Gelegenheit.«

Katharina antwortete nicht gleich. Sie hatte die zierlichen Finger unter das Kinn geschoben, fuhr sich gedankenverloren mit den Nägeln über die überraschend unreine Haut. »Ich frage mich, was ich Ihnen getan habe, dass Sie so etwas behaupten«, sagte sie schließlich leise. Ihre Augen suchten Sophies Blick, Bitterkeit lag darin und mühsam unterdrückter Schmerz. »Gehen Sie jetzt und kommen Sie nie wieder.«

»Ich gehe, wenn ich eine Antwort habe.« Sophie verschränkte die Arme, erstaunt über ihren eigenen Mut. Oder war es bereits Dreistigkeit? »Haben Sie Helene getötet?«

»Gehen Sie! Oder ich lasse …« Katharina stockte mitten im Satz, holte japsend Luft. Ihre Gesichtszüge verzerrten sich, Halt suchend krallte sich ihre Hand an die Tischkante.

Sophie war zu erschrocken, um etwas zu tun. Wie angewurzelt saß sie da, starrte auf die junge Frau, die sich langsam wieder entspannte und schwer atmend auf das Sofa niedersank.

»Soll ich jemanden rufen?«, fragte Sophie unsicher, nachdem Katharina keine Anstalten machte, etwas zu sagen. »Einen Arzt vielleicht?«

Die junge Frau wehrte mit einer schwachen Handbewegung ab. Feine Schweißtropfen perlten auf ihrer Stirn. »Nein. Gehen Sie jetzt! Ich … brauche … Ruhe.«

Sophie nickte verstört, wandte unschlüssig den Kopf, ehe sie sich hastig verabschiedete und hinauseilte. Draußen hatte der Nieselregen nachgelassen, aber es fegte ein eisiger Wind durch die Gasse und trieb dürres Laub vor sich her. Sophie ging ein paar schnelle Schritte das abschüssige Pflaster entlang, die Hände unter die Achseln geklemmt bei dem Versuch, ihre Gedanken zu ordnen. Etwas stimmte bei den Wittgens nicht, dessen war sie nun absolut sicher. Und sie würde herausfinden, was es war.

Der Raum roch nach Staub und Papier, nach wurmstichigem Holz und abgewetztem Leder. In Savignys Bibliothek stapelten sich die Bücher bis unter die Decke, ein Wissensschatz, der Wilhelm wie eine Erleuchtung erschienen war, als Jakob ihn das erste Mal mit hier hoch genommen hatte. Savigny erlaubte ihnen, die Bibliothek zu nutzen, sooft sie wollten, und Wilhelm ging hier in Ruhe seinen Studien nach. Dann saß er gerne am Fenster, das einen herrlichen Blick über das Tal bot, in dem sich seine Gedanken verloren, wenn er seinen Geist für einen Moment frei schweben ließ. Es half, die Konzentration zu sammeln, hatte Savigny ihm einmal erklärt, als er fragte, warum kein Vorhang vor der Ablenkung schützte. Manche Gedanken brauchten Zeit und Raum, der allein zwischen den Buchseiten nicht zu finden sei, und wenn sie zurückkehrten, seien sie reicher an Wissen und Erfahrung und böten

Antworten auf Fragen, die einem zuvor verschlossen waren.

Heute fiel es Wilhelm jedoch schwer, die Gedanken wieder einzufangen. Ziellos trudelten sie umher, entzogen sich seinen Versuchen, sie mit ein paar energischen Tintenstrichen zu Papier zu bannen. Er ertappte sich dabei, dass sie hinab in die Stadt flogen zu der Toten und den Geschichten, die die Menschen bereits um sie woben. Sooft der Schultheiß auch verkündete, Helene Wittgen sei ertrunken, es änderte nichts daran, dass keine halbe Stunde später neue Gerüchte die Runde machten über den Wolf und die grauenhaften Dinge, die er dem armen Mädchen angetan haben sollte. Am vorigen Abend hatte sich erneut eine Gruppe von Bürgern zusammengerottet, um zur Jagd auf das Untier aufzurufen. Auch wenn sie sich nach einer Weile wieder zerstreut hatten, blieb die Unruhe wie ein bleiernes Tuch über der Stadt zurück.

»Trübe Gedanken, Grimm?«

Wilhelm schrak auf, als die Tür zur Bibliothek schwungvoll geschlossen wurde. Er verzog den Mund zu einem schiefen Lächeln und legte den Federhalter zur Seite. »Wenn sie trüb wären, könnte ich es auf das Wetter schieben.«

»Nicht wahr, es ist furchtbar dort draußen.« Clemens Brentano schüttelte sich und setzte sich halb abgestützt auf Wilhelms Tisch. Neugierig linste er auf das Blatt Papier, das noch nahezu unbeschrieben vor Wilhelm lag. »Weit bist du noch nicht gekommen«, stellte er fest.

»Meine Gedanken schweifen ab«, gestand Wilhelm ein und seufzte. »Zurzeit geschieht so viel um mich herum, dass es mir schwer fällt, mich auf die Studien zu konzentrieren.«

»Das kann ich verstehen«, grinste Brentano breit. Seit seine Geliebte Sophie Mereau ihr Einverständnis zur Ehe gegeben hatte und nach Marburg gekommen war, traf man Brentano ausschließlich in guter Laune an. Wilhelm hatte ihn über Savigny kennengelernt. Obwohl der junge Dichter mit seinem unsteten Wesen das genaue Gegenteil des ernsten und gewissenhaften Savigny zu sein schien, hatten sich die beiden bislang eine Wohnung geteilt und waren eng miteinander befreundet – eine Freundschaft, die auch Savignys Schüler einschloss.

»Wohin treiben dich deine Gedanken?«, erkundigte er sich und schlug ein Bein über das andere.

Wilhelm schnaufte und lehnte sich zurück, die Hände hinter dem Kopf verschränkend. »Es klingt vermutlich albern, aber ich denke die ganze Zeit über diese Geschichte mit dem Wolf nach«, gab er zu. »Man möchte meinen, die Menschen hätten genug Verstand im Kopf, um zu erkennen, dass dieses Mädchen nicht vom Wolf gerissen wurde. Und trotzdem erzählen sie es, sooft man ihnen zuhört.«

»Wie soll sie denn umgekommen sein?«

»Ertrunken.«

»Nun, vielleicht glauben sie es einfach nicht.«

»Aber warum sollten sie …«

»Etwas glauben kann man nicht allein hiermit«, unterbrach ihn Brentano und tippte mit dem Zeigefinger auf Wilhelms Stirn, »sondern ebenso hiermit.« Sein Finger wanderte zu Wilhelms Brust. »Manche Dinge hört man, aber man weiß eigentlich, dass sie nicht wahr sind. Ist es dir noch nie so ergangen?«

»Nein, oder – doch. Selten.«

Ein Schmunzeln schlich sich in Brentanos Mundwinkel. »Ich habe vor ein paar Tagen erst eine solche Geschichte gehört. Von einer Hexe, die in der Nähe des Frauenbergs leben soll. Angeblich frisst sie Kinder. Vermutlich ist die Frau ganz harmlos, aber vielleicht ist tatsächlich etwas an ihr, was einem nicht geheuer ist. Mir graust zumindest vor ihr, wenn ich die Leute reden höre.«

»Von der Hexe habe ich auch schon gehört«, murmelte Wilhelm. Er starrte auf sein leeres Blatt. »Ich mag nicht glauben, dass es Hexen gibt. Das ist ein Aberglaube aus einer Zeit, die viel Unheil gebracht hat.«

»Und seitdem wollen uns die Aufklärer erzählen, dass alles auf der Welt mit Vernunft zu erfassen ist. Aber das ist ein Trugschluss. Es gibt viele Dinge, die man allein mit der Vernunft nicht erklären kann, die nur das Gefühl erfassen kann. Unerklärliches. Unheimliches.« Brentano riss die Augen auf, lachte. »Es gibt unendlich viele Geschichten im Volk, die vom ›Bösen Wolf‹ erzählen. Vielleicht erinnern sich die Leute an diese Geschichten, weil sie selbst keine Erklärung finden oder ihnen die Erklärungen, die man ihnen vorsetzt, zu dünn sind. Und schon stecken sie die Köpfe zusammen und tuscheln. Und der Gelehrte in seiner Vernunft rauft sich die Haare über so viel *Un*vernunft.«

»Dann sollte man das Volk belehren, dass es aufhört, solchen Schwachsinn zu verbreiten!«

Brentano schüttelte den Kopf. »Damit nähmest du dem Volk seine Geschichten und Lieder. Und letztendlich würdest du formen wollen, was nicht ist, oder?«

Wilhelm nickte zögernd und ließ die Hände sinken. »Das stimmt.«

»Es stimmt, Grimm!« Brentano versetzte ihm einen spielerischen Knuff gegen die Schulter. »Das wirklich Wahre findest du beim einfachen Volk, das sich nicht verstellt, in seinen Liedern, Geschichten und Märchen. Und weißt du sicher, was sich dort draußen in den Wäldern herumtreibt? Ich für meinen Teil nehme die Ängste lieber ernst, als mit all meiner Vernunft am Ende mit aufgerissener Kehle am Wegesrand zu enden. Aber ich halte dich auf, dabei wollte ich nur ein Buch holen. Hier«, er drückte die Fingerspitze auf das Papier, »sei fleißig und arbeite. Sonst verrat ich's dem Savigny.«

Wilhelm nickte leicht und wandte den Blick zum Fenster. Als sich die Tür hinter Brentano schloss, flogen seine Gedanken erneut davon.

»Sophie!«

Ihre Finger berührten schon das kühle Holz der Tür, als sie erschrocken innehielt und herumfuhr, den Kopf unwillkürlich zwischen die Schultern gezogen. Schuldbewusst, fiel ihr auf. Eilig reckte sie ihr Kinn. Sie hatte nicht Bescheid gegeben, als sie sich aus dem

Haus geschlichen hatte, aber das schien ihr auch gar nicht nötig, schließlich kannte ihre Mutter die Wittgens gut. Dennoch stellten sich ihre Nackenhaare auf, als ihr Blick auf Onkel Hugos düsteres Gesicht fiel.

»Wo warst du?«, fragte er ohne Umschweife und stellte die schwere Axt neben sich ab, mit der er im Hof Holz gespalten hatte. Seine Haare waren trotz der Kälte im Ansatz feucht von Schweiß. »Du kriegst Ärger. Deine Mutter wollte, dass ich dich suche.«

»Warum das?« Sophie schaute verwundert. »Habe ich etwas … Der Schneider!« Verflucht, sie hatte ganz vergessen, dass ihre Mutter für heute den Schneidermeister bestellt hatte, damit er die letzten Änderungen an dem Kleid für die Hochzeit von Clemens Brentano vornahm. Für einen kurzen Moment spielte sie mit dem Gedanken, einfach zu gehen und erst am Abend zurückzukommen, wenn Mutter bei Brentano und seiner zukünftigen Frau eingeladen war – in der Hoffnung, dass sich der Ärger am nächsten Tag gelegt haben würde. Onkel Hugo ließ ihr jedoch keine Zeit, sondern packte sie ungewöhnlich hart am Arm.

»Geh hinein«, befahl er. »Du musst dich entschuldigen.«

Wenn sie mit einer Entschuldigung davon kam, hatte sie es vermutlich noch gut getroffen, dachte Sophie stumm. In den letzten Wochen war kaum ein Tag vergangen, an dem sie keinen Streit mit ihrer Mutter geführt hatte – um ihre Kleidung, ihre Freunde oder immer wieder um ihre Frisur, die sie sich ohne Zustimmung der Mutter hatte stehen lassen. Doch heute ging es um mehr als um zu kurze Haare. Mit einem bangen Gefühl im Magen folgte sie Hugo ins Haus.

Sie fand ihre Mutter in der Bibliothek. Lotte saß am Fenster, und obwohl das Tageslicht noch ausreichend war, hatte sie eine Lampe aufgestellt. Sie las in einem Buch, das Sophie erst, als sie es sinken ließ, als Bretanos *Godwi* erkannte.

Sophie schluckte, ehe sie einen zaghaften Schritt in den Raum hinein machte. »Mutter, ich war …«

»Erspar uns deine Erklärungen«, unterbrach sie Lottes Stimme kühl. »Meister Liebhans war hier.«

»Ich weiß«, murmelte Sophie und ließ den Kopf hängen, in der Hoffnung, die schuldbewusste Geste könnte die Mutter gnädiger stimmen. »Verzeihen Sie. Ich habe es vergessen.«

»Vergessen!« Lotte schnaubte. Sie legte ein Bändchen als Lesezeichen zwischen die Seiten und klappte das Buch zu. »Selbstvergessen sollte man wohl sagen! Was denkst du dir eigentlich? Kannst du dir vorstellen, wie hochnotpeinlich es ist, den Meister über Stunden zu vertrösten, während Hugo die halbe Stadt nach dir absucht?«

Sophies Kopf ruckte hoch. »Ich habe nie darum gebeten, auf diese Hochzeit eingeladen zu werden!«

»Du solltest dich glücklich schätzen, du undankbares Ding!«, fauchte Lotte. Sie erhob sich langsam, der *Godwi* blieb auf dem Sofa liegen. »Clemens Brentano war ein Freund deines Vaters. Schon allein ihm zuliebe solltest du gut überlegen, was du sagst! Dein Vater wäre zutiefst enttäuscht, wenn er sähe, dass du dich herumtreibst wie die Tochter eines Schankwirts!«

»Vater würde mich verstehen.« Sophie spürte plötzlich einen Knoten in ihrem Hals, der bei dem Gedanken an ihren Vater langsam anschwoll, ihr Tränen der Wut und Enttäuschung in die Augen trieb. »Vater hat die Wahrheit geliebt! Viel mehr als irgendwelche … Gesellschaften und Bekanntschaften, die man pflegt, weil es gut klingt, mit einem von Savigny oder irgendwelchen Dichtern befreundet zu sein!«

»Hüte deine Zunge!« Lotte hob den Arm, ließ ihn drohend in den Luft stehen. »Mein Bruder hat wohl recht, und ich bin viel zu weichherzig mit dir, wenn ich es zulasse, dass du dich wie eine Französin zurecht machst und wie ein Dienstmädchen den Studentenröcken nachläufst!«

»Ich laufe niemandem nach!« Sophie hatte die Hände im Stoff ihres Rocks zu Fäusten geballt. Ihre Unterlippe zitterte vor Wut, und ihre Wangen brannten. »Vater hätte mich verstanden. Er hätte mich unterstützt, anstatt ständig nach Onkel Laumanns Pfeife zu tanzen, wie Sie es ja bereits bestens beherrschen!«

»Das reicht!« Lottes Stimme peitschte durch den Raum. »Geh in deine Kammer, und da bleibst du, bis du zur Vernunft gekommen bist!«

Sophie starrte sie an, ihre Augen brannten vor Zorn und bitterer Enttäuschung. Dann fuhr sie herum und stürzte hinaus.

Tränen verschleierten ihren Blick, sodass sie kaum die Stufen vor sich sah, die sie hinaufstolperte. Was war aus ihrer Mutter geworden, der starken, klugen Mutter, die beim Abendbrot die Schriften von Olympe de

Gouges diskutiert und die Vorlesungen des Vaters in Reinschrift gebracht hatte? Die ihr beigebracht hatte, dass auch die Frau über einen Geist verfügt, dass sie zu mehr geschaffen ist als zum Gebären und Kinderhüten. Die begeistert französische Autorinnen las und die Frau des Ersten Konsuls bewunderte.

Sophie warf sich auf ihr Bett und barg das Gesicht in den Kissen. Es war, als habe nach dem Tod des Vaters Düsternis in diesem Haus Einzug gehalten, eine beklemmende, enge Düsternis, die sie in starre Fesseln zwingen wollte. Onkel Laumanns Fesseln, und Mutter nahm sie widerspruchslos hin.

Sophie zog die Nase hoch und drückte das Gesicht noch tiefer in das Kissen. Wenn sie doch wenigstens mit Wilhelm reden könnte. Noch nie hatte sie sich so einsam gefühlt.

Sie hatte keine Ahnung, wie viel Zeit vergangen war, als es zaghaft an die Tür pochte. Zunächst versuchte Sophie es noch zu ignorieren, doch es wiederholte sich beharrlich. Mühsam kämpfte sie sich hoch und fuhr mit dem Ärmel flüchtig über die Augen.

»Lasst mich in Ruhe!«, blaffte sie mit wankender Stimme. »Ich will nichts.«

Statt einer Antwort wurde die Tür vorsichtig aufgeschoben. Sophie hob überrascht die Brauen, als sie die Großmutter erkannte. Sorgsam schloss diese die Tür hinter sich und drehte sich zu Sophie um. Ein mildes Lächeln lag auf dem zahnlosen Gesicht. »Du hast geweint, Kindchen.«

Sophie verzog die Lippen, aber es kam nur eine schiefe Grimasse dabei heraus. Die Wut, die für einen Moment gelodert hatte wie ein trockenes Holzscheit, dem man Glut unterlegt, war ebenso schnell wieder verloschen, und jetzt, da sie mit den letzten Tränen im Kopfkissen versickert war, fühlte sich Sophie nur noch leer. »Mutter ist ungerecht und falsch«, murmelte sie, mehr hilflos als zornig. »Sie ist … ich weiß nicht einmal, wie ich es sagen soll. Sie will plötzlich, dass ich werde wie all diese hohlen Gänse, die sich aufputzen und nur darauf warten, dass sie geheiratet werden. Vermutlich sehnt sie ungeduldig herbei, dass sie mich unter die Haube bekommt, wie Lisbeth, und dann ist sie uns los und Onkel Laumann ist zufrieden. Wahrscheinlich soll ich deshalb hübsch anzusehen sein bei der Hochzeit. Vielleicht haben sie schon jemanden im Auge, einen wohlhabenden Rechtsgelehrten, der sich bestens aufs Stiefellecken versteht und gute Aussichten hat, einmal Richter oder Regierungsrat zu sein.« Sie stieß schnaubend Luft durch die Nase aus. »Vater hätte das nie zugelassen.«

»Jedes Mädchen muss einmal heiraten.« Die Großmutter hob die Mundwinkel, sodass sich das Gespinst feiner Furchen und Runzeln um ihren Mund herum kurz vertiefte. »Das ist der Lauf der Welt, wie dein Vater zu sagen pflegte.«

»Schöner Lauf der Welt«, brummelte Sophie und rückte ein Stück zur Seite, damit die Großmutter neben ihr auf dem Bett Platz nehmen konnte. »Ich bin aber keine Zuchtstute, die man ausstaffiert und meistbietend auf dem Markt feilbietet. Oder einem eitlen Laffen zuführt, der mehr Geld als Geist hat.«

Die Großmutter schüttelte seufzend den Kopf. »Du denkst ungerecht.«

»Dann sollte Mutter aufhören, mich wie eine folgsame Zuchtstute zu behandeln. Bei allem, was ich tue, hat sie Angst, Onkel Laumann könnte daran Anstoß nehmen!«

»Tust du denn Dinge, an denen man Anstoß nehmen sollte?« Die Augen der Großmutter ruhten ungewohnt klar auf Sophies Gesicht.

Sophie zögerte, blickte auf ihre Hände, die sie im Rock zwischen den Oberschenkeln vergraben hatte, als wollte sie sich selbst festhalten. »Nichts, was man schlechtheißen könnte«, sagte sie schließlich zögerlich. »Ich versuche herauszufinden, was hinter Helene Wittgens Tod steckt. Und ich treffe mich gelegentlich mit einem Studenten, Wilhelm Grimm ... Es ist alles ganz harmlos«, beteuerte sie schnell, als die Großmutter fragend eine Braue wölbte. »Wir ... reden. Wilhelm ist sehr klug und belesen und außerdem sehr freundlich und ...« *Gut aussehend* wollte sie hinzufügen, biss sich aber im letzten Moment auf die Lippe, weil es mehr über ihre Gefühle für Wilhelm verraten hätte, als sie der Großmutter gegenüber eingestehen wollte. »Ich mag ihn einfach«, murmelte sie und zog die Schultern hoch. »Ich glaube, es liegt alles nur daran, dass Onkel Laumann nicht mag, wenn ich nach Helenes Tod frage.«

»Warum denn das?«

»Wenn ich das wüsste.« Sophie seufzte, warf der

Großmutter aus den Augenwinkeln einen flüchtigen Blick zu. »Ich glaube, er will keine Aufregung und keinen Ärger mit Doktor Wittgen … Helenes Vater«, fügte sie erklärend hinzu, als die Großmutter schon ansetzte nachzufragen. »Der ist ganz gram vor Kummer und will nichts mehr davon hören. Und er hat mächtige Freunde in Kassel.«

Großmutters Brummen signalisierte Zustimmung. »Und weißt du schon, was mit dem Mädchen passiert ist?«

»Ich habe einen Verdacht, aber ich kann ihn nicht beweisen. Ich denke, es war Helenes Stiefmutter. Die beiden mochten sich nicht.«

»Stiefmütter meinen es nie gut mit den Kindern anderer«, unterbrach sie die Großmutter milde. »Das war immer schon so und wird sich nie ändern.«

»Ich kann aber nichts beweisen.«

»Musst du das denn?«

»Wenn ich Helenes Mörderin zur Rechenschaft ziehen will, dann schon.« Sophie lehnte den Kopf an die Schulter der Großmutter, ganz so, wie sie es als Kind immer getan hatte. »Es interessiert ja sonst niemanden. Ich habe anfangs geglaubt, Julius würde mir helfen. Aber jetzt geht er mir aus dem Weg, als hätte ich Ausschlag oder stänke aus dem Mund.« Sie hob freudlos die Lippen. »Vater wollte immer, dass ich meinem Verstand vertraue und die Wahrheit suche. Aber das ist verdammt schwer, wenn man den Weg vor lauter Steinen kaum noch sieht. Als ob man durch ein Nebelfeld irrt, das mit jedem Schritt dichter wird. Manchmal erahnt man, dass da etwas ist, aber ehe man es fassen kann, ist es wieder fort. Und gleichzeitig winden sich Schlingpflanzen um meine Knöchel und halten mich fester, je stärker ich versuche mich zu befreien.«

Sie spürte die harte Hand der Großmutter, die über ihr Haar strich.

»Es gibt Dinge, die man nicht ändern kann. Zumindest nicht, ohne seine Lieben vor den Kopf zu stoßen. Anderes kann man ändern, wenn man nur will.«

»Wenn ich nur wüsste, was sich ändern lässt und wie«, seufzte Sophie leise. »Dann würde ich vielleicht nicht ganz so verloren im Nebel umherstochern.«

»Du kannst die Mörderin finden.«

Sophie hob den Kopf. »Du glaubst mir, dass es Katharina Wittgen war?«

Die Großmutter nickte bedächtig. »Stiefmütter sind selten herzensgut zu ihren Stiefkindern, schließlich stehen diese zwischen ihnen und dem Gatten. Du kennst doch die Geschichte von der neidischen Königin, die das Mädchen im Wald ermorden lassen wollte, weil sie seine Schönheit nicht ertragen konnte?«

»Die Geschichte mit den Zwergen und dem vergifteten …« Sophie stockte. Ein vergifteter Apfel. Wenn Julius recht hatte mit seiner Vermutung, war es bei Helene genauso gewesen wie in dem Märchen.

»Die Königin tötete mit Gift.« Die Stimme der Großmutter klang düster. »Beweise es ihnen, und zerreiße den Nebel.«

Die Sonne war längst hinter dem Schlossberg verschwunden. Dunkelheit hatte sich über die Stadt gelegt, eisige Düsternis, deren frostiger Atem den nahenden Winter erahnen ließ. Vereinzelte Lichter in Fenstern und Luken durchbrachen die Nacht und verloren sich bereits nach wenigen Spann in den engen Gassen. Irgendwo schrien zwei Katzen, läuteten die Glocken der Elisabethkirche zur achten Stunde, und vom Wirtshaus unten in der Barfüßerstraße drang entfernt das Gelächter und Gejohle der Zecher hinauf.

Lotte saß am Fenster und starrte hinaus, während sie ihren Gedanken nachhing. Sie hatte kaum gemerkt, wie die Zeit vergangen war, irgendwann hatte Käthe ein Licht entzündet, dessen schwacher Lichtkegel die Stube kaum ausleuchtete. Dennoch vertrieb es die völlige Dunkelheit, und wenn man es sich einbildete, sorgte es für ein wenig Wärme in dem zugigen Raum, dessen Fenster seit Jahren mit dicken Stofflappen abgedichtet werden mussten.

»Sie sehen nachdenklich aus.«

Lotte fuhr herum, hob die Mundwinkel zu einem matten Lächeln, als sie Friedrich Carl von Savigny erkannte. Der junge Dozent galt als Koryphäe im Bereich der Rechtswissenschaften, und seine Ansätze zum römischen Recht hatten ihren verstorbenen Gatten derart fasziniert, dass er den jungen Gelehrten oft in ihr Haus geladen hatte. Es hatte sich rasch eine enge Freundschaft entwickelt, die zu Lottes Erleichterung auch nach dem Tod ihres Gatten nicht abgebrochen war. Wären Savigny und seine dichtenden Freunde nicht, wäre sie wohl längst wahnsinnig geworden in diesen engen Fesseln, dessen Enden ihr engstirniger Bruder in der Hand hielt.

»Ich bin nachdenklich«, nickte sie und drehte sich ein wenig dem Besucher zu, wies auf das Sofa neben dem erloschenen Ofen. »Nehmen Sie doch Platz. Ich habe nicht mit Ihnen gerechnet.«

»Mein Besuch ist überraschend, verzeihen Sie.« Das schmale Gesicht des jungen Dozenten verzog sich zu einem entschuldigenden Lächeln. »Ich war auf dem Weg nach Hause, und da ich Licht sah, wagte ich es.«

»Meine Tür steht Ihnen immer offen. Möchten Sie Wein? Ich kann einen trockenen Franzosen holen lassen, ein Vermächtnis meines Gatten.«

»Machen Sie sich keine Umstände«, hob Savigny abwehrend die Hand. »Ein anderes Mal gerne, aber dann bei mehr Licht und mit einer weniger melancholischen Gastgeberin, deren Einladung mehr der Höflichkeit genüge tut als dem Wunsch nach Gesellschaft.«

Lottes Mundwinkel zuckten freudlos. »Sie durchschauen mich.«

»Heute muss man kein Hellseher sein, um zu erkennen, dass Sie Seelenqualen plagen. Hier«, er zog einen zusammengefalteten und verschnürten Packen Papier aus der Rocktasche, »die Zukünftige meines lieben Brentano bat mich, es Ihnen zu geben.«

»Von Sophie Mereau?« Lotte hob überrascht den Kopf. »Für mich?«

Savigny lächelte sacht. »Ihre Gedichte haben ihr gefallen. Sie sendet Ihnen nun ihre eigenen und lässt entschuldigen, dass sie nicht selbst vorbeikommt, aber sie wird zurzeit von heftigem Unwohlsein geplagt.«

Lotte nickte stumm. Die Lippen fest aufeinander gepresst, starrte sie auf das Bündel in ihrer Hand, ehe sie es hastig zur Seite legte. »Ich sollte aufhören.«

»Aufhören womit?«

»Zu schreiben.« Lotte holte Luft, aber die Beklemmung in ihrer Brust, dieses Gefühl der Beengung blieb. »Ich sollte nicht so vermessen sein, es der Mereau gleichtun zu wollen.«

Savigny blähte die Nasenflügel, wie er es immer tat, wenn ihn etwas unerwartet überraschte. »Darf ich erfahren, was Sie dazu bewegt? Ich hoffe, es ist nur eine vorübergehende Melancholie, die mit der ersten Wintersonne auf schneebedeckten Dächern schwindet.«

Lotte lachte leise. »Jetzt sind Sie der Poet.«

»Ein unwürdiger, verglichen mit Ihnen.«

»Vielleicht sind meine Verse gelungen, aber es lebt keine Seele in ihnen. Es *kann* keine in ihnen leben.« Lottes Blick glitt zu dem Papierbündel, Bitterkeit kroch gallig den Rachen empor. »Ich schreibe von Liebe und Freiheit, von Gefühlen und Sehnsüchten, aber im Leben kauere ich mich in meinem Käfig zusammen und wage es kaum, mich zu rühren, aus Angst, die Hand, die mich füttert, könnte sich zurückziehen.«

»Sie sprechen von Ihrem Bruder.«

Lotte nickte kaum merklich. Mehr als einmal Mal hatte sie sich an diesem Abend gewünscht, sie hätte Käthe längst schon in den Keller geschickt, um die Flasche mit dem Wein zu holen, doch nun war sie froh, es nicht getan zu haben. Wein nahm dem Zweifel seine Härte, aber er vernebelte auch den Verstand, der nach einem Ausweg suchen sollte. »Ich hatte heute Abend Streit mit Sophie«, erklärte sie freimütig. Ihr Blick wanderte hinaus über die abendliche Stadt und weiter zu den Gärten, wo vereinzelt ein einsames Licht die Dunkelheit durchbrach. »Sie wirft mir vor, die Ideen und Grundsätze meines verstorbenen Gatten zu verleugnen. Und ich fürchte, sie hat recht.« Sie neigte den Kopf ein wenig, um einen Blick auf Savigny zu erhaschen, aber der saß nur stumm da und sah sie aufmerksam an. »Sie kannten meinen Conrad ja. Er war ein treuer Untertan, aber seine Gedanken und Ideen sprengten die Grenzen unseres beschaulichen Staates. Er hat Voltaire ebenso gelesen wie Kant und all die Schriften, die man während der großen Revolution in Paris verfasst hat. Und was er las und für gut befand, lebte er – in dem Rahmen, der ihm als Untertan unseres Herrn Kurfürsten blieb.«

Savigny nickte. »Ich weiß. Der Revolutionär im Geist, aber der brave Bürger in der Tat.«

»Seien Sie froh, dass er Sie nicht mehr hört. Auch wenn Sie natürlich wie immer richtig liegen.« Lotte musste schmunzeln. »Er förderte meine Liebe zur Poesie und erzog unsere Töchter dazu, ihren Kopf zu gebrauchen, anstatt ihn nur zur Schau zu tragen. Doch genau dazu muss ich Sophie nun zwingen.«

»Wenn es wegen Wilhelm Grimm ist, so kann ich Sie wirklich beruhigen. Der junge Mann ist …«

»Wilhelm Grimm ist nur eins der Probleme.« Lotte verschränkte die Finger vor sich auf dem Schoß. »Mein

Bruder sieht es nicht gerne, wie sie sich gibt – die französische Frisur, dass sie liest und sich mit Studenten sehen lässt … und jetzt hat sie sich auch noch in den Kopf gesetzt, Helene Wittgens Tod zu untersuchen. Mein Bruder war gestern nach der Beerdigung bei mir, um mich anzuweisen, meine Tochter im Zaum zu halten. Ich soll ihr die Zügel anlegen, die ich selbst nicht tragen will und doch muss.«

»Warum müssen Sie das?«

»Mein Bruder ist der Vormund meiner Töchter. Und er ist es, der uns das Geld zum Leben gewährt. Mein verstorbener Gatte war nie sehr sparsam. Sobald er ein Buch fand, dass ihn interessierte, kaufte er es, ohne sich darum zu scheren, ob Geld dafür da war.«

»Das Ergebnis ist eine wundervoll eingerichtete Bibliothek.«

»Wertloser Tand in den Augen meines Bruders. Und gefährlich, weil dazu geeignet, junge Mädchen auf dumme Gedanken zu bringen.«

»Ihre Worte oder seine?«

»Seine natürlich.« Lotte stieß verächtlich Luft durch die Nase aus. »Aber mir sind die Hände gebunden. Anders als der Mereau ist es mir nicht vergönnt, mein Leben durch Gedichte und Romane zu bestreiten.«

»Und deshalb sperren Sie Ihre Seele und die Ihrer Töchter ein.«

»Unwillig, aber das akzeptiert Sophie nicht.«

»Können Sie ihr es verdenken?«

Lotte schwieg einen Moment, ihr Blick glitt durch Savigny hindurch in eine Ferne, die der junge Mann nicht erfassen konnte. Wäre ihr Conrad nicht so plötzlich verstorben, er hätte sie auf dem Totenbett schwören lassen, ihre Töchter in seinem Sinne zu erziehen. Sie hatte sich bislang eingeredet, froh sein zu müssen, diesen Schwur nie geleistet zu haben, aber wenn sie ehrlich war, hatte sie ihn in Gedanken Hunderte Male gesprochen – und ebenso oft gebrochen.

Sie atmete tief durch und streckte die Hand nach dem Bündel mit den Gedichten aus. Einen Moment lang wog sie sie in der Hand, dann reichte sie sie an Savigny zurück. »Nehmen Sie sie wieder mit«, bat sie leise. »Ich fürchte, ich habe mich an einen Traum geklammert und dabei die Vernunft verloren.«

Die Augen des jungen Gelehrten blickten sie ruhig an, er machte keine Anstalten, das Bündel entgegenzunehmen. »Sie wissen, dass ich eher der Vernunft denn Träumereien und Sehnsüchten verbunden bin«, sagte er schließlich, als ihre Hand unter dem Gewicht des Bündels schon zu zittern begann. »Letztere sind Brentanos Welt, die Sie durchaus schätzen, wie ich weiß.« Er deutete mit einer Kopfbewegung auf den *Godwi*, der immer noch auf dem Tischchen lag, und erhob sich dann. Mit einer flüchtigen Handbewegung strich er den Rock glatt. »Ich werde die Gedichte nicht mitnehmen. Was Sie damit tun, liegt bei Ihnen, aber tun Sie nichts, weil Sie meinen, Ihr Bruder sähe es gerne. Damit tun Sie Ihren Töchtern und sich selbst Unrecht.«

»Größeres Unrecht als die Armut?« Lotte ließ die Hand sinken und blickte zu ihm hoch. »Bin ich verantwortungsvoll oder einfach nur zu feige?«, fragte sie rau.

»Zweifelnd.« Savigny lächelte schwach. »Sie sind zweifelnd. Das waren Sie nicht, solange Ihr Gatte noch am Leben war. Zweifel martern Seele und Verstand und lähmen das Urteilsvermögen.«

»Ich weiß«, murmelte Lotte und nickte. »Vielen Dank, dass Sie vorbeigekommen sind«, sagte sie mit festerer Stimme und entsann sich der Höflichkeit, zum Abschied aufzustehen. »Mein Haus steht Ihnen immer offen. Gute Nacht, Friedrich.«

»Gute Nacht, Lotte.«

Nachdem Savigny gegangen war, starrte Lotte noch eine ganze Weile auf die geschlossene Tür, ehe sie sich schließlich auf das Sofa niederließ und mit einem leisen Seufzer die Augen schloss. Sie fühlte sich entsetzlich müde.

Emilie atmete tief und langsam, spürte dem Einströmen der Luft nach, die beim Auslassen leise Zischlaute zwischen ihren Zähnen hervorrief. So hatten es ihr die Hebammen damals erklärt, als sie mit ihrem kleinen Sohn niedergekommen war, eine lange Geburt, zwei Tage fast, und am Ende war es ein blutiger Klumpen verwachsenes Fleisch, das man ihr vorenthalten hätte, wenn sie es nicht der Hebamme aus dem Arm gerissen hätte. Der tote Knabe war das einzige Kind, das sie geboren hatte, und doch waren die Schmerzen wieder da, wüteten und rissen in ihrem Leib, dass sie meinte, es keinen Augenblick länger ertragen zu können.

Einatmen, ausatmen.

Ihren Gemahl hatte sie ein halbes Jahr nach dem Kind verloren, ein Unfall, die Postkutsche hatte ihn im Dunkeln übersehen. Zwei Wochen hatte er um sein Leben gerungen und den Kampf am Ende doch verloren. Ob er damals auch solche Schmerzen erlitten hatte?

Einatmen ... Emilie keuchte auf, als sich ein glühender Stift in ihren Unterleib bohrte und sie sich unwillkürlich zusammenkrümmte. Ein Wimmern kroch über ihre Lippen, zitternd tastete ihre Hand nach Halt.

Was in Gottes Namen geschah mit ihr? Es hatte nach dem Abendessen begonnen, als sie ihrem Mädchen freigegeben und sich selbst zurückgezogen hatte. Sie lebte allein seit dem Tod ihres Gatten, und bislang hatte sie die Ruhe und Freiheit genossen. Doch jetzt wünschte sie sich nichts sehnlicher, als dass jemand im Haus wäre, der ihr einen lindernden Tee machte oder sie auch nur tröstete.

Wieder schoss der Schmerz durch ihren Leib, hieb mit garstigen Krallen in ihre Eingeweide, als wollte es sie zerreißen. Hatte sie etwas Falsches gegessen? Das konnte nicht sein, sie achtete penibel darauf, nichts Verdorbenes im Haus zu haben, seit sie als Kind einmal nach dem Verzehr einer verschimmelten Wurst wochenlang daniederlag. Vielleicht wollte sich ihr Unterleib lösen und ausfahren in all seiner Nutzlosigkeit. Sie sollte morgen früh die Ärzte fragen. Vielleicht war es bis dahin besser geworden, wenn sie es schaffte, sich etwas Linderung zu verschaffen.

Emilie zwang sich, ruhig zu atmen, während sie sich aufsetzte und den Nachtrock überwarf. Sie hatte noch getrocknete Kamilleblüten, damit könnte sie sich ein Bad bereiten. Wasser half, das hatten ihr die Hebammen damals gesagt.

Der Weg zur Küche hinab erschien ihr so lang wie niemals zuvor, aber das Kochfeuer glomm noch und ließ sich rasch anfachen. Die Magd hatte am Abend zwei Kannen Wasser geholt, die sie auf den Herd stellte, ehe sie sich auf den Weg zum Brunnen machte. Das Ziehen ließ ihr kaum noch Zeit zum Durchatmen, Tränen verschleierten ihren Blick, doch es gelang ihr irgendwie, die Zinkwanne aus der Abstellkammer herauszuzerren und knietief mit heißem Wasser zu füllen. Ein besänftigender Duft stieg auf, als sie die Kamille dazugab. Es würde alles gut, wenn die Schmerzen nur ein wenig nachließen.

Sie zitterte am ganzen Leib, während sie Nachtrock und Hemd abstreifte und vorsichtig ins Wasser stieg. Die Hitze umschloss ihre Zehen wie flüssiges Feuer, aber sie zwang sich, tiefer hineinzutauchen. Einatmen, ausatmen. Mit geschlossenen Augen lehnte sie sich an den Zuberrand und breitete die Arme aus, hielt sich mit den Fingern am blankpolierten Zink fest, während die feurigen Krallen in ihrem Innern wüteten.

Einatmen. Ausatmen.

VII

»Ertrunken?« Wachtmeister Schmitts Stimme klang wie ein vorsichtiger Versuch, dem Bild, das sich ihnen bot, einen Namen zu geben.

Julius schüttelte den Kopf. »Riechen Sie es nicht? Sie hat sich vor ihrem Tod entleert. Irgendwo … dort.« Er wies auf einen Nachttopf, der in einem Winkel neben der Tür stand. »Schauen Sie mal hinein und sagen Sie mir, ob ich recht habe.«

»Das könnten Sie gut selbst tun«, brummelte Schmitt, kam der Aufforderung aber nach.

Julius atmete durch, spannte kurz die Arme, ehe er an den Zuber herantrat. Der Wachtmeister hatte ihn in aller Frühe aus dem Bett geholt, weil er ihm ›etwas zeigen wollte‹. Auf dem Weg hatte er erklärt, dass die Dienstmagd von Emilie Breuer ihre Brotherrin tot aufgefunden habe und direkt zu ihm gelaufen sei. Sie kannten sich eben gut, hatte Schmitt augenzwinkernd erklärt und gleich wieder ernst hinzugefügt, dass er seine Befugnisse arg überschreite, indem er Julius vor dem Schultheißen Bescheid gäbe. Aber vielleicht stehe der Tod ja im Zusammenhang mit den anderen seltsamen Vorkommnissen.

Julius beugte sich über die Wanne und schob seine Brille zurecht. Die Frau war unbekleidet, wie man es erwarten durfte bei einem Bad. In den durchdringenden Gestank nach Exkrementen mischte sich der schwache

Duft von Kamille. Einzelne Blüten trieben noch auf der Wasseroberfläche. Die Tote selbst war in sich zusammengesunken, ihr Gesicht vornüber gekippt. Die offenen Haare schwammen zitternd auf dem Wasser wie die absurde Karikatur eines Heiligenscheins.

Von der Zimmerecke ertönte ein würgendes Geräusch, und ein hastiges Klappern verriet, dass der Wachtmeister den Krug sehr schnell wieder abgesetzt hatte.

»Und?«, fragte Julius, ohne aufzublicken.

»Sie haben recht.« Schmitt kehrte eilig zurück, sein Schnauzbart zitterte, als kämpfte er gegen Ekel und Übelkeit an. »Das ist ziemlich dünn, was da drin ist. Es schwimmt und es …«

»Es genügt schon«, unterbrach ihn Julius knapp. »Helfen Sie mir, die Frau aufzurichten.«

»Was erhoffen Sie sich zu finden?« Schmitt streifte die Jacke ab und krempelte die Ärmel hoch, um ins Wasser zu greifen.

»Wenig, fürchte ich«, antwortete Julius düster. »Aber man soll die Hoffnung nie aufgeben. Hoch jetzt!«

Mit vereinten Kräften zerrten sie den steifen Körper aus dem kalten Wasser. Julius deutete dem Wachtmeister, die Frau über den Wannenrand zu lehnen.

»Zumindest stimmt, was die Magd gesagt hat«, bemerkte er. »Sie ist irgendwann im Laufe der Nacht gestorben.«

»Woran erkennen Sie das?«

»Die Starre, die die Glieder befällt.« Julius legte die Hand um den Unterarm der Toten und zog ihn mit einem Ruck an sich heran. »Ich habe es hier gelöst. Wenn es wieder steif wird, wissen wir, dass der Tod noch nicht lange eingetreten ist. Hat man Ihnen so etwas nicht beigebracht?«

»Ich bin Wachtmeister«, brummelte Schmitt in seinen Schnauzbart. »Gewöhnlich kümmere ich mich um eingeschlagene Fensterscheiben und betrunkene Studenten. Oder Hühnerdiebe.«

»Dann wissen Sie es jetzt. Halten Sie sie gut fest, dass sie nicht wieder zurück ins Wasser rutscht.«

Julius schob das nasse Haar der Toten beiseite und untersuchte sie eilig, so gut es bei den Lichtverhältnissen möglich war. Es gab keine Kampfspuren, stellte er fest, keine Würgemale, Prellungen oder Kratzer, die ihn aufmerken ließen. Nur der penetrante Gestank nach wässrigem Kot hing nach wie vor im Raum.

Julius säuberte die Hände an einem Tuch und seufzte. »Ich nehme an, eine Obduktion kann ich nicht durchführen?«

Schmitt stieß einen schnaubenden Laut aus. »Wie stellen Sie sich das vor? Ich riskiere schon einiges, dass ich Sie überhaupt hierhergebracht habe, obwohl man Ihnen ausdrücklich untersagt hat, sich um diese Dinge zu kümmern.«

»Warum haben Sie das eigentlich getan?«

»Weil ich … ich glaube Ihnen.« Die hundsbraunen Augen des Wachtmeisters blickten ihn ungewohnt offen an. »Das, was Sie auf dem Friedhof gesagt haben … Ich habe die ganze Nacht und noch einen Tag darüber nachgedacht. Sie haben vielleicht wirklich recht. Und als dann das Hausmädchen heute Morgen zu mir kam – wissen Sie, Emilie Breuer hatte viel Pech im Leben. Erst das Kind, dann der Ehemann. Dabei ist sie sehr wohlhabend, ihr Gatte hat ihr viel hinterlassen. Und raten Sie einmal, wen sie erst vor einigen Tagen in ihrem Testament als Erbin eingesetzt hat.«

»Katharina Wittgen«, riet Julius das Naheliegende. Seine Hand ballte sich um das Tuch zur Faust. »Mich würde interessieren, woher Sie davon wissen.«

»Nun«, der Wachtmeister druckste ein wenig herum, »Frau Breuer schätzte meine Gesellschaft. Mehr als schicklich, wenn Sie verstehen, was ich meine. Sie hat mich um Rat gebeten, als sie das Testament aufsetzte.«

Julius hob eine Augenbraue und musterte den stämmigen Mann kurz. Amouröse Abenteuer hatte er dem bodenständigen Wachtmeister kaum zugetraut, aber er musste sich eingestehen, dass er Schmitt bislang recht wenig kannte. »Wenn Katharina Wittgen davon wusste, hatte sie einen guten Grund, die Breuer umzubringen.«

»Eben.« Schmitts Schnauzer zuckte beipflichtend. »Wäre es denn möglich? Ich meine, wurde Frau Breuer auch vergiftet wie ihre Ratten?«

»Vermutlich, doch das kann ich ohne Obduktion nicht mit Gewissheit sagen.«

»Ich kann aber leider nicht …«

»Ich weiß«, seufzte Julius und schüttelte das Tuch aus, um es an den vier Ecken zu nehmen und zu einem improvisierten Beutel zusammenzufassen. »Sie erlauben mir sicher, Lebensmittel zu sichern, die verdorben sein könnten?«

Schmitts Mundwinkel hoben sich zu einem verschwörerischen Grinsen. »Ich könnte hinausgehen und pissen. Dann habe ich nichts gesehen.«

Julius erwiderte das Grinsen, indem er seine Brille langsam herabschob. »Lassen Sie sich Zeit, Herr Wachtmeister.«

Wenig später verließ Julius das Breuer'sche Haus mit seiner Tasche und einem prall gefüllten Stoffbeutel. Selten in den letzten Tagen war Julius so guter Laune, denn zum ersten Mal schien ein Beweis für Katharina Wittgens Schuld zum Greifen nahe. Als er Küche und Stube nach angebrochenen Lebensmitteln durchsucht hatte, war das Dienstmädchen dazugestoßen – ein tratschsüchtiges Ding mit großen, unschuldig dreinblickenden Augen, denen nichts zu entgehen schien. Was sich in diesem Fall sehr glücklich fügte, denn so konnte sie Julius nicht nur detailreich schildern, was ihre Brotherrin die letzten zwei Tage gegessen hatte, sondern auch, dass die Rote Wurst, von der sie am Abend noch gespeist hatte, ein Geschenk Katharina Wittgens war.

Julius fasste den Beutel fester, während er die Wettergasse hinaufeilte. Er würde wieder Ratten brauchen, aber das war eine Kleinigkeit, die sich mit ein paar Münzen regeln ließ. Viel wichtiger war die Tatsache, dass er endlich etwas in den Händen hielt, womit er seine Vermutungen beweisen konnte.

Beschwingt schloss er die Haustür auf und wollte schon die Treppe hinauf zu seiner Kammer eilen, als Berte aus dem Behandlungszimmer trat.

»Doktor Laumann?«, rief sie in einem Tonfall, der nichts Gutes verhieß. »Da sind Sie ja endlich. Kommen Sie schnell, wir haben Sie schon suchen lassen!«

Julius seufzte innerlich, und für einen Moment spielte er mit dem Gedanken, Berte kurzerhand zu ignorieren. Aber er durfte trotz aller Euphorie seine eigentlichen Aufgaben nicht aus den Augen verlieren. Wenn Hirschner alleine nicht zurecht kam, musste er ihm helfen.

Behutsam legte er das Bündel auf der Treppe ab, knurrte ein warnendes »Nicht anfassen!« in die Richtung der Magd und drängte sich an ihr vorbei ins Behandlungszimmer.

Die Luft war schwer, wie immer, da Doktor Hirschner sich nach wie vor weigerte, den Raum zu lüften, und es hing ein charakteristischer Geruch in der Luft, den Julius im zweiten Moment erkannte. Frisches Blut.

Rasch stellte er die Tasche ab und schritt zu dem alten Arzt und seinem Patienten hinüber, der zusammengesunken auf einem Stuhl hockte. Der Mann wäre vermutlich kräftig zu nennen, wenn er mehr zu beißen bekäme, aber seine sehnigen Züge verrieten ein entbehrungsreiches Leben. Niemand, an dem ein Arzt Geld verdiente.

»Es war der Wolf«, brummte Doktor Hirschner die Erklärung, ehe Julius nachfragen konnte. Der Alte rückte auf seinem Hocker ein Stück zurück und streckte mit einem Ächzen den Rücken durch. »Hat den armen Adam ordentlich erwischt. Komm, halt nicht Maulaffen feil, hol mir das Maß und etwas zu schreiben.«

»Was haben Sie vor?«, fragte Julius, ohne sich zu rühren. Sein Blick fiel auf den Arm des Mannes, den Doktor Hirschner gerade behandelte. Das Blut und der Schmutz waren abgewaschen, sodass Julius mit einem Blick die tiefe Bisswunde erkannte. Es musste ein großes Tier gewesen sein und für einen Moment stand ihm das Bild eines schwarzen Wolfs vor Augen, der den armen Tropf anfiel, doch er verdrängte den Gedanken energisch. Fing er etwa auch an, diesen abergläubischen Unsinn zu übernehmen?

»Ausmessen«, schnarrte der Alte und fuhr mit einem Tuch über die Wunde, sodass der Verletzte zischend einatmete. »Dein Vater hat mich angewiesen, alles genauestens zu dokumentieren, was mit dem Wolf zu tun hat. Man hofft wohl, dem vermaledeiten Untier auf diese Weise habhaft zu werden.«

»Wenn Sie mich fragen, kann man allein durch Vermessen keinerlei Rückschlüsse ziehen. Ihnen fehlen Vergleichswerte.« Julius trat neben den Verletzten und zog sich einen Stuhl heran. »Weißt du sicher, dass es ein Wolf war?«, wandte er sich an den Mann.

Adam nickte zaghaft. Was immer ihm widerfahren war, es schien ihn nachhaltig verstört zu haben. »Es war groß … ich habe es im Nebel erst gesehen, als es schon an mir dran war«, flüsterte er. »Ich war zum Holzsammeln am Waldrand, als es kam. Ich weiß nur noch seine Augen, die haben geglüht, als reichten sie geradewegs zur Hölle. Und es hat geknurrt, als es an mir gerissen hat, dass ich fürchtete, es würde mir jeden Augenblick an die Kehle gehen.«

»Wie konntest du entkommen?«

Die Lippen des Holzsammlers zuckten. »Ich habe einen Stock zu fassen bekommen, damit habe ich auf das Biest eingeschlagen. Immer wieder. Und dann hat es plötzlich gejault und mich losgelassen, und ich bin gerannt, so schnell ich konnte.«

Doktor Hirschners dürre Finger fassten Julius' Arm. »Hol jetzt das Messgerät, Junge!«, raunzte er ungehalten. »Das habe ich alles schon gefragt!«

»Dann sollten Sie Ihre Theorie vom bösen Wolf überdenken«, gab Julius barsch zurück. »Das kann alles gewesen sein.«

»*Alles* reißt nicht solche Wunden.« Der Alte deutete auf den Biss. »Erzähl mir nicht, ich erkenne keinen Wolfsbiss, wenn ich ihn sehe!«

Dann haben Sie wohl noch nicht viele zu Gesicht bekommen, dachte Julius, sprach es aber nicht aus. Ein Schaudern packte ihn, als er mit den Augen grob den Biss ausmaß. Wenn er sich nicht irrte, war das Tier, das diese Wunde gerissen hatte, um einiges größer als ein gewöhnlicher Wolf. Und es lief irgendwo dort draußen in den Wäldern herum. Nein, nicht nur in den Wäldern, verbesserte er sich. In unmittelbarer Nähe der Stadt.

»Berte kann Ihnen zur Hand gehen.« Julius erhob sich hastig und packte auf dem Weg zur Tür seine Tasche. Er winkte der Magd heran, die mit bleicher

Miene neben dem Eingang gelauscht hatte. »Du kannst doch sicher ein Maß halten, oder?«

»Was denkst du dir?«, hörte er Doktor Hirschner hinter sich zetern. »Wo willst du hin?«

»Ich habe etwas zu erledigen.« Julius fasste die Klinke und drehte sich in der Tür noch einmal um, nickte dem Alten einen höflichen Abschiedsgruß zu. »Waschen Sie die Wunde gut aus. Kamillensud, und nehmen Sie ruhig etwas von dem Brand. Bisswunden sind gefährlich.«

Die Antwort hörte er nicht mehr, da er die Tür hinter sich zugezogen hatte. Freundlich konnte sie nicht ausgefallen sein.

Die Würste mussten warten.

Sophie hatte unterschätzt, wie tief es unter dem Fenster hinabging. Wenn sie sich sonst aus dem Haus stahl, nahm sie das untere Fenster über dem Schuppen, aber das schied heute aus. Hoffentlich kam niemand vorbei, der sie entdecken und verraten könnte, betete sie inständig, während sie ein letztes Mal hinabschaute und sich dann vorsichtig auf dem Fensterbrett drehte. Es war zwar noch recht früh am Vormittag, aber das Haus war von der Ritterstraße gut einsehbar.

Durchhalten, beschwor sich Sophie stumm und atmete noch einmal durch, ehe sie den Po langsam zurücksinken ließ und ein Bein ausstreckte, um nach einem Halt auf dem Dach zu tasten. Himmel, auf was hatte sie sich da eingelassen! Mit zusammengebissenen Zähnen ließ sie sich noch ein Stück weiter hinab. Ihre Fingerspitzen brannten, sie wusste, wenn sie stürzte, würde sie sich alle Knochen brechen. Im besten Fall.

Dann spürte sie endlich etwas unter ihren Zehen. Schwer atmend hielt sie inne und wagte noch einmal einen Blick hinab. Sie hatte oft unten gestanden und sich überlegt, wie sie aus dem Fenster aussteigen könnte, aber sie hatte nie gedacht, dass dieser Fall tatsächlich einmal eintreten würde. Von unten sah es gar nicht so schlimm aus, doch jetzt hatte sie das Gefühl, hilflos auf dem Dach zu hängen und keinen Fußbreit weiter zu kommen. Wie war sie nur auf die verfluchte Idee gekommen, aus dem Fenster zu klettern?

»Rechts unter dir!«

Sophie drehte den Kopf, um zu sehen, wer sie angesprochen hatte, und verlor beinahe das Gleichgewicht. Im letzten Moment bekam sie den Fensterrahmen zu fassen.

»Sophie!« Eine zweite Stimme, in der vergeblich unterdrückte Panik mitschwang. »Bist du wahnsinnig geworden?«

»Noch nicht, aber fast«, stieß Sophie zwischen zusammengebissenen Zähnen hervor, während sie spürte, wie ihr das Blut in die Wangen schoss. Verdammt, das war Wilhelm. Wahrscheinlich waren die Studenten gerade auf dem Weg zu Savigny und hatten sie hier oben auf dem Dach entdeckt. Soviel zu ihrem Vorhaben, sich unbemerkt aus dem Haus zu schleichen.

»Bleib ruhig!«, rief noch einmal die erste Stimme,

die sie nun als Paul Wiegands erkannte. »Nach rechts, da ist ein Vorsprung! Dann ist es nur noch ein kleiner Satz zum Schuppendach!«

»Sei einfach ruhig!«, fauchte Sophie, kam aber Pauls Rat zaghaft nach. Sie wusste, dass sie ungerecht war, aber im Moment war ihr alles gleich. Wenn sich doch nur die Mauer auftun und sie verschlingen würde.

Den Gefallen tat ihr das Haus nicht, doch dank Pauls Ratschlägen gelang es ihr tatsächlich, das Dach des angrenzenden Schuppens zu erreichen. Eine kurze Weile blieb sie dort hocken und zwang sich, ruhig durchzuatmen, bis sich ihr Puls beruhigt hatte und ihre Beine nicht mehr zitterten. Dann kletterte sie behände das letzte Stück hinab, schlüpfte durch den Garten hinaus und kam schließlich vor Wilhelm und Paul zum Stehen, die die Gasse hinabgerannt waren und bereits auf sie warteten.

»Mein Gott, Sophie!« Wilhelms Stimme konnte sich nicht entscheiden, ob sie ärgerlich oder grenzenlos erleichtert sein sollte. »Was sollte das?«

»Mutter hat mich eingesperrt.« Sophie zog den Riemen aus dem Nacken, an dem sie ihre Schuhe verknotet hatte. Es kletterte sich besser mit nackten Füßen, aber sie würde Aufsehen erregen, wenn sie barfuß durch die Stadt lief. »Lasst uns hier verschwinden«, bat sie mit einem bangen Blick zu den Fenstern, die zur Straße hinausgingen. »Ehe uns jemand sieht.«

»Nur, wenn du mir erklärst, was du in Gottes Namen da gerade getan hast!«, hakte Wilhelm nach und fasste ihre Hand.

Sophie hielt inne und hob den Kopf. Es schmeichelte sie, dass sich Wilhelm um sie sorgte, aber gleichzeitig verspürte sie einen leichten Stich, dass er ihr nicht zutraute, ihre Kräfte richtig einzuschätzen. Als sei sie ein dummes Kind, das seinen Launen folgte. »Gleich«, sagte sie daher nur. »Nicht hier.«

Sie sah, wie Wilhelm und Paul einen kurzen Blick tauschten, und für einen Moment befürchtete sie, sie würden sich weigern, doch dann nickte Wilhelm knapp.

»Gehen wir zum Turm«, sagte er. »Vielleicht schaffen wir es dann noch pünktlich zu Savigny.«

Erst, als sie den Forsthof hinter sich gelassen hatten und der Pavillon vor ihnen auftauchte, bemerkte Sophie, dass sie die ganze Zeit über die Luft angehalten hatte. Dass ihre Mutter sie bemerkt haben könnte, war unwahrscheinlich – Lotte hatte nach einem Streit meistens Kopfschmerzen und zog sich in ihr Zimmer zurück –, aber Sophie hätte Stein und Bein geschworen, dass Onkel Hugo zur Bewachung abgestellt war. Und so einfältig der gutmütige Onkel auch war, es gab wenig, was ihm entging.

Rasch erklomm sie die Sandsteinstufen, die zur alten Warte hinaufführten, und eilte leichtfüßig über den kurzen Abschnitt der bewachsenen Stadtmauer, bis sie in den Schatten des verlassenen Turms eintrat. Ihr Blick glitt zu Wilhelm, dessen Miene hin- und hergerissen schien zwischen Sorge und stummen Tadel, und für einen kurzen Augenblick fragte sich Sophie, wie sie Wilhelm ihre Flucht erklären sollte. Musste es auf ihn nicht wirken, als laufe sie ihm hinterher, wenn sie ihm gestand, dass sie zu ihm gewollt hatte? Jetzt, als ihr Herz in seiner Nähe wieder zu bumpern begann, fragte sie sich, ob sie nicht doch eine dumme Gans war. Setzte sie ihren guten Ruf aufs Spiel, obwohl sie nicht einmal wusste, ob Wilhelms Herz ebenso galoppierte wie ihres?

»Was ist denn nun?«, unterbrach Pauls ungeduldige Stimme ihre Gedanken. »Was bei allen Toren der Hölle war das gerade? Wolltest du dir den Hals brechen?«

»Zum Halsbrechen bräuchte es ein wenig mehr als eine zerklüftete Wand«, erwiderte Sophie spitz, während sie sich auf dem Boden neben dem Eingang niederließ. »Wie du siehst, bin ich noch am Leben.«

»Du hast Glück gehabt«, stellte Wilhelm fest. Er blieb mit verschränkten Armen im Durchgang stehen. »Ich weiß, wie gut du kletterst, aber von ganz oben war es höchst leichtsinnig. Versprich mir, dass du das nicht wieder machst!«

»Das kann ich dir nicht versprechen«, schüttelte Sophie den Kopf. »Wenn meine Mutter mich noch einmal einsperrt, werde ich wieder hinausklettern müssen.«

»Warte ab, beim nächsten Mal nimmt sie ihr Haar und windet daraus eine Strick«, spottete Paul.

»Dann müsste meine Mutter mich sehr lange dort oben festhalten. Vielleicht sollte ich mir irgendwo ein paar Zöpfe leihen?«, ätzte Sophie zurück. Sie atmete tief ein, bemühte sich dann um ein versöhnliches Lächeln. Sie musste versuchen, mit Paul auszukommen, schließlich war er Wilhelms bester Freund, und Männer pflegten auf ihre besten Freunde zu hören, wenn es um Frauen ging. Das hatte ihr Vater einmal im Scherz gesagt, an einem der vielen Abende, an dem ihre Eltern Besuch hatten und nicht wussten, dass Sophie lauschend unter dem Fenster hockte. »Ich war noch einmal bei Helenes Stiefmutter«, wandte sie sich an Wilhelm. »Ich glaube, dass sie irgendetwas verbirgt. Sie hat Helene getötet.«

»Hast du Beweise?« Pauls Spott war von einem Moment zum anderen verschwunden. »Helenes Stiefmutter ist doch die schöne Katharina Wittgen, oder? Ich kann mir nicht vorstellen, dass sie Helene umgebracht hat.«

»Weil sie schön ist? Und schöne Frauen bringen niemanden um?« Sophie spitzte die Lippen. »Da liegt der Hase doch im Pfeffer: Für einen Mann ist eine schöne Frau immer unschuldig! Wahrscheinlich hat Katharina ihren eigenen Mann um den Finger gewickelt und ihn dazu gebracht, die Obduktion zu verhindern!«

»Höre ich da weibliche Eifersucht?« Paul versuchte herablassend zu klingen, aber seine roten Wangen verrieten Sophie, dass sie ins Schwarze getroffen hatte. Vermutlich schwärmte er tatsächlich ein wenig für die schöne Frau Wittgen.

»Ich habe keinen Grund, auf eine Mörderin eifersüchtig zu sein«, gab Sophie schnippisch zurück. »Und außerdem …«

»Hört auf.« Wilhelm hatte nicht laut gesprochen, aber der Nachdruck in seiner Stimme brachte Sophie dazu, augenblicklich zu verstummen. Fragend blickte sie ihn an, verunsichert, ob er es ihr übel nahm, dass sie seinen Freund so anging.

Wilhelm schüttelte kaum merklich den Kopf. »Verrate mir nun endlich, warum du aus dem Fenster geklettert bist«, bat er. »Du hättest dir den Hals brechen können.«

»Ich weiß schon, was ich tue«, widersprach Sophie, aber ihre Stimme hatte an Schärfe verloren. Sie wollte nicht streiten, am wenigsten mit Wilhelm. Deshalb war sie nicht hier. Himmel, warum war die Welt so kompliziert?

»Ich wollte dich suchen«, gestand sie und wandte schnell den Blick ab. »Ich kann nicht in meinem Zimmer hocken und warten, bis meine Mutter mich wieder rauslässt, während Helenes Mörderin frei durch die Stadt läuft. Ich muss mit Julius sprechen. Er ist der Einzige, der mir helfen kann. Aber er schert sich einen feuchten Kehricht um Helenes Tod.«

»Wie kommst du darauf?«, fragte Wilhelm.

»Weil er mir aus dem Weg geht. Er besucht uns nicht, obwohl er es zugesagt hat, er redet nicht mit mir, obwohl wir uns über den Weg laufen, und tut fast so, als ob er mich nicht kennen würde.«

»Durchaus nachvollziehbar«, murmelte Paul, leise zwar, doch laut genug, dass Sophie es gut verstehen konnte. Obwohl es ihr einen Stich versetzte, zwang sich Sophie, Paul zu ignorieren.

»Ich brauche deine Hilfe«, bat sie Wilhelm.

»Du willst, dass ich mit Julius spreche?«

Sophie meinte in seiner Stimme Enttäuschung mitschwingen zu hören, aber sie konnte sich das ebenso eingebildet haben. »Richtig.« Ein flüchtiges Lächeln umzuckte ihre Mundwinkel, ehe sie zaghaft eine Hand auf seine legte. »Bitte.«

Wilhelm wechselte einen Blick mit Paul, nickte dann langsam. »Ich gehe nach der Vorlesung zu ihm. Was soll ich ihm ausrichten?«

»Dass ich ihn dringend sprechen muss.« Sophie überlegte kurz, schob noch hinterher: »Er soll mich besuchen. Wer weiß, wie lange Mutter mich noch wegsperrt.«

»Wenn sie dich beim Hochklettern erwischt, bis zum Sankt-Nimmerleins-Tag«, bemerkte Paul trocken. »Wir sollten jetzt gehen. Wenn wir uns beeilen, schaffen wir es noch pünktlich zur Vorlesung.«

Wilhelm nickte. Sophie spürte seine Hand, die ihre zögerlich drückte, ehe er sie rasch zurückzog. »Kommst du alleine zurück?«

»Ich klettere über den Schuppen. Es ist noch früh, Mutter schläft häufig bis zum Mittag. Und Großmutter wird mich nicht hören.« Sophie zwinkerte, aber es wirkte nur halb so unbeschwert, wie es gedacht war. Paul hatte durchaus recht, wenn man sie erwischte, würde es Ärger geben, wie sie ihn noch nie erlebt hatte. »Besuchst du mich, wenn etwas schiefgeht?«

»In jedem noch so finsteren Kerker, edle Prinzessin.« Endlich huschte nun auch über Wilhelms Gesicht ein Lächeln. »Pass auf dich auf.«

»Immer.« Sophie erwiderte das Lächeln und nahm Wilhelms dargebotene Hand, um sich helfen zu lassen, den schmalen Pfad über die Mauer wieder hinabzusteigen. Nicht, dass sie Hilfe gebraucht hätte, aber sie genoss seine Berührung. Am Tor des Forsthofs trennten sie sich, und Sophie machte sich mit klopfendem Herz auf den Weg nach Hause. Hoffentlich nahm Julius ihre Bitte ernst.

Hans sprach nie mehr als das Nötigste, daher fiel es niemandem auf, wenn er schwieg. Das Schweigen half ihm, seine Gedanken bei sich zu behalten – Gedanken, die ihm wie die Schlüssel zu einem großen, düsteren Geheimnis erschienen. Nur konnte er ihn nicht fassen, denn jedes Mal, wenn er meinte zu verstehen, schoben sich Nebel vor seinen Blick und ließen ihn verloren zurück.

Seine Hand zitterte, als er den Lappen aus dem Eimer hob und auswrang, ehe er damit fortfuhr, die Tische der Wirtschaft abzuwischen. Das Wasser war kalt geworden, aber das bemerkte er kaum. Wie das mechanische Spielzeug, das ein Gast einmal als Bezahlung dagelassen hatte, schob er das Tuch in gleichförmigen Kreisen über die vernarbte Tischplatte, während die Bilder und Stimmen wieder und wieder vor seinem Geist vorbeizogen. Helenes Lachen, das Funkeln der Sonne auf ihrem Haar. Doktor Wittgen, der das Haus verließ. Der Student, sein verflucht schönes Gesicht, das überlegene Grinsen, mit dem er Hans bedachte. Die Magd, die ihn fortjagte, die die Blumen wegtrat, die mit Fuchs sprach. Fuchs, der sich an der Hausecke herumdrückte und den Studenten beobachtete. Studenten. Helene. Der schöne Student. Helene, die ausgelassen lachte, den Kopf zurückwarf, dass die Zähne weiß aufblitzten. Der Student, die Magd. Fuchs. Fuchs und die Magd. Helene. Seine Helene. Die schöne Helene. Student. Fuchs.

Mit einem erstickten Keuchen warf Hans den Kopf zurück, rang nach Luft. Seine Hand umklammerte den Lappen, drückte das schmutzige Wasser auf die Tischplatte. Er sah es, aber er verstand es nicht. Er verstand es einfach nicht!

»Hans?« Die tiefe Stimme seines Vaters drang wie aus weiter Ferne an sein Ohr. Besorgnis schwang in ihr mit, ein ungewohnter Zug. »Was ist mit dir?«

Hans blickte auf, schüttelte den Kopf. »Nichts«, formten seine Lippen stumm, während er hastig den Kopf senkte und den Lappen in den Eimer tauchte. Es war nichts, nichts, was er seinem Vater erklären konnte. Er hatte schon einmal versucht, mit seinem Vater zu reden, ihn zu fragen, was er tun könnte, damit der Student aufhörte, Helene zu besuchen. Sein Vater hatte ihn angestarrt, als habe er ihn nach der Mätresse des Kurfürsten gefragt, und hatte ihn dann angeraunzt, er solle wieder an die Arbeit gehen. Nein, mit seinem Vater konnte er nicht reden, um Klarheit in seine Gedanken zu bringen. Mit dem Studenten vielleicht, diesem Grimm, der ihm nachgelaufen war? Er hatte immerhin behauptet, dass er … Hans verwarf den Gedanken sofort wieder, während er den Lappen über die Furchen der Tischplatte drückte. Studenten kannten sich. Studenten steckten alle unter einer Decke, lachten jemanden wie ihn aus. Wahrscheinlich wusste Grimm Bescheid, über alles, den Schwarzhaarigen, Helene, Frau Wittgen …

Hans hielt inne, als ihm plötzlich einfiel, wen er um Rat fragen könnte. Sie schien den Grimm zu mögen, er hatte sie zusammengesehen, am Forsthof und unten an der Lahn. Er kannte sie, seit er denken konnte, auch wenn ihre Welten sich entfernten, je älter sie wurden. Aber sie lachte nicht über ihn, hatte ihn noch nie verspottet. Sophie könnte er fragen.

»He!«, hörte er seinen Vater brüllen, als er hinausstürzte, ohne sich um den Lappen zu scheren, der zu Boden gefallen war. Sein Vater würde ihm das Leder gerben, wenn er zurückkam, doch das kümmerte Hans nicht. Er musste Sophie finden, sie in der Stadt abpassen, wo der grausige Hugo ihn nicht vertrieb. Und er hatte auch schon eine Idee, wo das sein könnte.

Julius strich mit dem Finger über die Buchrücken, während er sich zwang, den Ausführungen seiner Tante zu lauschen. Lotte Dierlinger war alt geworden, seit er sie das letzte Mal gesehen hatte, und es kostete ihn Mühe, sein Befremden zu verbergen, als ihm plötzlich die verhärmte Frau mit den tiefen Falten zwischen Nase und Mund und den verkniffenen Lippen gegenüberstand. Wie sehr die Jahre, die er fort war, die Menschen verändern konnten. Lotte Dierlinger war in seinen Erinnerungen immer eine lebhafte, belesene Frau gewesen, die ihre Zunge zu führen wusste wie ein Husar seinen Säbel. Nun schien sie um Jahre gealtert, der Rücken krumm, obwohl sie die tadellose Haltung einer gehobenen Bürgersfrau pflegte, und irgendwie … staubig. Julius' Blick fiel auf seinen Finger, an dessen Spitze ein grauer Hut hängengeblieben war. Die Bücher des berüchtigten Professors Dierlinger, den oft nur seine guten Beziehungen zum landgräflichen Hof in Kassel gerettet hatten, schienen ebenso zu verstauben wie seine Witwe. Ein Wunder, dass zumindest Sophie sich die vertraute Leichtigkeit bewahrt hatte.

Dass er längst den Faden verloren hatte, bemerkte er erst, als Lotte sich räusperte. In ihren Augen stand kein Vorwurf, vielleicht an Anflug von Enttäuschung, aber selbst da war er sich nicht sicher.

»Du bist mit deinen Gedanken woanders.« Eine Feststellung, ebenso glatt wie ihre Stimme, die nichts preisgab.

Julius seufzte tief, zerrieb den Staub zwischen den Fingerspitzen, ehe er sich zu ihr umdrehte. Er versuchte nicht, höfliche Freundlichkeit an den Tag zu legen, von der sie beide wussten, wie aufgesetzt es war. »Ich habe tatsächlich nachgedacht. Darüber, wie sich dieses Haus verändern konnte, seit Ihr Gatte tot ist.«

Für einen Moment bröckelte ihre Fassade, und er las einen Anflug von Schmerz in ihren Zügen, doch sie hatte sich gleich wieder im Griff. »Das bringt der Lauf der Zeit mit sich«, sagte sie leichthin. »Ich versuche aufrecht zu erhalten, was mein Gemahl geschaffen hat. Mir sind dabei natürlich Grenzen gesetzt, aber vielleicht mag ich ein wenig von dem Geist bewahren, der dieses Haus einmal geprägt hat.«

»Ich habe Ihren Gemahl stets bewundert«, gab Julius zu. Noch immer meinte er den Staub zwischen den Fingern zu spüren. Rasch wischte er die Hand am Hosenbein ab. »Ich wünschte, ich hätte ihn noch angetroffen bei meiner Rückkehr.«

»Dazu bist du ein halbes Jahr zu spät gekommen.« Lottes Mundwinkel zuckte unbestimmt. »Ist das der Grund für deinen Besuch?«

»Ich bin schon einige Zeit in der Stadt. Es wäre geheuchelt, das als Anlass vorzugeben.«

»Ich weiß. Sophie hat mir von deiner Rückkehr berichtet.« Lotte legte den Kopf ein wenig zur Seite und verengte die Augen. »Ich habe mich schon gefragt, wann du uns besuchen würdest. Oder ob du es überhaupt tun würdest.«

Julius' Blick glitt ziellos durch den Raum, er verspürte wenig Lust, die stumme Herausforderung aufzunehmen. Dabei konnte er Lotte sogar verstehen, schließlich war ihr Gatte sein Pate gewesen. Er war sich allerdings nicht sicher, ob der Tod des Professors nicht auch dieses letzte Band zerschnitten hatte. »Ich habe mir nicht gewünscht, hierher zurückzukehren«, gestand er. »Sie wissen ebenso gut wie ich, dass es besser wäre, den Rhein und zwei Dutzend Grenzbäume zwischen meinem Vater und mir zu wissen. Es tut mir leid, wenn die Schwierigkeiten mit meinem Vater *unser* Verhältnis getrübt haben sollten. Es stand sicher nicht in meiner Absicht.«

Lotte lachte leise. »Wenn ich eins an dir geschätzt habe, dann war das deine Ehrlichkeit. Übrigens eines der wenigen Dinge, die du mit meinem verstorbenen Mann teilst.«

»Ich nehme das einmal als Kompliment.«

»Das kannst du auch.« Lotte war wieder ernst, als sie ihn ansah. »Warum bist du hier? Doch nicht, um mir einen Höflichkeitsbesuch abzustatten?«

»Mir wird nachgesagt, dass Höflichkeit nicht zu meinen herausragenden Tugenden zählt«, antwortete Julius und verschränkte die Arme hinter dem Rücken, eine intuitive Geste, die er sofort wieder zurücknahm, als er sie bemerkte. Rasch legte er eine Hand auf die Stuhllehne. »Ich hatte heute einen Patienten mit einer Bissverletzung«, erklärte er sachlich. »Der Mann schwört Stein und Bein, dass es ein Wolf war.«

»Und jetzt bist du hier, um uns vor dem Wolf zu warnen.«

»Sagen wir besser, vor dem, was da draußen herumläuft. Ich habe es bislang für ein Ammenmärchen gehalten, und ich fürchte, dass ich Sophie mit meiner Skepsis zu unvorsichtig gemacht habe. Was immer es ist, ich bin mir ziemlich sicher, dass es kein Wolf ist. Aber es ist gefährlich und wagt sich ziemlich nah an die Stadt heran. Vielleicht sollte man zurzeit besser keine Landpartien unternehmen.«

Lotte nickte. »Ich danke dir für die Warnung«, sagte sie ernst, zögerte dann kurz, ehe sie hinzufügte: »Hat das irgendetwas mit der Toten zu tun?«

»Helene Wittgen? Nein.« Julius schüttelte den Kopf.

»Die Fraßspuren stammen eindeutig von kleineren Tieren. Helene Wittgen wurde vergiftet.«

»Also glaubst du das auch?«, hakte Lotte nach. In ihrer Stimme schwang Unsicherheit mit. »Bist du dir sicher?«

»Ich würde meine Hand dafür ins Feuer legen, wenn ich eine Obduktion durchgeführt hätte. Da mir das versagt wurde, wäre ich bereit, einen Finger zu riskieren. Nein, eher zwei oder drei.«

Lotte nickte langsam, mehr zu sich selbst. »Hast du Beweise?«

»Nichts Zwingendes. Aber ich arbeite daran.« Julius hob freudlos die Mundwinkel. »Ansonsten scheint es niemanden in der Stadt zu interessieren, was mit dem Mädchen wirklich geschehen ist. Irgendjemand hat etwas zu verbergen, aber ich durchblicke noch nicht, wer wen für seine Zwecke einsetzt. Mein Vater hat mir nahegelegt, die Sache auf sich beruhen zu lassen. Doktor Wittgen wünscht keine weiteren Nachforschungen, angeblich, um die Totenruhe seiner Tochter zu wahren. Die Medicinal-Deputation und Doktor Fichtner tragen mir nach, dass ich mich der Leiche bemächtigt habe. Und der Rest der Stadt glaubt an die Mär vom Bösen Wolf.«

»Ich könnte dir vielleicht helfen. Ich bin nicht Professor Dierlinger, aber man hört mir zu, wenn ich etwas zu sagen habe.« Lotte erhob sich langsam, kam aber nicht auf ihn zu. »Dafür müsstest du im Gegenzug jedoch auch etwas für mich tun.«

Julius runzelte die Stirn. »Eine Erpressung?«

»Ein Handel«, schmunzelte Lotte. »Schließlich habe ich nichts, womit ich dich unter Druck setzen könnte.«

»Also ein aus der Not geborener Handel«, brummte Julius, während er in Gedanken überschlug, was er von ihrem Vorschlag halten sollte. Vielleicht boten ihre Kontakte tatsächlich Möglichkeiten, die ihm bislang verwehrt waren. Eine attraktive Idee, grundsätzlich. Die Frage war, was es ihn kosten sollte. »Was erwartet Ihr von mir?«

»Es geht um Sophie.«

Julius seufzte innerlich. Er hätte es sich denken können.

»Ihrem Vater gefiel es, ihr Freiheiten zu gewähren und sie wie einen Sohn zu unterrichten. Sie hat einen wachen Geist – und den unbedingten Willen, einem Unrecht auf den Grund zu gehen. Ein Vermächtnis ihres Vater.« Sie verzog den Mund. »Sie behauptet steif und fest, dass das Wittgenmädchen ermordet wurde. Ich habe gezweifelt, ob ich ihr Glauben schenken sollte oder ob es eine ihrer Fantastereien ist. Wie es scheint, hat sie recht. Mein verstorbener Gatte würde sich im Grabe herumdrehen, wenn er wüsste, dass ich seine Tochter einsperre, um zu verhindern, dass sie die Wahrheit herausfindet.«

»Sie haben sie … eingesperrt?« Julius riss die Brauen hoch.

»Sie sitzt in ihrem Zimmer und hat Arrest.« Lotte lächelte müde. Sie wich seinem Blick aus. »Dein Vater fordert von mir, dass ich ihr gegenüber härter durchgreife. Er war früher schon nicht angetan, dass Sophie ein wenig angemessenes Verhalten an den Tag legt.«

»Das kann ich mir vorstellen«, murmelte Julius. So anstrengend seine Base auch sein konnte, jetzt empfand er Mitleid für das quirlige Mädchen, für das das Eingesperrtsein eine Qual bedeuten musste. »Und was kann ich dabei tun?«

»Du kannst mir eine Bürde abnehmen, indem du ein Auge auf sie hast.« Lotte sah ihn immer noch nicht an, sondern war ans Fenster getreten und schaute hinaus, eine Hand am Sturz abgestützt. »Es ist mir gleichgültig, was mein Bruder dazu sagt. Nein, es *muss* mir gleichgültig sein, wenn ich auch noch einen Funken von dem bewahren will, für das mein Gatte eingetreten ist.« Sie schwieg kurz, aber Julius sah, wie sie schlucken musste. »Ich will sie nicht länger einsperren, doch ich will auch nicht, dass sie sich in Gefahr bringt mit diesen … Nachforschungen.«

»Und Sie meinen, ich sei das ideale Kindermädchen?« Julius blickte entgeistert.

»Sie ist kein Kind mehr. Aber ja, du bist der Einzige, der mir hierbei helfen kann. Sie hat leider keine Brüder. Übernimm du diese Rolle und pass auf sie auf. Bis diese elende Geschichte vom Tisch ist.«

»Es ist ziemlich viel, was Sie da von mir erwarten.«

Lotte schnaubte leise. »Oh ja … Ich kenne meine Tochter. Und ich weiß, dass es nicht einfach ist, gegen ihren Sturkopf anzukommen.« Sie drehte sich wieder zu ihm um. Ein Lächeln umspielte ihre Lippen, müde zwar, aber es lag nicht mehr so viel Resignation darin wie zuvor. »Dein Vater wird es nicht mögen. Ich hatte erwartet, dass das ein Grund sei zuzustimmen.«

»Ich bin nicht revanchistisch«, stellte Julius klar. In seinem Kopf überschlugen sich die Gedanken. Die Aussicht, in den kommenden Tagen Sophie und ihre wirren Theorien ständig um sich zu haben, trug nicht gerade dazu bei, dass sich seine Stimmung hob, aber auf der anderen Seite war das Angebot seiner Tante verlockend. Sie kannte in Marburg alles, was Rang und Namen hatte, und könnte vielleicht in der festgefahrenen Situation mit den Professoren verhandeln. Vor allem jetzt, da Fichtner ihm offen drohte, brauchte er Rückhalt in der Stadt – und jemanden, der angesehen, beliebt *und* bereit war, sich für ihn einzusetzen.

»Was meinst du?« Lotte trat an ihm vorbei zum Regal, ihre Finger strichen flüchtig über die staubigen Buchrücken, ehe sie die grauen Flocken sanft fortblies. »Hilfst du mir?«

»Ich mache es.« Julius' Stimme klang in seinen eigenen Ohren steif. Himmel, worauf ließ er sich ein? »Sophie soll am besten zu Doktor Hirschner kommen, dann kann ich ihr mitteilen, was ich herausgefunden habe.«

»Das kannst du ihr gleich hier erzählen«, lächelte Lotte und fasste seine Hand. Ihre Finger waren erstaunlich fest. »Sie ist oben. Hugo hat sie vorhin aufgegriffen, als sie versucht hat, über den Schuppen durchs Fenster hineinzuklettern. Sie wird sich freuen, dich zu sehen.«

Es war Jahre her, dass er das letzte Mal diese enge Stiege hinaufgegangen war. Dennoch setzte er wie von selbst den Fuß über die beiden knarrenden Stellen, als sei er gestern das letzte Mal hier hochgeschlichen. Sophie war damals noch zu klein, um als Spielgefährtin infrage zu kommen, aber Lisbeth war ihm wie eine Schwester, wann immer er bei den Dierlingers zu Besuch kam. Seltsam, dass er noch kein einziges Mal auf die Idee gekommen war, nach ihr zu fragen. Nein, nicht seltsam, korrigierte er sich in Gedanken, während er die letzten Stufen nahm. Er hatte Lisbeth seit Jahren nicht gesehen, und eigentlich wollte er das auch nicht. Ein Wiedersehen barg die Gefahr der Enttäuschung, wenn die Vorstellung, über Jahre im Herzen getragen und genährt, von der Wirklichkeit eingeholt wurde. Zumindest darin war er sich sicher, dass er Lisbeth lieber als die Freundin und Gefährtin in Erinnerung behielt, als sie jetzt neu kennenzulernen und festzustellen, dass ihm die Frau von heute fremd blieb. Die Begegnung mit Sophie hatte ihm bereits vor Augen geführt, welche Veränderungen die vergangenen Jahre mit sich bringen konnten, und er verdrängte die Vorstellung lieber, dass aus der lebenslustigen, herzlichen Lisbeth ein braves Hausmütterchen geworden war, das seinen Gatten anhimmelte und an jedem Rockzipfel zwei Kinder hängen hatte.

Zumindest davon war Sophie weit entfernt, dachte er mit einem leisen Seufzer. Auch wenn ihr Körper zur Frau gereift war, ihr Geist war sprunghaft und von kindlicher Neugierde erfüllt, die nach den Wolken haschte. Julius' Hand legte sich an die verschlossene Kammertür, sein Blick glitt zu dem im Schloss steckenden Schlüssel. Wenn er ihn drehte, band er sich eine Verantwortung ans Bein, die er noch nicht überblicken konnte. Ein sprunghaftes Kind, das einen Mord witterte. Sein Vater würde ihm ewig grämen, wenn er Sophie half.

Julius atmete tief durch und legte die Finger um den Schlüssel. Er ließ sich erstaunlich leicht drehen, knarzte nur leise, ehe das Schloss aufschnappte. Die Tür klemmte ein wenig, als er sie aufschob. Verwirrt blickte er sich um und tat einen Schritt in die Kammer hinein, die Sophie und Lisbeth sich teilten. Das Fenster war geschlossen, jemand hatte sogar ein dickes Brett davor genagelt, und die Betten waren zerwühlt. Doch es war niemand hier.

Julius machte einen weiteren Schritt, als er plötzlich über sich ein Geräusch hörte. Sein Kopf schnellte herum, doch im gleichen Moment traf ihn etwas an der Brust, sodass er keuchend zurücktaumelte. Ohne nachzudenken warf er sich nach vorne und bekam gerade noch Sophies Hemd zu fassen, ehe sie die Tür hinter sich zuziehen konnte. Sie schrie auf wie ein wildes Tier und hieb mit der Faust nach ihm, doch er ließ nicht los. Irgendwie bekam er ihr Handgelenk zu fassen, riss sie zurück, sodass sie beide das Gleichgewicht verloren. Er japste, als er mit der Schulter auf die Holzdielen aufschlug. Teufelnocheins, was war in sie gefahren?, fuhr es ihm durch den Kopf, während er sie mit einem Ruck an sich heranzog und ihren anderen Arm packte, mit dem sie wild nach ihm schlug. Er war nie besonders stark gewesen, aber sich von einem Mädchen überrumpeln und verprügeln lassen sollte nicht einmal ihm passieren.

»Sophie!«, brüllte er sie an und zuckte mit dem Kopf zur Seite, als sie nach ihm spuckte. »Hör auf damit, verdammt!«

»Lass mich los!« Sie zerrte an seinem Griff. »Lass mich sofort los!«

»Nicht, ehe du dich beruhigst.« Julius ließ einen Arm fahren und nutzte den Moment, in dem sie versuchte, sich wegzurollen, um ihr den anderen mit dem Schwung der Bewegung auf den Rücken zu drehen. Schmerzerfüllt keuchte sie auf, hielt aber endlich still.

»Wo hast du das gelernt?«, presste sie schnaufend hervor.

»Geisteskranke.« Er verstärkte den Druck ein wenig, sodass sie leise wimmerte. »Manche bekommt man nur so zu Ruhe.«

»Ich bin nicht geisteskrank.«

»Da bin ich mir gerade nicht so sicher. Kann ich dich jetzt loslassen, ohne dass du mir die Nase brichst?«

Sophie brummelte etwas Unfreundliches, fügte dann aber noch ein gemurmeltes »Bitte« hinzu.

Julius zögerte, ehe er langsam den Griff lockerte und sie schließlich wegstieß wie einen jungen Hund, der zu übermütig geworden war. Rasch stand er auf und trat vor die Tür, die Arme verschränkt. Einen Moment lang befürchtete er tatsächlich, Sophie könnte aufspringen und ihn einfach beiseite stoßen, aber der jungen Frau schien der Sinn nach Rauferei vergangen zu sein. Missmutig setzte sie sich auf und rieb sich die Schulter. »Du hättest mir fast den Arm ausgerenkt«, maulte sie.

»Notwendigerweise«, nickte er kühl. »Was sollte das gerade?«

Sophies Kopf ruckte herum. Ihre Augen funkelten angriffslustig, trotz der Tränen, die ihren Blick verschleierten. »Ich lasse mich hier nicht einsperren wie ein dummes Vieh! Eher bringe ich mich um!«

»Das gerade eben sah eher so aus, als wolltest du *mich* umbringen. Steh auf. Und wisch dir verdammt noch mal die Tränen aus dem Gesicht, sonst überlege ich es mir noch einmal und gehe wieder.«

»Was machst du überhaupt hier?« Sophie fauchte, aber ihre Stimme zitterte dabei. Zu seiner Überraschung kam sie seiner Aufforderung ohne Widerspruch nach und zog sich schwankend hoch. »Schickt Mutter dich, um mir etwas zu sagen, was sie sich nicht selbst zu sagen traut?«

»Möglich.«

»Also was? Kloster oder Kassel?«

»Marburg.«

»Mar-?« Sophie hob den Kopf, ihre Augenbrauen zogen sich unwillig zusammen. »Hör auf, mich zu verspotten.«

»Du solltest mich kennen und wissen, dass ich keine Freude aus Spott auf Kosten anderer ziehe.«

»Also doch.« Sophie seufzte und ließ den Kopf hängen. Sie sah jünger aus als sonst, hager, wie sie da in sich zusammengekauert auf der Bettkante hockte, hin- und hergerissen von Misstrauen und Angst. »Also hat sie vor, mich hier einzusperren, bis ich tue, was dein Vater will. Da kann sie lange warten, und wenn ich bis an mein Lebensende hier oben gefangen sitze.«

»Der Anlass taugt nicht, dich zur Märtyrerin zu machen. Zieh dir etwas Anständiges an und dann komm in die Bibliothek. Wir müssen uns unterhalten.«

»Worüber sollten wir uns unterhalten?«, fuhr Sophie auf. »Du redest doch sonst auch nicht mit mir, selbst wenn ich dich darum bitte. Ich bin dir doch bestenfalls lästig!«

Damit hatte sie nicht unrecht, musste Julius sich eingestehen. Er hoffte, dass Lottes Angebot dieses Joch aufwog. »In der Bibliothek«, wiederholte er und öffnete die Tür. »Trödel nicht.«

Etwas flog gegen die Tür, kaum dass er sie hinter sich zugezogen hatte.

Sophie hatte die Hände zu Fäusten geballt, so fest, dass sich die Nägel in die Handballen bohrten, während sie ihm nachstarrte. Sie verstand nicht, was er von ihr wollte, und es schien ihm Vergnügen zu bereiten, sie im Unklaren zu lassen.

»Elender Hund!«, fuhr sie mit einem Fluch herum und kickte einen Stiefel wütend durch die Kammer. Für einen Moment spielte sie mit dem Gedanken, ihn in der Bibliothek warten zu lassen, bis er verrottete, doch die Neugier in ihr flüsterte ihr zu, sich wenigstens anzuhören, was er zu sagen hatte. Dass ihre Mutter sie nicht wie angekündigt nach Kassel zu ihrer Tante schicken wollte, war immerhin eine Aussicht, die auf Besseres hoffen ließ.

Sophie seufzte und blickte sich suchend nach ihrem Kleid um. Sie hatte vor Wut alles durchs Zimmer geworfen, nachdem Hugo sie eingesperrt hatte. Ihre Mutter hatte nicht einmal geschimpft, sondern nur angewiesen, sie festzusetzen, bis sie entschieden hätte, was nun geschehen sollte.

Offensichtlich war sie zu einer Entscheidung gekommen.

Sophie fand das Kleid unter einem Haufen anderer Wäsche neben Lisbeths Bett. Sie klopfte den Dreck notdürftig ab, ehe sie es überzog. Mit einem knappen Blick in den Spiegel überprüfte sie ihre Haare, die ihr vom Kopf abstanden wie die Stacheln eines Igels. Auf die Straße gehen konnte sie so nicht, aber Julius würde mit ihrem Anblick leben müssen. Die Lippen fest aufeinandergepresst, machte sie sich auf den Weg nach unten.

In der Bibliothek war es kalt, und der Geruch nach Staub und altem Papier lag in der Luft. Julius hatte den Tisch ans Fenster geschoben und las. Er schaute nicht auf, als sie eintrat und die Tür krachend hinter sich zuzog.

»Du hast keinen Grund, zornig zu sein«, bemerkte er und blätterte eine Seite um. »Also hör auf, die Medea zu spielen, und setz dich.«

»Ich habe jeden Grund«, fauchte Sophie und verschränkte die Arme. »Mutter sperrt mich ein, du behandelst mich wie ein kleines Kind … Verdammt, ich will Helenes Mörder finden, und das werde ich.«

»Hör auf zu fluchen. Und den Mörder finden will ich ebenfalls. Deshalb bin ich hier.« Julius strich mit der Fingerspitze über die Seite, die er gerade las, klappte das Buch zu und sah auf. »Setzt du dich nun endlich?«

Sophie lag eine Antwort auf der Zunge, aber sie schluckte sie herunter und zog den zweiten Stuhl heran. Missmutig ließ sie sich darauf fallen. »Dir ist Helenes Mörder doch vollkommen gleichgültig.«

»Mitnichten. Auch wenn ich womöglich aus anderen Gründen nach ihm suche als du. Helene war deine Freundin, nicht wahr?«

Sophie nickte. »Ich will, dass der Mörder zur Rechenschaft gezogen wird. Es darf nicht sein, dass man die Wahrheit verschweigt und so tut, als sei gar nichts geschehen!«

Julius nickte. »Genau das habe ich der Deputation und meinem Vater auch gesagt. Es ist jedoch ungünstig, wenn man Behauptungen aufstellt, obwohl man selbst noch im Nebel stochert. Ich habe mich mittlerweile viel zu weit aus dem Fenster gelehnt, als dass mir der Tod dieses Mädchens gleichgültig sein könnte. Du siehst, wir haben durchaus die gleichen Interessen.«

»Und was willst du von mir?« Sophie verschränkte die Arme. Misstrauisch musterte sie ihn. »Bislang hast du mich behandelt, als sei ich ein lästiges Insekt.«

»Deine Mutter hat mich gebeten, ein Auge auf dich zu haben.« Julius überging die Bemerkung, als habe er sie nicht gehört. »Sie ist zu dem Schluss gekommen, dass sie dich nicht länger daran hindern will, der Wahrheit auf den Grund zu gehen.«

»Du sollst …« Sophie riss die Augen auf, schüttelte dann den Kopf, um zu ordnen, was sie gerade gehört hatte. »Du bist also mein Kindermädchen, und dafür darf ich meine Kammer wieder verlassen?«

»Du darfst mich bei der Suche nach dem Mörder unterstützen«, verbesserte Julius, ohne eine Miene zu verziehen. »Du kennst die Menschen hier besser als ich. Im Gegenzug bleibst du nicht länger eingesperrt.«

»Ist das alles?« Noch immer traute Sophie der Sache nicht ganz. »Es gibt doch sicher einen Haken an der Sache.«

»Du hast mir zu gehorchen.« Julius rückte seine Brille zurecht und erhob sich. »Du kannst dich natürlich dagegen entscheiden. Für den Fall hat deine Mutter bereits Vorsorge getroffen. Also? Bist du einverstanden?« Ein wenig steif hielt er ihr die Hand hin.

Sophie zögerte, ehe sie einschlug. Es lag keine Begeisterung darin, aber es war die einzige Möglichkeit, den Knoten aufzubrechen, der sie an ihr Gefängnis band. Auch wenn die Aussicht, Julius' Anweisungen folgen zu müssen, sie alles andere als begeisterte.

»Einverstanden.«

»Gut.« Julius zog die Hand zurück, seine Mundwinkel zuckten zu etwas, was vielleicht ein Lächeln sein mochte, wenn Sophie glauben könnte, dass er dazu in der Lage wäre. »Wir sollten als Erstes besprechen, wie wir weiter vorgehen wollen.«

Wilhelm rieb fröstelnd die Hände unter den Achseln, während er ungeduldig auf und ab ging, um sich warm zu halten. Ein eisiger Wind zog über die Wasserscheide und kroch mit ebenso eisigen Fingern unter Rock und Hemd. Immer wieder wanderte sein Blick zum Haus des Stadtphysikus, aber hinter den Fenstern rührte sich nichts.

Er war nach dem Treffen mit Sophie zunächst zur Vorlesung gegangen, hatte es dort aber nicht lange ausgehalten. Mit der Entschuldigung, ihm sei nicht gut, hatte er sich zurückgezogen und war in der Hoffnung zur Wettergasse geeilt, Julius oder wenigstens Doktor Hirschner anzutreffen. Ihnen wollte er eine Nachricht hinterlassen. Doch es war niemand zu Hause gewesen, nicht einmal die dicke Magd, also wartete er. Seitdem hatte die Ratshausuhr zweimal zur halben Stunde geschlagen, und er harrte immer noch aus.

Wilhelm hob die Hände vor den Mund, um vorsichtig warmen Atem zwischen die Finger fließen zu lassen. Auf was hatte er sich da eingelassen, verfluchte er sich in Gedanken selbst. Aber er musste Sophie helfen. In Gedanken hatte er mehrere Möglichkeiten durchgespielt, wie er sie aus ihrem ›Kerker‹ befreien könnte, nur um am Ende alles als albernen Tagtraum zu verwerfen. Er war kein glänzender Ritter oder Prinz, Sophie keine Jungfrau in Not und ihre Mutter keine finstere Hexe, die aus reiner Bosheit handelte. Im Grunde verstand er Lotte Dierlinger sogar. Als Sophie aus dem Fenster geklettert war, war ihm beinahe das Herz stehen geblieben, und einen Augenblick lang hatte er ernsthaft überlegt, einfach so zu tun, als habe er sie nicht bemerkt. Er mochte Sophie und er bewunderte ihren wachen Geist und ihren Mut, aber sie war unberechenbar in ihren Einfällen.

Etwas kribbelte in Wilhelms Nacken, das unbestimmte Gefühl, beobachtet zu werden. Sein Blick glitt über die wenigen Passanten, die an ihm vorbeieilten, Dienstleute und Handwerksburschen. Niemand, der bei der Kälte freiwillig vor die Tür ging. Dann entdeckte er ihn.

Hans stand halb hinter einer Hausecke verborgen. Neben sich hatte er einen Korb mit Eiern abgestellt. Sein Gesicht wirkte ausdruckslos, leer, nur seine Augen wanderten finster zwischen dem Haus und Wilhelm hin und her.

Noch während Wilhelm mit sich rang, auf ihn zuzugehen und zu fragen, was er suchte, trafen sich ihre Blicke. Für einen Moment, der ihm wie eine Ewigkeit erschien, starrten sie einander an. Dann fuhr Hans herum, packte den Korb und schritt davon.

Wilhelm dachte nicht nach, als er ihm nachging. »He, warte mal!«

Hans drehte den Kopf und beschleunigte seine Schritte. Rücksichtslos stieß er die Leute beiseite, um sich Platz zu verschaffen. Empörte Aufschreie begleiteten ihn, während er sich nach links wandte und zwischen den Häusern verschwand.

Wilhelm fluchte innerlich und biss die Zähne zusammen. Er wusste, dass er es bereuen würde, aber er musste rennen, wenn er den Wirtsjungen einholen wollte. Ohne sich um die schimpfenden Mägde zu kümmern, hastete er die Straße entlang, bog dann in die steile Gasse hinab, die Hans eingeschlagen hatte. Früher hatte man hier einmal den Schmutz der Stadt den Hang hinab gespült, und Wilhelm musste acht geben, dass er auf der steilen Treppe nicht den Halt verlor. Seine Knie zitterten und seine Lungen brannten, während er hinabstürzte, dabei immer zwei Stufen nehmend. Hans war nicht zufällig da gewesen, dessen war er sich sicher. Er durfte den Jungen nicht verlieren.

Als er den Fuß der Treppe erreicht hatte, entdeckte er Hans noch, der in Richtung der Afföllerwiesen rannte. Wilhelm sandte ein stummes Gebet gen Himmel, während er die Beine in die Hand nahm und ihm folgte. Jakob würde ihn einen Narren schimpfen, und der war er wahrscheinlich auch, aber darüber wollte er gerade nicht nachdenken. Er musste Hans einholen und herausfinden, was der bei Doktor Hirschner wollte.

Das Vorland der Lahn war jenseits der Elisabethkirche geprägt von Wiesen und Weiden, die jedes Jahr mehrmals vom Hochwasser überspült wurden. Jetzt im Spätherbst hatte sich ein grauer Schleier über das im Sommer so satte Grün gelegt, und die vereinzelten Bäume entlang des Flusses reckten ihre kahlen Äste anklagend in den Himmel. Leichter Regen hatte eingesetzt und schlug Wilhelm entgegen. Immer wieder blieb er stehen und hielt Ausschau nach dem Flüchtigen, hetzte ihm weiter nach, sobald er ihn ausgemacht hatte. Wilhelms Herz polterte vor Anstrengung, Schweiß trieb ihm aus allen Poren und klebte sein Hemd nass an den Rücken. Er wankte, als er erneut stehen bleiben musste und an einem Zaunpfahl Halt suchte, um nicht zu straucheln. Pumpend sog er Luft in die Lungen, während sein Blick umherflog. Aber Hans war verschwunden.

Wilhelm wartete, bis sich sein Herz ein wenig beruhigt hatte und er wieder zu Atem gekommen war, dann löste er sich von dem Zaun und ging ein paar Schritte weiter, um sich umzuschauen. Hans konnte nicht einfach verschwinden, dazu war das Schwemmland am Fluss zu flach und zu übersichtlich. Er musste sich hier irgendwo versteckt haben.

Ziellos lief Wilhelm weiter in Richtung Brücke. Im Sommer waren hier Leute unterwegs, Bauern, Reisende, Viehhirten, die er hätte fragen können, aber jetzt pfiff nur der Wind über die Weiden und am Himmel dräuten bereits dunkle Wolken. Es war eine Frage der Zeit, bis der Nieselregen in eine eisige Sturzflut überging. Wenigstens gab es keinen Nebel, dachte Wilhelm zynisch und nahm die letzten Schritte bis zur Lahn. Gurgelnd und lehmiggrau strömte der Fluss unter ihm hindurch, leckte an den Brückenpfeilern, als probte er, ob er die Brücke hinweg reißen könnte. Wilhelm blieb stehen und beugte sich über die Brüstung, um zu erkennen, ob sich Hans vielleicht unter dem Brückenbogen versteckt hatte. Doch da war nichts, nur schlammbesudelte Uferböschung und zwei einsame Enten, die dort unten Zuflucht gesucht hatten.

Wilhelm wollte sich gerade aufrichten, als etwas seinen Hinterkopf traf und ihn mit Wucht nach vorne warf. Hart schlug er mit dem Kinn auf der Brüstung auf, dass es knirschte, und für einen Moment wurde ihm schwarz vor Augen. Instinktiv rollte er sich zur Seite, gerade noch rechtzeitig, ehe der Prügel ein zweites Mal auf den Stein krachte, genau an der Stelle, wo eben noch Wilhelms Kopf gewesen war.

»Halt!«, brüllte Wilhelm, ohne genau zu wissen, wen er eigentlich meinte. Er versuchte wegzukommen, aber seine Beine gaben unter ihm nach, sodass er in die Knie sackte. Schwindel erfasste ihn, die Gestalt, die plötzlich vor ihm auftauchte, drehte sich vor seinen Augen. Wilhelm riss die Arme hoch. Ein greller Schmerz schoss durch seinen Arm, ließ ihn jäh aufschreien.

»Schrei nur!«, hörte er den anderen durch zusammengebissene Zähne höhnen. »Geschieht euch Studentenpack recht!«

»Hör auf!« Wilhelm warf sich zur Seite, rutschte auf den Knien hastig ein Stück, in der irrigen Hoffnung, dem nächsten Schlag entkommen zu können. Vielleicht hätte er sich zur Wehr setzen können, wenn er bei Kräften gewesen wäre. So hatte er genug damit zu tun, gegen die Dunkelheit anzukämpfen, die sich in seinen Geist schlich.

Der nächste Hieb traf seine Schulter, und Wilhelm war, als würde ihm das Gelenk aus der Verankerung gesprengt. Wieder schrie er auf, kugelte zur Seite. Wegtreten, er musste Hans die Beine wegtreten, dachte er verzweifelt, aber ihm gelang nur ein ungezieltes Strampeln, dem der Angreifer mühelos ausweichen konnte. Wieder fuhr der Prügel auf ihn nieder, und Wilhelm fragte sich plötzlich voller Panik, ob der Kerl ihn etwa totschlagen wollte! Er hätte wissen müssen, dass mit Hans nicht zu spaßen war nach ihrem ersten Zusammenstoß. Welcher Dämon hatte ihn nur geritten, ihm einfach hinaus in die Auen zu folgen, wo ihn niemand hören würde?

Erneut traf ihn das Holz, ein brüllender Schmerz raste durch sein Bein. Hilflos hatte sich Wilhelm zusammengerollt, den Kopf zwischen den Armen geborgen. Himmel hilf, betete er stumm und schmeckte Blut auf der Zunge, wahrscheinlich sein eigenes, er musste sich auf die Lippen gebissen haben. Er würde hier sterben, durchzuckte ihn die Erkenntnis, und er war überrascht, wie ruhig er diese Einsicht aufnahm. Er hatte immer geglaubt, man würde vergehen vor Furcht, wenn man dem Tod ins Auge blickte, aber seltsamerweise war das Gegenteil der Fall, vielleicht, weil er wusste, dass er nichts dagegen tun konnte. Sein Leben lag in Gottes Hand. Für einen winzigen Moment flogen seine Gedanken zu Sophie, und er fragte sich, wie es mit ihnen weitergegangen wäre, wenn sie mehr Zeit gehabt hätten, und er verspürte tiefes Bedauern, es nicht mehr herausfinden zu können.

Von irgendwoher drang ein Schrei, und Wilhelm stellte verwundert fest, dass es nicht seine Stimme war, die geschrien hatte. Regungslos blieb er liegen, zusammengekauert, während er auf den nächsten Schlag wartete. Doch der blieb aus, stattdessen hörte er aufgebrachte Rufe. Irgendjemand brüllte etwas, Schritte polterten über die Brücke, dann wurde er gepackt und auf die Seite gedreht. Er wollte die Hand abschütteln, aber er war zu schwach, um sich zu wehren. Der Himmel drehte sich über ihm, als er die Augen öffnete und blinzelte.

»Wilhelm!« Eine flache Hand traf seine Wange, nicht mehr schmerzhaft, sondern besorgt. »Wilhelm, wach auf!«

»Ich bin wach«, murmelte Wilhelm und schluckte das Blut, das ihm von der aufgebissenen Lippe in den Mund rann. »Bin wach …« Der Himmel drehte sich über ihm und mit ihm Jakobs Gesicht, das seltsam verschoben vor seinen Augen aufgetaucht war. Träumte er?

Der Bruder stieß einen unterdrückten Fluch aus und verschwand aus Wilhelms Sichtfeld. Jemand sagte etwas, dann spürte er zwei Arme, die ihn unterhakten und hochzogen. Er war zu schwer, er musste Jakob irgendwie helfen, flüsterte es irgendwo in seinem Kopf, aber seine Beine gaben unter ihm nach, als bestünden sie aus Hafergrütze. Er wandte den Kopf, wollte etwas sagen. Dann legte sich Dunkelheit über ihn.

VIII

Er nahm Stimmen wahr. Sie sprachen leise, und er meinte Sorge aus ihnen herauszuhören, die er nicht verstand. Warum sorgten sie sich, es war doch alles in bester Ordnung. Er spürte nichts, nur dunkle Leere, die ihn wie mit dämpfender Federdecke umschlang. Wärme erfasste ihn, trieb ihm feinen Schweiß auf die Stirn und dörrten seinen Mund aus zu einem trostlosen Krater, als hätte er seit Jahren nichts mehr getrunken.

»Wilhelm?«

Die Stimmen hatten innegehalten, er spürte am Absacken der Matratze, dass sich jemand neben ihn auf das Bett gesetzt hatte.

»Wilhelm, hörst du mich?«

»Natürlich«, wollte Wilhelm antworten, doch er brachte nur ein krächzendes Flüstern zustande. Verdammt, warum bekam er nichts zu trinken?

»Wach auf.« Eine Handfläche schlug leicht gegen seine Wangen, holte mit dem leisen Schmerz das Gefühl aus den Tiefen der Dunkelheit zurück.

»Hör auf«, murmelte er und hob unwillig die Hand. Etwas stimmte an der Bewegung nicht, aber er war noch zu benommen, um herauszufinden, was es war. »Ich bin wach.«

»Gut.«

Er meinte, Erleichterung aus Jakobs Stimme zu hören. Mühsam öffnete er die Lider und blinzelte in das karge Licht, das durch die geöffneten Fensterläden in den Raum fiel, den er sich mit seinem Bruder teilte. Die Gesichter über ihm verschwammen, gewannen erst an Schärfe, als er erneut die Lider zusammenpresste und wieder aufriss.

»Was hast du da unten nur gemacht?« Paul lachte, ein leises, fast hysterisches Lachen. »Mein Gott, wir dachten schon, er hätte dich totgeschlagen!«

Das hätte er wahrscheinlich auch, dachte Wilhelm. »Wie …«, setzte er an, fuhr sich mit der Zunge über die ausgetrockneten Lippen. »Wie habt ihr mich gefunden?«

»Ich habe nach dir gesucht, nachdem du so eilig von Savigny weg bist«, antwortete Jakob. Er hatte die Brauen zu jenem strengen Ausdruck zusammengezogen, den Wilhelm nur zu gut an ihm kannte, wenn etwas sein Missfallen erregt hatte. »Ich dachte, du wärest nach Hause gegangen.«

Wilhelm zog ertappt den Kopf ein. Etwas hilflos blickte er zu Paul, fuhr sich erneut mit der Zunge über die Lippen. »Ich … wollte zu Julius … Doktor Laumann.«

»Die kleine Dierlinger hat ihn darum gebeten«, erklärte Paul. »Es war ihr so wichtig, dass sie dafür sogar aus ihrem Zimmerfenster geklettert ist.«

Jakob erhob sich mit verschlossener Miene. Wilhelm hielt die Luft an. Das Schweigen seines Bruders war gefährlicher als jeder Tadel, und Wilhelm konnte ihn verstehen. Es war ein Glücksfall, der es ihnen ermöglicht hatte, dass beide am gleichen Ort ein Studium aufnehmen konnten. Ein weiterer Glücksfall hatte sie in Gestalt von Friedrich Carl von Savigny erreicht, der ihnen die Welt der Rechtswissenschaft jenseits der Aktendeckel eröffnete, vor allem für Jakob, der inzwischen zu Savignys wichtigstem Schüler geworden war. Sie sollten die Freundschaft, die der junge Dozent ihnen entgegenbrachte, nicht leichtfertig verspielen.

»Paul, bist du so gut, Doktor Laumann Bescheid zu geben, dass Wilhelm zu sich gekommen ist?«, bat Jakob ernst. »Wenn er Zeit erübrigen könnte, wäre es gut, wenn er noch einmal vorbei käme.«

»Mir fehlt nichts«, murmelte Wilhelm und wollte sich aufrichten, aber Jakob schob ihn mit sanfter Gewalt zurück in die Kissen.

»Nichts da, du bleibst liegen. Du bist am ganzen Körper grün und blau. Sei froh, dass dir der Laumann etwas gegen die Schmerzen eingeflößt hat, sonst könntest du wahrscheinlich nicht einmal gerade liegen.« An Paul gewandt wiederholte Jakob seine Aufforderung. »Geh bitte und frag den Laumann.«

Paul grinste aufmunternd in Wilhelms Richtung und erhob sich. Den Mantel über die Schultern geworfen, verschwand er ohne ein weiteres Wort.

Die Stille im Raum schien erdrückend, nachdem die Schritte auf der Treppe verklungen waren. Von draußen drang das Schreien der Krähen, die sich in der Dämmerung zu Hunderten auf den Hausdächern sammelten, ein unheilvolles, morbides Geräusch.

»Du hast Glück gehabt«, durchbrach Jakob schließlich das Schweigen. Er war ans Fenster getreten, eine

Hand an den Balken gelegt. »Dieser Bursche ist gemeingefährlich. Er wollte dich totschlagen wie einen Hund.«

»Ich weiß.« Wilhelm schluckte. Es schmerzte im Hals, als atme er rostige Nägel. »Was ist … geschehen?«

»Ich habe ihm einen Stein an den Kopf geworfen«, erklärte Jakob schlicht. »Daraufhin hat er von dir abgelassen und ist geflohen. Nachdem er mich vorher noch kräftig beschimpft hat. Was hast du mit dem Kerl zu tun?«, fragte er unvermittelt und drehte sich wieder um. Sein Blick verriet, dass er sich nicht mit Ausflüchten zufriedengeben würde.

»Wenn ich das wüsste, würde ich es dir sagen«, seufzte Wilhelm und lehnte matt den Kopf zurück auf das Kissen. »Hans hat irgendetwas mit Helene zu tun. Dem toten Mädchen aus der Lahn«, fügte er erklärend hinzu, als Jakob eine Braue hob. »Ich habe ihn gesehen, wie er beim Haus des alten Hirschner herumgelungerte. Als ich ihn ansprach, wollte er abhauen. Ich bin ihm gefolgt.«

»Es ist wegen dieses Mädchens, dieser Dierlinger, oder?« Jakobs Blick entließ ihn noch nicht, im Gegenteil. Er schien sich in ihn zu bohren, als wollte er sein Innerstes nach außen kehren.

»Ja, aber nicht so, wie du meinst.« Wilhelm lächelte schwach. Warum fiel es ihm nur so schwer, einen klaren Gedanken zu fassen? Sein Geist schweifte ab, drohte sich immer wieder zu verlieren zwischen Traum und Wirklichkeit. Sophie … Sophie und Hans … Hans mit dem Prügel … »Wir müssen sie warnen!«, fuhr er hoch.

Fahrig versuchte er, die Decke von sich herunterzuschieben. »Hans … ist wahnsinnig, er wird sie …«

»Paul kümmert sich darum.« Jakob stand mit einem Schritt neben dem Bett und fasste Wilhelms Schulter. Sacht schob er ihn zurück und ließ er sich neben ihm nieder. »Mach dir keine Sorgen. Doktor Laumann kommt nachher.« Er legte die Hand auf Wilhelms Stirn, eine vertraute, beruhigender Geste, die ihre Wirkung nicht verfehlte. »Ruh dich aus. Wir haben später noch Zeit.«

Wilhelm wollte nicken, doch er schaffte es nicht länger, die Augen offen zu halten. Traumlose Schwärze umfing ihn.

Es dunkelte bereits, als sich Julius auf den Weg zu den Grimms machte. Wahrscheinlich warteten sie schon seit Stunden auf ihn. Gegen Mittag war Paul Wiegand bei ihm aufgetaucht, um ihm mitzuteilen, dass Wilhelm wieder zu sich gekommen war. Julius hatte den jungen Mann mit ein paar Beschwichtigungen rausgeworfen und versichert, dass er so bald wie möglich käme. Das ›bald‹ hing jedoch von ein paar verlausten Ratten ab, und die hatten sich mehr Zeit gelassen, als er gedacht hatte. Das Ergebnis hatte ihn nicht überrascht.

Der Regen hatte nachgelassen, aber er hatte die Straßen in ein Meer aus Schlamm und Pfützen verwandelt, das sich im Dämmerlicht als tückisches Labyrinth erwies. Julius fluchte, als er endlich das Haus in der Wendelgasse erreichte, in dem die Grimms Unterkunft bezogen hatten. Oben angekommen, ließ er sich grußlos auf einen Stuhl fallen, um Stiefel und Strümpfe auszuziehen.

»Habt ihr einen Ofen?«, fragte er Jakob, der ihn mit verschränkten Armen musterte.

»Wenn Sie etwas meinen, wo man Holz hineinwirft, dann ja. Wenn Sie etwas suchen, was Wärme spendet, muss ich Sie enttäuschen.«

»Es reicht, wenn es meine Strümpfe trocknet«, gab Julius zurück, drückte Jakob den tropfenden Stoff in die Hand und ging ohne eine Antwort abzuwarten hinüber zum Bett.

Wilhelm hatte die Augen geschlossen, aber sein Atem verriet, dass er nur döste.

»Du kannst dich regen«, bemerkte Julius, während er seine Tasche auf dem klapprigen Tischchen neben dem Bett abgestellte. »Der Tod wollte dich noch nicht.«

Wilhelm öffnete ein Auge, blinzelte zu ihm hoch. »Hab ich das Ihnen zu verdanken?«, fragte er matt.

»Eher deinem Bruder. Jakob.« Julius winkte den älteren Grimm heran. »Hilf mir, ihn aufzusetzen.«

»Das schaffe ich schon alleine«, wehrte Wilhelm ab und versuchte, sich hochzustemmen. Mit einem erschrockenen Keuchen sackte er wieder zurück.

»Lässt du uns nun machen?«, erkundigte sich Julius trocken und bedeutete Jakob, wo er anfassen sollte, um Wilhelm aufzurichten. Dem jungen Studenten war deutlich anzusehen, dass ihm die Bewegung schwer fiel, aber er beschwerte sich mit keinem Wort.

»Die Schmerzen werden bald nachlassen«, erklärte Julius, während er die Verbände löste, die nahezu Wilhelms gesamten Oberkörper umspannten. »Wenn du Glück hast, ist nichts gebrochen.«

»Woher wollen Sie das wissen?«, fragte Jakob skeptisch. Er hatte wieder die Arme verschränkt und verfolgte jeden von Julius' Handgriffen kritisch. »Er kann sich kaum bewegen.«

»Ärzte können so etwas riechen. Noch nie davon gehört?« Julius hasste es, wenn sich Patienten einmischten, und noch mehr hasste er es, wenn sie seine Diagnosen infrage stellten. Mit beiden Händen griff er nach Wilhelms Schulter. »Das wird jetzt ein bisschen wehtun«, warnte er und begann, das Gelenk zu bewegen. Der junge Student schrie erschrocken auf und wollte sich losreißen.

»Halt still!«, fuhr ihn Julius an und bewegte das Gelenk in die andere Richtung, was Wilhelm zu einem schmerzerfüllten Wimmern brachte.

»Was bei allen Teufeln tun Sie da?«, herrschte Jakob ihn an. Mit einem Schritt stand er neben Julius, bereit, ihn von seinem Bruder wegzureißen. »Sie tun ihm weh!«

»Ich weiß.« Noch einmal ruckte Julius an dem Gelenk, dann ließ er den Arm fahren. Wilhelm sank mit einem erschöpften Keuchen zurück auf das Kissen.

»Ich habe das Gelenk überprüft«, erklärte Julius. »Gott muss noch etwas mit ihm vorhaben, sonst hätte er ihm nicht einen so tüchtigen Schutzengel zur Seite gestellt. Soweit ich es beurteilen kann, ist alles heil geblieben.«

»Soweit Sie es beurteilen können?«

»Ich kann nicht in ihn hineinsehen. Setz ihn noch einmal auf, ich muss einen Verband anlegen.«

Jakobs Gesicht verriet, dass ihm noch eine Reihe Fragen auf der Zunge brannten, aber er kam der Aufforderung nach. Julius wand einen straffen Verband um Wilhelms Brustkorb. Wilhelms Gesicht hatte nichts abbekommen, aber sein Oberkörper sah schlimm aus. Ein Wunder, wenn keine Rippe gebrochen war, aber da konnte er außer einem Verband nichts tun, also war es müßig, die Grimms deswegen zu beunruhigen. Wichtiger waren die Schultern und die Oberarme, und da schien tatsächlich alles heil geblieben zu sein.

»Ich lasse euch etwas von dem Schmerzmittel hier«, sagte er schließlich, nachdem alles verbunden war und Wilhelm schwer atmend wieder lag. »Zwei Löffel, mehr darf er auf einmal nicht bekommen. Ansonsten sollte er Ruhe halten. Es ist nicht bedrohlich, wird aber noch einige Zeit wehtun.« Julius schüttelte den Kopf, während er seine Tasche einräumte. »Wie ist das eigentlich geschehen?«

»Wilhelm war selbstlos. Er hat den Schläger fortgetrieben, der eigentlich auf Sie wartete«, antwortete Jakob mit unterschwelligem Sarkasmus. »Ich kam erst dazu, als er Wilhelm schon halb totgeprügelt hatte.«

»Es war Hans«, ließ sich Wilhelm vernehmen. Er blinzelte zu ihnen hoch. »Der Sonnen-Hans.«

»Er schien vollkommen irre geworden zu sein. Er hat mich wüst beschimpft, ehe er weggerannt ist.«

»Was hat er gesagt?«, fragte Julius, hellhörig geworden.

»Seltsames Zeug.« Jakob verzog den Mund. »Ich vermute, dass er Wilhelm für den Tod dieses Mädchens verantwortlich macht. Er brüllte etwas, dass er uns allen den Schädel einschlagen wolle. Dem ganzen ›Studentenpack‹, das da immer bei Helene gewesen sei. Ich muss ehrlich sagen, dass ich keine Ahnung habe, wovon er sprach. Er klang jedoch sehr entschlossen.«

Julius nickte. Hans vom Sonnenwirt … Er versuchte sich an ein Gesicht zu erinnern, aber er fand beim besten Willen keins, das zu der Gestalt passen sollte, die den jungen Grimm halb totgeschlagen hat. Es mochte Zufall sein, dass dieser Kerl sich als Rächer der Ermordeten aufspielte, aber Julius glaubte nicht an Zufälle. »Und du bist sicher, dass er Helene Wittgen meinte?«

»Da er den Namen laut genug brüllte, dass man es bis Weidenhausen hätte hören können – ja, ich bin sicher.« Jakob klang kühl. »Vielleicht gehen Sie selbst einmal hin und fragen ihn? Vielleicht sorgen Sie bei der Gelegenheit gleich dafür, dass diese Bestie eingesperrt wird.«

»Ich denke nicht, dass das sinnvoll wäre.« Julius erhob sich. Der Staub auf den Dielenbrettern klebte an seinen bloßen Füßen, als er ein paar Schritte auf und ab ging, soweit es das enge Zimmer zuließ. »Wir sollten den Jungen lieber im Auge behalten. Es kann kein Zufall sein, dass er gerade jetzt Wilhelm auflauert, da Sophie nach Helenes Mörder sucht. Wobei ich nicht glaube, dass ein Wirtsjunge seine Opfer mit Gift beseitigt.«

»Vielleicht erklären Sie erst einmal, worum es überhaupt geht?«, unterbrach ihn Jakob scharf. »Und wer ist *wir*?«

»Ach, war Sophie noch gar nicht hier?« Julius blieb stehen und rückte seine Brille zurecht. »Sophie und ich suchen nun gemeinsam nach dem Mörder. Sophie steht Wilhelm nahe, ich ging davon aus, dass ihr Bescheid wüsstet.«

»Ich stehe Fräulein Dierlinger jedenfalls nicht nahe«, erwiderte Jakob säuerlich. »Und nun erklären Sie bitte, was Sie wollen.«

»Von dir? Gar nichts. Nur von deinem Bruder.« Julius drehte sich zum Bett. Innerlich verfluchte er den jungen Grimm, dass er sich so hatte zurichten lassen. Jeder Tag, der verging, machte es schwerer, den Mörder zu überführen, und eigentlich hatte Julius darauf gesetzt, den jungen Wilhelm zu benutzen, damit er ein Auge auf Sophie hatte. »Warum hast du dich nicht gewehrt?«

Wilhelm blinzelte, schien erst mit Verzögerung zu verstehen, dass er der Angesprochene war. Bevor er antworten konnte, sprang Jakob für ihn ein. »Wilhelm war letzten Winter sehr krank. Er ist immer noch nicht bei Kräften und sollte sich eigentlich noch schonen.«

»Ich bin gerannt und war zu erschöpft«, murmelte Wilhelm. »Ehe ich etwas tun konnte, hatte er mich schon erwischt, und dann konnte ich nur noch versuchen, mich irgendwie zu schützen.«

»Ungünstig. Sophie bräuchte Hilfe, aber ich bringe dich schon wieder auf die Beine. Morgen früh schaue ich nach dir. Bis dahin schreib alles auf, was dir zu Helenes Tod einfällt.« Julius langte nach seinem Mantel und warf ihn über, sah sich nach seinen Socken um, die über einem erschreckend winzigen Ofen hingen.

»Was haben Sie vor?«

»Etwas, was wir schon längst hätten tun sollen. Wir tragen zusammen, was wir wissen. Und dann überlegen wir, wie wir die Mörderin dingfest machen können.«

Wilhelm nickte schwach. »Sie glauben also auch, dass es Katharina Wittgen war? Aber warum sollte Hans Ihnen und mir dann nachstellen?«

»Das, mein Lieber, gilt es herauszufinden.« Julius betastete missmutig die klammen Strümpfe. »Morgen, wenn ich ein paar Dinge überprüft habe. Jakob, leihen Sie mir bis dahin ein Paar trockene Socken?«

Julius' Schritte waren im Treppenhaus verklungen, und noch immer schwieg Jakob. Wilhelm hatte die Augen geschlossen und tat, als sei er eingeschlafen – der feige Versuch, dem Gespräch aus dem Weg zu gehen, obwohl er genau wusste, dass er den Bruder nicht täuschen konnte. Er hatte Jakob von Sophie erzählt, schließlich war ihm nichts anderes übrig geblieben, so oft, wie Sophie ihn abpasste oder ihm Nachrichten schickte. Es hatte ihn mit einem gewissen Stolz erfüllt, auch wenn er Jakob gegenüber getan hatte, als berührten ihn Sophies Annäherungen nicht. Die gemeinsamen Nachforschungen hatte er seinem Bruder bislang verschwiegen – und er musste kein Hellseher sein, um zu erahnen, dass sich Jakobs Begeisterung in Grenzen hielt.

»Ist sie das wert?«

Wilhelm öffnete die Augen und drehte fragend den Kopf. »Wie meinst du das?«

»Wie ich es sagte.« Jakob hatte sich neben dem Ofen niedergelassen und hielt die Hände darüber, als wollte er sie wärmen. »Ist Sophie Dierlinger es wert, dass du deine Studien vernachlässigst und dich in Gefahr begibst?«

Wilhelm zögerte. *Nein* wäre die ehrliche Antwort gewesen, die er vor ein paar Wochen noch guten Gewissens gegeben hätte. Inzwischen war er sich nicht mehr so sicher, und je tiefer er in sich hinein lauschte, desto entschlossener wurde das *Ja*, das sich stumm hinter seiner Zunge formte. Er mochte sie, nein, er … schätzte sie. Er machte sich Sorgen um sie, wenn er daran dachte, dass der irre Hans dort draußen unbehelligt herumlief. »Sie verdient es, dass ich ihr helfe«, sagte er ausweichend.

Jakobs Blick hing an dem Ofen, aber Wilhelm konnte das Zucken um seinen Mund deutlich erkennen. »Du vernachlässigst deine Studien.«

»Kaum.« Wilhelm holte Luft. »Sophie hat einen Verdacht. Wenn sie recht hat, können wir den Mörder vielleicht schon morgen überführen. Es wird nicht mehr lange dauern, und bis dahin versuche ich, alles zu tun, damit meine Studien nicht leiden. Niemand wird Klage führen, das verspreche ich.« Er linste zu Jakob, in der Hoffnung, eine Regung zu erhaschen, aber der Bruder starrte mit steinerner Miene auf den Ofen. »Ich kann Sophie damit nicht alleine lassen«, murmelte Wilhelm.

Nun endlich hob Jakob den Kopf und blickte zu ihm hinüber. Seine scharfen Züge erinnerten ein wenig an einen Raubvogel, ohne zustimmende Wärme in den Augen, die Wilhelm insgeheim erhofft hatte.

»Ich gehe davon aus, dass es sinnlos ist, dich abhalten zu wollen?«

»Ich kann sie nicht im Stich lassen«, wiederholte Wilhelm und fügte ein wenig leiser hinzu: »Ich möchte es nicht. Sie … ist es wert.«

Jakob nickte langsam und wandte sich wieder dem Ofen zu. Er seufzte tief. »Ich halte es für groben Unfug. Ich hoffe, du weißt, welche Hoffnungen Mutter in uns setzt. Setz es nicht leichtsinnig aufs Spiel.«

»Das werde ich nicht.« Wilhelm lächelte gequält und deutete ein Nicken an. Selbst diese kleine Geste tat weh. »Ich habe genug riskiert.«

»Und du wirst noch ein paar Tage bei jeder Bewegung daran erinnert.« Jakobs Mundwinkel zuckten, dann stand er auf und trat neben das Bett. Sein Blick ruhte nachdenklich auf Wilhelms Gesicht, ehe er mit einem leisen Seufzer den Kopf schüttelte. »Glaub nicht, dass ich tatenlos mit ansehe, wie du das nächste Mal unüberlegt einem tumben Schläger nachrennst. Ich werde morgen dabei sein, wenn Doktor Laumann mit deiner Sophie zurückkommt. Anscheinend muss man ein Auge auf dich haben.«

Wilhelm zog die Decke bis zur Nasenspitze hoch, damit Jakob sein erleichtertes Grinsen nicht sah.

Greta presste das Ohr an die Tür und lauschte. Totenstille, das Haus schien wie ausgestorben. Der Doktor war auf Reisen, und seine junge Gemahlin traf sich heute Morgen mit Freundinnen zu einem späten Frühstück. Vermutlich ebenso verwöhnte und liederliche Frauenzimmer wie Katharina Wittgen selbst, dachte Greta grimmig, während sie ihren Beutel griff und über die Schulter zog. Sollten sie doch alle in der Hölle schmoren.

Entschlossen schob sie die Tür auf und huschte die Treppe hinab. Es war ihr gleichgültig, was Hannes sagte. Dieses Mal würde sie gehen, und sie würde sich nicht aufhalten lassen. Doch zuvor musste sie noch etwas erledigen.

Sie wusste von der Schublade mit dem doppelten Boden im Arbeitszimmer des Doktors. Hannes hatte vermutet, dass es so etwas gäbe, um brisante Dokumente aufzubewahren, und sie hatte zwei Wochen danach gesucht, bis sie sie gefunden hatte. Brisante Dokumente gab es nicht, nur ein paar goldene Ringe, Erinnerungsstücke womöglich. Und ein Samtbeutel mit Geld. Sie hatte damals nichts angerührt, Hannes hatte gesagt, es sei besser, wenn niemand wisse, dass sie das Fach gefunden habe. Doch jetzt sollten es die Wittgens ruhig erfahren. Bis sie den Diebstahl bemerkt hätten, wäre Greta längst über alle Berge und konnte anderswo neu anfangen. Ohne diese launische Krähe als Herrin, die sie den ganzen Tag über durch die Gegend scheuchte.

Trotz aller Entschlossenheit pochte ihr das Herz bis zum Hals, als sie das Arbeitszimmer des Doktors betrat. Er hatte ihr verboten, hier zu sein – ein Verbot, an das sie sich natürlich nicht hielt. Solange sie niemand entdeckte, war alles gut. Hannes hatte sie gewarnt, dass der Doktor sehr wütend werden konnte, wenn man ihn hinterging, doch das Risiko ging sie ein. Sie durfte sich nur nicht erwischen lassen.

Der Schreibtisch stand akkurat aufgeräumt. Seine Ordnung pflegte der Doktor pedantisch und hasste es, wenn man sich nicht daran hielt. Greta holte die Schublade hervor und drückte leicht auf das hintere Ende des Bodens. Die vordere Kante glitt nach oben, gerade so weit, dass sie einen Federkiel darunter schieben und den Boden vorsichtig hochhebeln konnte.

Die Ringe waren noch da, ebenso der Beutel mit den Münzen, den sie hastig in ihrem Bündel verschwinden ließ. Einen Moment lang rang sie mit sich, auch den Schmuck einzustecken, entschied sich jedoch dagegen. Den Verlust von Geld konnten wohlhabende Menschen verschmerzen, Erinnerungen verlieren dagegen nicht. Und wenn sie eines nicht gebrauchen konnte, dann war das ein hohes Tier wie Wittgen, das sie über die Landesgrenzen hinaus verfolgte.

Sie schloss die Schublade wieder, bedacht, keine zu offensichtlichen Spuren zu hinterlassen. Je später der Doktor es bemerkte, desto besser. Rasch schulterte sie ihr Bündel und verließ das Arbeitszimmer. An der Treppe lauschte sie noch einmal, wandte sich dann zur Haustür. Eine Fessel schien von ihr abzufallen, als sie hinaus auf die Straße trat und in die Gasse eilte, die den Hang hinab zum Stadttor führte. Sie frohlockte innerlich bei dem Gedanken daran, die Wittgens und ihr kaltes Haus endgültig hinter sich zu lassen. Mit dem Geld konnte sie anderswo neu anfangen, sich vielleicht sogar ein ehrbares Auskommen leisten. Es würde ein leichteres Leben werden, wenn …

Sie fuhr zusammen, als ihr jemand in den Weg trat. Instinktiv machte sie einen Schritt zurück, stieß dann einen erleichterten Laut aus. »Hannes! Herr im Himmel, hast du mich erschreckt!«

»Was tust du hier?« Misstrauen schwang in seiner Stimme mit, als ahnte er bereits die Antwort. Vermutlich tat er das auch. Sie konnte nichts vor ihm verbergen, er durchschaute sie, ehe sie überhaupt wusste, dass sie lügen würde.

»Ich gehe«, gab sie daher zu, ohne sich in Ausflüchten zu versuchen. Das Kinn ein wenig vorgeschoben, blickte sie zu ihm auf. »Ich halte es nicht mehr aus mit diesem Weib. Mach, was du willst, aber ich verschwinde von hier.«

Sie wollte sich an ihm vorbeidrängen, aber seine Hand schnellte vor und packte ihren Arm, ehe sie sich entziehen konnte.

»Au! Du tust mir weh!«, fauchte sie und versuchte, sich aus seinem Griff zu winden, aber er hielt sie fest.

»Ich dachte, wir hätten darüber gesprochen«, zischte er nah vor ihrem Gesicht, sodass sie den Gestank nach billigem Wein in seinem Atem roch. »Du bleibst, bis wir hier fertig sind.«

»Lass mich los!« Erneut riss sie an seinem Griff, und dieses Mal ließ er sie tatsächlich gewähren. Mit verschränkten Armen baute er sich vor ihr auf, breit genug in der engen Gasse, dass sie nicht einfach an ihm vorbeihuschen konnte.

»Ich will nicht mehr!« Sie spürte, wie ihr die Tränen in die Augen stiegen. Verdammt, sie sollte nicht vor ihm heulen. »Du hast keine Ahnung, wie es ist, mit dieser Ziege in einem Haushalt zu leben! Mich wundert es überhaupt nicht, dass die kleine Helene sie nicht leiden konnte! Der Doktor muss blind und taub sein, wenn er …

»Halt den Mund!«

Sie zuckte zusammen, verstummte augenblicklich, als er sie so barsch anfuhr, und sie spürte, wie ihre Wut und ihre Entschlossenheit wie ein Kartenhäuschen in sich zusammenfielen. Dafür kamen die Tränen, die jetzt mit aller Macht hervorbrachen. Aufschluchzend senkte sie den Kopf, presste die Lider aufeinander, als könnte das irgendetwas nutzen. Er würde sie nicht gehen lassen. Er ließ niemals zu, dass sie sich ihm widersetzte. Es war naiv gewesen zu glauben, dass sie einfach fortlaufen könnte. Wahrscheinlich hatte er schon davon gewusst, ehe sie das Haus verlassen hatte. Er wusste über alles Bescheid, was sie tat, und deshalb war er auch hier. Sie konnte nicht fort.

»Du bist zu ungeduldig«, hörte sie ihn sagen und zwang sich, nicht zurückzuweichen, als er die Hand auf ihre Schulter legte. »Geh der Wittgen aus dem Weg, wenn du mit ihr nicht zurecht kommst. Rede nur das Nötigste und gib ihr keinen Anlass, dich zu schelten. Sei unsichtbar, Greta«, er senkte die Stimme zu einem

Flüstern, legte einen Finger unter ihr Kinn und zwang sie, ihn anzusehen. »Es ist nicht mehr lange. Wir können bald fort von hier. Aber so lange musst du es noch aushalten.«

Greta schluckte die Tränen weg, nickte in seinem Griff. Es war keine Bitte, es war ein Befehl, und sie wusste, dass sie keine andere Wahl hatte. »Bald«, stieß sie hervor. »Versprichst du es mir?«

Hannes schüttelte sacht den Kopf. »Ich verspreche dir nichts, das weißt du. Aber wir werden gehen. Wenn die Zeit reif ist. Und nun geh und leg das Geld dorthin zurück, wo du es gefunden hast.« Seine Hand glitt von ihrer Schulter. »Du hast doch sicher etwas entwendet, nicht wahr?«

Er kannte sie zu gut, um ihn zu überrumpeln, musste sich Greta eingestehen, während sie sich stumm umdrehte und die Gassen hinaufschlich. Einen Moment lang hatte sie tatsächlich mit dem Gedanken gespielt, das Geld irgendwo verschwinden zu lassen und später zu holen. Aber Hannes hatte natürlich recht. Sie wollten keinen Ärger mit dem Doktor. Jetzt zumindest noch nicht.

IX

Sophie musste sich zwingen, auf der engen Treppe nicht an Julius vorbei zu drängen. Ihr Herz schien in einen eisernen Panzer gedrückt bei dem Gedanken an Wilhelm, und ihre Knie zitterten, als sie endlich die Kammer erreicht hatten. Sie hielt sich nicht lange damit auf, Jakob zu begrüßen, sondern schob sich an ihm vorbei, um mit fliegenden Schritten zum Bett hinüberzueilen.

»Wilhelm!« Ihr Lächeln war erfüllt von Erleichterung und Sorge, als sie auf die Knie fiel, ohne sich um ihren guten Rock zu scheren. »Heilige Elisabeth, was hat dieser Kerl mit dir angestellt?«

»Dein Vetter sagt, ich habe Glück gehabt«, grinste Wilhelm schief. Er saß halb aufgerichtet im Bett, ein Hemd locker über die bandagierten Schultern gelegt, unter dem Sophie deutlich die anderen Verbände erkennen konnte, die seinen Brustkorb umspannten. Julius hatte ihr zwar erzählt, was vorgefallen war, dennoch hatte sie das Gefühl, ihre Knie würden vor Erleichterung unter ihr nachgeben, jetzt, da sich ihre schlimmsten Befürchtungen nicht bewahrheiteten.

»Glück und einen Schutzengel«, stimmte Julius zu, der Jakob wie selbstverständlich Mantel und Hut in die Hand drückte. Er trat an das Bett und zwang Sophie mit leichtem Druck, zur Seite zu rücken. »Ich will dich untersuchen, später, wenn Sophie gegangen ist.«

»Aber ich …«, setze Sophie an, verstummte jedoch gleich wieder. Sie wusste inzwischen zu gut, dass es sinnlos war, mit Julius zu streiten. Murrend ließ sie sich auf der Bettkante nieder und murmelte: »Hans wird das noch bereuen.«

»Ich glaube nicht, dass Hans unser größtes Problem ist«, bemerkte Julius, der sich ungefragt einen Stuhl herangezogen hatte. Jakob blieb mit verschränkten Armen an der Tür stehen. Julius' Mantel und Hut hatte er achtlos über den Tisch gelegt.

»Hans ist sehr wohl ein Problem«, widersprach Sophie heftig. »Schau dir Wilhelm doch einmal an! Er hat ihn schon einmal angegriffen!«

»Dass dieser Junge gefährlich ist, bedeutet nicht, dass er Helene Wittgen auf dem Gewissen hat. Ich traue diesem Hans viel zu, aber nicht, dass er jemanden mit Gift ermordet.«

»Woher wissen Sie, dass das Mädchen vergiftet wurde?«, mischte sich Jakob ein. Seine Stimme trug eine unterschwellige Schärfe mit sich, die seine Gereiztheit verriet.

Julius tastete Wilhelms Puls, ohne Anstalten zu machen, sich Jakob zuzuwenden. »Das, mein Lieber, ist eine leichtere Übung. Meine Untersuchungen haben ergeben, dass Helene sehr wahrscheinlich nicht ertrunken ist und nicht von wilden Tieren zerfleischt wurde. Zumindest nicht ursächlich. Also musste etwas anderes für ihren Tod verantwortlich sein. In Helenes Zimmer haben wir einen vergifteten Apfel gefunden. Die Tödlichkeit des Obstes habe ich nachgewiesen. Doch das ist nicht alles.«

Wenn Sophie es nicht besser wüsste, hätte sie behauptet, dass für einen kurzen Moment ein triumphierendes Grinsen über seine Lippen huschte.

»Es gab einen zweiten Todesfall – Emilie Breuer. Sie wurde ebenfalls vergiftet, mittels einer Wurst, wie ich inzwischen beweisen konnte. Wir haben also zwei Mordfälle, und ich bin mir sicher, dass ein Zusammenhang besteht.«

»Woher wissen Sie, dass Frau Breuer mit einer Wurst vergiftet wurde?«, fragte Jakob skeptisch.

»Ich habe die Reste an Ratten verfüttert.« Julius drehte sich leicht, sodass er Jakob aus den Augenwinkeln heraus sehen konnte. »Kurz darauf sind sie verendet. Den gleichen Befund hatte ich schon bei dem Apfel. Es ist nicht unwahrscheinlich, dass es sich um das gleiche Gift handelt.«

»Wenn Sie das bereits wissen, dann sollten Sie doch um Himmels willen der Polizey Bescheid geben. Ein Mord ist eine zu ernste Sache, als dass man damit hinterm Haus hält.«

»In diesem Fall doch«, widersprach Julius unerwartet. »Ich werde einen Teufel tun und mit einer vergifteten Wurst in der Hand Anklage erheben, ohne die Mörderin hieb- und stichfest überführt zu haben.«

»Du glaubst mir also endlich, dass es Katharina war?«, mischte sich Sophie erleichtert ein.

Julius nickte. »Katharina Wittgen hatte einen Grund, Helene zu töten. Weibliche Konkurrenz, eine schlechte Voraussetzung, wenn Stiefmutter und Stieftochter das gleiche Alter haben. Vielleicht wollte sie auch den Weg frei machen für den eigenen Nachwuchs. Und wenn Wachtmeister Schmitt recht hat, gibt es auch einen Grund für Frau Breuers Tod. Habgier.«

»Bringt man aus Habgier seine Freunde um?«, fasste Wilhelm entgeistert nach. Sophie spürte seine Finger an ihrer Hand, die zögerlich über ihren Handrücken strichen.

»Die Abgründe menschlicher Seelen sind ebenso unergründlich wie Gottes Wege. Immerhin geht es in diesem Fall um ein mittleres Vermögen, das die Breuer ihrer Freundin hinterlässt.«

»Wenn ich das richtig verstehe, wissen Sie also bereits, dass sowohl Helene als auch diese Frau Breuer vergiftet wurden«, fasste Jakob zusammen. »Und Sie wollen die Polizey nicht informieren, bis … was geschieht?«

»Bis wir die Morde hieb- und stichfest beweisen können und die Mörderin zu einem Geständnis gebracht haben.«

»Ich verstehe noch nicht, was Hans damit zu tun hat«, warf Sophie ein. »Warum sollte er Wilhelm niederschlagen?«

»Weil ich ihn schon einmal verfolgt habe und ein Student bin. Er scheint Studenten nicht zu mögen.« Wilhelm lächelte zerknirscht. »Ich habe mich sozusagen selbst in Gefahr gebracht.«

»Es ist dennoch wichtig herauszufinden, was diesen Burschen umtreibt«, nickte Julius ernst. »Vielleicht ist er Katharina Wittgens Gehilfe. Wir sollten auch herausfinden, was mit diesen Studenten ist, von denen er gesprochen hat. Jakob? Du hörst dich am besten unter deinen Kommilitonen um. Das alles muss nichts mit den Morden zu tun haben, aber das wissen wir nur sicher, wenn wir dem nachgehen.«

»Nein.«

Julius, der sich schon Sophie zuwenden wollte, stockte. »Wie, nein?«

»Nein.« Jakobs Stimme klang ruhig, aber bestimmt. »Sie kennen sicher die Bedeutung dieses Worts?«

»Ja, aber was …« Julius stockte, und Sophie musste sich ein Grinsen verkneifen bei dem Gedanken daran, dass ihr Vetter anscheinend Widerworte nicht gewohnt war.

Jakob hatte die Arme verschränkt. »Ich möchte Sie daran erinnern, Doktor Laumann, dass mein Bruder und ich weder Ihre Laufburschen noch Lakaien sind«, sagte er mit einer Ruhe, die durch die Schärfe seiner Worte Lügen gestraft wurde. »Wilhelm hilft dem Fräulein Dierlinger, weil sie beide meinen, dass Unrecht geschehen ist. An Ihrer Fehde mit der Marburger Ärzteschaft haben wir keinen Anteil und wünschen auch keinen zu haben. Lassen Sie meinen Bruder und mich aus dem Spiel.«

Sophies Finger legten sich um Wilhelms Hand, als sie sah, wie sich Julius' Stirn verfinsterte. Doch statt des erwarteten Donnerwetters nickte ihr Vetter nur knapp und wandte sich wieder dem Bett zu. »Sophie, du versuchst, bei diesem neugierigen Ding von einem Dienstmädchen herauszufinden, was es mit den Studenten bei den Wittgens auf sich hat«, beschloss er. »Die wird sich doch irgendwann in der Stadt herumtreiben, dass man sie befragen kann. Ich versuche unterdessen, die Herkunft der vergifteten Wurst aufzuklären.«

»Was soll ich machen?«, ließ sich Wilhelm vernehmen.

»Du erholst dich«, bestimmte Julius und scheuchte Sophie mit einem Wink zur Seite, um sich auf der Bettkante niederzulassen. »So lange, bis sichergestellt ist, dass du das Bett gefahrlos verlassen kannst.«

»Ich kann doch nicht hier tatenlos herumliegen«, jammerte Wilhelm. Sein Blick wanderte Hilfe suchend zu Sophie. »Wie lange muss ich denn hier bleiben?«

»Lang genug, um wieder gesund zu sein«, sagte sein Bruder grimmig.

»Bis ich es Dir als dein Arzt erlaube«, verbesserte Julius mit einem Blick zu Jakob, und Sophie bildete sich ein, für einen winzigen Moment ein selbstgefälliges Glitzern in seinen Augen gesehen zu haben.

X

Wenn es in Marburg jemanden gab, der über alles und jeden Bescheid wusste, dann war das Anna. Sophie verglich sie gerne mit einer Fama, wie sie sich die antiken Dichter ausgemalt hatten – eine tausendäugige und tausendohrige Verkörperung von Klatsch und Tratsch, der nichts entgehen konnte. Daher galt Anna auch ihr erster Gedanke, als es darum ging, mehr über das Dienstmädchen der Wittgens herauszufinden.

Tatsächlich wusste die Freundin einiges zu erzählen. Greta stammte angeblich aus Kassel und war mit ihren Brotherrschaften nach Marburg gekommen. Denjenigen, die das Mädchen kannten, war es unverständlich, warum die Wittgens an Greta festhielten. Sie galt als unhöflich und barsch, meist schlecht gelaunt und zog ein Gesicht, als wollte sie Milch zum Gerinnen bringen. Man munkelte, dass sie und Katharina Wittgen sich nicht gut verstünden und dass sie sich oft in Weidenhausen herumtreibe – was immer sie dort tue. Vielleicht habe sie dort einen Liebsten, mutmaßte Anna, wohl in der Erwartung auf einen handfesten Skandal, aber Sophie winkte ab. Es war nicht wichtig, was das Dienstmädchen in seiner freien Zeit trieb. Entscheidend war, was im Haus der Wittgens vor sich ging, und dabei konnte ihnen Greta hoffentlich weiterhelfen.

Der Schuhmacher, der gegenüber der Wittgens sein Geschäft besaß, hatte ihnen erzählt, dass Greta das Haus bereits am Morgen verlassen hatte. Nachdem sie zweimal durch die halbe Stadt gelaufen waren, ohne das Mädchen zu entdecken, hatte Anna vorgeschlagen, es an der Weidenhäuser Brücke zu versuchen. Wenn Greta nach Weidenhausen gegangen sein sollte, konnte sie ihnen dort nicht ausweichen. Sie hatten Papillon mitgenommen und vertrieben sich die Zeit des Wartens mit Stöckchen werfen. Doch nach dem fünfzigsten Wurf hatte auch das quirlige Hündchen genug und grub lieber in der Uferböschung nach Bisamratten, während sein Frauchen verdrossen von einem Fuß auf den anderen trat und mit den Zähnen klapperte. Die Kälte zog an diesem Tag mit eisigem Wind durch das Lahntal, als wollte sie daran erinnern, dass der Winter nicht mehr fern war.

»Wenn sie nicht durch den Fluss schwimmen will, muss sie hier vorbeikommen«, bemerkte Sophie, bemüht, sich ihren Verdruss nicht anhören zu lassen. Leise seufzend schlug sie die Arme um die Schultern und wanderte ein paar Schritte am Ufer entlang, während sie nach dem Hündchen Ausschau hielt. Vermutlich hatten sie sich einfach geirrt und es war eine dumme Idee gewesen, hierher zu kommen. Die wenigen Leute, die vorbeigehastet waren, hatten fragend zu ihnen hinübergelinst und sich wahrscheinlich gewundert, was bei allen Seelen sie bei diesem Wetter hier unten taten. Stöckchen werfen.

Sophie klaubte einen feuchten Ast aus dem Gras und hob ihn über den Kopf. »Papillon! Hier her!«, rief sie in der Hoffnung, dass das Hündchen nicht in irgendeinem Rattenbau festsaß. »Komm her! Stöckchen!«

»Sophie, ich glaube, da kommt sie«, hauchte Anna und fasste ihren Arm. »Dort!«

Sophie ließ den Stock sinken und starrte in den grauen Dunst, der nun auf der anderen Seite der Brücke eine eingemummte Gestalt entließ. Eine Frau, die den Mantel fest um Kopf und Schultern gezogen hatte und einen Korb unter den Arm geklemmt trug.

»Verzeihung!«, rief Sophie und sprang auf den Weg. »Warte mal einen Moment!«

Die Gestalt schrak zurück, schien kurz zu überlegen, das Weite zu suchen. Dann gab sie einen schnaubenden Laut von sich und richtete sich auf. »Fräulein Dierlinger! Müssen Sie mich so erschrecken?«

»Erschrecken? Aber …« Erst jetzt fiel Sophie auf, dass sie immer noch den Knüppel in der Hand trug. Betreten warf sie den Stock zur Seite. »Entschuldige, ich wollte dich nicht ängstigen. Ich habe nur ein paar Fragen an dich.«

»Und dazu müssen Sie mir wie ein gemeiner Räuber auflauern?« Greta lachte nervös und fasste den Korb enger. Schmutzige Wäschestücke lagen darin, halb mit einem Tuch abgedeckt. »Warum kommen Sie nicht zu meinen Herrschaften ins Haus?«

»Weil man dort nicht mit mir sprechen will.« Sophie wechselte einen kurzen Blick mit Anna und holte ihre Geldbörse aus der Tasche. Klimpernd wog sie sie in der Hand. »Ich bin bereit zu bezahlen, wenn du mir meine Fragen beantwortest. Es wird niemand erfahren.«

Greta antwortete nicht gleich, aber Sophie konnte sehen, wie es hinter der Stirn der Dienstmagd arbeitete. Anna hatte wahrscheinlich recht gehabt mit ihrer Vermutung, dass Doktor Wittgen das Mädchen nicht gut bezahlte. Und dass Gretas Loyalität ebenso käuflich war wie ihr Gewissen.

»Gut. Aber machen Sie schnell«, nickte sie schließlich. Ihre Finger spielten nervös mit dem geflochtenen Griff des Korbs. »Was wollen Sie wissen?«

»Ich habe gehört, dass Studenten bei den Wittgens ein- und ausgegangen sind«, versuchte Sophie sich die Fragen in Gedächtnis zu rufen, die Julius ihr aufgetragen hatte. »Weißt du etwas darüber?«

»Studenten?« Greta stieß einen verächtlichen Laut aus. »Von ›mehreren‹ weiß ich nichts. Würde mich aber auch nicht wundern.«

»Dann war es nur einer?«, mischte sich Anna ein. »Kennst du ihn?«

Greta zögerte kurz, als ringe sie mit sich, wie viel sie preisgeben wollte. »Natürlich kenne ich den«, sagte sie entschlossen. »Der war oft im Haus … immer wenn der Doktor auf Reisen war. Er reist sehr oft und ist viel weg. Da langweilt sich die junge Frau Doktor natürlich … wenn ihr versteht, was ich meine.«

»Hm, ja, sicher.« Sophie spürte, wie ihre Ohren heiß wurden bei dem Gedanken daran. Sie räusperte sich. »War er denn nur … bei der Frau Doktor, oder auch bei Helene?«

Greta schüttelte den Kopf. »Helene hatte damit nichts zu tun. Ich glaube, sie wusste davon, aber sie hat ihrem Vater nichts gesagt. Dabei hat der Kerl auch ein Auge auf sie geworfen. Immerhin war sie ja bildhübsch, sicher hübscher als die Frau Doktor ... Die Frau Breuer hat das der Frau Doktor auch vorgeworfen.«

»Was hat sie ihr vorgeworfen?«

»Na, dass die Frau Doktor eifersüchtig gewesen sei auf die Helene.«

»Hätte sie denn Grund dafür gehabt?«

»Nein, die Helene war keusch wie eine Nonne.« Greta verzog den Mund, zögerte wieder. »Die Frau Doktor hätte es mal auch besser so gehalten. Dann hätte sie nicht die Schwierigkeiten, die sie jetzt hat.«

Sophie horchte auf. »Schwierigkeiten?«

»Na, Folgen, die man nicht haben sollte, wenn man verheiratet ist und seinen Mann kaum sieht. Sie verstehen, was ich meine?«

Sophie riss die Augen auf und nickte schnell. Ihr Blick flog zu Anna, die ebenso schockiert schien wie sie. Katharina Wittgen war schwanger? Das Ganze nahm eine Wendung, mit der sie nicht gerechnet hatte. »Und wie ... Ich meine, sie hat ja einen Mann ...«

»Sie wird das Kind nicht bekommen«, Greta zuckte mit den Schultern. »Der Doktor wird es niemals erfahren.«

»Wie will sie das machen?«, mischte sich Anna ein. Sie hatte die Hände in die Taille gestützt. »Sie kann das Kind doch nicht einfach wegmachen!«

»Sie haben keine Ahnung, oder?« Es klang nicht herablassend, lediglich wie eine Feststellung. »Natürlich kann man ein Kind einfach wegmachen lassen.«

Und wie macht man das?, lag es Sophie bereits auf der Zunge, aber sie verkniff sich die Frage im letzten Moment. Nicht dass jemand glaubte, sie wollte es wissen, weil sie selbst in unschickliche Schwierigkeiten geraten sei.

Gretas fleischige Lippen formten ein flüchtiges Schmunzeln, als habe sie erraten, was Sophie durch den Kopf ging. »Sie war am Frauenberg. Sie wissen doch, dort oben …«

»Was ist mit dem Frauenberg?«, hakte Anna ungeduldig ein.

»So etwas erzählt man Mädchen wie Ihnen nicht, oder?« Greta schnaubte abfällig, rückte aber näher heran und senkte die Stimme. »Auf dem Frauenberg steht eine Ruine, eine Burg, die die edle Tochter unserer Heiligen Elisabeth einmal gebaut hat. Doch unweit der Burg steht eine armselige Kate. Dort haust die Hexe. Sie ist viele Hundert Jahre alt, mit gebeugtem Rücken und fauligen Zähnen, die stinken wie die Hölle, und wenn sie dich anhaucht, holt dich die Pest. Sie hat einen schwarzen Kater, der Funken sprüht, wenn man über sein Fell streicht. Ein Geschenk des Teufels, dem sie ihre Seele verkauft hat. Sie gibt ihm die Seelen der Kinder, die sie gefressen hat. Sie kocht sie bei lebendigem Leib und frisst sie dann. Sie hat Zauberkräfte und kann die tapfersten Soldaten in Kröten verwandeln und das Korn faulen lassen. Oder aber Tränke brauen, die einer schwangeren Frau das Kind aus dem Leib reißen.«

»Kann sie auch Gift machen?«, hakte Sophie nach,

die sich hartnäckig weigerte, dass sich in ihrem Geist Bilder der gehörten Grausamkeiten formten.

Greta nickte bedeutungsschwer. »Natürlich. Sie kann ein Gift brauen, das einen kräftigen Mann wie vom Blitz getroffen umkippen lässt. Und noch weitaus Schlimmeres.«

»Warum unternimmt niemand etwas gegen diese Bestie?«, flüsterte Anna. Sie schauderte sichtlich.

»Vermutlich, weil niemand als Kröte enden will«, mutmaßte Sophie bemüht scherzhaft und legte eine Hand auf Annas Schulter. »Vermutlich ist sie gar nicht so schlimm, sonst hätte man sie längst verjagt.« Die logische Erklärung, wie sie ihr Vater angebracht hätte. Obwohl ihr Verstand dem folgen wollte, spürte sie doch das Grauen, das sich mit Gretas Worten in ihre Seele gefressen hatte, und es schien ihr mit einem Mal nicht mehr verwunderlich, dass man noch vor wenigen hundert Jahren Hexen auf den Scheiterhaufen verbrannt hatte.

»Du hast uns weitergeholfen«, nickte sie dem Dienstmädchen rasch zu. »Hier ist dein Geld.« Umständlich pfriemelte sie den Geldbeutel auf und suchte ein paar Münzen heraus, die sie dem Mädchen auf die ausgestreckte Handfläche legte. Es tat weh, das hart angesparte Geld wegzugeben, aber sie hätte sich Julius gegenüber nicht die Blöße gegeben einzugestehen, dass ihre Mutter sie in Gelddingen kurz hielt. »Und kein Wort darüber.«

»Gott vergelt's«, murmelte Greta, die sich offensichtlich mehr erhofft hatte. Mit einem Schnauben verabschiedete sie sich und schritt eilig in Richtung Stadt aus.

»Wir … haben etwas vergessen«, sagte Anna leise.

Überrascht sah Sophie sie an. »Was meinst du?«

»Der Name des Studenten … Ich bin mir sicher, dass sie ihn kennt.«

»Der Name …« Sophies Kopf flog herum, und für einen Moment erwog sie ernsthaft, dem Mädchen nachzulaufen, das bereits wieder im nebligen Grau verschwunden war. Doch dafür war es nun zu spät. Sie atmete tief ein und zwang sich ein zuversichtliches Lächeln auf ihr Gesicht, als sie sich Anna wieder zuwandte. »Das ist nicht schlimm. Ich frage sie, wenn ich sie das nächste Mal sehe. Oder ich bitte Wilhelm nachher herauszufinden, wer es ist. Das kann doch nicht verborgen geblieben sein.«

»Lass uns Papillon suchen und uns dann auf den Heimweg machen«, seufzte Anna und schüttelte sich. »Mir ist, als sei es nach diesen Hexengeschichten noch ein Stück kälter geworden.«

»Hoffentlich hat dein Hund nicht schon wieder eine Leiche gefunden«, brummte Sophie.

Anna lachte, aber es war eine Spur zu schrill.

»Nee, die ist nicht von mir.« Der Metzger schüttelte mit einem bedauernden Schnalzen den Kopf. »Da müssen Sie woanders nachfragen.«

»Sind Sie sich wirklich sicher?«, hakte Julius nach.

Fragend wedelte er den Wurstzipfel, den er mit einem Tuch gefasst hatte, hin und her. »Schauen Sie bitte noch einmal genau hin.«

»Hören Sie mal, Herr Doktor, ich erkenne die Würste, die ich stopfe.« Der Mann hob mit gutmütigem Spott einen Mundwinkel. »Sie wissen doch auch, wen Sie heute Morgen schon behandelt haben.«

»An einen Menschen erinnert man sich leichter als an ein Stück Wurst. Also sind Sie sich sicher?«

»So sicher wie das Amen in der Kirche.« Der Metzger zuckte mit den Schultern. »Wenn Sie mich fragen, kommt die Wurst nicht aus Marburg. Ich weiß ja, wie wir hier die Würste machen. Die ist nicht von hier.«

Julius ersparte sich die Frage, woran er das erkennen wollte. Mit einem leisen Seufzer wickelte er den Wurstrest in das Tuch und steckte es weg. Es war ein ermüdendes Geschäft, nach der Herkunft der Giftwurst zu fragen. Er hatte viel über die Herstellung von Würsten gelernt, mehr, als er wissen wollte, um selbige noch mit gesundem Appetit verspeisen zu können, aber weitergeholfen hatte ihn der Gang durch die Stadt nicht. Niemand zeichnete sich verantwortlich für diese Wurst.

»Vielen Dank«, verabschiedete er sich von dem Fleischhauer und verließ den Laden. Jede weitere Fragerei war sinnlos, es gab um Marburg herum viel zu viele Dörfer – wenn die Wurst überhaupt von hier kam. Eine Rote Wurst war durchaus eine Weile haltbar, sie konnte daher weit gereist sein, ehe sie Emilie Breuer den Tod brachte. Diese Spur würde ihnen vorerst nicht weiterhelfen.

Es war kalt. Feiner Nebel hing zwischen den Häusern und Julius war so tief in seine Gedanken versunken, dass er Wachtmeister Schmitt erst bemerkte, als dieser unmittelbar vor ihm stand.

»Doktor Laumann.« Der Amtsschnauzer sträubte sich vorwurfsvoll. »Sind Sie taub? Ich habe Sie gerufen.«

»Verzeihung.« Julius machte einen Schritt zurück, um dem scharfen Zwiebelatem zu entgehen, der den Wachtmeister wie eine Glocke umhüllte. »Ich war in Gedanken.«

Schmitt schnaubte, seine Schultern strafften sich. »Ich habe Arbeit für Sie.«

»Noch eine Leiche?« Sofort war Julius alarmiert. »Wen hat es dieses Mal getroffen?«

Schmitt deutete ihm mit einer hektischen Geste, leiser zu sein, und deutete mit einem wissenden Nicken auf die wenigen Passanten, die bei Julius' Ausruf neugierig zu ihnen hinüberblickten. »Himmeldonnerwetter, wollen Sie die ganze Stadt aufschrecken!«, zischte Schmitt zwischen den Zähnen und packte Julius am Arm, um ihn mit sich zu ziehen. »Ich habe die Überreste gesichert«, sagte er im Gehen leise. »Sie liegen im Keller bei Doktor Hirschner. Am besten sehen Sie sich das möglichst bald an, ehe es die Ratten fressen.«

»Sie haben einen Leichnam im Keller abgelegt?«, fragte Julius entgeistert.

»Da haben Sie Ruhe, ihn zu untersuchen.« Schmitt brummte. »Es war wieder der Wolf, zumindest behauptete das der Schäfer, der mir die Überreste brachte. Ich dachte mir, Sie können das beurteilen.«

»Warum hat der Schäfer …« Julius stutzte, als er verstand. »Es ist kein Mensch, sondern ein Schaf.«

»Sag ich doch.« Schmitt nickte und zog Julius weiter mit sich. »Das arme Tier wurde heute Nacht gerissen. Aus dem Verschlag geholt und gerissen. Die anderen Schafe sind panisch davongelaufen, der Schäfer ist wohl immer noch dabei, sie wieder zusammenzutreiben.«

»Wo war das?«

»Im Süden, am Rande der Gärten.«

»Das ist nah an der Stadt«, stellte Julius beunruhigt fest.

»Das dachte ich mir auch, deshalb habe ich den Mann gebeten, nichts weiterzuerzählen. Aber ich fürchte, das wird nichts nutzen.« Schmitt fuhr sich mit der Zunge über die Lippen, sein Blick schweifte kurz ab. »Heute Morgen waren zwei Reisende aus Fulda hier, die gestern Abend von Moischt aus über den Berg gekommen sind. Und raten Sie einmal, was sie gesehen haben.«

»Den Wolf, nehme ich an.«

»Sie schwören Stein und Bein, dass es einer war.« Schmitt nickte. »Er sei riesig gewesen, mit einem Kopf von der Größe eines Stierschädels. Sie erzählten, dass er sie eine Weile verfolgt habe, aber sie konnten ihn schließlich mit Steinen und Knüppeln vertreiben. Viel habe nicht gefehlt.«

»Und ich vermute, dass sie die Geschichte gleich heute Abend brühwarm im Wirtshaus weitergeben werden«, sagte Julius düster. »Es war gut, das Schaf vorerst unter Verschluss zu halten. Danke.«

»Ihr Vater wünscht übrigens einen Bericht«, brummelte der Wachtmeister. »Er hat damit irgendetwas vor.«

»Mein Vater?« Julius spürte, wie ihm die Kinnlade hinabfiel. »Was hat mein Vater mit der Sache zu tun?«

»Ich glaube, er hofft, dass Ihr Bericht die bisherigen Untersuchungen dieser Wolfsüberfälle bestätigt.« Schmitt strich sich durch den Schnauzer. »Machen Sie einfach, was er will, dann ist's vielleicht einfacher für Sie?«

»Aber warum lässt er den Kadaver zu mir …« Julius stockte, als er verstand. »Die Anatomen haben sich geweigert, ein gerissenes Schaf zu untersuchen, und nun soll ich herhalten.«

»Seien Sie froh, dass er Ihnen das überhaupt gestattet. Das ist doch ein Entgegenkommen, oder etwa nicht?« Schmitt tippte gegen seine Mütze. »Viel Erfolg, ich muss weiter. Sie wissen ja, wo Sie mich finden können.«

»Ja, sicher«, murmelte Julius, während er ihm verwirrt nachschaute. Einen Moment lang war er versucht, seinen Vater aufzusuchen und ihn zu fragen, was das Ganze zu bedeuten hatte, aber die Vernunft rang die Empörung schließlich nieder. Vielleicht half der Kadaver, das Geheimnis um dieses Wesen im Wald zu lüften.

Es hatte Wilhelm einige Mühe und Überredungskunst gekostet, Jakob davon zu überzeugen, dass er ihn an diesem Abend ins Wirtshaus gehen ließ. Irgendwann hatte Jakob resignierend die Hände über den Kopf gehoben und nicht länger widersprochen, doch jetzt wünschte Wilhelm, er hätte es getan. Die wenigen Schritte von ihrer Unterkunft zum Wirtshaus strengten ihn mehr an, als er sich ausgemalt hatte. Kalter Schweiß stand ihm auf der Stirn, und sein Atem ging pfeifend, als sie endlich den Schankraum erreicht hatten und Jakob die Mäntel beiseite hängte. Der Blick, mit dem er Wilhelm maß, sprach das unausgesprochene ›Hättest du einmal auf mich gehört‹ aus.

Paul saß wohl schon eine ganze Weile mit einer Gruppe Kommilitonen im hinteren Bereich des Raums, den leeren Bierkrügen nach zu urteilen. Lachen und wüste Scherze flogen den Grimms entgegen, als sie sich einen Weg zwischen verschwitzten Fuhrknechten und Handwerksgesellen hindurch bahnten.

»Wilhelm!« Paul sprang auf und ließ seinen Becher auf die Tischplatte fallen. »Ja, Himmelarschundzwirn, was machst du denn hier?«

»Ein Bier trinken?« Wilhelm grinste schief und verzog im nächsten Moment das Gesicht, als er sich vorsichtig setzte. Die Lippen leicht geöffnet, zwang er sich, ruhig zu atmen und nicht darauf zu achten, dass sich der Schankraum einen Moment lang vor seinen Augen drehte. »Es geht fast schon wieder.«

»Wir haben's schon gehört«, nickte Caspar mitfühlend. »Wie ist das denn eigentlich passiert?«

Wilhelm lehnte sich auf seinem Stuhl zurück und sog die stickige Tabakluft tief in seine Lungen auf, bis der Schwindel nachließ. Dann erzählte er von Hans und dem Überfall. Jakobs warnender Blick gebot ihm, knapp und klar zu berichten, ohne Ausschmückungen, die seine unrühmliche Rolle in ein besseres Licht gestellt hätten. Dennoch klebten die anderen an seinen Lippen. »Ich weiß nicht, was in ihn gefahren ist«, schloss Wilhelm und wies mit einem knappen Kopfschütteln das Bier ab, das Paul ihm reichen wollte. »Er war wie von Sinnen, als wollte er mich totprügeln. Was er vermutlich getan hätte, wenn Jakob nicht gekommen wäre.«

»Sehr wahrscheinlich«, nickte sein Bruder knapp. Jakob hatte während der ganzen Erzählung keine Miene verzogen, beugte sich jetzt aber etwas weiter über die Tischplatte. »Deshalb sind wir heute Abend hier, und Wilhelm liegt nicht im Bett, wo er eigentlich hingehört«, sagte er mit gedämpfter Stimme. »Ehe Hans abgehauen ist, hat er etwas von Studenten gefaselt, die bei den Wittgens ein- und ausgegangen seien. Wisst ihr etwas davon?«

Paul zog eine Augenbraue hoch, wechselte einen kurzen Blick mit den anderen. »Also, ich weiß davon nichts. Ihr etwa?«

Die Kommilitonen schüttelten den Kopf.

»Wenn jemand wirklich bei den Wittgens war und sich an die schöne Helene herangemacht hat, wird er sich kaum damit brüsten«, meinte Caspar zweifelnd.

»Oder er tut gerade das«, widersprach Wilhelm. »Himmel, es muss doch irgendjemand mitbekommen haben!«

Paul tippte ihn an den Arm. »Vielleicht fragst du den Hans einfach selbst«, deutete er mit einer verstohlenen Kopfbewegung in Richtung Tür.

Wilhelms Blick folgte ihm, und eine eisige Klaue schien sich um seinem Magen zu legen, als er Hans erkannte. Der Junge stand im Schatten neben der Tür, wo er sich vermutlich vor den Aufgaben verbarg, die sein Vater für ihn hatte, doch Wilhelm konnte deutlich erkennen, dass er zu ihnen hinüber starrte.

»Soll ich mit ihm reden?«, fragte Paul leise und legte die Hand auf Wilhelms Finger, die unwillkürlich anfingen zu zittern. »Oder ihm eine reinhauen?«

»Wie? Nein, bloß nicht.« Wilhelm riss den Blick los und zwang sich zu einem aufgesetzten Lächeln. Seine Hände wurden feucht. Nicht ansehen, am besten so tun, als sei der Kerl nicht da. Warum wunderte es ihn, den Jungen hier zu sehen? Er hätte es sich denken können, dass Hans sich nicht in einem Kellerloch versteckte, sondern seine Arbeit hier versah wie jeden Abend. Vielleicht hätte er den Jungen doch anzeigen sollen, dann wäre er zumindest sicher, dass er ihn nicht länger verfolgte.

Als hätte Hans seine Gedanken erraten, drehte sich der Wirtsjunge um und verschwand nach draußen. Einen Moment war Wilhelm versucht, Paul einen Stoß zu geben, dass er Hans folgte, aber er ließ die Hand, die er schon gehoben hatte, wieder sinken.

»Wilhelm?« Jakob zog fragend eine Augenbraue hoch. »Alles in Ordnung?«

»Ja, natürlich.« Wilhelm strich sich mit den Fingerspitzen über die Augen und nickte leicht. »Ich glaube, ich sollte bald zurück und mich wieder hinlegen.«

»Wir können uns für dich umhören«, schlug Caspar vor und stellte seinen Becher auf dem Tisch ab. Seine Wangen glänzten und verrieten, dass es nicht das erste Bier an diesem Abend war. »Geh schlafen. Wir finden heraus, was da los war.«

»Eine wunderbare Idee«, bemerkte Jakob trocken. »Und wenn ihr schon einmal dabei seid, tragt bitte alles zusammen, was ihr über diese Hexe am Frauenberg herausfindet, die Kinder fressen soll. Der Wolf würde mich auch interessieren.«

»Der Wolf, der die schöne Helene gerissen hat?«

»Helene wurde nicht von einem Wolf gerissen.« Wilhelm rollte mit den Augen. Es war mühsam, nüchtern unter einer Rotte Angetrunkener zu sein. »Student, Hexe, Wolf. Meint ihr, dass ihr etwas in Erfahrung bringen könnt?«

Das bierselige Grinsen der anderen nahm die Antwort vorweg.

Die Straße war menschenleer. Rechts und links dunkle Fensterhöhlen, nur vereinzelt brannte Licht. Hans hatte seine Jacke im Schankraum liegen gelassen, aber jetzt war es zu spät, um sie noch zu holen. Man würde ihn zurückhalten, ihm Fragen stellen. Er wollte nicht, dass man ihm Fragen stellte, die er selbst nicht beantworten konnte.

Irgendwo vor ihm ging eine Tür, Stimmen klangen auf, sorglos plaudernd. Hans zog den Kopf ein und stolperte den Rübenstein hinauf, eine enge Gasse, deren Schwärze ihn unsichtbar machte für die Augen der anderen. Er hatte damit gerechnet, dass der Grimm wiederkommen würde, aber er hatte nicht gedacht, dass es so bald sein würde. Als er vor dem Haus des alten Hirschner auf Sophie oder ihren Vetter gewartet hatte, hatte er gehofft, dass etwas geschehen würde. Dass sich dieses Knäuel in seinem Kopf endlich lösen und er verstehen würde. Stattdessen war alles nur noch schlimmer geworden. Er wusste selbst nicht, was über ihn gekommen war, als er den Grimm geprügelt hatte, schließlich war der Grimm ein Freund von Sophie. Aber er hatte ihn verfolgt, als ahnte er, dass Hans ihnen auf der Spur war. Ihnen, den Studenten, die Helene den Tod gebracht hatten.

Er stolperte, schlug hart mit dem Knie auf dem feuchten Sandstein auf. Schmerzhaft gruben sich seine Zähne in die Unterlippe, während er sich wieder hochstemmte, bemüht, keinen Laut von sich zu geben. Er verstand es nicht, nichts von all dem, was hier geschah. Vielleicht hätte er es verstanden, wenn er rechtzeitig zu Sophie gegangen wäre. Doch er hatte sie beobachtet, wie sie zum Haus der Grimm-Brüder geeilt war. Sie war in Sorge gewesen, aufgelöst. Sie würde es ihm übelnehmen, was er dem Grimm angetan hatte, ihn wahrscheinlich beschimpfen und fortjagen.

Hans hielt inne, der Atem schmerzte in seiner Brust. Dann lehnte er den Unterarm an die Hauswand und ließ der stummen Verzweiflung ihren Lauf. Er weinte um Helene, seine Prinzessin, und über seine Hilflosigkeit, die ihn zu verschlingen drohte.

Der Nebel war so dicht, dass er kaum seine eigenen Füße erkennen konnte. Feuchte Finger strichen über seinen Nacken, sein Gesicht, krochen unter sein Hemd, während er weiterhastete. Er spürte den nassen Grund, der unter seinen Schritten quatschend nachgab, Gras schlug um seine Beine, ließ Hosenbeine kalt und klamm an der Haut kleben. Sein Atem ging schwer, er keuchte, hustete, aber er konnte nicht stehen blieben, durfte es nicht.

Gehetzt warf er einen Blick über die Schulter, doch der Nebel stand hinter ihm wie eine Wand, die jedes Geräusch, jeden Laut, jede Bewegung schluckte. Sein Herz trommelte in seiner Brust, Furcht schnürte ihm die Luft ab. Er wusste, es war nicht mehr weit, aber dennoch war ihm, als liefe er auf der Stelle, während er nichts um sich sah außer dem undurchdringlichen Nebel.

»Sophie!« Sein Schrei wurde geschluckt, kaum dass er seine Lippen verlassen hatte. Wo bei allen Himmeln war sie? Sie musste doch ahnen, dass es hier war, sie verfolgte, viel zu dicht schon.

»Sophie!« Panik mischte sich in seine Stimme, ließ den Ruf in ein Wimmern abgleiten, als ihm die Vergeblichkeit bewusst wurde. Er war hier alleine, er konnte sie nicht retten, niemanden konnte er retten.

Er hastete weiter, strauchelte. Eine Bewegung hinter ihm, er fuhr herum, doch da war wieder nur Nebel.

»Zeig dich endlich!«, brüllte er, zitternd vor Kälte und Angst. »Komm heraus, du Monstrum!«

Von irgendwoher drang ein Kichern, leise und hämisch. Er stolperte herum, schlug mit den Händen ziellos durch den Nebel. Die Hexe! Sie musste hier sein, und sie würde ihn holen, wie sie all die Kinder holte und fraß! Aber Helene war kein Kind mehr gewesen, rammte sich ein Gedanke in seinen Kopf, mit einer Gewalt, die ihn zitternd herumfahren ließ. Sie war hier, um auch ihn zu holen. Ihn und Sophie, die da draußen im Nebel war und ihn nicht hörte, vielleicht nicht einmal ahnte, in welcher Gefahr sie sich befand.

»Sophie!« Seine Stimme kippte in ein piepsiges Flehen. »Sophie, wo bist du?«

»Sie ist nicht hier.« Zu tief, schrie etwas in ihm, die Stimme war zu tief. Es war der Wolf, der ihn jagte, nicht die Hexe!

Panisch schlug er um sich, als sich der Nebel vor ihm teilte. Dunkelheit umfing ihn, dann ein greller Blitz.

»Wilhelm!«

Etwas fasste seine Schulter, wollte ihn rütteln, aber er stieß die Klaue fort. Er musste fort, weg von hier, in Sicherheit, dort, wo …

»Wilhelm!«

Eindringlicher dieses Mal, und endlich lichtete sich das Dickicht des Albtraums und ließ ihn in das trübe Licht einer einzelnen Lampe blinzeln. Er brauchte einen Moment, bis er auf der Bettkante Jakob erkannte, der ihn besorgt ansah.

»Wilhelm? Ist alles in Ordnung?«

»Ich … habe geträumt. Glaube ich.« Noch immer meinte Wilhelm die Feuchte des Nebels auf der Haut zu spüren, aber das konnte ebenso gut sein eigener Schweiß sein. Nein, das war ein Traum, nichts weiter, auch wenn er sich beängstigend echt angefühlt hatte. Fahrig rappelte er sich auf und fuhr mit dem Handrücken über die Augen. »Ist es noch Nacht? Wie lange … Ich habe geschlafen, oder?«

»Das ist gewöhnlich die Voraussetzung für Albträume«, bemerkte Jakob trocken und stellte das Licht auf dem Nachttisch ab, ehe er sich erhob und zum Fenster ging, um den Laden einen Spaltbreit aufzuschieben. »Es dämmert bereits. Du solltest trotzdem noch versuchen zu schlafen. Deine Verletzungen …« Er stutzte und öffnete das Fenster etwas weiter, sodass nun auch Wilhelm den Lärm hören konnte, der zu ihnen hinauf hallte, Grölen und trunkenes Gelächter, das kurz verstummte, ehe jemand laut Jakobs Namen brüllte.

Jakob stieß einen Fluch aus und war mit zwei Schritten an der Tür. »Narren!«, schimpfte er noch, dann war er verschwunden.

Wilhelm saß im Bett und wartete, während das Herzrasen langsam nachließ und er unter dem Schweißfilm zu frieren begann. Gerade, als er aufstehen und das Fenster schließen wollte, polterten Schritte die Treppe hinauf. Im nächsten Moment wurde die Tür aufgerissen und Jakob schob Paul und Caspar in die enge Kammer.

»Setzt euch«, befahl er knapp und trat ans Fenster, um den Laden zuzuziehen. Mit verschränkten Armen baute er sich vor den beiden auf. »Seid ihr von allen guten Geistern verlassen? Wisst ihr nicht, wie spät es ist?«

»Früh.« Paul grinste dümmlich. Er schwankte bedenklich auf seinem Hocker, musste sich an Caspars Schulter festhalten. Offensichtlich hatten sie den Abend noch ausgiebig weitergefeiert. »Dem Bäckermeister habm wir schon ein Brötchen geklaut.«

»Ist aber leider in ne Pfütze gefallen«, nickte Caspar bedeutungsschwer. »Sonst hätten wir's euch mitgebracht.«

»Was zum Teufel tut ihr hier?« Wilhelm schüttelte fassungslos den Kopf. »Ihr gehört ins Bett!«

»Nich, ehe wir euch nich erzählt habm, was wir herausgefunden habm!« Paul hob den Zeigefinger, fuchtelte damit vor seiner Nase herum. »Wir solltn uns doch … umhören.«

»Hören tut man mit den Ohren, fürs Saufen braucht man den Mund«, bemerkte Jakob ironisch. »Ich dachte, ihr kennt den Unterschied.«

»Nun lass ihn doch mal ausredn!«, fuhr ihm Caspar mit einer barschen Handbewegung über den Mund. »Hört zu und lauscht!«

»Also, die Hexe …« Paul stützte sich mit einer Hand auf dem Schemel ab und beugte sich ein wenig vor. »Die is tatsächlich eine. Kommt nie in die Stadt, aber alle kenn'n sie. Die is gefährlich, kann Gift braun und so. Und frisst Kinder. Hargh!« Er machte eine schnappende Kopfbewegung in Wilhelms Richtung und kicherte trunken.

»Das haben wir verstanden«, sagte Jakob nüchtern. »Und sonst?«

»Das andre war nich leicht«, fuhr Caspar fort. Er stieß auf, klopfte sich mit der Faust auf die Brust und rülpste. »Wir ham ne Menge Kommilitonen befragt, aber niemand war der kleinen Helene zwischen den Röcken. Niemand. Aber wir ham trotzdem was erfahrn.« Er lehnte einen Arm an Pauls Schulter, um sich abzustützen. »Da gibt's so ein ... im theologisch'n Inschtitut ... der hat nen Schlag bei der Frau da, der Katharina. Ist wohl so ein hübscher. Schwarze Locken, 'n Gesicht wie Adonis.«

Wilhelm horchte auf. »Wie heißt der? Hat der einen Namen?«

»Den hab ich behaltn!«, grinste Paul. »Der heißt ...« Er stockte, fuhr sich mit der Hand durchs Haar. »Verflixt. Hab ich vergessn.«

»Der soll aber oft da untn sein, im Wirtshaus an der Lahn«, übernahm Caspar und machte eine abschätzende Handbewegung. »Ist wohl 'n ganz schlimmer Finger, der Theologe.«

»Schlimmer als ihr heute Nacht geht's wohl kaum«, knurrte Jakob und löste sich von der Wand, um aus dem engen Schrank eine grobe Wolldecke herauszuziehen. »Hier«, warf er sie den beiden zu. »Legt euch hin und schlaft euren Rausch aus. Über den Rest reden wir später.«

»Aber der Wolf ...«

»Morgen«, wiederholte Jakob scharf. »Wenn ihr wieder halbwegs klar denken könnt. Der Wolf läuft uns nicht davon.«

Weglaufen war wohl das geringste Problem, das sie mit dem Ungetüm hatten, dachte Wilhelm, aber er sprach es nicht aus. Jakob hatte recht, es war besser, sie schliefen erst einmal und versuchten morgen in Ruhe zusammenzutragen, was die beiden erfahren hatten.

XI

»Warum machst du das hier unten?« Angewidert drückte Sophie ein Tuch vor Nase und Mund, während sie vorsichtig die letzten Stufen in den muffigen Keller hinabstieg. Es stank nach Blut und noch etwas anderem, Ekelerregendem. Julius stand ihnen mit dem Rücken zugewandt, die Ärmel hochgekrempelt und in der Hand eine Art Zirkel, mit dem er leise murmelnd etwas an dem Schafskadaver auszumessen schien.

Sophie drückte das Tuch ein wenig fester vor die Nase, als sie den wackligen Holztisch umrundete und nun sehen konnte, was ihr Vetter da tat. Das Fell des Schafs war zu großen Teilen abgeschoren und lag blutdurchtränkt am Boden. Die grausigen Bissspuren konnte man deutlich erkennen. Die Kehle des armen Tiers war herausgerissen, sodass zwischen Kopf und Brust ein tiefes Loch gähnte.

»Hier haben wir es aber nun wirklich mit einem Wolfsopfer zu tun, oder?«, erkundigte sich Wilhelm, der schwer schnaufend hinter Sophie die Treppe hinabgestiegen war und sich mit einem erleichterten Seufzer auf eine beschlagene Kiste fallen ließ.

Julius runzelte die Stirn und warf ihnen über den Rand seiner Brille hinweg einen kurzen Blick zu. »Wenn deine Frage darauf abzielt auszuschließen, dass dieses Tier einem Giftanschlag zum Opfer fiel, magst du recht haben. Dass es ein Wolf war, wage ich zu bezweifeln.«

»Ein Eichhörnchen war es sicher nicht«, mischte sich Sophie ein, die sich zwingen musste, nicht allzu tief durchzuatmen. Übelkeit kroch sauer in ihr auf.

»Ein Eichhörnchen ist ein possierliches Nagetier, das sich an Nüsse und Eicheln hält. Schafe stehen nicht auf seinem Speiseplan«, erklärte Julius ernst, während er sich wieder der Ausmessung der Wunden zuwandte. »Daher dürftest auch du recht haben, liebe Base, ein Eichhörnchen war es nicht. Wenn diese Tiere in unseren Gefilden verbreitet wären, würde ich auf einen jungen Löwen tippen, aber dem widersprechen die Berichte der Augenzeugen.«

»Was macht Sie so sicher, dass es kein Wolf war?« Wilhelm reckte den Kopf ein wenig, um besser sehen zu können. »Für mich sehen die Wunden ziemlich eindeutig aus.«

»Eindeutig, wenn man wie Doktor Hirschner keine Ahnung hat oder wie dieser Fichtner blind vor Arroganz ist.« Julius machte eine auffordernde Handbewegung. »Kommt her und seht es euch selbst an.«

»Lieber nicht«, murmelte Sophie, aber Wilhelm erhob sich schwerfällig und trat neben Julius, der sein Messgerät erneut ansetzte.

»Sieh her, ein *Canis lupus* hat lang gezogene Fänge. Kräftig zweifellos, aber er hinterlässt schmale Bisswunden. Etwa so.« Julius schob den Messzirkel etwas zusammen, schätzte die Breite mit der Handfläche ab. »Die Breite entspricht dem ausgestopften Exemplar in der Stube meines Vaters. Hirschners dilettantische Messversuche haben mich auf die Idee gebracht, den vorhandenen Wolf als Vergleichsobjekt hinzuzuziehen. Nehmen wir an, wir haben es mit einer größeren Bestie zu tun und geben noch etwas drauf«, er schob die Arme des Zirkels ein Stück weit auseinander, »dann wären wir hier. Und nun vergleicht das mit unserem jüngsten Opfer.«

Zögerlich nahm Wilhelm das Gerät entgegen, sein Blick wanderte kurz zu Sophie, ehe er es ansetzte. Überrascht pfiff er aus. »Das ist … das muss ein Monstrum sein!«

»So groß?« Sophie hob das Tuch von der Nase, sie kämpfte mit dem Drang, ebenfalls an den Tisch zu treten, aber sie ahnte, dass ihr Magen das nicht mitmachen würde. »Sag schon!«

»Das könnten zwei Wölfe gewesen sein.« Wilhelm reichte den Messzirkel an Julius zurück. Seine Hände zitterten leicht. »Mindestens.«

»Es war ein Tier«, korrigierte Julius knapp. »Ein Tier mit einem sehr massigen, breiten Schädel. Ich würde schätzen, dass es die Größe eines ausgewachsenen Wolfs haben dürfte, sonst würde man es nicht für einen halten.«

»Und was soll das für ein Tier sein?«

Julius hob die Schultern und griff nach einem Tuch, um sich die Hände abzuwischen. »Das weiß ich nicht. Aber für die Giftmorde ist das ohne Belang. Ihr seid hier, weil ihr etwas herausgefunden habt, oder?«

»Das haben wir«, nickte Sophie schnell. »Ich habe mit dem Dienstmädchen gesprochen. Wenn man ihr Geld gibt, erzählt die einem alles.«

»*Alles* hilft uns nicht weiter«, brummte Julius. »Unter der Folter, da erfahre ich auch alles, was ich hören will.«

»So meinte ich das nicht. Sie wurde recht redselig.« Rasch erzählte sie, was sie herausgefunden hatte, und gab anschließend an Wilhelm weiter, der ergänzte, was Paul und Caspar erfahren hatten. »Über den Wolf haben sie nichts erfahren, was wir nicht ohnehin schon wussten. Davon angesehen haben wir jetzt mehrere Ansätze«, schloss Wilhelm. »Es gibt diesen Studenten, der anscheinend ein Techtelmechtel mit Katharina Wittgen hatte. Es gibt die Hexe, die vielleicht auch etwas mit der Sache zu tun hat. Jedenfalls hat Katharina Wittgen sie aufgesucht.«

»Ich glaube ja, dass Helene herausgefunden hat, dass ihre Stiefmutter ihren Vater betrügt«, warf Sophie ein. Ihr war inzwischen leicht schwindelig, weil sie nur sehr flach atmete. Es wurde Zeit, dass sie hier herauskam. »Deshalb hat Katharina die Hexe aufgesucht und das Gift besorgt, mit dem sie Helene umgebracht hat.«

»Zumindest scheint es so auf den ersten Blick.« Julius verzog einen Mundwinkel, während er die Ärmel wieder zurückkrempelte. »Allerdings sind Vermutungen zu wenig, um meinen Vater und die Polizey zu überzeugen. Wir müssen den Studenten finden. Habt ihr schon einen Namen?«

Wilhelm schüttelte den Kopf. »Paul und Caspar waren zu betrunken, um ihn sich zu merken, und ich konnte bislang nicht herausfinden, um wen es sich handelt.«

»Und das Dienstmädchen habe ich bislang nicht angetroffen«, ergänzte Sophie.

Julius brummte leise. »Dann müssen wir ihn eben dort suchen, wo er sich bevorzugt aufhalten soll. Wirtshaus an der Lahn sagtet ihr?«

»Das kann ich übernehmen«, meldete sich Wilhelm. »Paul kommt sicher mit, und ich …«

»Du gehst nirgendwohin«, schüttelte Julius den Kopf. »Du gehörst ins Bett und hältst Ruhe. Das Wirtshaus schaue ich mir an.«

»Dann besuche ich die Hexe.« Sophie nahm das Tuch vom Gesicht, bemüht, entschlossen zu wirken. »Und nun sag nicht, das sei zu gefährlich. Wenn Katharina Wittgen dorthin gegangen ist, kann ich das auch.«

Julius musterte sie einen Moment schweigend und wandte sich dann ab, um seinen Rock von einem Haken an der Wand zu nehmen. »Was erzähle ich deiner Mutter, wenn dich die Hexe gefressen hat?«

»Dass an den alten Märchen mehr Wahres ist, als man denken mag.« Sophies Mundwinkel formten ein schwaches Grinsen. »Wer soll es sonst machen? Die Zeit drängt, das sagst du selbst, und ich verwette meine Hand, dass sie dir nicht halb so viel sagen würde wie mir.«

»Wie kommst du darauf?«

»Gefühl.« Das Grinsen würde eine Spur breiter. »Etwas, was dir bisweilen abgeht.«

Sie konnte sehen, wie es in Julius' Gesicht arbeitete, und für einen Moment frohlockte sie, ihn überzeugt zu haben. Doch dann schüttelte er den Kopf.

»Du gehst nicht«, entschied er.

»Aber ich könnte …«, begann Wilhelm, verstummte jedoch gleich wieder, als Julius ihm mit einer ärgerlichen Geste über den Mund fuhr.

»Ich dachte, ich hätte mich klar ausgedrückt?«

Wilhelm schüttelte trotzig den Kopf. »Sie können mir nichts vorschreiben. Ich gehe an Sophies Stelle.«

»Ich bin dein Arzt, und als solcher spreche ich gerne mit deinem Bruder, dass er dich festketten soll, wenn du albern wirst.«

»Das wagen Sie nicht.«

»Verwettest du deine rechte Hand darauf?«

Wilhelms Kiefer mahlten sichtbar. Stur hielt er Julius' Blick stand, die Lippen fest aufeinander gepresst, bis er schließlich den Kopf zur Seite wandte. »Sie sind ein Tyrann«, murmelte er und erhob sich. »Sind Sie deshalb Arzt geworden, damit man Ihnen nicht widerspricht?«

»Das ist sicher einer der Vorteile«, sagte Julius nüchtern. »Und nun geht, ich habe noch einiges zu erledigen. Sophie, wo kann man diese Dienstmagd der Wittgens am besten abpassen?«

»Was weiß ich? Auf dem Markt vielleicht? Wenn du mehr Glück hast als ich«, blaffte Sophie. »Warum fragst du?«

»Weil ich sie suchen und ein paar Münzen investieren werde.«

Es schien, als wollte sich der Spätherbst nach dem Regen der letzten Tage noch einmal ins Zeug legen. Am Morgen hatte das Lahntal noch in dichtem Nebel gelegen, der sich im Laufe des Vormittags aufgelöst hatte. Ein tiefblauer Himmel, wie man ihn sonst nur an goldenen Oktobertagen erlebte, wölbte sich über das Land, sodass Julius in seinem Wollrock fast schon schwitzte, während er am Brunnen stand und suchend den Hals reckte.

Es war Markttag und der Platz vor dem Rathaus dicht gepflastert mit Ständen der Bauern aus den umliegenden Dörfern. Die Marburger waren aus ihren Häusern geströmt, eilten, hasteten und schlenderten umher, Ratsherren in ein Gespräch vertieft, hier ein Bursche, der schnaufend einen Sack auf die Schulter wuchtete und mit klappernden Holzpantinen davontrug, dort Handwerkerfrauen mit ihren Körben, die schnatternd den neuesten Tratsch austauschten. Ein buntes Treiben, das es Julius nicht leichter machte. Wäre die Sache nicht so verfahren, würde er einfach zum Haus der Wittgens gehen und dort auf das Mädchen warten. Vielleicht sollte er das tun, anstatt hier seine Zeit zu vertrödeln, dachte er ärgerlich, während er ein paar Schritte weiterging, um eine andere Ecke des Markts einzusehen. Wenn nur nicht die Gefahr bestünde, dass die Wittgens sich gleich wieder bei seinem Vater beschwerten. Gottlob konnte es nicht mehr ewig dauern. Er hoffte nur, dass ihm die Magd tatsächlich weiterhalf.

»Na, Herr Doktor!«, hörte er plötzlich eine Stimme rufen und erkannte Adam, den Holzsammler, der winkend auf ihn zukam. »Dass man Sie hier mal sieht!«

»Guten Tag, Adam«, nickte Julius ihm höflich zu. »Geht's gut?«

»Ach, das Bein macht noch ein wenig Ärger.«

»Das dauert. Denk daran, den Verband zu wechseln.«

»Das tue ich doch«, grinste der Mann breit. »Das haben Sie mir doch so gesagt. Suchen Sie etwas?«, erkundigte er sich, als Julius den Hals reckte, um an ihm vorbeizusehen.

»Jemanden. Ich suche das Dienstmädchen der Wittgens. Greta. Kennst du die?«

Adam nickte eifrig. »Die habe ich vorhin noch gesehen. Dort vorne ist sie ja, bei der Blumenfrau!«

Julius' Blick folgte Adams Zeigefinger und blieb an der jungen Frau hängen, die gestikulierend mit einer Blumenfrau stritt. Ihre pummelige Gestalt zeichnete sich unter den Röcken deutlich ab, und selbst aus der Entfernung konnte er die geäderten Wangen erkennen, die im Streit eine dunkelrote Farbe angenommen hatten. Zufriedenheit breitete sich in ihm aus. Da war sie doch!

Flüchtig verabschiedete sich Julius von dem Holzsammler und drängelte sich zu ihr durch, wo er wartete, während sie der Blumenfrau schnaubend eine Münze in die Hand drückte und einen Strauß Myrtenastern aus dem Arm riss.

»Auf ein Wort«, trat Julius ihr in den Weg.

Sie hielt inne, schielte misstrauisch zu ihm hoch. »Was wollen Sie?«

»Ich habe eine Frage an dich. Mehr nicht.« Julius versuchte ein Lächeln, nicht, weil ihm danach war, sondern weil Sophie vielleicht recht hatte, dass es ihm bisweilen an Liebenswürdigkeit gebrach. Er hasste nichts so sehr wie aufgesetzte Freundlichkeit, aber anscheinend war sie manchmal tatsächlich von Nöten. »Ich bezahle dir deine Zeit.«

Die Magd runzelte die Stirn, sagte aber nichts.

Julius fischte eine Münze aus seiner Rocktasche und schnippte sie ihr zu. Überraschend geschickt fing sie das Geldstück auf, drückte es prüfend zwischen den Fingern, ehe sie es in ihrem Ärmel verschwinden ließ. »Was wollen Sie wissen?«

»Du hast vielleicht mitbekommen, dass Emilie Breuer umgekommen ist.«

»Ertrunken, ja.«

»Nicht ganz.« Julius kramte den Wurstrest aus einem Beutel und wickelte ihn aus dem Tuch. »Das hier wurde bei der Witwe Breuer gefunden. Ich vermute, dass sie sich daran den Magen verdorben hat. Könnte es sein, dass sie die Wurst von ihrer Freundin Frau Wittgen hat?« Die fehlende Verbindung.

Die Dienstmagd hob beide Augenbrauen und beugte sich vor, um die Wurst von allen Seiten zu betrachten. »Könnte sein«, räumte sie nach einer Weile ein, die Julius wie eine Ewigkeit vorkam. »Letzte Woche, da kam der Herr Doktor aus Kassel zurück und hat der Frau Doktor einen Ring Würste mitgebracht. Die hat sie an die Wand geschmissen später, weil sie sagte, dass das ein Geschenk für eine Bäuerin sei. Ich glaube, sie hat der Witwe Breuer welche davon geschenkt.«

»Danke, das hilft mir schon weiter.« Julius nickte und packte die Wurst wieder ein. »Eine zweite Sache –

ich brauche den Namen des Studenten, der Frau Wittgen besucht.«

Das Gesicht der Magd verschloss sich. »Ich weiß nicht, wovon Sie sprechen«, sagte sie kühl und fasste den Korb mit den Blumen fester. »Einen schönen Tag noch.«

»Warte!«, hob Julius an, aber die Magd drängte wortlos an ihm vorbei und verschwand im Gedränge.

Julius hob die Schultern und machte sich auf den Heimweg. Die Münze hatte wenigstens einen Anhaltspunkt gebracht und es kam Bewegung in die Geschichte. Den Namen des Studenten konnte er sicher im Wirtshaus in Erfahrung bringen, und wenn er die Hexe erreichte, könnte er …

Er war so tief in seine Gedanken versunken, dass er die drei Männer erst bemerkte, als er beinahe in sie hineingelaufen wäre. Er wollte schon mit einer gemurmelten Entschuldigung zur Seite treten, um sie durchzulassen, als er sah, dass sie ebenfalls stehen geblieben waren. Ein säuerliches Lächeln kroch über seine Lippen. »Vater. Wie nett, Sie zu sehen.«

»Spar dir die Heuchelei.« Stadtrat Laumann hatte seinen besten Zwirn angelegt, ganz offensichtlich waren die drei – die beiden Begleiter kannte Julius nur dem Gesicht nach – auf dem Weg zur Ratssitzung. »Hast du meine Nachricht gestern nicht erhalten?«

»Ich bedaure. Wahrscheinlich hat die gute Berte die Dringlichkeit nicht verstanden.« In Gedanken durchflog Julius die letzten Tage und erinnerte sich tatsächlich an einen Brief seines Vaters, den er jedoch in aller

Eile ungeöffnet unter die Papiere geschoben hatte. »Worum ging es denn?«

»Zweierlei.« Sein Vater hatte das Kinn leicht gehoben, nicht weit, dass es auffallen würde, sondern gerade so, dass auch ein größerer Mann als Julius das Gefühl haben musste, er spreche von oben herab mit ihm. »Du hast gerade mit dem Dienstmädchen der Wittgens gesprochen.«

»Ist das verboten?« Julius hob eine Augenbraue, ein schwacher Versuch, vor den beiden anderen Ratsherren nicht wie ein gemaßregelter Junge da zu stehen.

»Ich dachte, ich hätte deutlich gemacht, dass du die Familie Wittgen in Ruhe lassen sollst.« Die Bestimmtheit, die in der Stimme seines Vaters mitschwang, machte einen drohenden Tonfall überflüssig. »Zum Zweiten warte ich auf deinen Bericht.«

Julius hob eine Augenbraue. »Ich wusste nicht, dass das so eilig sein sollte.«

»Es ist eilig. Hast du ihn?«

»Natürlich nicht.«

»Gut, damit habe ich gerechnet.« Laumann fischte einen zusammengefalteten Zettel aus der Innentasche seines Rocks und hielt ihn Julius hin. »In fünf Minuten erwarte ich dich damit im Rathaus.«

Julius starrte auf das Stück Papier, ohne Anstalten zu machen, es anzunehmen. »Was ist das?«

»Ein Entwurf für Ihren Bericht«, mischte sich einer der anderen Ratsherren ein, ein kugelrunder Mann mit einem flachen Hut, unter dessen Rand sich feine

Schweißperlen gebildet hatten und ihm ins Gesicht rannen. »Bezüglich Ihrer Untersuchung der Bisswunden, die Sie …«

»Er kann lesen«, unterbrach der alte Laumann brüsk und packte Julius' Unterarm, um ihm den Zettel in die Hand zu drücken. »Es muss nur unterschrieben werden. Fünf Minuten, also spute dich. Meine Herren, wir werden erwartet.«

Die beiden anderen Ratsherren lüfteten im Gehen ihre Hüte zum Abschied, dann waren sie auch schon im Gewühl der Marktbesucher verschwunden, und Julius blieb allein zurück mit dem fremden Bericht, der sein eigener werden sollte. Langsam wandte er sich ab und faltete das Blatt auseinander, um es im Gehen zu lesen. Es war eine klare, gestochen scharfe Schrift, nicht die Schrift eines Arztes, aber was er da las, deckte sich grob mit seinen Untersuchungsergebnissen. Offenbar hatte sich schon vor ihm jemand das Schaf angesehen. Der erste Teil beschäftigte sich mit dem Holzsammler Adam, doch im zweiten Teil ging es um das Schaf. Seine Augen überflogen die Ausführungen und landeten beim Resümee, das etwas abgesetzt stand:

›*Hier ist zu folgern, dass es sich bei dem Tier um einen Wolf bestialischer Größe handelt. Aufgrund seines abnormen Verhaltens und der über alle Maßen ausgeprägten Aggressivität ist das Tier als eine besondere Gefährdung der Marburger Bürger und der Bevölkerung des Umlands einzuordnen. Die Entsendung einer tüchtigen Gesellschaft von Jägersmannen samt Hun-*

den und Gewehren ist hiernach dringend anzuraten und erforderlich.‹

Julius ließ das Papier sinken und blieb stehen. Einen fleißigen Beamten in Kassel kümmerte es wahrscheinlich kaum, wer den Bericht in Wahrheit geschrieben hatte. Im Grunde waren seine Erkenntnisse belanglos, man missbrauchte nur seine Unterschrift für die Wolfsmär. Sein Vater hatte wahrscheinlich geahnt, dass er bei ihm auf Granit gebissen hätte, und hatte deshalb Wachtmeister Schmitt vorgeschickt. Jemanden, dem Julius bislang vertraut hatte.

Julius' Hand schloss sich um das Papier, ballte es zu einem kleinen Klumpen zusammen, ehe er sich auf den Weg zur Wachstube machte. Wenn man ihn schon benutzte, dann wollte er wenigstens wissen, wozu.

Julius erwischte den Wachtmeister bei einem Päuschen. Als er hineinplatzte, hatte sich Schmitt eine Wurststulle zurechtgelegt und war gerade dabei, die schweren Beamtenfüße auf dem Schreibtisch in eine bequeme Position zu hieven. Zu Julius' Bedauern gab es kein Geräusch, als er den Bericht neben die Stulle auf den Schrifttisch schleuderte, aber die Geste reichte aus, um den Wachtmeister zusammenzucken zu lassen.

»Ich verlange eine Erklärung.«

Schmitt hob hastig die Stiefel vom Tisch und zog die

Uniform straff. Seine Finger strichen nervös durch den Schnurrbart. »Was möchten Sie hören?«

»Ich möchte wissen, warum Sie sich zum Handlanger meines Vaters machen!« Julius holte tief Luft, stützte dann die Fäuste auf die Tischplatte. »Sie wussten von Anfang an, dass es niemanden einen Pieps interessieren würde, was ich herausfinde!«

»Das stimmt.« Noch immer zwirbelte Schmitt den Bart, aber er wich Julius' Blick nicht aus. »Es tut mir auch aufrichtig leid, wenn es Ihnen wie ein Verrat erscheinen muss. Im Grunde war es das auch, aber nur mit besten Absichten.«

»Besten Absichten wozu?« Julius schüttelte fassungslos den Kopf. »Sie benutzen mich, um bei meinem Vater Liebkind zu machen, und erzählen mir dann etwas von *guten Absichten*? Was haben Sie sich dabei eigentlich gedacht? Dass Sie damit Ihr Salär ein wenig aufbessern können? Oder hat mein Vater Ihnen Versprechungen gemacht, Sie für eine einträglichere Stelle zu empfehlen?«

»Man sollte meinen, dass gerade Sie Ihren Vater gut genug kennen, um zu wissen, dass er solcherart Händel zutiefst verabscheut. Leider, muss ich sagen, denn dann träfen Ihre Vorwürfe wenigstens den Richtigen.« Schmitt sah ihn ruhig an, die Schnauzerspitze zuckte leicht. »Haben Sie sich schon einmal Gedanken darüber gemacht, dass Ihr Vater nach einer Möglichkeit gesucht hat, dem Kurfürsten die Dringlichkeit eines Eingreifens deutlich zu machen? Dieses Ding dort draußen treibt sich seit Wochen in den Wäldern herum, und inzwischen traut sich kaum noch jemand vor die Stadt. Viele treiben ihr Vieh nicht mehr vor die Stadtmauern, und der Sauhirte verlangt drei Mann mit Knüppeln, die Wache stehen, wenn die Säue auf der Weide sind. Die Leute werden zu nervös, man erzählt sich schon von drachenähnlichen Monstern mit Wolfsmäulern und ähnlichen Schwachsinn.«

»Dann schreibt man eine dringende Anfrage an den Kurfürsten!«

»Das ist alles schon geschehen. Mehrfach. Daher hat ihr Vater nach Hirschners Bericht über Adams Verletzungen von mir verlangt, alles zusammenzutragen, was ich über den Wolf finden kann. Ich glaube, er hat vor, eine ganze Mappe mit Berichten, Klagen und Untersuchungen nach Kassel zu schicken, damit endlich etwas geschieht.«

»Deshalb haben Sie mir das Schaf in den Keller gelegt?«

Schmitts Mundwinkel zuckten unter einem verlegenen Grinsen. »Nur mit besten Absichten. Eine zweite Untersuchung unterstreicht die Ergebnisse der ersten und macht sie eindringlicher, hat Ihr Vater gesagt.«

»Der zweifellos etwas davon versteht, wie man kurfürstliche Entscheidungen beeinflussen kann«, murmelte Julius und nahm die Fäuste vom Tisch. Seine eigene Berufung zum Adjunkt des Stadtphysikus verdankte er der geschickten Politik seines Vaters, und er war sich sicher, dass es noch ein paar Dutzend weitere Angelegenheiten gab, bei denen Stadtrat Laumann im Hintergrund die Fäden zog.

»Nur, damit ich das richtig verstehe«, wandte sich Julius wieder an Wachtmeister Schmitt, der unbewegt auf seinem Stuhl sitzen geblieben war. »Mein Vater verhindert die Aufklärung des Mordes an Helene Wittgen, indem er versucht, mir Handfesseln und Maulkorb anzulegen, und auf der anderen Seite lässt er mich wie eine Fadenpuppe tanzen, um die Ergebnisse zu bekommen, die er haben will?«

»Nun ja, so kann man das sagen. Ja.«

Julius seufzte und stützte sich ab, die Nasenwurzel zwischen den Fingern knetend. »Ich hätte niemals hierher kommen sollen«, stellte er resigniert fest. »Geben Sie mir den Wisch, ich unterschreibe das.«

»Sie tun das wirklich?« Der Wachtmeister gluckste erfreut. Ein breites Lächeln zog sich über sein Gesicht. »Dann wäre diese ganze Geschichte gar nicht notwendig gewesen. Hier«, er reichte ihm das Tintenfässchen und die Schreibfeder und strich das Papier noch einmal glatt, ehe er es dazulegte. »Gott wird es Ihnen vergelten.«

»Dass ich mich der Sünde der Lüge schuldig mache?« Julius hob spöttisch einen Mundwinkel, tauchte die Feder aber ein und setzte seinen Namenszug kurz und knapp unter den Bericht.

Schmitt nahm das Papier an sich, betrachtete es zufrieden und blies vorsichtig über die feuchte Tinte, ehe er es zusammenfaltete und neben sich auf den Schreibtisch legte. »Sie haben etwas gut bei mir«, bemerkte er. »Haben Sie eigentlich etwas Neues herausgefunden?«

»Eine ganze Menge, aber nichts, was Sie interessieren

dürfte.« Julius wandte sich ab, machte ein paar Schritte durch den Raum und blieb vor einer Wand stehen, an der der Wachtmeister eine Vielzahl von verschiedenen Zetteln angeheftet hatte, vermutlich eine Merkhilfe, um alles zu behalten, was bei ihm zusammenlief. Julius überflog die Notizen, ohne sie wirklich zu lesen, während er überlegte, ob es sich lohnte, den Groll gegenüber Schmitt ruhen zu lassen, um sich seiner Hilfe zu versichern. Er war enttäuscht von dem Wachtmeister, aber auf der anderen Seite hatte er lediglich getan, was er für richtig hielt.

»Kennen Sie das Wirtshaus an der Lahn?«, fragte er schließlich, ohne sich umzudrehen.

Das Knarren des Stuhls verriet ihm, dass Schmitt sich bewegte, vermutlich unruhig hin- und herrutschte.

»Natürlich«, brummte der Wachtmeister. »Dort geht viel Gesindel ein und aus. Warum fragen Sie?«

»Weil ich dort jemanden suche.«

»Ihren Mörder?«

»Nein, den Geliebten meiner Mörderin.« Julius drehte sich wieder zu ihm um, zwei Zettel zwischen den Fingern, die er von der Wand abgerissen hatte. »Und Sie erzählen mir jetzt alles, was Sie über das Wirtshaus und die Leute dort wissen. Wie ich sehe, haben Sie dort öfter zu tun.«

Greta hasste es, Staub zu wischen. Ihre Nase kribbelte dabei immer, und sie musste sich zusammenreißen, nicht zu niesen. Dabei war Staubwischen die beste Beschäftigung, wenn man unauffällig mithören wollte, was im Nachbarzimmer gesprochen wurde. Vor allem dann, wenn laut genug gestritten wurde, dass man nicht einmal das Ohr an die Tür drücken musste, um etwas zu verstehen.

Der Doktor war gestern Abend zurückgekehrt. Er war in Gedanken gewesen und hatte die Begrüßung seiner Gattin lediglich zur Kenntnis genommen. Greta hatte ihm ein Abendmahl in sein Zimmer gebracht, aber als sie ihm anbot, ihm ein Bad zu bereiten, hatte er sie hinausgeschickt. Sie hatte noch am gleichen Abend Hannes Bescheid gesagt, und der war heute Morgen gleich erschienen, um mit dem Herrn Doktor zu sprechen. Seitdem stritten die beiden, laut genug, dass es im Nachbarzimmer noch gut zu vernehmen war.

Es ging um Geld, schlussfolgerte Greta, nachdem sie sich eine Weile mit dem Entstauben eines Buches beschäftigt hatte. Sie wusste nicht, was Hannes genau wollte – er hatte sie nie in seine Pläne eingeweiht –, aber sie verstand so viel, dass der Doktor Hannes wohl noch eine größere Summe schuldete. Innerlich frohlockte sie, während sie ein weiteres Buch aus dem Regal nahm und es ebenso gründlich von allen Seiten abwischte. Wenn Hannes versuchte Geld zu erstreiten, bedeutete das vielleicht, dass sie tatsächlich bald von hier fortkonnten.

Angestrengt spitzte sie die Ohren, um jetzt nichts zu verpassen, doch im Nachbarraum senkte der Doktor nun die Stimme, sodass sie nicht mehr verstand, was er zu Hannes sagte. Es dauerte einen viel zu langen Moment, bis sie Hannes' Stimme vernahm, die irgendetwas antwortete. Dann wurde die Tür aufgerissen, und Hannes stürmte hinaus.

»Warte!« Greta vergaß, dass sie in der Öffentlichkeit nicht zu vertraut miteinander sein sollten, und ließ Staubtuch und Buch fallen, um ihm nachzueilen. »Was ist geschehen?«

Hannes blieb am Treppenabsatz stehen, drehte sich um. Seine Mimik schien versteinert, und in seinen Augen glomm nur mühsam unterdrückte Wut. »Nicht hier«, zischte er. »Komm ins Wirtshaus. Heute Abend.« Dann fuhr er herum und polterte die Treppe hinab.

Das Wirtshaus lag etwas außerhalb der Stadt jenseits der Gärten, die sich zwischen Schlossberg und Lahn erstreckten, ein kurzer, strammer Fußweg, der jetzt in der Dämmerung gut zu bewältigen war. Für den schnaufenden Wachtmeister Schmitt schien der Weg jedoch ausreichend, um ihn an seine Grenzen zu treiben.

»Sie sind nicht oft hier unten«, bemerkte Julius und warf einen flüchtigen Blick zum Wachtmeister, dessen Wangen vor Anstrengung rot angelaufen waren.

»Doch, aber gewöhnlich marschiere ich nicht im Stechschritt. Dort ist es schon.« Schmitt blieb stehen und atmete hörbar durch, ehe er auf ein von niedrigen Mauern umfasstes Gebäude deutete. Warmes Licht brach durch die Fenster und verlieh dem Wirtshaus etwas Gemütliches, Anheimelndes, das so gar nicht mit den Geschichten in Einklang stand, die Julius gehört hatte und von denen die Zettel in Schmitts Stube Zeugnis gaben.

»Und Sie wollen wirklich, dass ich mitkomme?«, erkundigte sich der Wachtmeister erneut. »Es ist für Sie sicher einfacher, wenn Sie …«

»Sie haben selbst festgestellt, dass ich etwas bei Ihnen gut habe«, bemerkte Julius und wandte sich Schmitt zu. »Außerdem kann ich mir nicht vorstellen, dass Sie den ganzen Weg gelaufen sind und sich jetzt ein Bier entgehen lassen. Also los, stellen Sie mir die Leute dort drinnen vor.«

Schmitt seufzte tief, ging dann aber weiter. Ursprünglich hatte Julius tatsächlich vorgehabt, alleine hierher zu kommen. Als Kind hatte er sich immer gewünscht, irgendwann einmal einen Abend in dem berüchtigten Wirtshaus zu verbringen, später, wenn er älter wäre. Seine Mutter hatte sich so herrlich darüber aufgeregt und allerlei Gruselgeschichten über das Volk dort zum Besten gegeben, in der Hoffnung, ihre Söhne von dort fernhalten zu können. Natürlich hatte sie damit nur erreicht, dass das Wirtshaus noch interessanter erschien. Dennoch war es Julius während seiner ganzen Zeit in Marburg nie gelungen, sein Vorhaben in die Tat umzusetzen, und je älter er wurde, desto mehr wich die Abenteuerlust nüchternen Überlegungen. Die Zettel auf Schmitts Wand und die Erzählungen des Wachtmeisters hatten ihm jedoch vor Augen geführt, dass an den Geschichten seiner Mutter mehr dran war, als er damals geglaubt hatte. Julius machte sich nichts vor, er war niemand, der sich in solchen Spelunken auskannte, und er war aufgeschmissen, wenn man dort böses Spiel mit ihm trieb. Daher war er froh, dass der Wachtmeister ihn begleitete, auch wenn er es Schmitt gegenüber nicht zugab.

Die Wärme des Schankraums umfing sie mit ihrer typischen Wirrnis aus Gerüchen – Bier, Pfeifentabak, der würzige Duft von gebratenem Huhn, säuerlicher Eintopf, Ofenfeuer und verschwitzte Haut, dazwischen ein süßliches Duftwasser und der beißende Gestank nach Ziegenstall und Geflügelgülle. Lichter auf den Tischen und in den Fensternischen erhellten den Raum, dessen Deckenbalken schwarz waren vom Ruß vergangener Zeiten. Es war noch recht früh am Abend, sodass außer ihnen nur eine Handvoll Leute anwesend war. Einige drehten sich zu ihnen um, als Wachtmeister Schmitt Uniform und Schnauzer straffte und mit amtlich wichtigem Schritt zur Theke hinüberging. Julius folgte ihm langsam, sich der taxierenden Blicke wohl bewusst, die ihm folgten. Er las deutlich die Fragen in den Gesichtern, was den Wachtmeister heute Abend hierher trieb, noch dazu in Begleitung des zukünftigen Stadtphysikus.

Julius stellte sich zu dem Wachtmeister an die Theke, wo dieser bereits mit dem Wirt sprach. Sein Blick glitt noch einmal zurück über die Tische bis zur Tür, die in diesem Moment gerade geöffnet wurde. Ein in lange

Mäntel gehülltes Paar trat ein. Sie redete gestikulierend auf ihn ein, doch er schüttelte nur den Kopf und gab ihr einen Schubs, um sie in Richtung Theke zu schieben. Mit einem empörten Laut wirbelte sie herum – und erstarrte, lang genug, um Julius Gelegenheit zu geben sich zu erinnern. Ohne die Haube und mit offenen Locken brauchte er einen Moment, bis er Greta wiedererkannte, die er erst am Morgen auf dem Markt abgepasst hatte.

Für einen Moment trafen sich ihre Blicke, doch ehe er reagieren konnte, hatte sie sich schon wieder umgedreht, fasste ihren Begleiter am Arm und verschwand nach draußen.

»He!« Julius stürzte los, riss im Laufen einen Stuhl mit. Hinter sich hörte er einen empörten Aufschrei, aber er achtete nicht darauf. Was zum Teufel tat dieses Mädchen hier, und warum floh es vor ihm? Er riss die Tür auf, stolperte nach draußen in die abendliche Kälte, doch die beiden waren verschwunden. Fluchend lief Julius ein paar Schritte weiter und sah sich suchend um, obwohl er wusste, dass es vergeblich war. In den Gärten war es ein Leichtes, sich zu verstecken, und über der Flussaue waberten bereits die Nebelschwaden. Bald würde man keine Hand mehr vor den Augen sehen. Nein, hier draußen fände er niemanden mehr.

Wachtmeister Schmitt begrüßte ihn mit hochgezogener Braue, als er zurück an die Theke trat und wortlos einen der beiden Becher nahm, die der Wirt ihnen hingestellt hatte.

»Sie haben ein Gespenst gesehen?«

»Wenn es ein Gespenst war, sah es ziemlich lebendig aus«, knurrte Julius und trank einen tiefen Schluck von dem Bier. Es schmeckte widerlich, was aber vermutlich weniger an dem Bier lag als an der Tatsache, dass er den bitteren Nachgeschmack des Hopfens hasste. Die Franzosen wussten schon, warum sie sich an Wein hielten. »Das war das Dienstmädchen der Wittgens.«

»Das Mädchen?« Der Wirt lehnte sich über die Theke. »Das ist die Greta. Die ist gelegentlich hier. Ein hübsches, dralles Ding.«

»Ich bin nicht an ihr interessiert, sondern daran, was sie hier treibt«, sagte Julius gereizt. »Kennen Sie den Mann, der bei ihr war?«

Der Wirt entblößte eine Zahnlücke, groß genug, um eine Möhre hindurch zu schieben. »Natürlich. Das war der Hannes Fuchs. Der treibt sich hier fast jeden Abend herum. Ein seltsamer Kerl, wenn Sie mich fragen. Keine Arbeit, aber immer Geld in den Taschen. Na ja, geht mich im Grunde nichts an, solange er seine Zeche bezahlt.«

Julius nickte, während er im Kopf das Gehörte überschlug und versuchte, einen Zusammenhang zu den Wittgens herzustellen. Irgendwo hatte er den Mann schon einmal gesehen, aber er konnte sich nicht entsinnen, wo das gewesen war. Er seufzte stumm. Das Dienstmädchen und ihr Begleiter halfen ihm nicht weiter und waren auch nicht der eigentliche Grund seines Besuchs.

»Ich suche eigentlich einen Studenten«, wechselte er daher das Thema. »Theologie. Er soll sich hier oft sehen lassen, ein gut aussehender junger Mann mit schwarzen Locken.«

Der Wirt hob die Brauen, seine wulstigen Lippen formten ein spöttisches Grinsen. »So, einen Studenten. Hat er auch einen Namen?«

»Wenn ich den wüsste, wäre ich nicht hier.«

»Nun, dann kann ich kaum weiterhelfen.« Der Wirt richtete sich mit einem mühsam unterdrücken Ächzen auf und rieb sich den Rücken. »Warten Sie hier und schauen, ob Sie ihn erkennen.«

Schmitt bestellte ein zweites Bier.

Der Schankraum füllte sich in den nächsten beiden Stunden stetig. Julius hatte das Gefühl, dass sich ein Großteil der Gäste jeden Abend hier zusammenfand und einander kannte. Viele kamen herein und steuerten ohne sich umzuschauen zielstrebig einen Tisch an, wo sie sogleich begrüßt wurden. Julius hatte auch mehrere Studenten ausgemacht, aber keinen, auf den die Beschreibung passte, die Wilhelms Kommilitonen abgegeben hatten. Verflucht sei die Sauferei, dachte er nicht zum ersten Mal an diesem Abend. Wenn die jungen Kerle weniger getrunken hätten, wären sie ein gutes Stück weiter.

Inzwischen war es auch an der Theke eng geworden, sodass Julius von Zeit zu Zeit zur Seite geschoben wurde, wenn das Schankmädchen Krüge mit Bier und Apfelwein abholte oder jemand ein Schwätzchen mit dem Wirt halten wollte. Schmitt schien sich hingegen bestens zu amüsieren. Nachdem sich die anfängliche Scheu vor seiner Uniform gelegt hatte, tat man, als sei er immer schon dabei gewesen. Und er schien vergessen zu haben, weshalb sie hier waren. Angeregt plauderte er mit einem Schreinergesellen, lachte dabei dröhnend über dessen Zoten und hatte inzwischen drei oder vier Bier getrunken. Julius hatte aufgehört zu zählen.

»Hm, Doktor?« Der Wachtmeister legte den Kopf in den Nacken, um Julius ansehen zu können. Seine Backen waren gerötet, Schaumreste klebten am Schnauzer. »Ich muss mal kurz raus. Sie kommen solange alleine klar, hm?«

»Gehen Sie, aber gehen Sie mit Gott«, murmelte Julius. Hoffentlich tauchte dieser verfluchte Student bald auf, damit der Abend endlich ein Ende fand.

Als habe man sein Stoßgebet erhört, öffnete sich die Tür erneut, als Schmitt hinausgehen wollte. Julius sah, wie der Wachtmeister etwas grunzte und sich an dem Neuankömmling vorbei nach draußen schob.

Der junge Mann, der eben hineingekommen war, ließ ihn aufmerken. Schwarze Locken schimmerten im Licht der Kerzen, als er die Kappe abnahm und mit einem amüsierten Grinsen einen Tisch ansteuerte, an dem schon eine ganze Gruppe Studenten saß. Sein Gesicht besaß trotz der späten Stunde die Klarheit und Anmut einer antiken Statue. Einen lässigen Gruß in die Runde werfend rückte er einen Stuhl heran und setzte sich zu den anderen.

Julius löste sich von der Theke und ging zielstrebig auf die Studenten zu. Dieser Adonis war es also, für den Katharina Wittgen bereit war, ihren Ruf und ihre Ehe aufs Spiel zu setzen.

»Verzeihung.« Julius räusperte sich, der ungewohnte

Tabakrauch kratzte ihm in der Kehle. »Ich suche nach Ihnen.«

»Nach mir?« Der Dunkelhaarige, der gerade seine Handschuhe abgelegt hatte, schaute überrascht auf. Seine Augen flogen prüfend über Julius' Gesicht. »Ich kenne Sie nicht.«

»Ich Sie auch nicht, aber das tut nichts zur Sache.«

»Was wollen Sie von uns?«, mischte sich ein anderer Student ein, ein hagerer Kerl mit blonden Strähnen, die aussahen, als habe er sie seit Wochen nicht gewaschen. »Wer sind Sie überhaupt?«

»Doktor Friedrich Julius Laumann. Adjunkt des Stadtphysikus. Und mit wem habe ich es zu tun?«

»Ludwig Hartm…«

»Ich meine nicht Sie«, unterbrach ihn Julius mit einer harschen Geste. »Sie mit den dunklen Haaren! Wer sind Sie?«

Der Angesprochene drehte sich langsam um, er musste den Kopf ein wenig in den Nacken legen, um Julius ansehen zu können. »Ich wüsste nicht, was Sie das angeht«, sagte er mit quälender Ruhe. »Sehen Sie nicht, dass Sie stören?«

»Es geht mich eine Menge an, wenn Sie eine Liebschaft mit einer verheirateten Frau unterhalten und womöglich deren hübscher Stieftochter nachgestiegen sind.«

Die Gespräche verstummten schlagartig, alle Augen wandten sich Julius zu.

»Verheiratete Frau?«, wiederholte der Blonde, der sich als Ludwig vorgestellt hatte. Ungläubig glotzte er den Schwarzhaarigen an, der eine abwiegelnde Handbewegung machte.

»Gebt nichts darauf. Vermutlich hat der Herr Doktor zu viel getrunken.«

»Ich pflege Besseres zu trinken als diesen Fusel hier. Wenn Sie mir nicht gleich Ihren Namen nennen, überlasse ich es der Justiz, diesen aus Ihnen herauszuholen.«

Der spöttische Ausdruck auf dem Gesicht des Studenten schwand, langsam stand er auf. »Sie wollen mir drohen?«

»Notfalls.« Julius verschränkte die Arme hinter dem Rücken, blickte dem jungen Mann geradewegs ins Gesicht. »Sie haben die Ehre einer rechtschaffenen Ehefrau beschmutzt und sind vielleicht schuld am Tod eines jungen Mädchens. Und nun sind Sie zu feige, sich der Verantwortung zu stellen.«

Klatschend traf der Handschuh seine Wange, so schnell, dass Julius Mühe hatte, nicht zusammenzuzucken.

»Sie kommen hierher, stören unsere Runde und jetzt stellen Sie auch noch meine Ehre infrage!« Der Dunkelhaarige sprach ruhig, seine Augen hingegen sprühten vor Zorn. »Kommen Sie morgen früh zur Elisabethbrücke. Und bringen Sie einen Sekundanten mit.«

»So viel Zeit habe ich nicht«, erwiderte Julius ungerührt. »Wenn Sie sich schlagen wollen, dann lassen Sie uns das jetzt tun. Vielleicht hilft Ihnen die frische Luft, sich zu erinnern.«

»Ihr wollt euch doch nicht wirklich jetzt duellieren?« Ludwig versuchte seinen Freund am Arm zu packen und zurück auf den Stuhl zu zerren. »Draußen ist irgendwo der Wachtmeister!«

»Na und?«, fuhr ihn der Dunkelhaarige an. Die Geräuschkulisse war inzwischen fast vollständig verstummt, alle Aufmerksamkeit hatte sich den beiden Kontrahenten zugewandt. »Ich lasse mich nicht als Feigling beschimpfen. Los, hol die Säbel«, er gab dem Blonden einen Stoß, wandte sich wieder Julius zu. »Ich hoffe, Sie sind satisfaktionsfähig?«

»*Doktor* Laumann, falls es Ihnen entgangen ist«, antwortete Julius kühl. »Das muss Ihnen reichen, Adel oder Offiziersrang habe ich nicht vorzuweisen. Wie steht es mit Ihnen, Herr Namenlos?«

»Mein Sekundant kann meine Satisfaktionsfähigkeit bezeugen«, gab der Dunkelhaarige zurück und wandte sich ab. An der Tür kam ihnen Schmitt entgegen, der leise vor sich hin pfeifend seine Kleidung ordnete. Irritiert hielt er inne, als sich die halbe Gästeschar von ihren Stühlen erhob und nach draußen drängte. »Was geht denn hier vor sich?«

»Der junge Mann weigert sich, mir seinen Namen zu nennen. Nun duellieren wir uns.« Julius fasste Schmitt an der Schulter und drehte ihn kurzerhand um, sodass sie gemeinsam wieder hinausgingen. »Wären Sie so freundlich und übernähmen die Rolle des Sekundanten?«

»Sekun…« Schmitt schnappte nach Luft. »Sind Sie wahnsinnig geworden? Man wird mich …

»Sollte Ihnen jemand das hier Vorgefallene zur Last legen wollen, sagen Sie, dass Sie keine Wahl hatten.«

Julius deutete mit einer knappen Kopfbewegung auf die Neugierigen, die aus der Tür quollen und sich abwartend zu einem Halbkreis aufstellten. »Versuchen Sie denen einmal zu erklären, dass es jetzt nichts mehr zu sehen gibt. Der Mensch ist ein Raubtier, er giert nach Blut, und sein bevorzugtes Mahl ist das seiner eigenen Gattung.«

»Steht das in einem Ihrer Bücher?«

»Nein, auf der Place de la République, mit dem Blut der Guillotinierten geschrieben.« Julius streifte seinen Rock ab und reichte ihn Schmitt. »Gebe Gott, dass unseren deutschen Landen Ähnliches erspart bleibt.«

»Solange es Narren gibt, die sich gegenseitig ein Loch in den Bauch stechen wollen, habe ich da keine Sorge«, murmelte Schmitt. »Haben Sie sich auch überlegt, was ich Ihrem Herrn Vater sagen soll, wenn ich Sie nachher durchbohrt bei Doktor Hirschner oder auf dem Friedhof abgeben muss? Man wird mich suspendieren und davonjagen.«

»Machen Sie sich keine Sorgen.« Julius schwang die Arme ein paar Mal locker um sich und ging federnd in die Knie. »Ich weiß, an welcher Seite man einen Säbel anfasst.«

Schmitts Grimasse nach zu urteilen war der Wachtmeister davon keineswegs überzeugt, aber für weitere Einwände blieb keine Zeit, denn in dem Moment tauchte der blonde Ludwig wieder auf. Er pustete aus hochroten Backen und Schweißfäden auf seiner Stirn verrieten, dass er gerannt war. Er reichte dem Dunkelhaarigen einen der beiden Säbel, die er aus einem

Tuch ausrollte, zögerte dann aber, ob er den zweiten an Schmitt als Sekundanten geben könnte. Julius ersparte ihm eine Entscheidung, indem er ihm die Waffe kurzerhand abnahm. Prüfend machte er ein paar Hiebe in die Luft, nickte zufrieden. »Der Säbel ist akzeptiert. Fangen wir an?«

Anstelle einer Antwort trat der Dunkle einen Schritt zurück und senkte die Waffe. »Sie sind sicher, dass Sie das wollen?«, fragte er. Im schwachen Licht der Lampen, die die Zuschauer nach draußen geschleppt hatten, wirkte sein Gesicht wie aus warmem Marmor gemeißelt. »Sie riskieren Ihr Leben, Doktor.«

Julius hob kurz den Mundwinkel. »Zeige ich Ihnen nicht genug Furcht?«

»Sie sollten.«

»Ich rate Ihnen, mich nicht zu unterschätzen.«

Der Dunkle stieß einen verächtlichen Laut aus und nahm endlich Haltung an. Ein kurzer Blick zu seinem Sekundanten, der sich räusperte und dann in rascher Folge die Regeln herunterspulte. Julius hörte nur mit einem Ohr hin. Er kannte jedes Wort auswendig, dazu hatte er es oft genug gehört. In einem Punkt hatte Sophie recht, Diplomatie zählte nicht zu seinen Stärken. Und er war Männern begegnet, die für weniger als den Vorwurf der Feigheit den Handschuh erhoben hatten.

Der Student griff an, kaum dass die Sekundanten den Kampf eröffnet hatten, eine ungestüme Attacke, der Julius spielerisch auswich. Jeder Gegner kämpfte anders, und es half, sich ein Bild der Stärken und Schwächen zu machen, ehe man selbst den Angriff führte.

Ohne größere Probleme duckte Julius sich auch unter dem nächsten Schlag hinweg, führte eine Finte gegen die Schulter des Studenten, auf die dieser prompt hereinfiel und die linke Seite öffnete.

Julius war sich bewusst, dass er die Zuschauer enttäuschte, aber er hatte noch nie Gefallen daran gefunden, einen Kampf unnötig in die Länge zu ziehen. Sein Hieb kam schnell, zu schnell für den Studenten, der vor Schmerz aufstöhnte, als die Klinge Hemd und Haut zerschnitt. Er taumelte zurück, versuchte ungeschickt, seine Deckung wieder aufzubauen, aber Julius ließ ihn nicht so weit kommen. Ein zielsicher gesetzter Streich gegen den gegnerischen Unterarm, und der junge Mann ließ mit einem Aufschrei den Säbel fallen. Wimmernd umfasste er seinen Arm, dessen Ärmel sich rasch rot färbte.

»Der Sache ist genüge getan?«, wandte sich Julius an Ludwig, der verschüchtert seine Zustimmung signalisierte. Seine Augen zeigten Unglauben über das, was sie soeben gesehen hatten. Offensichtlich hatten ihn die Studenten als leichten Gegner eingeschätzt – ein Irrtum, mit dem sie nicht alleine waren.

»Steh auf.« Julius trat an den Dunkelhaarigen heran und fasste ihn unter der Schulter, um ihm behilflich zu sein und in Richtung einer moosbewachsenen Bank zu schieben. »Ich muss mir deine Verletzungen ansehen.«

Der Student starrte ihn mit schmerzverzerrter Miene ungläubig an. »Erst ritzen Sie mich auf, und dann wollen Sie mich behandeln?«

»Das Duell hast du dir selbst zuzuschreiben. Ihr da!«,

rief er in die Richtung der Zuschauer, von denen sich ein großer Teil bereits wieder ins Wirtshaus zurückgezogen hatte, nachdem klar war, dass der Kampf viel zu schnell beendet war. »Bringt mir heißes Wasser und Tücher.«

»Ist er schwer verletzt?«, erkundigte sich Wachtmeister Schmitt, sichtlich unwohl in seiner Haut.

»Ich denke nicht.« Julius löste die Hand des Studenten und zog den Ärmel beiseite. »Oberflächlich. Aber es muss versorgt werden, damit sich nichts entzündet.«

»Ich hätte nicht gedacht, dass Sie so gut fechten können«, zischte der Student mit zusammengebissenen Zähnen. Von seinem vorhin noch zur Schau getragenen Stolz war nicht mehr viel übrig blieben, nur ein verschreckter Junge, dem angesichts des Bluts die Knie weich wurden.

Julius riss einen Streifen aus dem Hemd heraus und drückte es fest auf die Wunde. »Halt das. Damit es aufhört.«

»Mich würde das auch interessieren«, bemerkte Schmitt und zwirbelte seinen Bart. »Wo haben Sie so gut kämpfen gelernt?«

»In Köln. Sehen Sie das?« Julius strich sich die Stirnhaare zurück, damit Schmitt einen Blick auf die inzwischen fast verblasste Narbe werfen konnte, die sich knapp unterhalb des Haaransatzes fast auf Handlänge über die Stirn zog. »Mich hat einer beinahe erschlagen. Daraufhin habe ich es gelernt, damit mir das nicht noch einmal geschieht.«

Schmitt brummte. »Sie erstaunen mich immer wieder«, bemerkte er und wandte sich an den Studenten. »So, und nun zu Ihnen. Name? Herkunft?«

Julius lauschte Schmitts Befragung aufmerksam, während er damit begann, mithilfe des eilig herbei gebrachten Wassers die Wunden auszuwaschen und anschließend zu verbinden. Keine der beiden Verletzungen war gefährlich, oberflächliche Wunden, die er besser nähen sollte, aber dazu musste man den jungen Mann zu Doktor Hirschner bringen.

Der Student stellte sich als Friedrich Sebastian Wagner vor, aus der Nähe von Weimar. Seit einem Jahr studierte er in Marburg und wohnte zur Untermiete bei einem älteren Ehepaar am Hirschberg. »Ich war oft bei Katharina«, gab er widerwillig zu, als Schmitt die Sprache auf die junge Frau Wittgen brachte. Das hübsche Gesicht war schmerzverzogen, aber dennoch gelang ihm ein kurzes, süffisantes Grinsen. »Sie ist ein wollüstiges Weib. Ihr Mann lässt sie viel allein, und sie mag es nicht, allein zu sein.«

»Wie haben Sie sich kennengelernt?«

»Zufällig. Ich ... Au!« Er zuckte zusammen, als Julius damit begann, die Wundränder zu reinigen.

»Weiter.« Wachtmeister Schmitt schien die Ruhe in Person, offensichtlich hatte er zu seiner Routine zurückgefunden. »Also, wie?«

»Ich habe sie beim Gottesdienst gesehen«, presste Friedrich zwischen zusammengebissenen Zähnen hervor. »Und irgendwann haben wir uns getroffen.«

Julius blickte von seiner Arbeit auf. »Und was war mit Helene Wittgen? Haben Sie die auch *getroffen*?«

»Nein, natürlich nicht!« Der Student schüttelte den Kopf. »Die Katharina, die wollte das. Sie hat mich regelrecht gedrängt zu ihr zu kommen, sobald ihr Mann auf Reisen war. Aber die kleine Helene, nein.«

»Wusste Helene von Ihren Treffen mit Katharina?«, übernahm Schmitt wieder. Breitbeinig stand er vor Friedrich, die Arme vor dem Bauch verschränkt. »War sie eifersüchtig?«

Dieses Mal überlegte der junge Mann einen Moment. »Ich glaube, sie wusste davon«, sagte er schließlich. »Sie müsste blind und taub gewesen sein, wenn nicht. Zu Gesicht bekommen habe ich sie allerdings nie. Wir waren ja vorsichtig.«

»Ihre Besuche sind dennoch nicht so geheim geblieben, wie Sie vielleicht gewünscht hätten. Wusste Doktor Wittgen davon?«

»Gott behüte, nein!« Friedrich schüttelte den Kopf, sodass die schwarzen Locken flogen. »Wenn der etwas geahnt hätte, säße ich heute Abend sicher nicht hier.«

»Und dennoch sind Sie das Risiko eingegangen?«, hakte Schmitt nach. »Immer wieder?«

»Es gibt Frauen, für die will man sterben. Und es gibt welche, für die tut man es.« Friedrichs Mundwinkel zuckten. »Katharina zählt zu Letzteren.«

»Womit wieder bewiesen wäre, was man seit Trojas Zerstörung weiß – ein schönes Weib führt einen Mann sicherer in den Untergang als alle Schwerter der Welt«, murmelte Julius und stand auf, um sich die Hände abzuspülen. Die Verletzungen waren nun notdürftig gereinigt und verbunden – rudimentär, aber mehr war hier draußen im Schein zweier Funzeln nicht möglich. »Friedrich Wagner, holen Sie bitte Ihre Jacke und Ihre Mütze, und dann begleiten Sie mich. Sie müssen genäht werden.«

»Vor allem müssen Sie sich auf etwas gefasst machen«, brummte Schmitt. »Ehebruch, noch dazu mit einer ehrenwerten Bürgersfrau.«

»Wollen Sie mich festnehmen?« Friedrich hatte sich inzwischen wieder etwas gefangen und reckte herausfordernd das Kinn.

Julius schüttelte den Kopf, ehe der Wachtmeister antworten konnte, und wies zur Tür, von wo Stimmengewirr und lautes Lachen davon zeugten, dass man den Vorfall bereits wieder vergessen hatte. »Werten Sie es als dummen Fehltritt, den man im jugendlichen Leichtsinn allzu schnell tut. Und nun beeilen Sie sich, ich will nicht die ganze Nacht hier draußen herumstehen.«

Friedrich ließ sich das nicht zweimal sagen. Im nächsten Moment war er im Wirtshaus verschwunden.

»Sie untergraben meine Autorität«, murmelte Schmitt mit düsterer Miene, kaum dass der Student gegangen war. »Ich kann nicht einfach zusehen, wie …

»Natürlich können Sie das. Sie haben heute Abend auch zugesehen, wie es zu einem bewaffneten Duell kam. Sie waren sogar Sekundant.« Julius' Mundwinkel deuteten ein zynisches Grinsen an. »Außerdem schulden Sie mir etwas.«

»Diese Schuld ist langsam beglichen.«

»Jetzt ja«, nickte Julius und streifte seinen Rock wieder über. Erst jetzt merkte er, wie durchgefroren er war. Der Nebel über der Flussaue hatte sich inzwischen zu einer undurchdringlichen Wand verdichtet, die langsam auf die Gärten übergriff. Es wurde dringend Zeit, dass sie zurückkamen. »Im Gefängnis oder im Karzer nutzt uns der Junge nichts«, fuhr Julius fort, als der Wachtmeister immer noch nervös zuckte. »Außerdem sorgt das für Trubel, den ich gerade nicht gebrauchen kann. Lassen Sie ihn laufen und tun Sie so, als hätten Sie diesen Abend nie erlebt. Das erspart Ihnen und mir Ärger, und wenn wir Katharina Wittgen überführt haben, schert sich niemand mehr um diesen schäbigen Ehebruch.«

XII

Der Nebel stand wie eine Wand vor dem Fenster. Das Dach des Nachbarhauses, eine Kirschkernspuckweite entfernt, war ganz vom milchigen Grau verschluckt. Helligkeit sickerte durch die trüben Schleier, unmerklich und diffus, aber ein sicheres Anzeichen, dass irgendwo jenseits des Nebels die Sonne aufgegangen sein musste.

Sophie seufzte und schloss die Fensterläden, um zum Bett zurückzukehren und zum dritten Mal den Brief zu überfliegen, den ihr Lisbeth aus Kassel geschickt hatte. Die ersten zwei Seiten handelten vom Leiden der Tante, die Sophie rasch überblätterte, bis sie zu der Stelle kam, die sie wirklich interessierte. *Doktor Wittgen ist hier wohl bekannt*, hatte die Schwester, die sie um diese Auskünfte gebeten hatte, in ihrer kindlichklaren Schrift geschrieben. *Er ist beliebt und gilt als freundlicher, kluger Mann. Die Leute haben mir erzählt, dass Helene ihren Vater geliebt hat. Nur habe der Wittgen Pech mit den Frauen gehabt. Katharina hat er geheiratet, kurz bevor er Kassel verlassen hat. Er war vorher wohl schon verheiratet, fünf Mal, wenn ich die Gerüchte richtig deute. Helene war sein Augenstern, ihr Tod muss ihn hart getroffen haben.*

Nicht nur ihn. Sophie ließ den Brief sinken und schloss für einen kurzen Moment die Augen, um sich Helenes Gesicht noch einmal ins Gedächtnis zu rufen. Überrascht stellte sie fest, dass sie sich nicht mehr an alle Details erinnern konnte; die junge Frau, die sie vor sich sah, hatte schwarzes Haar und ein hübsches, milchweißes Gesicht, aber irgendetwas fehlte, ohne dass Sophie sagen konnte, was es war.

Sie öffnete die Augen, starrte auf den Brief, der nach der Nacht unter ihrem Kopfkissen zerknittert und an einer Stelle eingerissen war. Vergaß man so schnell? Dauerte es nur wenige Tage, bis die Bilder der Erinnerung verschwammen? Was war dann in ein paar Wochen? Konnte man sich noch des Klangs der Stimme entsinnen, wie sie lachte? Und in einem Jahr war die Erinnerung verblasst, ihr Schicksal wurde gleichgültig, bis sie irgendwann der Vergessenheit anheimfiel.

Sophies Hand ballte sich um den Brief zur Faust. Wenn sie Helenes Mörder nicht fand, würde man es vergessen. Niemand würde mehr danach fragen, wenn erst genug Wasser die Lahn hinabgeflossen war, und der Mörder würde weiterleben, geschützt vom Mantel des Vergessens. Doch das würde sie verhindern. Gestern Abend noch war sie bei Doktor Hirschner gewesen, um Julius zu überreden, sie mit zu der Hexe zu nehmen, aber ihr Vetter war nicht da. Sie hatte eine Nachricht hinterlassen, dass er sich melden sollte, doch auch das hatte er bislang nicht getan. Sie hatte nun lange genug gewartet.

Sophie stand auf und griff nach dem Mantel, der schon auf dem Stuhl bereit lag. Bis zum Frauenberg war es ein Fußmarsch von mehreren Stunden, aber wenn sie sich beeilte, war sie vor Sonnenuntergang zurück. Den Gedanken an den Wolf, der dort draußen irgendwo lauerte, verbannte sie, noch ehe er sich festsetzen konnte. Wenn man sich von seinen Ängsten leiten ließ, hatte ihr Vater gesagt, dann hätten die Amerikaner niemals ihre Unabhängigkeit und ein freies Land erkämpft, dann wären die Brüder Montgolfiere niemals in den Himmel hinaufgestiegen und gottesfürchtige Tore kauften immer noch Ablassbriefe. Sophie wollte nicht die Welt verändern, aber sie war sich sicher, dass sie nicht weniger Mut brauchte. Nach vorne schauen und nicht an das denken, was geschehen konnte.

Sophie vergewisserte sich, dass die Kapuze ihres Mantels saß. Dann schlüpfte sie hinaus.

Das Haus lag still, ihre Mutter schlief noch, und das Gesinde hatte sich vermutlich in der Küche eingefunden, um den Tag gemächlich zu beginnen. Blieb nur Onkel Hugo, aber der klebte nicht mehr an ihren Fersen, seit ihre Mutter dieses Abkommen mit Julius getroffen hatte.

Der Nebel umfing Sophie wie ein feuchter Schleier, kaum dass sie die Haustür hinter sich zugezogen hatte. Das Straßenpflaster glänzte von Nässe, verlor sich bereits nach wenigen Schritten im Nichts. Sophie fröstelte unwillkürlich und zog den Mantel ein wenig enger, als ihr die Geschichten der Großmutter durch den Kopf gingen. Nebel verbarg, was die Menschen nicht sehen sollten, daher kamen sie nur an solch nebligen Tagen hervor, die Feen und Ungetüme und Zauberwesen, und wehe den Menschen, die ihren Weg kreuzten. Was, wenn Julius sich irrte, und der Wolf doch ein Wolf war? Ein schwarzfelliges Wesen mit glühenden Augen, das darauf lauerte, dass sich jemand hinaus in den Wald wagte?

Unsinn, schalt sie sich und versuchte das Zittern zu unterdrücken. Das waren Geschichten, nichts weiter. Es gab keinen Grund, sich vor Märchen zu fürchten.

Sophie schloss die Augen, atmete tief durch, einmal, zweimal, während sie darauf wartete, dass ihr klopfendes Herz zu Ruhe kam. Es gab keine bösen Wölfe dort draußen vor der Stadt, nur Nebel und ein paar verängstigte Rehe. Wenn nur die Sonne bald durchbräche.

Sophie beschleunigte ihre Schritte und eilte die Gasse hinab. Um sie herum herrschte gespenstige Stille, selbst ihre eigenen Schritte klangen gedämpft auf dem Straßenpflaster. Das Barfüßertor war bereits geöffnet, vereinzelt huschten Gestalten durch die Barfüßerstraße, Dienstleute und Handwerksburschen, dazwischen eine Gänsemagd, die eine Herde schnatterndes Federvieh zum Tor trieb.

Sophie zog den Kopf tief zwischen die Schultern und beeilte sich, an dem verschlafenden Torwächter vorbei aus der Stadt zu kommen. Sie hatte ein altes, abgewetztes Kleid gewählt und einen erdfarbenen Mantel, sodass sie auf den ersten Blick wie ein Dienstmädchen erscheinen mochte. Die Verkleidung war notwendig, denn sie setzte sich dieses Mal sowohl über ihre Mutter als auch über Julius' Willen hinweg. Sie machte sich keine Illusionen. Wenn man sie erwischte, würde sie sich schneller im Kloster wiederfinden als sie ihren Namen nennen konnte.

Ein schwerer Ochsenkarren rumpelte ihr entgegen, wie zwei urzeitliche Monstren schälten sich die wuchtigen Zugtiere aus dem Nebel. Der Knecht, der das Joch führte, nickte Sophie kurz zu, ohne genauer von ihr Notiz zu nehmen.

Sophie eilte weiter, sie rannte nun den Weg, der gemächlich hinab ins Tal führte. Sie konnte langsamer werden, wenn sie ein Stück von der Stadt entfernt war, der Marsch hinauf zum Frauenberg war noch lang genug. Einmal war sie dort oben gewesen mit ihrem Vater, vor zwei Jahren, als die Krankheit seinen Körper noch nicht so angegriffen hatte. Ihr Vater hatte es geliebt, in der Natur unterwegs zu sein, er hatte ihr Geschichten erzählt aus grauer Vorzeit, und gemeinsam hatten sie die Burgruine erkundet und Aufzeichnungen gemacht. Es gäbe viele unentdeckte Schätze in diesem Land, hatte ihr Vater ihr damals augenzwinkernd erklärt, als sie ihn fragte, warum er das tue. Schätze, die man nur finden konnte, wenn man sie finden wollte. Dann war er mit ihr auf die Mauern gestiegen, halsbrecherisch, aber für Sophie keine Schwierigkeit. Oben hatte er sie gefragt, ob sie es spüren könnte, wie Sophie von Brabant hier oben gestanden hatte, die gleichen Hügel und Täler vor Augen. Der Geist der eigenen Vergangenheit, der durch diese Steine kroch, der Ursprung der eigenen Geschichte. Sophie hatte es nicht gespürt, aber sie hatte sich damals gescheut zu fragen. Und jetzt war es zu spät.

»Sophie!«

Sie zuckte zusammen, warf hektisch einen Blick über die Schulter. Hinter ihr nur Nebel, dicke, graue Wände, und dahinter …

Sophies Herz machte einen Sprung, als sich eine Gestalt aus dem Nebel schälte.

»Sophie!«

Sie drehte sich um und rannte los. Ihr Rock klatschte nass gegen ihre Waden, die Kapuze rutschte ihr vom Kopf, sie blieb hängen, strauchelte. Mit einem erstickten Aufschrei fiel sie nach vorne, kam schmerzhaft auf, kalter Schlamm umschloss ihre Hände. Aufstehen, aufstehen!, schrie es in ihr, doch ehe sie sich aufrappeln konnte, war der andere bei ihr und packte sie an der Schulter. »Sophie, hast du dich verletzt?«

Sie wollte die Hand schon wegschlagen, als sie seine Stimme erkannte. Ungläubig sah sie auf, blinzelte die Feuchtigkeit weg, die sich auf ihren Wimpern abgesetzt hatte.

»Wilhelm?«

»Steh auf, ich helfe dir.«

Dankbar ergriff sie die Hand. Ihre Knie zitterten, aber sie verspürte plötzlich eine abgrundtiefe Erleichterung, dass sie ihm am liebsten um den Hals gefallen wäre. »Was tust du hier?«, fragte sie und versuchte erfolglos, das Zittern in ihrer Stimme zu überspielen.

»Ich habe mir schon gedacht, dass du dich nicht davon abhalten lässt, die Hexe selbst aufzusuchen.«

Wilhelm zog ein Tuch aus der Tasche, um ihre Hände vom Schlamm zu säubern. »Eigentlich wollte ich zu dir, aber du warst nicht da. Ich bin gleich losgelaufen. Und ich hatte recht, wie ich sehe.« In seiner Stimme schwang leiser Triumph mit.

Sophie lächelte unsicher, während sie wünschte, er möge ewig ihre Hände halten. Seine Finger waren warm und versprachen Halt. Sie war fest entschlossen gewesen, alleine zu gehen, doch nun, da er hier war, verspürte sie tiefe Erleichterung, dass er sie begleiten würde. »Danke«, flüsterte sie und stellte sich auf die Zehen, um ihm einen flüchtigen Kuss zu geben, nicht auf die Wange wie sonst, sondern auf die Lippen, eine winzige Berührung nur, doch sie schien Feuer in Sophies Herz zu entfachen.

Er starrte sie an, als sie sich mit glühenden Wangen zurückzog und verschämt den Blick niederschlug. Sein Adamsapfel hüpfte, als wollte er etwas sagen, doch er räusperte sich nur, zog dann eilig das Tuch zurück und stopfte es in die Manteltasche.

»Deine Mutter weiß jetzt sicher, dass du fort bist«, sagte er rau. »Wir sollten uns beeilen.«

Die Sonne stand am Himmel, aber sie war durch den Nebel nur zu erahnen. Sophie hatte gehofft, dass es aufriss, sobald sie das Flusstal hinter sich gelassen hatten, und tatsächlich wurde es ein wenig besser, als sie den Wald oberhalb des Dörfchens Cappel erreichten. Nebelfetzen schlichen zwischen winterschwarzen Stämmen umher, und obwohl es inzwischen auf die Mittagsstunde zugehen musste, war es dämmrig unter den Bäumen.

Sie waren schweigend nebeneinander her gegangen, den Blick auf die eigenen Stiefel gerichtet, wortlos, obwohl Sophie deutlich spürte, dass Wilhelm etwas sagen wollte. Mit zusammengebissenen Lippen hatte sie gewartet, dass er endlich das Wort ergriff, spürte die flüchtigen Blicke, mit denen er sie immer wieder maß, wenn er meinte, sie merke es nicht. Doch er blieb stumm, und auch wenn sie wusste, dass es vermutlich nur eines Anstoßes bedurfte, fand sie die passenden Worte nicht, um es ihm einfacher zu machen.

Schließlich brach Wilhelm das Schweigen. Er blieb stehen, streckte fahrig den Arm aus, um sich an einem Baum abzustützen.

»Warte kurz«, bat er und fuhr sich mit der Hand über das Gesicht.

Überrascht hielt Sophie inne, und plötzlich fiel ihr auf, dass sein Atem stoßweise ging. Sie konnte deutlich die Schweißperlen auf Wilhelms Stirn erkennen und die rotstichige Blässe, die sich auf seine Wangen gelegt hatte.

»Geht's dir nicht gut?« Erschrocken war sie mit einem Sprung bei ihm, zögerte dann aber, als sie ihn stützen wollte. »Was hast du?«

Wilhelm hob den Kopf und lächelte bemüht. »Es ist nichts. Ich … bin nur etwas erschöpft.«

»Und dann sagst du kein Wort!« Sophie sah sich hilflos um. Der Wald um sie herum schien noch finsterer und trostloser als zuvor, und eigentlich wollte sie so schnell wie möglich hier fort. Aber Wilhelm brauchte einen Moment Ruhe. »Sollen wir uns irgendwo setzen? Willst du dich ausruhen?«

»Ja, bitte.« Wilhelms Lächeln zeigte Erleichterung. »Nur einen Moment, dann geht es wieder.«

Sophie schob Wilhelm zu einem umgestürzten Baumstamm, den jemand neben den Weg gezogen hatte. Die Äste hatte man abgeschlagen, die Rinde war feucht und glitschig. Mit einem schweren Seufzer ließ sich Wilhelm darauf fallen und legte den Kopf in den Nacken, atmete tief durch. Sophie beobachtete ihn aus den Augenwinkeln. So glücklich sie auch war, dass Wilhelm sie begleitete, sie hätte es niemals zulassen dürfen, dachte sie betroffen. Julius hatte recht, Wilhelm gehörte ins Bett und nicht auf einen beschwerlichen Marsch quer durch den Wald. Aber jetzt war es zu spät für eine Umkehr. Wenn sie sich beeilten, sollten sie in einer, vielleicht zwei Stunden die Ruinen erreicht haben. Wenn Wilhelm bis dahin durchhielt.

»Hörst du, wie still es hier ist?«, unterbrach Wilhelms Stimme ihre stummen Selbstvorwürfe. Er hatte leise gesprochen. »Hör mal.«

Sophie lauschte. An sonnigen Tagen strich Wind über die Gipfel und ließ die Äste knarren und knacken, Vögel zwitscherten und huschten durchs Geäst, vielleicht zirpte irgendwo eine Grille oder rief ein Kuckuck. Doch jetzt war es still, eine drückende, beklemmende Stille, nur durchbrochen von dem gelegentlichen Geräusch, wenn sich ein Tropfen von einem Zweig löste und hinabfiel.

»Unheimlich«, flüsterte Sophie. Ihre Finger berührten Wilhelms, sie spürte, wie er zusammenzuckte, aber er zog seine Hand nicht zurück. »Als sei die Zeit stehen geblieben.«

»Ich glaube, es sind Momente wie diese, die Märchengeschichten hervorbringen.«

Sophie nickte stumm. Ihr Herz klopfte, als ihr Blick langsam umherwanderte. Fast meinte sie, eine Bewegung zwischen den Bäumen zu sehen, aber das konnte sie sich ebenso gut eingebildet haben.

»Wenn man es sich einredet, mag man meinen, man werde aus jedem Baum heraus beobachtet«, fuhr Wilhelm mit gedämpfter Stimme fort. »Wenn ich dir sagte, dort oben sitzt ein Kobold, würdest du ihn vielleicht nicht sehen, aber du würdest davon erzählen, und andere würden es weitererzählen und irgendwann würden es die Großmütter den Kindern erzählen und es wäre ein Märchen.«

Sophie lachte leise und schloss ihre Finger um Wilhelms Hand. »Ein Märchen ist mehr als die Geschichte eines Kobolds, der in einem dunklen, nebelverhangenen Wald hockt.«

»Sicher, aber die Geschichte käme irgendwann dazu, oder?« Wilhelm zuckte mit den Schultern. Sein Blick huschte unruhig umher. »Dennoch mag sie ihren Ursprung hier haben, in einem düsteren Wald, der ungewöhnlich still ist. Ich glaube, dass die meisten Märchen ihren Ursprung in solchen Erlebnissen haben. Vielleicht hat man die Erlebnisse vergessen, aber die Empfindung bleibt und wird weitergegeben in den Erzählungen.«

»Also ein gemeinsames Empfinden?« Sophie fuhr zusammen, als irgendwo ein Ast knackte. Ihr Mundwinkel zuckte nervös. »Ist das nicht etwas weit hergeholt?«

»Ich weiß nicht. Es sind … irgendwelche Gedanken, vielleicht noch ein wenig wirr.« Wilhelm lächelte schief und sah Sophie an. »Ich hatte in den letzten Tagen viel Zeit, als ich im Bett lag. Irgendwie will mir das nicht aus dem Kopf. Aber wir sollten weiter«, bemerkte er und entzog Sophie die Hand, um sich zu erheben.

Sophie schluckte den Anflug von Enttäuschung herunter und beeilte sich, ihm zu folgen. Fröstelnd schlang sie die Arme um sich. Jetzt, da sie eine Weile gesessen hatte, merkte sie, wie kühl es war.

Sie wollte etwas zu Wilhelm sagen, aber die Worte blieben ihr auf der Zunge kleben, als sie in sein Gesicht sah, das mit einem Mal totenbleich geworden war.

»Dreh dich nicht um …«

Sophie spürte, wie sich in ihr alles zusammenzog.

»Bleib stehen. Bleib bloß stehen und rühr dich nicht.« Wilhelm sprach langsam, regungslos, aber sein Blick ging über Sophie hinweg, hing starr an etwas, was sich hinter ihrem Rücken verbarg, das sie fast körperlich spürte. Sie schluckte. Jetzt hörte sie es auch, ein Knacken, Rascheln, das aus dem Wald kam. Sophie wagte kaum zu atmen. Weg von hier!, wollte sie Wilhelm zurufen, aber sie konnte nicht. Sie verstand plötzlich, warum man sagte, man sei vor Angst wie gelähmt.

Plötzlich war es wieder still. Unsicher suchte Sophies Blick Wilhelms Gesicht, das immer noch angespannt wirkte.

»Es ist weg«, sagte er und hob die Mundwinkel zu einem unsicheren Lächeln, ein unbeholfener Versuch, sie zu beruhigen.

»Was war da?« Sophie wagte es nun endlich, über die Schulter zu schauen, doch dort lag nur der dunkle Wald mit seinen Nebelschwaden.

»Ich weiß es nicht genau ... irgendetwas ... Ich glaube, es hat uns nicht bemerkt.« Wilhelm fasste Sophies Hand. »Wir sollten weiter.«

Sophie nickte und folgte ihm rasch. Sie wollte nicht fragen, was er dort genau gesehen hatte, letztendlich war es gleichgültig. Was immer es war, es war besser, wenn sie hier schnellstmöglich wegkamen.

Sie hasteten durch den Wald. Sophies Finger umklammerten Wilhelms Hand. Sein Atem ging schwer, und mehr als einmal bat er Sophie, etwas langsamer zu laufen, aber sie drängte weiter. Der schmale Pfad führte an Tümpeln und sich plötzlich auftuenden Lichtungen vorbei, auf denen Nebelschwaden wie lauernde Gespenster standen. Der Untergrund war schlammig und rutschig von den herabgefallenen Blättern.

Und dann hörte sie es. Erst noch entfernt, doch es kam näher, Bersten und Krachen von Geäst, als sich etwas Großes durch das Unterholz kämpfte.

Wilhelm warf einen gehetzten Blick über die Schulter, seine Hand schloss sich fast schmerzhaft um Sophies. »Lauf!«, zischte er und rannte los. Sophie stolperte hinter ihm her, strauchelte und wurde mitgezogen, ehe sie zu Boden ging und sich gleich wieder aufrappelte. Ihr Herz raste, Panik machte sich in ihr breit. Schneller, sie mussten schneller laufen! Doch ihr war, als hingen unsichtbare Gewichte an Armen und Beinen, die sie zurückhielten. Der Weg führte inzwischen steil den Hang hinauf, es konnte nicht mehr weit sein bis zur Ruine. Sie hörte Wilhelm keuchen, er wankte, war langsamer geworden, schleppend, als koste ihm jeder Schritt mehr Kraft, als er aufbringen konnte. Das Krachen war nun näher gekommen, fast meinte Sophie, raues Hecheln zu hören. Sie konnten nicht entkommen, es würde sie einholen, noch ehe sie die Ruine und die rettenden Mauern …

Sophie blieb unvermittelt stehen, sodass Wilhelm beinahe gestürzt wäre. Im letzten Moment konnte er sich fangen, indem er ihre Hand fahren ließ.

»Was …?«

»Dort hinauf!« Sophie deutete hektisch auf eine knorrige Eiche. »Beeil dich!«

Zu ihrer Erleichterung verstand Wilhelm sofort, was sie meinte. Mit zwei Schritten war er an dem Baum und packte Sophie an der Hüfte, um sie hochzuheben. Sie hielt sich an der untersten Astgabelung fest und zog sich flink wie ein Wiesel hoch, erklomm dann einen höher gelegenen Ast, um Wilhelm Platz zu machen. Als sie nach unten schaute, fiel ihr Blick auf den Weg, und sie erstarrte. Dort, wo sie gerade noch gelaufen waren, brach in diesem Moment etwas aus dem Unterholz und hielt mit großen Sprüngen auf sie zu.

»Wilhelm!« Sophies Stimme überschlug sich, wie gelähmt sah sie zu, wie Wilhelm, der gerade eine Stelle gefunden hatte, um sich hochzuziehen, einen Blick über die Schulter warf. Seine Augen weiteten sich vor Entsetzen.

»Hoch!«, quiekte Sophie panisch, während sie zurück auf die untere Astgabel rutschte und Wilhelms Hand packte. Natürlich war sie viel zu schwach, um ihn hochzuziehen, aber ihre Berührung riss Wilhelm aus der Schockstarre. Mit aller Kraft hievte er sich hoch und erklomm die Astgabel im letzten Moment, ehe unter ihm etwas gegen den Stamm sprang und mit geifernden Lefzen nach seinen Beinen schnappte.

»Weiter!« Hastig stieg Sophie an Wilhelm vorbei und suchte Halt auf dem nächsten Ast, der hoch genug war, dass das knurrende Untier unter ihnen sie nicht erreichen konnte.

»Was ist das?« Wilhelm war schreckensbleich, als er auf der anderen Seite des Stamms einen Platz fand, wo er sich mit beiden Händen festhalten konnte. Er zitterte am ganzen Leib, und auf seiner Stirn stand der Schweiß.

Sophie wagte einen vorsichtigen Blick an ihren Stiefelspitzen vorbei nach unten, wo das Wesen immer noch wütend am Baum hochsprang, ohne die Vergeblichkeit seines Tuns zu begreifen. Es musste die Größe eines Kalbs haben, vielleicht auch größer, aber es war dabei sehr viel bulliger und gedrungener. Das kurze Fell war dunkel, schwarz oder braun, das mochte sie nicht sagen, und von zahlreichen Narben verunstaltet. Am erschreckendsten aber war der Kopf, ein massiver Schädel mit einem Maul, das Pferdeknochen zum Brechen bringen mochte. Ein Ohr war abgerissen, das andere hing geknickt herab. Geiferfäden zogen sich über Gesicht und Hals, während die Bestie erneut hochsprang und dann zornige Belllaute ausstieß.

»Das ist kein Wolf«, stellte Sophie mit zittriger Stimme fest. »Das ist irgendein … Hund.«

»Eher eine Höllenbestie.« Wilhelm hatte beiden Arme um den Baumstamm geschlungen. Seine Lider flackerten vor Erschöpfung. Sophie beobachtete ihn besorgt aus den Augenwinkeln. Lange würde er sich nicht hier oben halten können, dafür hatte der Marsch viel zu sehr an seinen Kräften gezehrt. Doch wenn er fiel … Sie schüttelte den Kopf, um den Gedanken zu vertreiben. Wenn sie wenigstens einen Strick hätten, um ihn am Baum festzubinden.

Wilhelm schienen andere Gedanken zu beschäftigen. »Hast du etwas, was man nach ihm werfen kann? Irgendwas? Deinen Beutel?«

Sophie fasste sich an die Seite und schüttelte den Kopf. »Den muss ich weiter unten verloren haben«, stellte sie seufzend fest. »Schaffst du es?«

»Ich versuch's.« Es klang nicht überzeugend.

Das Tier wütete noch eine ganze Weile, sodass Sophie sich schon fragte, ob es nie müde werden würde. Schließlich ließ es von dem Baum ab und schlich eine Weile knurrend auf und ab, ehe es sich vor dem Stamm hinlegte und ihn bewachte.

Sophie hatte immer wieder besorgt zu Wilhelm hinübergeschaut, der sich stumm festklammerte und die Augen geschlossen hielt. Die Anstrengung stand ihm ins Gesicht geschrieben, auf seinen Wangen hatten sich rote Flecken gebildet, und immer wieder rann ein Zittern durch seinen Körper, stark genug, dass sie es trotz des schlechten Lichts sehen konnte. Sophie fror, aber damit konnte sie umgehen. Viel schlimmer war, dass Wilhelm dringend Ruhe brauchte und sich hinlegen musste.

Mit einer Hand hielt sie sich weiter am Stamm fest, um mit der anderen umständlich unter ihrem Rock die Stiefelriemen zu lösen.

Wilhelm öffnete ein Auge, blinzelte zu ihr hinüber. »Was tust du da?«, fragte er schwer.

»Wir müssen hier runter«, gab Sophie entschlossen zurück und zerrte ihren rechten Stiefel hervor. Sie fror in dem dünnen Strumpf, den sie darunter trug, aber das würde sie aushalten können. Wenn sie dafür bald von diesem Baum herunterkämen.

»He, du Monster!«, brüllte sie. »Verschwinde!« Mit aller Kraft schleuderte sie den Stiefel nach dem Untier, verfehlte es aber um eine gute Elle. Das Wesen hob den Kopf, sah dem Stiefel nach und richtete seine kleinen Augen nach oben. Sophie meinte Schadenfreude in ihnen funkeln zu sehen und Blutgier, die neu entfacht war. Das Untier erhob sich langsam.

Hektisch begann Sophie, den anderen Stiefel zu lösen. Sie musste es vertreiben, koste es, was es wolle.

»Du sollst verschwinden!«, schrie sie mit überschlagender Stimme und warf auch den zweiten Stiefel. Dieses Mal traf sie das Tier am Schädel. Es machte ein dumpfes Geräusch, und für einen Moment schien es zu wanken. Doch dann schüttelte es den Kopf und ließ ein dumpfes Knurren hören, wie ein fernes Donnergrollen, welches ein nahendes Gewitter ankündigt.

Hilflos blickte Sophie sich um, suchte etwas, was sie noch werfen konnte. »Wilhelm, ich brauche deine Schuhe!«

»Lass, es hilft ohnehin nicht«, schüttelte Wilhelm matt den Kopf und kniff die Augen zusammen, als sich das Tier erneut gegen den Baum warf, wütender und entschlossener als zuvor. Wilhelm hatte recht, erkannte Sophie bestürzt, was immer dieser Hund war, er hatte schlimmere Dinge erlebt als einen Stiefel.

Wieder und wieder sprang das Wesen an dem Baum hoch, riss mit den Krallen die Rinde ab, fletschte die Zähne und bellte, knurrte, jaulte vor Wut, um dann erneut zu versuchen, an seine Beute heranzukommen. Trotz Wilhelms halbherzigem Protest war Sophie zu ihm hinüber geklettert. Sie gab sich keinen Illusionen hin, sie könnte ihn nicht lange halten, wenn seine Kräfte nachließen, aber vielleicht wenigstens ein paar wertvolle Minuten, bis … ja, was eigentlich? Hilflos lehnte Sophie die Stirn gegen Wilhelms Schulter, bemüht, ihn ihre Verzweiflung nicht spüren zu lassen. In Märchen waren es immer die Prinzen, die auf einem stolzen Pferd geritten kamen und ihre Liebste im letzten Moment retteten, aber darauf durfte sie nicht hoffen. Ihr Prinz saß neben ihr, zitterte vor Erschöpfung und Fieber, und der Einzige, der vielleicht ahnte, wo sie hinwollten, Julius, scherte sich wahrscheinlich einen feuchten Kehricht um sie, nachdem sie sich über seine Anweisungen hinweggesetzt hatten. Oh Gott, betete sie lautlos und biss sich auf die Lippen, damit Wilhelm sie nicht hörte, sei barmherzig und hilf uns. Oder hilf wenigstens Wilhelm, der ohne mich niemals hier oben säße und um sein Leben bangen würde. Ich werde auch niemals wieder … Sie stockte, als sie plötzlich bemerkte, dass das Wesen nicht länger gegen den Baum sprang. Es knurrte, aber die Klangfarbe des Knurrens hatte sich verändert, nicht mehr wütend, sondern unsicher, fast eine Spur ängstlich.

Verwundert hob Sophie den Kopf und riskierte einen Blick hinab, wo das Tier geduckt um den Baum strich, die schiefe Rute zwischen die Hinterbeine gezogen. Und dann sah sie auch, was dem Wesen solche Angst einjagte. Blinzelnd rieb sie sich die Augen, meinte im ersten Moment, einen Engel mit flammendem Schwert zu sehen, der auf den Baum zutrat, doch dann erkannte sie, dass es eine Frau war, die drohend eine Fackel schwang und dabei Zischlaute ausstieß. Tatsächlich schien die Geste ihre Wirkung nicht zu verfehlen, denn das Wesen wich furchtsam zurück, knurrte noch einmal und warf sich dann herum, um im Unterholz zu verschwinden.

Die Frau ließ die Fackel sinken und blickte noch einen Moment in die Richtung, wohin das Tier geflohen war, dann hob sie den Kopf. »Ihr könnt runterkommen!«, rief sie mit kratziger Stimme. »Er ist weg.«

Sophie öffnete schon den Mund, wollte fragen, woher sie das wisse und ob sie sich wirklich sicher sei, aber sie kam nicht dazu, denn Wilhelm machte Anstalten hinabzuklettern. Er schwankte, rutschte ab und wäre gestürzt, wenn Sophie ihn nicht gerade noch hätte halten können.

»Langsam«, flüsterte sie atemlos und zwang ihre zitternden Hände zur Ruhe, um Wilhelm zu helfen, Stück für Stück den Baum hinabzusteigen.

»Das gehört sicher dir«, stellte die Frau fest und hielt Sophie ihr Bündel entgegen, kaum dass sie den Grund erreicht hatten.

»Danke«, stammelte Sophie und ließ Wilhelm los, der sich mit einem erschöpften Seufzer an den Stamm lehnte. »Haben Sie uns deswegen gefunden?«

Die Frau lachte leise, es klang meckernd wie bei alten Weibern, und tatsächlich erkannte Sophie jetzt im unruhigen Schein der Fackel, dass ihre Retterin um einiges älter sein musste, als sie im ersten Augenblick angenommen hatte. Sie war einen halben Kopf kleiner als Sophie und ihre Bewegungen unter dem zerschlissenen Mantel verrieten einen drahtigen, an Mühsal und Entbehrungen gewöhnten Körper. Ihr Gesicht jedoch war das einer Greisin, zahnlos und von zahlreichen Runzeln und Falten entstellt. Eine gewaltige Nase ragte wie ein Krähenschnabel hervor, der zuckend nach Beute suchte. »Nicht deswegen, Kindchen. Aber nun lass uns gehen, ehe er wiederkommt.«

»Wer sind Sie?«, fragte Wilhelm matt. Seine Augen glänzten fiebrig.

Die Alte formte den schmallippigen Mund zu einem spöttischen Schmunzeln. »Maria Dörr, wenn du meinen Namen meinst. Aber in der Stadt kennt man mich besser als die Hexe vom Frauenberg.«

Die ›Hexe‹ drängte sie zur Eile. Es war weiter, als Sophie angenommen hatte, und als sie endlich den Hügelgrat erreicht hatten, meinte sie, nie wieder auch nur einen einzigen Schritt machen zu können. Verblüfft stellte sie fest, dass der Nebel hier oben aufgerissen war; die Nachmittagssonne stand bereits tief und tauchte den Wald rings um die Ruinen in ein warmes, sattes Licht.

Maria führte sie an dem zerklüfteten Gemäuer vorbei ein Stück bergab zu einer Hütte, die sich Schutz suchend an den Rand eines Nadelgehölzes kauerte. Drinnen empfing sie angenehme Wärme und der würzige Duft getrockneter Kräuter, die in dicken Bündeln unter der niedrigen Decke hingen. Maria musste eine schwarze Katze vom Bett vertreiben, ehe sich Wilhelm dort niederlassen konnte. Sein Gesicht glühte inzwischen, und seine Kleidung war trotz der Kälte draußen schweißnass.

»Wie kann man so unvernünftig sein, in dem Zustand durch den Wald zu wandern«, brummelte die Hexe, während sie Sophie half, Wilhelm von Rock und Stiefeln zu befreien. »Ihr habt eine schlechte Zeit für ein Schäferstündchen gewählt.«

»Wir wollten kein Schäferstündchen abhalten«, widersprach Sophie, spürte aber, wie ihr das Blut in die Wangen schoss. »Wir wollten zu Ihnen. Wir haben ein paar Fragen.«

»Das haben viele.« Die Alte grunzte und trug Wilhelms Rock zum Feuer, wo sie ihn über eine Stuhllehne zum Trocknen hängte. Anschließend schöpfte sie aus einem Fass Wasser in einen Topf und hängte ihn über die Kochstelle. »Ob ich euch helfen kann, werde allein ich entscheiden. Aber fragt, ein Versuch kostet nichts.«

»Wir wollen nichts von Ihnen. Es geht auch nicht um uns, sondern um Katharina Wittgen.«

Sophie beobachtete die Alte genau, aber diese suchte ungerührt weiter zwischen ihren Kräutern, als habe sie den Namen nicht gehört. »Dein Freund braucht Ruhe. Und etwas, was das Fieber senkt.«

»Was hat er?« Unwillkürlich tastete sie nach Wilhelms Hand.

»Das kannst du mir wahrscheinlich eher sagen.« Die Hexe steckte ihre Vogelnase in einen weiteren Kräuterbund und grunzte zufrieden, zog ein Messerchen aus ihrer Tasche und kappte die Schnur, an der der Bund aufgehängt war. »War er bereits krank, als ihr aufgebrochen seid?«

Sophie nickte langsam. Ihr Blick wanderte zu Wilhelm, der fast auf der Stelle vor Erschöpfung eingeschlafen war. »Er sollte eigentlich im Bett sein, sagte sein Arzt …

»Kluger Mann, dieser Arzt. Kommt nicht oft vor.« Die Hexe trat an die Kochstelle und tauchte den Kräuterbund in das inzwischen dampfende Wasser. »Lass mich raten, dein Liebster wollte nicht, dass du alleine gehst?«

»Er ist nicht mein Liebster«, murmelte Sophie unangenehm berührt.

Die Hexe lachte gackernd. »Armer Tor, liebt ein Mädchen, das ihn nicht lieb hat. Warum müssen junge Galane immer so selbstlos sein, wenn ihnen am Ende doch das Herz gebrochen wird?«

»Ich hab ihn doch lieb!«, widersprach Sophie heftig. »Es ist nur … er ist nur … nicht mein Liebster.«

Die Alte hob die Augenbrauen, aber sie antwortete nichts mehr, sondern nahm einen Kochlöffel von der Wand und begann, mit langsamen, gleichmäßigen Bewegungen den Kräutersud zu rühren. »Warum bist du hier?«, fragte sie nach einer Weile des Schweigens, die Sophie wie eine Ewigkeit vorgekommen war. »Bist du in Schwierigkeiten?«

»Schwierigkeiten …? Nein!« Sophie schüttelte empört den Kopf, als sie verstand, was die Hexe meinte. »Ich würde nie … na, Sie wissen schon …« Nun wurde sie richtig rot.

Die Alte winkte ab. »Das sagen viele, und dennoch kommen sie zu mir und bitten und betteln, dass ich ihnen helfe, es wegzumachen, ehe es der Ehemann oder der strenge Vater bemerkt. Und weißt du, was sie dann tun?« Die Hexe drehte den Kopf ein wenig, funkelte Sophie aus ihren schmalen Augen heraus an. »Dann gehen sie in der Stadt umher und nennen mich Hexe. Kinderfressende Hexe. Aber so war es schon immer, und so wird es wohl immer sein. Und nun sag, was willst du, wenn es nicht ein Fehltritt ist, der dich hierher führt?«

Sophie fuhr sich mit der Zunge über die Lippen, während sie nach Worten suchte, wie sie es am besten beginnen sollte. Die Hexe war längst nicht so Furcht einflößend, wie sie anfangs gedacht hatte, aber sie konnte nicht einschätzen, wie die Alte auf ihre Fragen reagieren würde.

»Es geht um Katharina Wittgen«, begann sie schließlich. »Kennen Sie sie?«

»Möglich.« Die Hexe rührte weiter in dem Topf, in dem es langsam zu blubbern begann.

»Ihre Stieftochter ist tot.«

»Ich weiß.«

»Ermordet.«

Die Alte ließ den Löffel stehen und wandte sich Sophie zu. »Du willst wissen, ob ich etwas damit zu tun habe.«

»Auch«, nickte Sophie, verbesserte sich aber gleich darauf: »Nein, nur indirekt. Haben Sie Katharina Gift verkauft?«

Ein spöttisches Grinsen zuckte in den zerfurchten Mundwinkeln. »Kind, ein jedes Mittelchen ist Gift, wenn man zu viel davon nimmt.«

»Dann haben Sie ihr es verkauft.«

»Ja, aber ich glaube nicht, dass sie damit die süße Helene umgebracht hat.« Sie nahm den Kessel vom Feuer und schöpfte ein wenig Sud in einen Becher. »Geh nun zur Seite, ich muss mich um deinen Liebsten kümmern.«

Sophie fragte nicht, woher die Alte Helene kannte, beeilte sich aber, ihr Platz zu machen. »Was haben Sie ihr verkauft?«, hakte sie nach. »Hätte es Helene töten *können*?«

»Wenn das junge Ding keine Zunge zum Schmecken im Mund gehabt hätte: ja. Mittel, mit denen man Kinder wegmacht, schmecken immer bitter. Das muss so sein, ein süßer Trank wäre an dieser Stelle ebenso verfehlt wie der Rindsbraten an Karfreitag.«

»Also hat Katharina ein Mittel gekauft, um ein Kind wegzumachen?«

»Wie die meisten, die zu mir kommen«, grunzte die Hexe zustimmend. Sie tauchte zwei Finger in den heißen Kräutersud und strich damit anschließend über Wilhelms Stirn und Wangen. »Du musst auf ihn acht geben«, sagte sie. »Wenn er nicht endlich ruht, wird das Fieber ihn zum Ruhen zwingen.«

»Ist es so schlimm?«, fragte Sophie verschreckt. »Er wird doch wieder gesund?«

»Gott allein ist unser Herr, und es liegt in seiner Hand, ob wir sterben oder genesen. Bei deinem Liebsten glaube ich, dass Gott noch wartet, bis er ihn holt. Vorausgesetzt, er hält Ruhe.«

»Ich werde dafür sorgen.« Sophie lächelte erleichtert. »Danke.«

Die Alte schüttelte den Kopf. »Dank nicht mir. Ihr hattet Glück, dass ich euch gefunden habe.«

Sophie nickte. Vermutlich verdankten sie der schrulligen Alten ihr Leben. »Was war das eigentlich? Dieses … Wesen?«

»Der *Wolf*?« Die Hexe lachte meckernd. »So genau weiß das niemand. Wölfe sehen jedenfalls anders aus. Ich vermute, dass es ein Hund ist. Ein ziemlich großer, verwilderter. Gott allein weiß, wo der herkommt, aber er muss fressen und er hat keine Furcht vor Menschen.«

»Aber vor Feuer.«

»Zum Glück. Sonst dürfte ich mich kaum noch aus dem Haus trauen.« Wieder das meckernde Lachen. »Ich hoffe, dass den endlich jemand erschießt. Man ist dort draußen seines Lebens nicht mehr sicher.«

Sophie zog die Unterlippe zwischen die Zähne. »Dürfte ich Sie um etwas bitten?«

»Du darfst vieles, schönes Kind.«

»Könnten Sie uns zwei Fackeln mit auf den Weg geben? Wir haben sonst kein Feuer, und der Hund ...«

»Ihr könnt jetzt nicht gehen.«

Sophies Herz tat einen erschrockenen Satz. »Wie ...?«

»Du bringst ihn um.« Die Alte deutete auf Wilhelm, dessen Lippen sich kaum merklich bewegten, als rede er im Traum. »Lass ihn heute Nacht hier. Morgen früh wird das Fieber gesunken sein, und dann könnt ihr heim. Mit Fackeln, wenn es euch den Weg sicherer macht.«

»Aber ich ...«, begann Sophie, verstummte dann und senkte den Kopf. Die Hexe hatte recht, es wäre Wahnsinn, Wilhelm jetzt den langen Heimweg zuzumuten, auch wenn es bergab wahrscheinlich leichter ging als den langen Aufstieg hierher. Ihre Mutter würde außer sich sein vor Sorge. Hoffentlich hörte sie zu, wenn Sophie versuchte, alles zu erklären. Aber wenn Wilhelm etwas zustieß, wurde sie sich das nie verzeihen. »Einverstanden«, murmelte sie. »Bis morgen früh.«

Die Hexe lächelte zufrieden.

Sophie hatte das Gefühl, als würde sie schweben. Ihr Körper war ganz leicht, wie eine Feder, die sich sacht im Wind drehte. Über ihr spannte sich ein grauer Himmel, milchig dort, wo die Sonne hinter den Wolken stand. Krähenschwärme flogen auf, ihr Krächzen erfüllte die Luft, sodass Sophie am liebsten beide Hände auf die Ohren gepresst hätte. Aber sie flog, sie brauchte die Arme, um über die Baumwipfel hinwegzugleiten, die sie am Bauch kitzelten und kratzten, wie neckende Fingerspitzen. Sie wusste, wo sie war, dort drüben die Ruine und weiter entfernt über dem Flusstal das Landgrafenschloss. Weit entfernt von zu Hause, aber es bekümmerte sie nicht. Sie war frei, und vor allem war sie sicher. Hier oben konnte sie niemand erreichen, vor allem nicht der Wolf, der dort unten zwischen den Bäumen lauerte. In der Ferne grummelte Donner. Wie konnte es an einem solchen Tag gewittern? Irritiert sah sie sich um, doch um sie herum nur das trübe Grau eines wolkigen Novembertags. Wieder donnerte es, lauter dieses Mal. Es kam näher, viel zu schnell! Der Gedanke brachte sie ins Trudeln, ihr sicheres Gleiten wich einem aufgeschreckten Taumeln, hilflos wedelte sie mit den Armen, um das Gleichgewicht wiederzufinden. Wieder Donner, ohrenbetäubend laut. Und dann grellte plötzlich ein Blitz. Mit einem Aufschrei warf sie die Hand vor die Augen, spürte, wie sie fiel, schwer wie ein Stein. Doch dort unten wartete er bereits …

»Der Wolf!« Sophie fuhr hoch. Ihr Herz galoppierte, keuchend rang sie nach Luft, während sie ungläubig in das Licht mehrerer Fackeln starrte. Fackeln, Gestalten, die sich in der Hütte drängten, Rufe. Träumte sie? War sie wach? Wo beim gütigen Gott war sie?

»Da ist sie!«, hörte sie Stimmen rufen, und im nächsten Moment lösten sich zwei Gestalten, ein Riese, der den Kopf einziehen musste, um nicht an die Kräuterbündel an der Decke zu stoßen, und eine hagere Gestalt mit knochigen Schultern und einem Kopf, der auf einem viel zu langen Hals zu sitzen schien. Fackelschein spiegelte sich auf den Gläsern seiner Brille und verbarg die Augen, aber der Mund war zu einem schmalen Strich zusammengezogen.

»Sophie! Kind!« Der Riese fiel neben dem Bett auf die Knie und griff nach Sophies Hand und jetzt endlich erkannte sie Onkel Hugo, dem Tränen der Erleichterung über die Wangen rannen. »Sophie! Mein Gott, mein Gott, Sophie!«, stammelte er unbeholfen.

»Mir geht es gut«, versuchte sie beruhigend zu lächeln und fuhr sich mit dem Handrücken über die Augen. »Wilhelm ist erschöpft, aber uns ist nichts zugestoßen. Die Hexe …«

»Um die Hexe kümmert sich der werte Generalleutnant von Rotsmann«, ließ sich der andere Mann vernehmen, den Sophie nun zu ihrer Überraschung als

Julius erkannte. »Hat sie euch etwas gegeben? Essen, etwas zu trinken? Irgendetwas?«

»Nur Wilhelm«, antwortete Sophie verwirrt. Sie verstand nicht, worauf er hinauswollte. »Es war zu viel für Wilhelm, und sie hat ihm etwas gegen das Fieber gegeben. Warum?«

»Erkläre ich dir unterwegs.« Julius schaute sich um und klaubte ihren Mantel von der Stuhllehne. Oben auf einem Balken saß der schwarze Kater und fauchte. »Zieh dich an. Wir müssen zurück.«

Sophie lagen noch viele Fragen auf der Zunge, aber sie fügte sich und schlüpfte in ihre Stiefel. Onkel Hugo half ihr in den Mantel und wollte sie auf den Arm nehmen, aber sie schüttelte den Kopf. »Ich kann laufen«, versicherte sie und schenkte dem Onkel ein aufmunterndes Lächeln. »Es tut mir leid, dass ich euch Sorgen gemacht habe.«

Hugo nickte ernst. »Tu das nie wieder«, sagte er in einem für ihn ungewohnt ernsten Tonfall.

»Versprochen.« Sophie legte wie zum Schwur ihre Hand auf seine, drückte sie kurz und beeilte sich dann, Julius nach draußen zu folgen.

Dort erwarteten sie ein gutes Dutzend weiterer Männer, die teils Fackeln trugen, teils Heugabeln, Knüppel oder andere improvisierte Waffen. Sophie erkannte Wachtmeister Schmitt und den Sonnenwirt unter ihnen, aber es war zu dunkel, um alle Gesichter zu sehen. Jemand hatte ein Pferd mitgenommen, auf dem Wilhelm bereits saß, bleich und sichtlich bemüht, Haltung zu bewahren. Sophie wollte schon zu ihm hinübereilen, als ein wütendes Kreischen aus der Hütte ertönte und kurz darauf zwei Männer des Generalleutnants die Hexe durch die Tür trieben. Sie hatten Maria die Hände auf den Rücken gebunden und ihr einen Strick um den Hals gelegt, mit dem sie sie herumzerrten wie ein wildes Tür. Die Alte biss und spuckte, wenn sie jemanden erreichen konnte, sodass ihre Wächter hastig zur Seite sprangen, um sich außer Reichweite zu bringen.

»Lasst sie los!« Sophie ließ Hugos Hand fahren und rannte los, um sich schützend vor die Alte zu stellen. »Sie hat nichts getan! Sie hat uns gerettet!«

»Geh weg, Mädchen«, donnerte von Rotsmann befehlsgewohnt. »Das hast du nicht zu entscheiden.«

»Doch, ich habe es erlebt! Sie ist gekommen, als der Wolf …«

»Der Wolf?« Der Generalleutnant hob einen Mundwinkel, was im unsteten Schein der Fackeln zu einer grotesken Fratze geriet. »Womöglich macht sie gemeinsame Sache mit dem Untier. Darüber wird man später bescheiden. Doktor Laumann, kümmern Sie sich bitte.«

Julius nickte knapp und packte Sophies Handgelenk. »Komm«, zischte er. »Lass das Theater.«

»Du musst mir glauben, Julius, sie hat uns nichts getan! Bitte!« Sophie spürte, wie ihr die Verzweiflung Tränen in die Augen trieb. Was geschah hier? »Julius, bitte!«

Julius schüttelte den Kopf und zog sie mit sich. »Halt endlich den Mund!«, fuhr er sie an. »Du hast keine Ahnung, was hier vor sich geht! Katharina Wittgen ist tot!«

»Katharina … tot?« Sophie starrte ihn verständnislos an. Aber sie war doch die Mörderin, wieso … »Ein Unfall, nicht wahr?«

Julius schüttelte den Kopf. »Gift.«

Sophie stolperte neben ihm her durch die Dunkelheit, ohne recht zu begreifen, was das alles zu bedeuten hatte. Das musste alles ein Missverständnis sein, wie dieser Wolf, der in Wirklichkeit ein Hund war. Das war alles nur ein böser Traum, aus dem sie erwachen würde, wenn es hell wurde.

Als sie noch einmal den Kopf wandte und zurückblickte, sah sie Feuerschein zwischen den Bäumen, ein großes, gieriges Feuer.

Es fraß Marias Haus.

XIII

Doktor Wittgen hatte das Fenster aufgerissen und starrte in den Nebel, der an diesem Morgen wieder so dicht war, dass man kaum das nächste Hausdach erahnen konnte. Er wandte den versammelten Honoratioren den Rücken zu, aber das rhythmische Heben und Senken seiner Schultern verriet, wie sehr er um Beherrschung rang.

»Es ist die dritte Tote innerhalb eines Monats«, ließ sich Savigny vernehmen, den man heute dazugebeten hatte. Er sprach leise, ruhig, ein Muster an Beherrschung angesichts der Situation. Wenigstens einer, der kühlen Kopf bewahrte. »Bei Ihrer Tochter mag man noch von einem Unfall ausgegangen sein, bei Emilie Breuer konnte man noch an einen Zufall glauben. Aber nun Ihre Frau … Verzeihen Sie meine Direktheit, aber ich sehe keinen Grund, eine Obduktion zu verweigern. Im Gegenteil halte ich sie für höchst notwendig.«

»Niemand schneidet meine Frau auf!« Wittgen fuhr herum, sein gut aussehendes Gesicht war schmerzverzerrt. »Es liegt doch auf der Hand, dass diese Hexe meine Katharina vergiftet hat! Hängen Sie sie auf, aber rühren Sie meine Frau nicht an!«

Theodor Laumann wechselte einen kurzen Blick mit Professor Michaelis, dem man ansah, dass ihm die frühe Stunde nicht behagte. Zwar versuchte er, das Gähnen fortwährend hinter einer Hand zu verbergen, konnte die Müdigkeit aber nicht wirklich verhehlen. »Für einen zweifelsfreien Schuldspruch wäre es wichtig, dass der Giftmord nachgewiesen wird«, wandte sich Theodor Laumann Doktor Wittgen zu. »Es wäre fatal, wenn Sie sich dem verweigerten.«

»Fatal?« Wittgen lachte hysterisch und raufte sich die Haare. »Wissen Sie, was fatal wäre? Wenn Sie es zuließen, dass jemand grundlos an *meiner* Katharina herumschneidet!«

»Von grundlos spricht niemand«, mischte sich Bürgermeister Braumann ein. Auch er wirkte müde, was nach den Ereignissen der letzten Nacht nicht verwunderlich war. »Aber ich muss dem Ratsherrn Laumann beipflichten. Es diente der rechtlichen Absicherung. Das wäre gerade in diesem Fall angebracht, damit niemand auf den Gedanken kommt, Marburg könnte sich selbst ins Dunkel der Geschichte zurückgestoßen haben oder …

Wittgen stieß einen höhnischen Laut aus und drehte sich mit einem Ruck wieder zum Fenster um. »Sprechen Sie Ihr Urteil, meine Herren, aber lassen Sie meine Frau aus dem Spiel«, sagte er mit nur mühsam unterdrückter Anspannung. Er presste seine Hände hart gegen den Fensterrahmen, sodass die Knöchel weiß hervortraten. »Andernfalls werde ich beim Kurfürsten vorsprechen und ihn davon in Kenntnis setzen, dass nach dem Tod meiner Tochter und Frau Breuers nichts unternommen wurde, um dem Treiben der Hexe Einhalt zu gebieten.«

»Sie wissen doch, dass wir bislang keinerlei Anhaltspunkte hatten …, setzte der Bürgermeister wieder an, aber Wittgen schnitt ihm das Wort ab.

»Sie wussten seit Jahren von diesem Weib! Von meiner Seite ist alles gesagt. Es wird keine Obduktion geben!«

Die Ratsherren blickten ihm nach, bis die Tür mit einem lauten Krachen hinter ihm ins Schloss fiel. Laumann erwartete, dass alle nun empört durcheinander redeten, doch die Stadträte starrten sich nur hilflos an. »Und nun?«, fragte einer kleinlaut.

Bürgermeister Braumann hob die Schultern und schnaufte. »Was *nun*? Gibt es genug Beweise, um diese – wie heißt sie gleich? – Maria Dörr zu verurteilen?«

»Hinweise, nicht Beweise«, gab Savigny zu Bedenken. »Mögliche Beweismittel sind mit der Hütte verbrannt, fürchte ich.«

Braumann fluchte und biss sich in die Faust, eine Geste, die Laumann von ihm kannte, wenn er nicht mehr weiterwusste. »Also gut.« Er atmete tief durch, ließ seinen Blick kurz über die Reihen der verschlafenen Honoratioren wandern. »Vorerst keine Obduktion, zumindest nicht, bis wir die rechtliche Lage zufriedenstellend gelöst haben. Professor Michaelis, die Leiche liegt in ihrem Anatomischen Theater. Lassen Sie sie bitte anständig herrichten. Notfalls bleibt die Hexe ein paar Tage länger im Gefängnis, bis genug Beweise zusammengetragen wurden. Oder gibt es ernsthaften Zweifel an ihrer Schuld?«

Niemand widersprach, aber Laumann fiel auf, dass auch niemand zustimmte. Wohl fühlte sich keiner der Stadträte in seiner Haut. Allen war klar, dass Maria Dörr eine geeignete Schuldige war, um die aufgebrachte Stimmung in der Stadt zu beschwichtigen, sei sie nun schuldig oder nicht.

Laumann räusperte sich. »Was geschieht, wenn sich doch herausstellt, dass eine Obduktion sinnvoll gewesen wäre?«, fragte er ruhig. »Einer Exhumierung wird Doktor Wittgen noch weniger zustimmen.«

Bürgermeister Braumann verzog den Mund. »Bringen Sie mir irgendwelche Beweise für die Schuld der Hexe und machen Sie ihr den Prozess. Wie immer Sie das anstellen. Eine Exhumierung wird es nicht geben«, stellte er klar. »Oder es wird uns alle den Kopf kosten.«

Als Sophie erwachte, brauchte sie einen Moment, bis sie verstand, wo sie war. Sie erinnerte sich an die aufgebrachten Stimmen, den Nebel und die Kälte der Nacht, während der Feuerschein langsam hinter ihnen verschwand und sie sich auf den Heimweg machten …

Sophie saß mit einem Mal senkrecht im Bett. Heimweg, sie war zu Hause! Das hieß, ihre Mutter wusste, was geschehen war. Fieberhaft versuchte sich Sophie zu erinnern, was sie gesagt hatte, als sie mitten in der Nacht heimgekommen waren, aber sie konnte sich an nichts mehr erinnern. Hatte sie geschlafen und hatte Onkel Hugo sie am Ende getragen?

Verunsichert schwang sie die Beine aus dem Bett und huschte zur Tür, in der bangen Erwartung, sie verschlossen zu finden. Doch zu ihrer Überraschung ließ sie sich öffnen. Von unten drangen die Geräusche morgendlicher Geschäftigkeit zu ihr hoch, es musste bereits fortgeschrittener Vormittag sein, auch wenn durch die Fensterritzen kaum Licht ins Innere der Kammer fiel. Verwirrt schob Sophie die Tür wieder zu und zog sich rasch an. Kurz dachte sie an Wilhelm, doch wenn sie heil angekommen waren, hatte sich sicher schon Julius um ihn gekümmert. Später, ermahnte sie sich stumm. Jetzt galt es erst einmal, ihrer Mutter gegenüber zu treten.

Sie riss die Tür auf – und prallte zurück. Wie aus dem Boden gewachsen stand die Großmutter vor ihr, auf ihren Stock gestützt und leise vor sich hinsummend.

»Großmutter!«, keuchte Sophie erschrocken. »Ich habe dich nicht gehört.«

Die Großmutter unterbrach ihr Summen, ihre Mundwinkel hoben sich leicht. »Du hast geschlafen, Kind.«

»Ja, ich …« Sophie biss sich auf die Lippe, fasste dann einem plötzlichen Impuls folgend die faltige Hand. »Großmutter, ich habe den Wolf gesehen«, flüsterte sie. »Es ist kein Wolf, sondern ein Hund! Ein riesiger, dunkler Hund!«

Das Lächeln wurde sanft. »Das weiß ich doch, Kind.« Sie tätschelte Sophies Hand. »Es ist gut, dass du zurück bist.«

Irritiert blinzelte Sophie zu ihr hinab, bis ihr aufging, dass ihre Großmutter einen jener Momente hatte, den

Lotte als Wahn bezeichnete. Ihr hingegen schien es, als öffne sich der Großmutter eine andere Sicht auf die Dinge, die niemand sonst verstand, als sehe sie hinter den Schleier, der die Grenzen der Erkenntnis bildete.

»Du hast sie gesehen?« Die brüchige Stimme der Großmutter riss Sophie aus den Gedanken. »Du hast die Hexe gesehen?«

»Sie ist keine Hexe.« Sophie lehnte die Stirn gegen die Hand der Großmutter. »Sie ist eine alte Frau, die etwas seltsam ist. Sie ist unschuldig, aber das wollte mir niemand glauben.«

»Wir sind alle schuldig, manche mehr, manche weniger.« Die Großmutter wiegte den Kopf. »Beweise es, und man wird dir glauben. Beweise wiegen schwerer als Behauptungen.«

Sophie nickte langsam und hob den Blick. Sie lächelte zaghaft. »Danke.«

»Geh zu deiner Mutter. Sie erwartet dich.«

Sophies Mundwinkel zuckten unbehaglich. Sie umarmte die Großmutter kurz und innig. »Danke«, flüsterte sie noch einmal, dann schob sie sich an der alten Frau vorbei und eilte die Treppe hinab.

Sie fand ihre Mutter wie erwartet in der Stube. Das Frühstück stand noch auf dem Tisch, schien aber kaum angerührt. Der Kaffee in den Tassen war kalt, Brotscheiben drängten sich in einem viel zu engen Korb. Lotte hatte ihren Stuhl ein wenig gedreht und hielt einen Brief in das spärliche Licht, das durch das Fenster hineinfiel. Verdutzt bemerkte Sophie, dass ihre Mutter in einer Hand ein Lorgnon hielt, während ihre Lippen lautlos Worte formten.

Sophie blieb in der Tür stehen, die Hände eng an die Seiten gepresst, und wartete.

Wenn Lotte sie bemerkt hatte, ließ sie sich Zeit, bis sie schließlich den Brief und die Lesehilfe sinken ließ und aufsah. »Du hast lange geschlafen.«

»Ich bin spät nach Hause gekommen.« Sophie räusperte sich, als sie merkte, wie kratzig ihre Stimme klang. »Es tut mir leid.«

Lotte wölbte eine Augenbraue. »Was tut dir leid?«

»Dass ich Wilhelm in Gefahr gebracht habe«, murmelte Sophie.

Lotte schwieg, nickte dann und legte den Brief beiseite. »Ist das alles?«

»Fast.« Sophie starrte auf ihre Füße. »Julius hatte mir verboten, die Hexe aufzusuchen.«

Wieder einen Moment Schweigen, ehe Lotte fragte: »Warum hast du es trotzdem getan?«

»Weil ich … ich …« Sophie biss sich auf die Lippen, druckste einen Moment herum. »Weil ich es für falsch hielt zu warten.«

Sie ahnte das Nicken mehr, als dass sie es sah.

»Setz dich.«

Überrascht hob sie den Kopf. »Ich …«

»Du sollst dich setzen«, wiederholte Lotte ungerührt und nahm den Brief wieder auf. »Deine Schwester hat übrigens aus Kassel geschrieben.«

»Und Sie wünschen, dass ich Lisbeth nachreise?«, fragte Sophie bang. Es gab viele Möglichkeiten der

Bestrafung, aber die Aussicht, die nächsten Jahre der kränklichen Tante den Pisspott zu leeren, erschien ihr als die furchtbarste.

Lotte schüttelte den Kopf. »Du bleibst hier. Iss etwas, damit du zu Kräften kommst. Und dann geh ins Rathaus und berichte Onkel Laumann noch einmal, was du von diesem Wolfstier gesehen hast.«

Sophie starrte sie verblüfft an und wollte im ersten Moment nicht glauben, was sie gehört hatte. »Ich soll …«

»… etwas essen, ja.« Lotte blickte über den Rand ihrer Brille zu ihr hinüber. »Du solltest auch den jungen Grimm aufsuchen und dich entschuldigen. Das ist das Mindeste, was du tun kannst.«

»Das mache ich«, nickte Sophie und versuchte vergeblich ein Lächeln zu unterdrücken, das sich auf ihre Wangen stahl. Sie verstand zwar nicht, was hier geschehen war, aber sie wollte den Langmut ihrer Mutter nicht mit unnötigen Fragen auf die Probe stellen. So huschte sie nur zu ihr hinüber, um ihr einen Kuss auf die Wange zu geben. »Danke«, strahlte sie und wollte sich abwenden, als Lottes Stimme sie zurückhielt.

»Sophie?« Sie klang überraschend ernst. »Dein Vater schätzte deinen wachen Geist. Aber er wusste auch, dass es für eine Frau nicht immer einfach ist, Freiheit zu leben.« Sie zögerte kurz, fügte dann etwas leiser hinzu: »Tu, was dir richtig erscheint. Aber erwarte nicht, dass man es gut heißt. Eine gute Freundin sagte einmal: Wer sicher ist, die Folgen nie zu bejammern, darf tun, was ihm gut dünkt. Denk daran.«

Sophie lächelte. »Das werde ich«, sagte sie und setzte sich endlich. Selbst der kalte Kaffee erschien ihr mit einem Mal ungemein appetitlich.

»Man hat aber beschlossen …, setzte Wachtmeister Schmitt an, kam jedoch nicht weiter, weil Julius ihn grob zur Seite schob.

»Mir ist es gleichgültig, was *man* geschlossen hat«, fauchte Julius und beschleunigte seine Schritte, die ihn den Steinweg hinab zur Ketzerbach führten. »Das ist die dritte Leiche, und ich werde mich nicht wieder behandeln lassen, als sei ich ein dummer Medizinstudent im ersten Jahr. Und wenn sich mein Vater auf den Kopf stellt!«

»Er stellt *Sie* auf den Kopf«, orakelte Schmitt, unterließ es aber, Julius weiterhin am Rockärmel zurückhalten zu wollen. Stattdessen stolperte er neben ihm her, sichtlich in Mühe, das scharfe Tempo zu halten. »Was zum Teufel erwarten Sie da überhaupt zu finden?«

»Antworten«, gab Julius einsilbig Auskunft. »Und einen Hinweis, ob unsere Hexe als Täterin in Betracht käme.«

»Man wird Sie aus Marburg verjagen«, schnaufte Schmitt resignierend. »Doktor Wittgen hat eindeutig gesagt …«

Julius fuhr herum, sodass der Wachtmeister beinahe in ihn hineingelaufen wäre. »Um den feinen Herrn Doktor werde ich mich auch noch kümmern.

Es gibt da einige Fragen, auf die ich gerne eine Antwort hätte.«

»Sie legen es darauf an, Ärger zu bekommen, wie?«

»Nein, ich lehne es ab zu katzbuckeln, obwohl man genau weiß, dass etwas falsch läuft«, erklärte Julius bestimmt. »Und wenn sie mich dafür wieder fortjagen, dann sei's drum.«

Schmitt seufzte. »Manchmal wünschte ich, es gäbe hier mehr von Ihrer Sorte. Dann hätten wir es längst den Franzosen gleichgetan.«

Julius starrte ihn überrascht an, schüttelte dann den Kopf. »Davor behüte uns Gott. Und nun beeilen Sie sich, sonst ist dieser elende Fichtner vor uns da.«

Natürlich war Bertram Fichtner längst vor Ort und stellte sich Julius in den Weg, kaum dass dieser das Anatomische Theater betreten hatte. Eine Handvoll Studenten lungerte im Hintergrund herum, vermutlich auf die Anatomievorlesung wartend, die am heutigen Vormittag stattfinden sollte. Als sie Schmitts Uniform gewahr wurden, reckten sie neugierig die Köpfe.

»Hat man Ihnen nicht verboten, hier zu erscheinen?«, begann Fichtner ohne jede Begrüßung und baute sich vor Julius auf, die Arme in die Hüften gestemmt. Mit dem verbissenen Gesichtsausdruck und der geröteten Stirnglatze erinnerte er an einen zornigen Gnom, den man aus seinem Bau getrieben hatte.

»Das hat man, allerdings ist das ein Stand, der inzwischen überholt sein dürfte«, erwiderte Julius gereizt und wollte sich an Fichtner vorbeischieben. Doch der machte einen Ausfallschritt zur Seite und versperrte ihm den Durchgang. Das plumpe Kinn gereckt, funkelte er Julius herausfordernd an.

»Wenn Sie auch nur einen Fuß ins Theater setzen, lasse ich Sie von hier entfernen. Es trifft sich gut, dass Sie den Wachtmeister gleich mitgebracht haben.«

Schmitt brummelte etwas und räusperte sich in seinen Schnauzer. Julius konnte es ihm nicht verdenken, dass er sich wand, Stellung zu beziehen, schließlich waren es Personen wie Michaelis oder auch sein eigener Vater, die über Schmitts Wohl und Wehe entschieden.

Julius atmete tief durch und zauberte jene aufgesetzte Freundlichkeit auf sein Gesicht, die es erlaubte, dem Gegenüber den Dolch auf die Brust zu setzen, ohne dass einem Aggression vorgeworfen werden könnte. »Mein lieber Herr Fichtner, Sie haben weder die Kompetenz noch die Befugnis, irgendjemanden von hier entfernen zu lassen. Es sei denn, Sie versuchten sich als Kammerjäger und jagten Schmeißfliegen und Ratten. Reden Sie daher nicht so ein blödes Zeug und lassen Sie mich meine Arbeit tun.« Er packte Fichtner an der Schulter und schob ihn kurzerhand zur Seite.

Der Gnom hatte sich wieder gefangen, noch ehe Julius die Tür zum Theater erreicht hatte.

»Hiergeblieben!«, brüllte er und rannte hinter Julius her. Sein Kopf hatte inzwischen die Farbe einer überreifen Tomate angenommen. »Was glauben Sie eigentlich, wer Sie sind?«, fiel er Julius in den Arm, um ihn von der Tür wegzuzerren.

»Doktor Friedrich Julius Laumann«, gab Julius trocken zurück und versuchte, seinen Arm mit einem Ruck zu befreien. »Und nun lassen Sie mich endlich los, Sie Hutzelwichtel!«

Unter den Studenten kam Gekicher auf, verstummte aber sofort wieder, als sich Wachtmeister Schmitt vernehmlich räusperte. Trotzdem reichte es aus, um Fichtner jede Contenance verlieren zu lassen.

»Hutzelwichtel?«, platzte er heraus. »Sie nennen *mich* Hutzelwichtel? Sie … Sie elender … Franzosenfreund, Sie! Aufhängen müssten man Sie, wie all dieses revolutionäre Pack! Hinrichten mit diesem grotesken Fallbeil! In Ihrem eigenen Blut ersäufen!«

»Na, wir wollen es aber auch nicht übertreiben.«

Professor Michaelis' Stimme war nicht laut, aber sie reichte aus, dass Fichtner augenblicklich verstummte. Seine Gesichtsfarbe wechselte von Rot zu leichenfahl, um schließlich in ein kräftiges Purpur überzugehen. Seine Unterlippe zitterte, als er mit einem Schritt vor dem Professor und seinen Begleitern stand. »Professor Michaelis, ich bitte um Verzeihung, aber ich wollte nur Ihr Hausrecht wahren, um diesen Herrn dort von hier fernzuhalten.«

»Das ist nicht notwendig.«

Fichtner blinzelte, als habe er nicht richtig verstanden. »Wie?«

»Wir sind hier, um die Leiche von Katharina Wittgen untersuchen zu lassen«, ließ sich Julius' Vater vernehmen, der nun neben den Professor trat. Sein Gesicht war unbewegt, wie immer. »Ich nehme an, dass mein

Sohn entgegen aller Anordnungen das Gleiche beabsichtigte?«

»Das tue ich«, nickte Julius steif, während er sich noch fragte, welches Spiel hier jetzt gespielt wurde. Er hatte mit vielem gerechnet, aber nicht damit, ausgerechnet von dieser Seite Unterstützung zu bekommen. Fragend suchte er den Blick seines Vaters, doch dessen Miene ließ keinen Schluss darüber zu, was er gerade dachte.

»Das trifft sich gut, denn ich möchte, dass Sie mir währenddessen berichten, was Sie alles über die drei Toten wissen«, nickte Michaelis und gab den wartenden Studenten mit einem Wink zu verstehen, dass sie gehen konnten. Eine Vorlesung würde es heute nicht mehr geben. »Sie haben sich Emilie Breuer angesehen, nicht wahr? Tod durch Ertrinken?«

»Tod durch Gift.«

»Sicher?«

»Erwiesen.«

Michaelis nickte bedächtig. »Fichtner, legen Sie mir bitte Katharina Wittgen auf den Tisch. Und bringen Sie mir die Instrumente. Es wird Zeit, dass wir uns die junge Frau einmal ansehen. Sie assistieren mir, Laumann.«

»Obwohl es die Deputation untersagt hat?«

»Sehen Sie es als einen Teil Ihrer Prüfung.«

Greta wusste, dass sie nur wenig Zeit hatte. Der Tod ihrer Dienstherrin hatte den Herrn Doktor dazu veranlasst, die anstehende Reise nach Kassel abzusagen und stattdessen die Kondolenzen entgegenzunehmen, die seit dem frühen Morgen eintrafen, obwohl man in der Kürze der Zeit meinen sollte, dass die Todesnachricht noch gar nicht umgegangen sein konnte. Doch wenn auf eines Verlass war, dann auf den Tratsch, der sich in einer Stadt wie Marburg schneller verbreitete als ein Lauffeuer.

Greta gruselte sich immer noch bei dem Gedanken daran, wie sie Katharina gefunden hatte – mit hochgezogenem Hemd auf dem Abort in ihrem eigenen Erbrochenen, unten und oben besudelt, dass man kaum Luft holen mochte. Es war eine Sache, jemandem den Tod zu wünschen, und eine andere, wenn es dann tatsächlich geschah. Sie hatte sich letztendlich zusammengerissen und die Frau Doktor ein wenig hergerichtet, ehe sie Hilfe geholt hatte. Sie hatte Zeit gehabt zum Nachdenken, während man Katharina Wittgen untersuchte und mitnahm und es ihr überließ, für Ordnung zu sorgen. Und sie hatte einen Entschluss gefasst, alleine, ohne Hannes zuvor um Erlaubnis zu bitten. Eigentlich sollte sie erleichtert sein, dass Katharina tot war, aber so sehr sie sich auch bemühte, Erleichterung zu empfinden, es gelang ihr nicht. Sie wollte hier fort, keinen einzigen weiteren Tag wollte sie in diesem Haus leben, das so kalt und düster war. Doch um gehen zu können, brauchte sie Geld. Sie würden nicht viel Zeit haben, wenn die Dinge erst einmal ins Rollen gekommen waren, aber sie hatte sich selbst verboten zu zweifeln. Zweifel hielten sie schon viel zu lange in diesem engen Ort fest. Und selbst wenn Hannes wütend war, dass sie ohne seine

Zustimmung gehandelt hatte, er würde ihr am Ende dankbar sein, dass sie die Dinge in die Hand genommen hatte. Bis die Polizey so weit gegraben hatte, dass es für sie eng wurde, waren sie längst fort und hatten genug Schlagbäume zwischen sich und Marburg gebracht, dass sie niemand mehr erreichen konnte. Und dann würden sie ein neues Leben führen können. Ein Leben mit ausreichend Geld, Ansehen, schönen Kleidern, wie Hannes es ihr so oft ausgemalt hatte. Zuvor jedoch musste sie den Stein ins Rollen bringen und rechtzeitig genug zurücksein, ehe jemand ihr Fortsein bemerkte. Danach blieb ihr nur noch abzuwarten und im richtigen Moment zuzuschlagen.

Vor dem Dierlinger'schen Haus blieb sie stehen und legte den Kopf in den Nacken, um einen Blick hinaufzuwerfen zu den Fenstern. Sie hätte auch zu Wachtmeister Schmitt oder gleich zur Polizey gehen können, aber da stellte man zu viele Fragen. Und wenn Greta eines fürchtete, dann waren das zu viele Fragen. Sie durfte nicht zu viel Aufmerksamkeit auf sich ziehen. Das würde die junge Dierlinger schon für sie tun.

Es dauerte nur ein paar Herzschläge, bis jemand auf ihr Klopfen hin öffnete. Der Mann, der in der Tür stand, füllte diese nahezu vollständig aus. Das Hemd spannte über den breiten Schultern, und auf der Hose prangten getrocknete Soßenflecken. Die Art, wie er sie ansah, mit grimmiger, tumber Miene, verriet Greta, wen sie vor sich hatte. Sie schickte einen erleichterten Stoßseufzer zum Himmel. Lotte Dierlinger hätte es ihr sicher schwerer gemacht, mit Sophie alleine zu reden.

»Entschuldigen Sie, Sie sind Hugo Laumann, nicht wahr?«, begann sie und lächelte mit geschlossenem Mund, um ihre schlechten Zähne zu verbergen. Gerade Männer fühlten sich davon oft abgestoßen. »Sie können mir sicher helfen.«

»Das weiß ich nicht.« Hugo kratzte sich am Kopf. »Was willst du denn?«

»Ich muss dringend mit Sophie sprechen. Alleine, wenn es möglich ist.«

Der Hüne schüttelte langsam den Kopf. »Sophie ist nicht zu Hause. Du kannst nicht mit ihr sprechen.«

Nicht zu Hause. Greta fluchte stumm. Daran hatte sie nicht gedacht, und die Zeit war zu eng, um zu warten. Im Trubel der Bestattung würde sie vermutlich so bald keine Zeit mehr finden, sich ungesehen davonzuschleichen. »Können Sie ihr bitte etwas ausrichten?«

»Was soll ich ihr denn sagen?« Wieder kratzte sich Hugo am Kopf, dieses Mal an der anderen Seite. Vielleicht hilft ihm das beim Denken, dachte Greta hämisch. Ihr sollte es recht sein, solange er alles behielt, was sie ihm sagte.

»Richten Sie ihr bitte aus, dass sie mich besuchen soll«, sagte sie und bemühte sich, eindringlich zu sprechen. »Sie kennt mich. Sie soll nach mir fragen. Es ist wichtig, ja?«, hakte sie noch einmal nach, als sie das Interesse in Hugos Augen schwinden sah. »Kann ich mich darauf verlassen?«

Hugo brummte etwas. »Wer bist du überhaupt?«

»Ich? Ach«, Greta lachte leise. »Greta. Ich arbeite als Dienstmädchen bei den Wittgens.«

Bei der Nennung des Namens nickte Hugo schwermütig. Er seufzte. »Das arme Mädchen.«

»Und die arme Frau«, pflichtete Greta ihm gespielt mitfühlend bei. »Ich kann mich darauf verlassen, dass Sie Sophie alles ausrichten?«

Der Hüne nickte wieder auf seine unerträglich langsame Art. »Natürlich.«

So natürlich fand Greta das gar nicht, als sie bereits zurück zum Wittgen'schen Haus eilte. Aber ihr blieb nichts anderes, als darauf zu vertrauen, dass der Narr tat, worum sie ihn gebeten hatte. Und darauf, dass Sophie tatsächlich kam.

Die Unruhe war nicht greifbar. Es gab keine Menschenansammlungen, keine wütenden Protestrufe, niemanden, der hektisch umherlief, im Gegenteil. Die ganze Stadt schien wie gelähmt, die Gespräche gedämpft, als habe man Furcht, jemand könnte sie belauschen. Misstrauisch äugten die Menschen aus ihren Häusern, huschten umher, ohne einander ins Gesicht zu sehen. Die Ruhe vor dem Sturm, dachte Julius, während er eilig die Stufen hinauf zu den Dierlingers nahm. Es war inzwischen Nachmittag geworden, eine Stunde, höchstens zwei, und der Abend würde hereinbrechen und mit ihr die Dunkelheit, die Monster zu gebären drohte.

Es gab wenige Momente, an denen er die Einschätzung seines Vaters teilte, aber jetzt war es tatsächlich so weit. Während sie Katharina Wittgens Leiche untersucht hatten, hatte sein Vater knapp erklärt, was er und Michaelis sich davon versprachen, Wittgens Forderungen zu missachten. Die Stimmung in der Stadt war seit Tagen angespannt, eine Anspannung, die sich entzünden konnte wie der Funke ein Pulverfass. Den Funken könnten sie nicht verhindern, wenn es jemand darauf anlege, hatte sein Vater prophezeit, aber sie könnten das Pulverfass unschädlich machen, indem sie den Inhalt ausleerten. Und dazu brauchten sie einen Mörder aus Fleisch und Blut, keine Hexe, die die Taten ins Unwirkliche enthob. Er hatte es nicht ausgesprochen, aber Julius hatte seinem Vater deutlich angesehen, dass er die alte Maria Dörr lieber heute als morgen zurück in ihren Wald scheuchen wollte, anstatt eine Hexenjagd zu veranstalten, doch offensichtlich konnte er sich damit nicht gegen den Rest des Rats durchsetzen. Also hatten Michaelis und er sich über den Beschluss hinweggesetzt und kurzerhand die Obduktion der Toten in Angriff genommen. Es war das erste Mal, dass Julius sich bereit fühlte, seinen Vater zu unterstützen.

Hugo ließ ihn ein und führte ihn geradewegs in die Stube, wo Lotte in ein Buch vertieft saß. Sie blickte auf und lächelte, als sie ihn erblickte. »Julius. Du suchst Sophie?«

»Wenn Sie mich nach dem gestrigen Tag noch mit ihr reden lassen«, nickte Julius steif und stellte seine Tasche beiseite. »Ich muss mich wohl bei Ihnen entschuldigen.«

»Wenn sich jemand entschuldigen muss, dann Sophie«, schüttelte Lotte den Kopf. »Du trägst dafür keine Verantwortung.«

»Doch, das tue ich.« Julius verschränkte die Arme auf dem Rücken. Er hätte nie geglaubt, dass er seine kleine Base einmal verteidigen würde, aber er fühlte sich verantwortlich dafür, dass sie sich in solche Gefahr begeben hatte. »Sie haben mir die Sorge um sie aufgetragen, und ich war nicht in der Lage, sie davon abzuhalten, diesen ... Unsinn zu machen.«

»War es denn wirklich Unsinn? Immerhin wissen wir jetzt, um was es sich bei diesem Wolfsungetüm wirklich handelt.« Lotte zwinkerte ihm zu, und Julius fühlte sich plötzlich aus der Bahn geworfen. Er hatte sich zurechtgelegt, wie er seine Tante davon abbringen wollte, Sophie fortzuschicken, aber nun sah es plötzlich so aus, als sei das gar nicht notwendig.

»Sie hat sich in Gefahr gebracht«, wandte er daher halbherzig ein. »Ich hatte ihr ausdrücklich untersagt, in den Wald zu gehen.«

»Und sie hat ihren Kopf durchgesetzt. Im Übrigen hat sie sich entschuldigt. Bei mir und auch bei Wilhelm Grimm. Gottlob ist der junge Mann ehrenhaft genug, eine solche Situation mit Sophie – allein im Wald – nicht auszunutzen.«

»So, wie es dem Grimm ging, wäre er auch kaum in der Lage dazu gewesen«, bemerkte Julius und zog einen Stuhl heran, um sich zu setzen. »Jedenfalls muss ich Sie bitten, Sophie nicht fortzuschicken.«

»Ich will sie nicht bestrafen«, sagte Lotte ernst. »Und wenn ich deinen Vater richtig verstanden habe, hat er gerade andere Sorgen als eine ungehorsame Nichte. Allerdings«, sie sprach nun deutlich lauter, »werde ich mir das gut überlegen, wenn ich meine Tochter noch einmal beim Lauschen erwischen sollte.«

Die Tür zum Nachbarzimmer wurde aufgeschoben, und Sophie schlüpfte mit hochroten Wangen herein. Verlegen verschränkte sie die Finger. »Verzeihen Sie, ich wollte nicht …

»Du wolltest und du hast«, unterbrach sie Lotte barsch. »Aber dann weißt du wenigstens schon über alles Bescheid. Komm herein und setz dich. Julius ist sicher nicht nur gekommen, um sich heldenhaft für dich in die Schusslinie zu werfen.«

»Ich habe Neuigkeiten«, nickte Julius knapp und wartete, bis Sophie die Tür geschlossen und sich zu ihnen gesetzt hatte. Es passte ihm gar nicht, dass sie ihn dabei belauscht hatte, wie er sich für sie eingesetzt hatte. Er hoffte nur, dass sie jetzt nicht auf den Gedanken käme, er würde ihren Alleingang gut heißen. »Während du gestern im Nebel unterwegs warst, hat das Dienstmädchen der Wittgens Katharina tot auf dem Abort gefunden«, begann er kühl. »Angesichts der angespannten Stimmung in der Stadt ist das für meinen Vater und den Stadtrat eine Katastrophe. Draußen im Wald der angebliche Wolf, und in der Stadt ein unheimlicher Mörder, dem schon die dritte Frau zum Opfer fällt.«

»Ich dachte, man geht davon aus, dass der Wolf Helene gefressen habe?«, warf Sophie spitz ein, aber Julius überging sie.

»Der werte Stadtrat Laumann hatte bislang vor, die Aufregung wegen der Wolfsgeschichte einzudämmen, indem er einen Kurfürstlichen Jagdmeister mit der Hatz auf die Bestie beauftragt. Irgendetwas hätte man schon präsentiert, und die Aufregung wäre beendet. Wenn in dieser aufgeheizten Stimmung aber auch noch bekannt geworden wäre, dass es zu mysteriösen Todesfällen gekommen ist und ein unbekannter Mörder in der Stadt umging, hätte das nach Meinung des Stadtrats im schlimmsten Fall bis zur Revolution geführt. Daher legte man Wert darauf, Helenes Tod einen Unfall zu nennen und Frau Breuers Dahinscheiden nicht näher zu untersuchen.«

Lotte lachte heiser auf. »Man fürchtet ernsthaft eine Revolution? Hier in Marburg?«

»Den Herren scheinen die Ereignisse in Paris noch zu gegenwärtig zu sein.« Julius zuckte mit den Schultern. »Vielleicht fürchten sie auch, dass dem französischen Konsul zu viel Sympathie entgegenschlägt. Wobei unser Herr Kurfürst der Einzige wäre, dem der Gedanke einer möglichen Revolution schlaflose Nächte bereiten sollte.«

»Was ist denn nun mit Katharina Wittgen?«, unterbrach ihn Sophie ungeduldig. »Der Wolf wird sie kaum geholt haben, immerhin saß das Vieh unter unserem Baum!«

»Und es ist höchst unwahrscheinlich, dass ein gefährlicher Wolf mitten in die Stadt kommt und eine ehrenwerte Bürgersfrau auf dem Abort umbringt«, fügte Julius ironisch hinzu. »In jedem Fall sah mein Vater sich genötigt, seine Strategie zu ändern, auch gegen den Willen Wittgens und des Bürgermeisters, die eine Obduktion untersagt haben.«

»Mein Bruder hat sich gegen den Bürgermeister gestellt?« Lotte riss die Augen auf und lachte. »Dann muss ihm die Angst vor einer Revolution wirklich tief in den Gliedern stecken!«

»Mein Vater hat ein einziges Anliegen, das ihm am Herzen liegt – Ruhe und Ordnung in der Stadt aufrecht zu erhalten«, sagte Julius ungerührt, auch wenn er immer noch nicht recht wusste, wie er die plötzliche Offenheit verstehen sollte, mit der sein Vater ihm während der Obduktion seine Beweggründe dargelegt hatte. Insgeheim wartete er immer noch auf den großen Haken, aber da sich sein Vater nur so weit in die Karten schauen ließ, wie es ihm zupass kam, musste Julius ihm vorerst Glauben schenken. »Sophies Beschreibung des angeblichen Wolfs hat ihm insofern geholfen, als dass er das Untier nun als Hund bezeichnen kann. Auf einen Hund macht man leichter Jagd als auf einen ›Bösen Wolf‹. Gleichzeitig braucht er aber einen Mörder, den man für die Todesfälle verantwortlich machen kann.«

»Und deshalb wollte er die Obduktion, damit du den Giftmord nachweisen kannst«, schloss Sophie, aber Julius schüttelte den Kopf.

»Gift ist schwer nachweisbar. Aber ich konnte etwas anderes nachweisen, und genau das hat mein Vater erhofft. Katharina Wittgen war wirklich schwanger.«

»Das hatten wir ja schon vermutet«, nickte Sophie ungeduldig. »Und?«

»Sie hat deshalb die Hexe aufgesucht. Das ist eindeutig belegbar, man hat die Mittelchen gefunden, die sie dort bekommen hat. Das übliche Zeug, das Engelsmacherinnen im Falle eines außerehelichen Fehltritts verabreichen. Es ist schon faszinierend, da weiß halb Marburg, an wen man sich wenden muss, um ein Kind loszuwerden, und als Dank bezeichnet man die alte Frau als Kinderfresserin.«

»Bigotterie gehört zum Wesen des Menschen«, warf Lotte ein. »Aber wer ist jetzt der Mörder? Das übliche Zeug, wie du es nennst, haben doch wahrscheinlich etliche Frauen eingenommen, ohne gleich zu sterben.«

»Ungefährlich ist so etwas nie. Es handelt sich um Gift, immerhin tötet es das Kind. Nimmt man zu viel davon, folgt die Mutter. Aber das würde nicht ausreichen, um die Hexe als Mörderin zu verurteilen. Helene und Emilie Breuer haben ihre Dienste sehr wahrscheinlich nämlich nicht in Anspruch genommen. Aber ich habe etwas anderes gefunden.«

»Ich wäre dir dankbar, wenn du noch vor dem Mitternachtsläuten damit herausrücken würdest«, nörgelte Sophie. Sie rutschte unruhig auf ihren Handflächen umher, die sie unter die Oberschenkel geschoben hatte.

Julius lehnte sich zurück, verschränkte die Arme. »Wenn man Ergebnisse will, die nicht aus der Luft gegriffen sind, sondern auch einer kritischen Überprüfung standhalten sollen, muss man seine Ungeduld zügeln. Zum Glück ist es mir gelungen, aus der Hütte der Hexe einige ihrer Mittel zu sichern, ehe diese Trampel dort alles angesteckt haben. Diese Mittel habe ich nun an Ratten getestet – und ebenso das, was ich bei Katharina Wittgen gefunden habe. Das Ergebnis ist ebenso frappierend wie eindeutig – das Mittel, das Katharina Wittgen genommen hat, war um ein Vielfaches stärker als das aus der Hütte. Es handelt sich also sehr wahrscheinlich nicht um das gleiche Gift. Oder man hat etwas untergemischt, was in den anderen Tiegeln nicht vorhanden war.«

»Du meinst, jemand hat Katharina Wittgen bewusst vergiftet, als sie versucht hat, die Frucht ihres Fehltritts zu beseitigen?«

Julius nickte ernst. »Ich gehe von Arsenik aus. Ein tückisches Gift, das man sowohl über einen längeren Zeitraum geben kann, als auch einmalig in hoher Dosis. Es ist nicht nachweisbar und daher sehr beliebt bei Erbschleichern und Giftmördern aller Art. Für meinen Vater steht jedoch fest, dass die Hexe die Mörderin sein muss. Das fragliche Tiegelchen stammt aus ihrer Hütte, und niemand kann davon gewusst haben, dass Katharina Wittgen das Zeug genommen hat. Also hat er seine Mörderin, die wahrscheinlich auch Helene und Emilie Breuer umgebracht hat. Jetzt muss nur noch dieser Hund erlegt werden, und Marburg hat sich aller bösartigen Zauberwesen entledigt.«

»Aber das macht keinen Sinn!« Sophie schüttelte den Kopf. »Warum sollte die alte Frau das tun? Sie hätte doch gar keinen Grund, Helene oder Katharina etwas anzutun!«

»Das sehe ich genauso«, pflichtete ihr Julius bei. »Nicht, dass ich Sympathien für eine Kindsmörderin hege, aber die Hexe sollte nur für das zur Rechenschaft gezogen werden, was sie auch getan hat.«

»Also muss jemand das Zeug in Katharinas Hexengift gemischt haben«, schlussfolgerte Lotte nachdenklich. »Das kann nur jemand getan haben, der wusste, dass sie es genommen hat.«

»Der Student. Die Dienstmagd. Oder auch ihr Ehemann. Vielleicht hat er herausgefunden, dass sie Ehebruch begeht.«

»Aber warum sollte Wittgen seine eigene Tochter umbringen?«, fragte Sophie skeptisch. »Helene hat ihren Vater vergöttert.«

»Wir sollten nichts ausschließen. Zunächst müssen wir herausfinden, wer tatsächlich davon wusste. Wie geht es dem Grimm?«

»Wilhelm? Besser.« Sophie blinzelte verwundert. »Warum fragst du?«

»Weil wir vermutlich seine Hilfe brauchen«, antwortete Julius düster. »Uns bleibt nämlich nicht viel Zeit. Im Interesse der öffentlichen Ruhe drängt alles darauf, der Hexe möglichst schnell den Prozess zu machen.«

»Was heißt möglichst schnell?«

»Morgen.«

Die Dämmerung senkte sich über die Stadt, und mit ihr kam die Kälte. Sophie schlang den Mantel enger um sich und zog den Kopf zwischen die Schultern. In der Ferne meckerten ein paar Ziegen, die von den Weiden zurück in die Ställe getrieben wurden, und über ihr am Himmel zogen Krähenschwärme von Dach zu Dach und erfüllten die Abendluft mit ihrem rauen Krächzen. Sophie saß auf den Stufen des Brunnen. Julius hatte ihr geraten, hier auf Greta zu warten. Man hatte vom Anatomischen Theater aus Nachricht zum Haus der Wittgens geschickt hatte, dass die Obduktion beendet und der Leichnam zur Bestattung bereit sei. Wenn Doktor Wittgen sich nicht persönlich darum kümmerte, musste Greta sich auf den Weg machen und hier vorbeikommen. In den letzten zwei Stunden hatten sie einige Leute passiert, nur Doktor Wittgen und das Dienstmädchen waren nicht dabei gewesen, sodass sich Sophie allmählich fragte, ob sie sie nicht irgendwie verpasst hatte.

Frustriert starrte sie in die Richtung, aus der Greta kommen musste, aber da waren nur drei Studenten, die sich aufgeregt gestikulierend unterhielten, und zwei Knaben mit einer Ziege und einem Korb voller runzliger Rüben. Misstrauisch äugten sie zu ihr hinüber.

Sophie seufzte. Es war sinnlos. Sie ging besser direkt zum Haus der Wittgens, ehe es vollends dunkel wurde. Was sollte auch geschehen, außer dass Wittgen sie davon jagte?

Entschlossen machte sie sich auf den Weg. Obwohl sie den Kopf gesenkt hielt, spürte sie, wie die Menschen sich nach ihr umsahen. Wahrscheinlich hatte sich herumgesprochen, dass sie es war, die den Wolf gesehen hatte. Marburg war ein Dorf, was Neuigkeiten anging, und wahrscheinlich wusste die halbe Stadt bereits mehr darüber als sie, was gestern Nacht geschehen war.

Das Haus der Wittgens lag dunkel und verschlossen da. Sophie zögerte, doch gerade, als sie die Hand hob, um anzuklopfen, sah sie aus den Augenwinkeln eine Bewegung.

»Hans!«

Sie wirbelte herum und war mit einem Satz bei dem jungen Wirtssohn. Mit weit aufgerissenen Augen starrte er sie an, eine Herbstblume mit beiden Händen an die Brust gedrückt. Doch schon im nächsten Moment verengten sich seine Lider, sein Blick wurde lauernd, während er sich langsam, Schritt für Schritt, in eine abschüssige Gasse zurückzog.

»Hau ab!«

Sophie schüttelte den Kopf. Sie folgte ihm ebenso langsam, am ganzen Körper angespannt. Ihr standen die Bilder vor Augen, wie er Wilhelm zusammengeprügelt hatte, und die Vernunft riet ihr, lieber zu gehen, anstatt ihn weiter in die Enge zu treiben. Auf der anderen Seite kannte sie ihn schon so lange, sie konnte sich einfach nicht vorstellen, dass er ihr etwas tat. Sie war immer freundlich zu ihm gewesen, vielleicht hatte er das nicht ganz vergessen.

»Was wolltest du mit der Blume?«, fragte sie bemüht sanft und blieb stehen, als er eine drohende Geste machte. »Katharina Wittgen ist tot.«

»Gut so!«, schnaubte Hans heftig. »Sie ist schuld. Sie ist an allem schuld.«

»Woran?« Sophie runzelte fragend die Stirn.

»An allem! Sie hat doch die Studenten ins Haus geholt!« Hans' Gesicht verzog sich zu einer schmerzhaften Grimasse. Die Knöchel an seiner Hand traten weiß hervor, als hielte er sich mit aller Kraft an der

Blume fest. Sein Adamsapfel zuckte ein paar Mal hoch, während er sichtlich um Fassung rang. »Jetzt sagen alle, die Hexe ist schuld«, stieß er hervor. »Sophie, das stimmt doch nicht!«

Sophie schüttelte bedächtig den Kopf. »Nein, das stimmt nicht«, sagte sie und versuchte, beruhigend auf ihn einzuwirken. Sie kannte Hans als knurrigen, wortkargen Burschen, der nicht einmal eine Regung zeigte, wenn sein Vater ihm eine Maulschelle verpasste. Wie sehr musste ihn das alles mitnehmen, wenn er so mit sich kämpfte. »Du hast Helene sehr gemocht, nicht wahr?«

Hans schluckte noch einmal, er nickte zögerlich. »Wer immer sie getötet hat, er soll in der Hölle schmoren!«, flüsterte er rau.

»Sie war auch meine Freundin … Vielleicht kannst du mir helfen, ihren Mörder zu finden?«

Hans hob den Kopf, und Sophie meinte kurz etwas in seinen Augen aufleuchten zu sehen. »Du meinst die Hexe?«

»Nein, den Mörder. Das war nicht die Hexe, das hast du doch gerade selber gesagt.« Sophie lächelte schnell, um Hans nicht wieder zu verlieren. Vielleicht vertraute er ihr mehr als Wilhelm, der für ihn einer der bösen Studenten sein musste. »Jemand hat sie vergiftet. Genauso wie Emilie Breuer und Katharina Wittgen. Und ich glaube, dass der Schlüssel zu all dem in diesem Haus dort verborgen ist.«

Hans runzelte die Stirn. Noch immer schien er unschlüssig. Seine Finger drehten die Blume, ließen sie schließlich sinken. »Dann sollten wir hineingehen.«

»Nein, warte!« Sophie hielt ihn zurück, ehe er sich an ihr vorbeischieben konnte. »Helenes Vater wirft uns nur raus. Ich will eigentlich Greta abfangen und ihr ein paar Fragen stellen.«

»Da kannst du lange warten.« Hans warf einen finsteren Blick hinüber zu den Wittgens. »Greta ist vor einer halben Stunde aus dem Haus gestürzt und weggelaufen.«

Sophie blinzelte irritiert. »Wie, ›weggelaufen‹?«

»Weggelaufen halt.« Hans zuckte mit den Schultern. »Sie hatte einen Mantel an und rannte, als sei der Leibhaftige selbst hinter ihr her.«

»Weißt du auch, wohin sie gelaufen ist?«, fragte Sophie aufgeregt. Das klang nicht danach, als sei Greta auf dem Weg zur Anatomie gewesen.

Hans hob erneut die Schultern. Die Blume hielt er immer noch in der Hand, wie ein Kleinod, dessen Verlust er fürchtete. »Zum Barfüßertor, glaube ich.«

»Hilfst du mir, sie zu suchen?«

Jetzt war es Hans, der einen Moment lang verwirrt blinzelte. »Hilft sie, Helenes Mörder zu finden?«

»Ja, deshalb suche ich sie ja.«

Er nickte entschlossen und packte Sophies Handgelenk. »Hier entlang!«

Das Vorhaben war irrsinnig, aber Sophie schob die Gedanken an ihre Mutter beiseite. Sie hatten nur diesen einen Tag, wenn sie verhindern wollten, dass eine Unschuldige für Helenes Tod zur Rechenschaft gezogen wurde. Sie durften keine Zeit verlieren. Vielleicht hatten sie Glück, und jemand hatte gesehen, wohin

Greta gelaufen war. Allzu weit weg konnte sie noch nicht sein.

Zumindest hoffte Sophie das.

Es war ein leises Unbehagen, das in Julius' Bauch grummelte bei dem Gedanken daran, dem Studenten den Säbel auf die Brust zu setzen. Er kannte die menschlichen Regungen gut genug, um zu wissen, dass die Geschichte an der Lahn an Friedrich Wagners Stolz nicht nur gekratzt, sondern wahrscheinlich tiefe Wunden hinterlassen hatte. Und dieses Mal schickte er sich an, den jungen Mann nicht in der Öffentlichkeit, sondern in dessen eigenen Räumlichkeiten aufzusuchen. Julius hatte daher mit dem Gedanken gespielt, Wilhelm zur Unterstützung mitzunehmen, aber Jakob hatte ihn schnell eines Besseren belehrt. Es gab Menschen, die wurden laut und grell, wenn sie sich aufregten, andere neigten zu donnernden Schimpftiraden oder fuchtelten wie irre in der Luft herum. Jakob tat nichts dergleichen, im Gegenteil: Er sprach ruhig, fast schon gelassen, die Arme verschränkt, aber in seiner Stimme klang ein Unterton mit, den Julius nicht überhören konnte. Eine stumme Drohung, dass die Hölle selbst über ihn hereinbrechen werde, wenn er es auch nur wage, den erschöpften Wilhelm aus dem Bett zu zerren. Julius kannte diese Art Zorn von sich selbst, und er wusste daher, dass solche Drohungen ernster zu nehmen waren als das Gepolter eines Gift und Galle speienden Wüterichs.

So hatte sich Julius alleine auf den Weg zu Friedrichs Unterkunft gemacht. Der Student hatte eine Kammer im Haus eines alten Ehepaares bezogen, die froh waren über die paar Münzen, die ihnen die Miete einbrachte. Die Hausherrin war fast taub, und Julius musste ihr sein Begehren mehrfach ins Ohr brüllen, bis sie verstand, was sie von ihm wollte.

»Der junge Mann ist krank«, teilte sie Julius mit der verzerrten Lautstärke einer Schwerhörigen mit, während sie ihn die steile Holztreppe hinauf führte. Sie dünstete einen säuerlichen Gestank aus, der sich mit dem muffigen Geruch feuchten Fachwerks vermischte. »Er ist sonst nicht oft hier, aber heute haben Sie Glück. Ich habe ihm ja gesagt, dass er nicht rausgehen soll mit seinen Verletzungen. Wer weiß, wo er sich das wieder eingefangen hat! Sind Sie hier, um nach ihm zu sehen, Herr Doktor?«

»So ungefähr, ja«, nickte Julius ausweichend, während er sich beiläufig umsah. Kein Wunder, dass der junge Mann von hier floh, wann immer sich die Gelegenheit bot.

Es dauerte einen Moment, bis sich auf ihr Klopfen hin etwas hinter der Tür regte und sie mit einem müden »Ja?« aufgefordert wurden einzutreten.

Die Kammer war niedrig, sodass Julius den Kopf unter den Balken einziehen musste, aber im Gegensatz zum Treppenhaus war die Luft hier frisch und klar. Friedrich Wagner saß auf dem Bett, die Beine über die Kante geschwungen und nur mit einem Hemd bekleidet. Die schwarzen Locken hingen ihm wirr ins Gesicht und verrieten, dass er wohl geschlafen hatte.

»Herr Wagner? Sie haben Besuch.« Die Zimmerwirtin wies überflüssigerweise auf Julius. »Der Doktor.«

»Ich muss Sie nun bitten, uns allein zu lassen«, wandte sich Julius an die Frau und fasste sie an der Schulter, um sie kurzerhand wieder in Richtung Tür zu drehen. »Ich finde später allein hinaus.«

Es war ihr deutlich anzusehen, dass es ihr gar nicht passte, ihre Neugierde unbefriedigt zu sehen, aber sie grunzte nur ungehalten und verschwand nach draußen. Als die Zimmertür ins Schloss fiel, war sich Julius sicher, dass sie auf der anderen Seite stehen blieb und das Ohr ans Holz drückte. Bei ihrer Schwerhörigkeit dürfte sie zum Glück kaum etwas mitbekommen.

»Hübsch haben Sie es hier«, bemerkte Julius und ging langsam in die Kammer hinein. »Lassen Sie Ihre Wirtin putzen, oder macht das eine Ihrer Geliebten?«

»Was wollen Sie, Doktor?« Friedrich hielt den Kopf gesenkt, sodass Julius das Gesicht hinter den Haaren nicht erkennen konnte, aber seine ganze Haltung verriet Anspannung und Misstrauen. »Ich wüsste nicht, dass ich nach Ihnen gerufen habe.«

»Nein, das haben Sie nicht, aber es war eine geeignete Notlüge.« Julius hielt inne und warf einen kurzen Blick aus dem Fenster. Die umliegenden Dächer standen dicht an dicht, ideal für Sophie, um hinauszuklettern, ging ihm durch den Kopf, aber er verscheuchte den Gedanken sofort wieder. Er durfte sich nicht ablenken lassen, sonst verlor er dieses Duell heute. »Ich bin kein Freund vieler Worte, deshalb komme ich gleich zur Sache.« Er blieb stehen und drehte sich zu dem Studenten um. »Haben Sie Katharina Wittgen umgebracht?«

Der schwarz gelockte Kopf schnellte hoch, Fassungslosigkeit stand in Friedrichs Augen. »Katharina *umgebracht*?«

»Sie ist tot. Vergiftet.«

»Das …« Friedrich zog die Finger durch das Haare, schüttelte den Kopf. »Das kann nicht sein. Sie kann doch nicht tot sein! Sie müssen sich irren, Katharina ist …

»Ein Irrtum ist ausgeschlossen. Ich habe sie heute obduziert«, sagte Julius sachlich. »Sie wussten davon nichts?«

»Nein!« Friedrich schüttelte heftig den Kopf. »Woher sollte ich das auch wissen? Sie haben mich doch selbst ins Krankenbett geschlagen! Mein Gott, das kann doch nicht sein!«

»Dem entnehme ich, dass Sie nichts mit Frau Wittgens Tod zu tun haben?« Wenn der Student kein grandioser Schauspieler war, ließ seine Reaktion keinen anderen Schluss zu. Wenn Julius den Gedanken nicht als absurd empfunden hätte, hätte er sogar gemutmaßt, dass sich der schöne Friedrich in die junge Frau Wittgen verliebt hatte. Fast tat er ihm leid. »Wussten Sie, dass Frau Wittgen ein Kind erwartete? *Ihr* Kind?«

»Nein, das muss ein Irrtum sein.« Friedrich atmete hörbar. Seine Stimme zitterte. »Das kann nicht sein. Sie hätte es mir gesagt.«

»Das glaube ich nicht. Sie wollte es mithilfe der Hexe töten.«

»Das kann nicht sein!« Friedrich hämmerte die Faust auf das Bett, zuckte zusammen, als er eine Ecke des Rahmens traf. »Sie müssen das alles falsch verstanden haben. Sie ist doch keine Mörderin!«

»Was Helene angeht, haben Sie sicher recht. Das war nicht Katharinas Werk.« Julius machte ein paar Schritte durch den Raum. »Deshalb noch einmal meine Frage: Haben Sie die beiden oder auch nur eine der beiden umgebracht?«

»Nein, verdammt! Hören Sie endlich auf!« Er barg das Gesicht in den Händen.

Julius blieb ungerührt. »Haben Sie denn eine Vorstellung, wer es getan haben sollte?«

»Was weiß ich?« Friedrich riss die Hände hoch, ließ sie in einer hilflosen Geste wieder sinken. »Fragen Sie doch einmal den feinen Herrn Wittgen! Oder diesen Fuchs! Der hängt doch oft bei den Wittgens herum.«

»Wer ist Fuchs?«

Der Student stieß ein heiseres Geräusch aus, das an ein trockenes Lachen erinnerte. »Nun sagen Sie nicht, Sie hätten ihn noch nicht gesehen! Dieser schmierige Rothaarige, der sich bei den Wittgens herumtreibt. Der hat mehr Dreck am Stecken, als Sie sich vorstellen mögen!«

»Ah ja.« Julius wandte sich ab, das Kinn mit den Fingern knetend, um nicht in Versuchung zu kommen, seinen Kopf gegen einen Balken zu schlagen. Der rothaarige Fuchs … Da musste erst dieser Kleinstadtromeo kommen, damit er auf Gretas rothaarigen Bekannten kam. Sie hatten an Greta gedacht, an Hans, an Katharina, aber nicht an den seltsamen Kerl, der um das Haus der Wittgens herumschlich. »Kennen Sie diesen Fuchs?«

»Nein, und ich will ihn nicht kennen.« Friedrich schürzte die Lippen, als wollte er ausspucken. »Aber wenn es Sie interessiert, dann fragen Sie doch im Wirtshaus an der Lahn nach. Dort treibt er sich oft herum. Vielleicht fragen Sie auch danach, was er hier überhaupt macht. Katharina hat mir einmal erzählt, dass der Kerl einen guten Grund hatte, den Wittgens nach Marburg zu folgen.«

Es war längst dunkel geworden, aber Sophie verdrängte die bohrende Stimme, die ihr zuflüsterte, dass es dringend Zeit wurde, nach Hause zu gehen. Wenn sich die Klatschweiber den Mund zerreißen wollten, hatte sie ihnen bereits genug Nahrung geliefert, indem sie mit dem Sonnen-Hans die Stadt verlassen hatte und durch die Gärten stromerte. Am Tor hatte man ihnen gesagt, dass Greta eilig ins Tal gelaufen sei. Später hatte eine Gänsemagd gesehen, wie sie ziellos Richtung Lahn gerannt sei. Sophie hatte sich gegruselt bei der Vorstellung, aber ihr Verstand wischte diesen irrationalen Aberglauben beiseite. Hans hatte sie ganze Zeit nicht viel geredet, sondern lediglich mit Gesten zu verstehen gegeben, wo sie mit der Suche fortfahren sollten. Doch inzwischen hatten sie nahezu in jedem Winkel der Gärten nachgeschaut und außer ein paar Ziegen und einem Liebespaar, das bei ihrem Anblick hastig auseinandergestoben war, nichts gefunden.

Hans blieb stehen und wartete, bis Sophie zu ihm aufgeschlossen hatte. »Es ist zu dunkel«, stellte er düster fest. »Wir finden sie so nicht.«

Sophie nickte matt. Hans hatte recht, auch wenn der Gedanke nicht gefiel. »Lass uns es noch am Fluss versuchen«, schlug sie vor. »Als letzten Versuch.«

Hans verzog den Mund, und Sophie erwartete schon, dass er ablehnte, aber zu ihrer Überraschung nickte er knapp. »Der letzte Versuch.«

Hintereinander staksten sie durch das feuchte Gras. Es war eine klare Nacht, bis auf vereinzelte Nebelfetzen, die über der Aue tanzten und sie zu verhöhnen schienen. Vor ihnen rauschte und gurgelte die Lahn, und irgendwo rief ein Käuzchen.

»Ich glaube nicht, dass sie hier hinaus gerannt ist«, brummelte Hans plötzlich und blieb stehen. »Wo wollte sie hier auch hin?«

»Wo wollte Helene hin, als sie zum Fluss gelaufen ist?« Sophie schob sich an ihm vorbei und blieb dann stehen, um angestrengt in die Dunkelheit zu starren. »Sie kann im Grunde überall und nirgends sein, wenn sie nicht irgendwie die Straße genommen hat, ohne dass es jemand gesehen hat.«

Hans grunzte etwas und hob die Schultern. Sophie war froh, dass sie sein Gesicht nicht sah, denn so musste sie sich keine Gedanken darum machen, was der Junge dachte. Ob er sie im nächsten Moment niederschlagen würde, wie er es mit Wilhelm getan hatte? Nein, er würde ihr nichts tun. Sie war erleichtert, dass er mitgekommen war, und das musste reichen. Sonst hätte sie sich niemals darauf einlassen dürfen, diesen Sonderling einzuweihen.

»Sophie.«

Hans war ein paar Schritte vorausgegangen und dann unvermittelt stehen geblieben. Im schwachen Licht des Mondes konnte Sophie nicht erkennen, was er tat, aber seine Bewegungen wirkten mit einem Mal unsicher.

»Sophie, komm und sieh dir das an!«

Sie raffte ihre Röcke und beeilte sich, ihm zu folgen. Es war schwer, in dem dunklen Gras überhaupt etwas zu erkennen, aber Sophie wusste sofort, dass sie fündig geworden waren.

Doktor Hirschner erhob sich schwerfällig und nahm den Zwicker ab, um ihn mit einem Tuch zu säubern. Nun rede schon!, lag es Sophie auf der Zunge, aber sie zwang sich zur Geduld. Längst war das feuchte Gras unter ihren Füßen zu Morast zertreten und die Unterlippe blutig genagt, während sie dem alten Stadtphysikus wie gebannt dabei zugesehen hatte, wie er den Leichnam im unruhigen Licht der Laternen untersuchte. Julius war nicht auffindbar gewesen, sodass Wachtmeister Schmitt den alten Hirschner aus dem Bett geholt hatte. Der Wachtmeister hatte Sophie zwar dringend angeraten, in der Stadt zu bleiben, aber sie hatte sich mit Händen und Füßen gewehrt und so lange gebettelt, bis Schmitt schließlich entnervt eingelenkt hatte.

Der alte Arzt hauchte noch einmal auf sein Glas, setzte den Zwicker dann wieder auf, ohne ihn abzuwischen. »Sie ist tot«, stellte er mit bedeutungsschwerer Stimme fest. »Vermutlich erschlagen.«

»Was heißt *vermutlich*?«, hakte Schmitt nach, der seinen Schnauzer spitzte. »Sie müssen dazu doch mehr sagen können!«

Doktor Hirschner legte die Finger an die Brille, sein Mund zuckte ungehalten. »Das, mein werter Herr Wachtmeister, ist Sache der polizeylichen Untersuchung«, stellte er indigniert klar. »Ich habe nur den Tod der Person festzustellen.«

Viel mehr dürfte der blinde Doktor auch kaum herausfinden können, dachte Sophie, behielt aber ihren Gedanken für sich. Einen Streit mit dem alten Physikus wollte sie nicht vom Zaun brechen.

Schmitt seufzte vernehmlich. »Vermutlich erschlagen also. Sie hat ein Loch im Kopf, oder?«

»Ein ziemlich unschönes«, nickte Doktor Hirschner. »Sie kann auch gestürzt sein, aber es ist angesichts der Umgebung unwahrscheinlich, dass sie ausgerechnet hier den einzigen Stein weit und breit getroffen haben soll.« Er wies mit seinem Stock auf einen dunklen Brocken, der zu seinen Füßen lag.

Sophies Blick folgte seiner Geste. »Also könnte es sein, dass sie damit erschlagen wurde?«, fragte sie.

»Möglich.« Doktor Hirschner hob die Schultern, machte dann einen erschrockenen Schritt zur Seite, als Hans mit einem Satz bei ihm war und den Brocken aufklaubte.

Er hob den Stein ins Licht der Laternen, seine Augen schienen im Feuerschein zu glühen. »Blut!«, rief er atemlos. »Da ist Blut dran!«

»Dann hat der Mörder wohl diesen Stein verwendet«, brummte Schmitt zufrieden. »Damit wäre der Bericht fast komplett. Am besten bringen wir die Tote erst einmal ins Anatomische Theater, bis sich die Angehörigen melden. Weiß jemand, wer sie ist?«

»Greta«, hörte Sophie sich sagen. »Das Dienstmädchen von Doktor Wittgen.«

»Der Wittgens?« Der Kopf des Wachtmeisters ruckte herum, und für einen Moment schien es, als wollte er etwas fragen. Doch dann drehte er sich wieder um und gab ein paar Anweisungen, wie der Leichnam in die Stadt gebracht werden sollte. Hans wies er an, Doktor Hirschner nach Hause zu geleiten. Als Sophie ebenfalls gehen wollte, hielt er sie am Arm zurück.

»Fräulein Dierlinger, nicht wahr?«, sagte er leiser. »Wenn Sie Ihren Vetter sehen, sollten Sie ihm hiervon berichten. Noch eine Tote aus dem Umfeld der Wittgens. Das kann nicht länger Werk der Hexe sein.«

Es war bereits weit nach Mitternacht, als Sophie an die Doktor Hirschners Tür klopfte. Ungeduldig trat sie von einem Fuß auf den anderen, bis endlich schwere Schritte auf der anderen Seite zu hören waren und die dicke Berte schnaufend öffnete.

»Was zur Hölle …«

»Fluchen führt dich auf dem direkten Weg dorthin. Ich will zu Doktor Laumann«, unterbrach Sophie sie und schob einen Fuß zwischen Tür und Zage. »Lass uns rein!«

»Was wollen Sie von dem?« Berte blinzelte unter ihrer Schlafmütze hervor und musterte Sophie und ihre beiden Begleiter misstrauisch. Onkel Hugo hatte seine schwere Pranke auf Sophies Schulter gelegt, während die bedauernswerte Käthe in einem fort gähnte. Ihre Mutter hatte darauf bestanden, dass das arme Ding Sophie begleitete – nicht, dass Sophie nicht schon genug Anlass zum Reden geliefert hatte, aber Lotte schien wohler zu sein, ihre Tochter so tief in der Nacht in weiblicher Begleitung zu wissen.

»Ich muss mit ihm reden«, sagte Sophie bestimmt und versuchte, Berte sacht, aber bestimmt zur Seite zu schieben. Die Dicke gab ein ungehaltenes Grunzen von sich.

»Aber auf Ihre Verantwortung«, knurrte sie und trat zurück. »Nicht, dass der junge Herr Doktor sich morgen bei mir beschwert.«

»Das wird er nicht«, versicherte Sophie im Vorbeischlüpfen und deutete Onkel Hugo und der müden Käthe, ihr zu folgen. »Wo finden wir ihn?«

»Ganz oben.« Berte grinste, entblößte dabei ihre Zahnlücken. »Unterm Dach, wo mal der Kutscher gewohnt hat.«

Die Kammer des Kutschers ... Herrje, hoffentlich wusste Julius das nicht, dachte Sophie bei sich, während sie die steile Treppe hinaufeilte. Aber wenn er immer noch hier wohnte, hatte er wahrscheinlich nie nachgefragt.

Ein Lichtschimmer unter der Tür zeigte an, dass Julius noch nicht schlief. Sophie hielt sich nicht damit auf abzuwarten, bis auch Käthe gefolgt war, sondern klopfte entschlossen an, wartete zwei Atemzüge, die Julius in ihrer Vorstellung ausreichen mussten, sich angemessen zu bekleiden, und stieß die Tür auf.

Das Licht rührte von einer einzelnen Lampe, die auf einer Art Schreibtisch stand. Es war kalt hier oben, sodass Julius eine Decke um die Schultern gezogen und die Hände unter die Achseln geklemmt hatte. Er blickte verdutzt auf, als Sophie hereinplatzte, aber die Verblüffung brauchte nur zwei Herzschläge, dann hatte er sich wieder gefangen und erhob sich langsam, wobei er die Decke von den Schultern herabrutschen ließ.

»Was zum Himmel tust *du* hier?«

»Ich muss mit dir reden.« Sophie hörte, wie Onkel Hugo und Käthe hinter ihr eintraten. Sie verschränkte die Arme. »Wo warst du? Wir hätten dich gebraucht!«

»Ich habe ein paar Dinge in Erfahrung gebracht«, wies Julius gereizt auf die Papiere, die vor ihm lagen. »Wir müssen uns diesen Fuchs dringend vornehmen. Der hat mehr Dreck am Stecken als die Lahn Wasser.«

»Dann können wir ihn auch gleich fragen, ob er etwas mit dem toten Dienstmädchen zu tun hat.«

Sophie musste sich ein triumphierendes Grinsen verkneifen, als sie sah, wie Julius' Brauen überrascht hochzuckten. »Hans und ich haben Greta unten am Ufer gefunden. Erschlagen mit einem Stein, nachdem sie Hals über Kopf aus dem Haus der Wittgens geflüchtet war«, fuhr sie fort. »Ich glaube, da wollte jemand eine Zeugin ausschalten.«

»Oder sie hat sich einen Feind gemacht, den sie unterschätzt hat«, murmelte Julius und rieb sich das Kinn. »Das wäre auch möglich, wenn ich bedenke, was …

»Entschuldigung«, unterbrach ihn Onkel Hugos Brummen. Überrascht drehte sich Sophie zu ihm um. Der Hüne nestelte mit den Fingern verlegen in seinem Gürtel herum. »Ich habe es vergessen. Ich sollte es ausrichten.«

»*Was* ausrichten?« Julius schob sich nun endlich hinter seinem Schreibtisch hervor. »Und wem?«

»Na, diese Nachricht. Von der Greta«, druckste Hugo herum. Er wich Sophies Blick aus. »Sie war doch da und wollte mit Sophie sprechen. Ich sollte es ausrichten, und das es dringend sei. Aber ich habe es wohl vergessen.«

»Also war das Mädchen also vorher bei euch … interessant.« Julius' Blick wanderte hinauf zur niedrigen Decke, die von dunklen Balken durchzogen war, dann drehte er sich schwungvoll um und begann, in dem engen Raum auf und ab zu gehen, als helfe es ihm, seine Gedanken zu ordnen. »Fassen wir also zusammen. Greta kommt mit einer wichtigen Nachricht zu

Sophie, trifft sie aber nicht an. Sie bittet darum, Sophie möge sie aufsuchen. Ungewöhnlich für ein Dienstmädchen, und daher beachtenswert.« Er machte eine scharfe Kehre, als er die Wand erreicht hatte. »Noch am selben Nachmittag flieht sie aus dem Haus der Wittgens und wird wenig später erschlagen am Lahnufer gefunden. Was sagt uns das?«

»Dass sie mir etwas mitteilen wollte, und jemand wollte es verhindern?«, vermutete Sophie, die sich angesprochen fühlte.

Julius nickte. »Genau das. Und ich glaube, ich weiß auch, was das war.«

»Teilst du es mir …?«, fragte Sophie, wurde aber schon wieder von Julius unterbrochen.

»Ich war vorhin im Wirtshaus an der Lahn und habe ich ein paar interessante Dinge erfahren. Greta ist die Schwester von Johann Fuchs, genannt Hannes. Ein eng vertrautes Geschwisterpaar, wenn man den Erzählungen der Leute Glauben schenken mag. Also wird sie Bescheid gewusst haben, was ihr Bruder so treibt. Ich habe Erkundigungen eingezogen, und rate einmal, was unser Freund Fuchs alles auf dem Kerbholz hat.«

Sophie schüttelte ungehalten den Kopf. »Es ist mitten in der Nacht, und ich habe keine Lust auf Ratespiele. Sag endlich, was du weißt.«

»Ich weiß bedauerlicherweise viel zu wenig, aber das Mosaik ergibt allmählich ein sinnvolles Bild.« Julius' Mundwinkel zuckten. »Unser Fuchs ist kein unbeschriebenes Blatt. Hehlerei und Erpressungen, munkelt man. Er stammt aus Kassel und ist etwa zeitgleich mit den Wittgens nach Marburg gekommen. Interessant ist aber vor allem, dass er eine Weile beim Apotheker Hesse ausgeholfen hat. Dort wurde er rausgeworfen, weil angeblich Arzneien verschwunden sind.«

»Woher weißt du das alles?«, fiel Sophie ihm ins Wort. »Man hat dir das doch sicher nicht alles einfach so erzählt!«

»Nein, dazu fehlt mir dein diplomatischer Wimpernaufschlag«, gab Julius trocken zurück. »Manchmal reicht es, den richtigen Leuten die richtigen Fragen zu stellen.«

Sophie nickte steif, ein Zeichen, dass sie sich mit der Erklärung zufrieden gab. Viel mehr würde Julius vermutlich ohnehin nicht erzählen – aus gutem Grund, wie sie sich denken konnte, schließlich konnte er dieses Wissen nur aus Kreisen haben, mit denen man eigentlich nicht verkehrte. Aber vielleicht galten für einen Arzt, der in Paris in Armenspitälern gearbeitet hatte, andere Regeln.

»Du meinst also, dass Fuchs etwas mit den Morden zu tun hat?«, schlussfolgerte sie.

Julius schüttelte den Kopf, hielt aber endlich in seinem Umherstreifen inne. »Ich weiß es nicht. Fuchs hat kein Motiv. Zumindest keins, das ich derzeit erkennen könnte. Aber er hatte Zugang zu Gift und er bewegt sich im Umfeld der Wittgens.«

»Doch, er hat ein Motiv«, widersprach Sophie. »Wenn Greta seine Schwester ist, dann wollte er sie vielleicht schützen. Oder rächen. Greta und Katharina Wittgen waren nicht die besten Freundinnen. Er könnte das Gift in das Zeug gemischt haben, das Katharina von der Hexe bekommen hat. Wenn er sie schützen wollte, erklärt das auch, warum er sich ständig bei den Wittgens herumgetrieben hat.«

»Schön und gut, aber was ist mit dem Mädchen, mit Helene?« Julius schnippte mit den Fingern. »Das ist der Punkt, den ich mir nicht erklären kann. Es sei denn, es gab etwas zwischen Helene und diesem Fuchs, was wir bislang noch nicht wissen.«

»Vielleicht war es ein Unfall? Mit dem Gift?«, mischte sich Käthe ein. Überrascht stellte Sophie fest, dass die Magd trotz aller Müdigkeit anscheinend aufmerksam zugehört hatte – und im Gegensatz zu Onkel Hugo auch verstand, worüber sie sprachen.

Julius nickte Käthe zu. »Gut möglich. Im Übrigen verlasse ich mich darauf, dass du den Mund hältst über alles, was du hier gehört hast, verstanden?«

»Natürlich«, beeilte sich Käthe zu versichern. Sie zwinkerte Sophie verschwörerisch zu. »Ich werde schweigen wie ein Grab.«

»Gut, dann sieh nun zu, dass ihr Sophie heil nach Hause bringt.« Julius ließ sich wieder hinter seinem Tisch nieder und ruckte die Brille zurecht, als wollte er fortfahren in seinen Studien.

Sophie starrte ihn perplex an. »Und was machen wir jetzt?«, platzte sie heraus. »Wir müssen doch etwas unternehmen!«

»Um diese Uhrzeit?« Julius schob die Brille ein Stück weit nach unten und blickte sie über den Rand hinweg an. »Was willst du jetzt noch erreichen?«

»Na, irgendwas … halt.« Hilflos hob Sophie die Arme, ließ sie wieder fallen. »Ich kann doch nicht einfach schlafen gehen!«

»Ich komme morgen früh vorbei. Dann sehen wir weiter.« Mit einer wedelnden Handbewegung gab er ihr zu verstehen, dass ihm nicht der Sinn nach weiterem Streit stand.

Sophie starrte ihn an, spürte, wie sich ihre Hände zu Fäusten ballten, aber sie wusste um die Vergeblichkeit jedes weiteren Wortes, und dafür hasste sie ihn in diesem Moment. Sie warf sich herum und stürmte an Onkel Hugo und Käthe vorbei nach draußen.

XIV

Es war wieder Markt an diesem Tag, eine trostlose Ansammlung vereinzelter Stände, die sich unter dem trüben Novembergrau zu ducken schienen. Im Sommer herrschte an solchen Tagen buntes Treiben, doch heute schien es, als läge ein unsichtbares Tuch über dem Platz, das die Geräusche zu einem zischelnden Gewisper dämpfte.

Julius war froh, als er die Amtsstube des Wachtmeisters erreichte und die triste Welt für einen Moment aussperren konnte. Ein Ofen bollerte in einer Ecke und verbreitete wohlige Wärme, die von dem würzigen Geruch nach Roter Wurst durchsetzt war. Schmitt selbst saß an seinem Tisch über einen Stapel Papiere gebeugt und sah auf, als Julius die Tür ins Schloss fallen ließ.

»Doktor Laumann«, räusperte er sich und drehte die Bartspitzen. »Ich hatte Sie schon erwartet. Hier«, er schob einen Stoß Papiere über den Tisch, »das ist alles, was ich bislang zu dem Mord an dem Dienstmädchen herausgefunden habe. Ein Ärger, dass sie nicht auch vergiftet wurde, sonst wäre es ein Leichtes, die Hexe …«

Julius schob die Papiere wieder zurück. »Das brauche ich nicht.«

Schmitts Augenbrauen wölbten sich. »Ja, aber hat Ihnen Fräulein Dierlinger denn nicht …

»Ich bin über alles im Bilde und weiß jetzt, wer hinter den Morden steckt.«

Mit einem Grunzen lehnte sich Schmitt auf seinem Stuhl zurück und verschränkte die Arme vor der Brust. »Dann bin ich einmal gespannt, was Sie herausgefunden haben, während die Polizey noch im Dunkeln tappt.«

»Das verwundert nicht. Der Generalleutnant taugt ja auch bestenfalls dafür, seine Uniform spazieren zu tragen.« Julius stemmte die Handknöchel auf die Tischkante, beugte sich leicht vor. »Katharina Wittgen wurde mit Gift umgebracht, und zwar von Johann Fuchs.«

Schmitt blinzelte. »Johann Fuchs? Meinen Sie den rothaarigen Hannes?«

»Eben den, wenn Sie ihn so nennen«, erwiderte Julius ungerührt. Er richtete sich auf. »Helfen Sie mir, Fuchs verhaften zu lassen?«

»Wie stellen Sie sich das vor?« Schmitt schüttelte schnaufend den Kopf. »Wissen Sie, was passiert, wenn man den verhaftet und Sie keine Beweise haben? Nein, natürlich wissen Sie das nicht, Sie haben das ja noch nicht versucht … Dieser Fuchs steht unter dem Schutz von Doktor Wittgen. Warum auch immer, aus irgendeinem Grund verhindert Wittgen, dass man ihm ans Leder geht. Vielleicht gab es in Kassel etwas, warum Wittgen bei dem Fuchs in der Schuld steht. Und mit dem Wittgen wollen Sie sich nicht anlegen. Der kann Hebel in Bewegung setzen, die Sie sich nicht einmal vorstellen können!«

»Ich kann mir eine Menge vorstellen, allerdings widerstrebt es mir, einen Mörder unbehelligt zu lassen, weil man Angst vor den Konsequenzen hat.«

»Es ist ja auch nicht Ihr Kopf, der dann rollt. Sie gehen einfach wieder, aber … haben Sie überhaupt irgendwelche Beweise?«

»Für den Giftmord schon.«

Schmitt fuhr sich mit der Hand durch die Haare. »Und für Fuchs' Verstrickung nicht? Was ist, wenn der sich ebenso in Luft auflöst wie der Verdacht gegen Wittgens Frau?«

Julius atmete tief durch. »Vertrauen Sie mir?«

Der Wachtmeister stutzte, schüttelte den langsam den Kopf. Die Mundwinkel, eben noch grimmig verzogen, entspannten sich ein wenig. »Ich halte eine ganze Menge von Ihnen, Doktor«, sagte er. »Aber bei dieser Geschichte … nein. Sie hatten schon mit der toten Gattin unrecht, und das hier würde mich meinen Kopf kosten, wenn Sie falsch liegen.«

»Gut.« Julius nickte. Er hatte sich gut genug im Griff, um sich die Enttäuschung nicht anmerken zu lassen, aber ihm war gerade danach, dem Tisch einen Tritt zu verpassen, um ihn mitsamt furchtsamen Wachtmeister auf den Fußboden zu befördern. Zum Glück war er über das Alter für solche Kindereien hinaus. »Dann weiß ich wenigstens, woran ich bin. Einen schönen Tag noch.«

»Bringen Sie mir Beweise!«, hörte er Schmitt noch rufen. »Irgendetwas Handfestes, damit ic…«

Das Zuschlagen der Tür verschluckte die letzten Worte, und Julius stand wieder draußen auf dem Marktplatz und holte tief Luft. Eigentlich hätte er es sich denken können, dass Schmitt nicht die Größe besaß, einem vermeintlich Mächtigen die Stirn zu bieten. Es gab viel zu viele Schmitts, die in Erwartung eines rüden Tadels den Kopf einzogen, und vorauseilend gehorchten, um den Zorn ihrer Herren nicht zu wecken. Julius schloss für einen Moment die Augen, sog die kalte Novemberluft tief in die Lungen. Wenigstens sorgten Leute wie Schmitt dafür, dass man sich in Hessen-Kassel sicher fühlen konnte vor blutigen Revolutionen. Vermutlich würde man hier erst die Fürsten um Erlaubnis fragen, ehe man die Muskete ergriff.

»Na, Ihnen sind aber ein paar fette Läuse über die Leber gelaufen«, riss ihn eine raue Stimme aus den Gedanken.

Julius schlug die Augen auf und hob einen Mundwinkel, während er dem Holzsammler Adam zunickte, der auf seinen Stecken gestützt dastand und ihn neugierig beäugte.

»Wenn mir Läuse über die Leber laufen, sollte ich mir dringend Gedanken um meine Gesundheit machen«, scherzte Julius halbherzig.

Adam lachte kurz und trocken. »Na, Herr Doktor, da sind Sie ja bei sich gleich richtig. Aber sagen Sie mal, warum macht man eigentlich so ein Geschiss um die Hexe?«

»Geschiss?«

»Na, dieser Prozess und all das.« Adam wiegte den Kopf, er grinste. »Wir wissen doch alle, dass sie's war. Die hat doch immer schon Gift und so unters Volk gebracht. Und jetzt kommt sie vor Gericht und kann sogar freigesprochen werden?«

»Das habe ich nicht zu entscheiden.«

»Ja, aber das ist doch falsch, oder? Ich mein, man kann doch nicht einfach so eine Mörderin freilassen oder so.«

»Wenn sie schuldig ist, wird man sie dafür zur Rechenschaft ziehen. Wenn nicht, dann fördert der Prozess hoffentlich die Wahrheit zutage.« Julius hob die Hand. »Mach's gut und achte auf dein Bein.«

»Ist schon fast wieder gut!«, rief Adam ihm noch nach, als Julius bereits schnellen Schrittes die Nikolaistraße hinauf eilte. Auch wenn er sich einredete, dass Adam nur ein alter Schwätzer war, hinterließen seine Worte Julius tief beunruhigt. Er sollte schleunigst Sophie aufsuchen und überlegen, was sie nun tun könnten. Ihnen lief die Zeit davon.

Sophie empfing ihn wie erwartet mit Vorwürfen. Kaum hatte er das Haus betreten, flog sie ihm entgegen wie eine Erinnye und schimpfte bitter, dass er sie nicht wie versprochen abgeholt hatte. Julius ließ ihren Zorn an sich abperlen und schob sich an ihr vorbei in die Stube, wo er zu seiner Überraschung neben Lotte und der Großmutter auch Wilhelm Grimm antraf. Der junge Mann war immer noch blass und seine Hände umklammerten die Tasse eine Spur zu fest, aber er war auf den Beinen und hatte allem Anschein nach kein Fieber mehr.

»Hatte ich nicht gesagt, dass du im Bett bleiben sollst?«, bemerkte Julius anstelle einer Begrüßung und reichte seinen Mantel wortlos an Käthe, die neben ihm aufgetaucht war.

»Im Gegensatz zu dir hält Wilhelm wenigstens seine Versprechen«, fauchte Sophie und drängte sich an ihm vorbei. Neben Wilhelms Stuhl blieb sie stehen, die Hände auf die Lehne gelegt, aber ihr Kinn zitterte vor Erregung. »Ich sitze hier seit Sonnenaufgang und warte, und nun sind es vielleicht noch zwei Stunden zur Verhandlung! Was zum Teufel hast du so lang getrieben?«

»Sophie!«, wies sie Lotte scharf zurecht. »Es reicht! Julius, setz dich doch bitte.«

Julius zog sich einen Stuhl heran. Sophies Blicke folgten ihm wie die Klingen eines Meuchlers, aber wenigstens hatte ihre Schimpferei ein Ende.

»Es gibt schlechte Neuigkeiten«, begann Julius und schlug ein Bein über das andere. »Wachtmeister Schmitt weigert sich, mir zu helfen, und ich selbst sehe wenig Möglichkeiten, den Generalleutnant zu überzeugen, Fuchs ohne hieb- und stichfeste Beweise festnehmen zu lassen. Wittgens Einfluss reicht weit.«

»Wir haben doch Beweise«, warf Wilhelm ein. »Warum weigert sich der Wachtmeister? Der Fall ist doch offensichtlich.«

Julius stieß schnaubend Luft aus. »Beweise für den Giftmord haben wir genug, aber nichts, was Fuchs' Verstrickung notwendig macht.«

»Vielleicht sprecht ihr noch einmal mit Doktor Wittgen«, schlug Lotte vor. Offensichtlich hatte Sophie ihre Mutter über alles in Kenntnis gesetzt. »Wenn Fuchs tatsächlich etwas mit den Morden zu tun hat und womöglich auch Helene umgebracht hat, muss es doch in Wittgens Interesse sein, den Mörder zu überführen.«

Julius schüttelte den Kopf. »Das dauert zu lange. Wittgen ist uneinsichtig wie ein Felsbrocken. Da kommen wir nicht weiter. Und wer weiß, ob Fuchs überhaupt noch in Marburg ist.«

»Dann besorgen wir eben Beweise.« Sophies Miene verriet Entschlossenheit. »Irgendetwas muss es doch geben, was ihn überführt.«

»Und wo willst du suchen?«, fragte Julius und hob eine Augenbraue. »Fuchs hat keinen festen Wohnsitz. Er kann überall sein.«

»Irgendeinen Hinweis wird es schon geben! Notfalls suchen wir bei Doktor Wittgen. Du sagst doch selbst, dass die beiden miteinander zu tun haben.«

»Ich glaube kaum, dass Wittgen dich einfach so in sein Haus lässt.«

»Dann nehmen wir eben den Seiteneingang oder ein Fenster.«

»Das ist ein dummer Vorschlag«, schüttelte Julius den Kopf. »Wenn wir Pech haben, bringt uns das mehr Ärger als Erfolg ein.«

»Aber …

»Kein Aber. Ich habe deiner Mutter versprochen, auf dich zu achten, und deshalb verbiete ich dir, bei Wittgen einzubrechen.«

Für einen Moment meinte er, dass Sophie noch einmal widersprechen wollte, aber dann presste sie die Lippen aufeinander und warf einen flüchtigen Blick zu Lotte, die die Auseinandersetzung regungslos verfolgt hatte.

»Wir müssen trotzdem etwas tun«, wandte Wilhelm ein. »Wenn wir keinen Beweis finden, wird die Hexe …

Weiter kam er nicht, denn in diesem Moment wurde die Tür aufgerissen und Onkel Hugo stolperte herein. Sein grobes Gesicht war bleich, und seine Stimme überschlug sich vor Aufregung. Wild gestikulierend deutete er nach draußen. »Schnell, Sophie, Julius! Die Hexe! Sie wollen sie töten. Sie gehen jetzt los!«

»Langsam!«, versuchte Julius ihn zu unterbrechen. Er legte eine Hand an Hugos Arm, und tatsächlich schien sich der Hüne ein wenig zu beruhigen. »Nun noch einmal – *was* ist geschehen?«

»Die Leut! Die wollen die Hexe töten!« Hugo schluckte, fuhr sich mit der Zunge über die Lippen. »Sie sind gerade losgegangen zum Gefängnis! Sie wollen sie oben aufhängen!«

»Ist denn in diesem verfluchten Dorf hier nicht ein Funken Licht angekommen, als man die Fackel der Aufklärung durch Europa getragen hat?« Julius ließ Hugo los. Mit zwei Schritten war er bei der Tür. »Ich muss dahin. Vielleicht kann ich sie zur Vernunft bringen.«

»Ich suche meinen Bruder«, sagte Lotte bestimmt und erhob sich eilig. »Sophie, ihr bleibt hier und rührt euch nicht von der Stelle, verstanden?«

Julius sah noch aus den Augenwinkeln, wie Sophie widerwillig nickte, dann war er auch schon draußen und eilte, gefolgt von Lotte, die steilen Stufen hinab. Hoffentlich kam er noch rechtzeitig.

Sophie wartete, bis die Schritte auf der Treppe verklungen waren, dann wandte sie sich an Wilhelm. »Kommst du mit?«

»Wohin?«

»Zu Wittgen.« Sophie lächelte verschwörerisch. »Ich wette, Fuchs ist dort.«

»Wie kommst du darauf?«

»Seine Schwester wurde ermordet. Wenn er Rache nehmen will, gibt es vermutlich keinen besseren Zeitpunkt als jetzt, da die halbe Stadt in Aufruhr ist.«

Wilhelm verzog den Mund, der Unwille war ihm deutlich anzusehen. »Du bist wahnsinnig.«

»Ich weiß«, grinste Sophie und wollte ihm schon einen Kuss auf die Wange geben, bemerkte dann aber den Blick der Großmutter und schlug verschämt die Augen nieder. »Du verrätst uns nicht, Großmutter?«

Die alte Frau, die bis jetzt schweigend an ihrer Stickerei gearbeitet hatte, schmunzelte verschmitzt. »Geht schon und bringt den Wolf zur Strecke.«

Sie rannten die Gassen hinab zur Barfüßerstraße. Aus der Ferne hörten sie die Geräusche einer aufgebrachten Menschenmasse, Stimmen und Geschrei, aber sie waren zu weit entfernt, um zu verstehen, was sie riefen. Hoffentlich schaffte es Julius, die Leute aufzuhalten, betete Sophie stumm. Sie fühlte sich dafür verantwortlich, dass Maria Dörr um ihr Leben bangen musste, vermutlich hätte sich niemand um die alte Frau geschert, wenn sie sie nicht verdächtigt und die Polizey mit ihrem unbedachten Ausflug zum Frauenberg geführt hätte. Mochte die Alte auch eine Engelsmacherin sein, sie sollte nicht für etwas büßen müssen, was sie nicht getan hatte.

Als sie die Stelle erreicht hatten, an der die Wendelgasse in die Barfüßerstraße mündete, hielt Sophie an und linste vorsichtig aus dem Schatten hinaus die überraschend ausgestorbene Straße entlang. Eine einsame Katze hockte auf einem Fass vor einer Wirtschaft, und hinter einem Fenster auf der anderen Straßenseite drang der lautstarke Streit eines Ehepaares. Auf dem Dachfirst hockten stumm und düster die Krähen.

»Wie sollen wir hineinkommen?«, keuchte Wilhelm. Obwohl sie nicht weit gelaufen waren, ging sein Atem schwer und pfeifend.

Abwägend sah Sophie zu dem Haus hinüber. Die Tür schied aus, vermutlich war sie ohnehin verschlossen, und es war zu auffällig, wenn sie es mitten auf der Straße versuchten. Auf der einen Seite schloss das Nachbarhaus übergangslos an, während es auf der anderen Seite an eine schmale Gasse grenzte, die von der Barfüßerstraße steil hinab zur Untergasse führte. Für sie wäre es vielleicht möglich, dort hinaufzuklettern und durch eins der Fenster einzusteigen, aber Wilhelm konnte ihr dabei nicht folgen. Doch es gab noch eine andere Möglichkeit.

»Die Kellerluke.« Sophie schalt sich eine Närrin, erst jetzt darauf zu kommen. Wie viele Häuser, die am Hang lagen, hatte auch das der Wittgens seitlich einen Zugang, der in den gemauerten Keller führte. »Ich versuche sie zu öffnen, und du passt auf, dass niemand kommt«, flüsterte sie aufgeregt und fasste seine Hand. Fast hätte sie sie wieder losgelassen, so erschreckte sie sich über Wilhelms feuchte und kalte Finger. Besorgt sah sie ihn an. Sein Gesicht war fahl vor Anstrengung, und auf seiner Stirn glänzte trotz der Kälte Schweiß. »Willst du nicht doch lieber warten?«

»Und dich alleine lassen? Nein.« Wilhelms Lippen formten eine schiefe Grimasse, die wahrscheinlich Zuversicht signalisieren sollte. »Los. Ich komme nach.«

Sophie maß ihn mit einem zweifelnden Blick, nickte dann aber und zog den Kopf zwischen die Schultern, ehe sie über die Straße eilte. Doch es schien niemand Notiz von ihr zu nehmen, nur die Katze hob kurz den Kopf. Sophies Herz schlug ihr bis zum Hals, als sie neben dem Kellerzugang stehen blieb und in Gedanken bis zehn zählte. Sie war im Begriff, in ein Haus einzubrechen, wurde ihr bewusst, aber sie schob den Gedanken hastig fort. Wenn sie die Hexe retten wollte, blieb ihr nur diese Möglichkeit.

Die Luke war nur durch einen einfachen Stift gesichert, der sich problemlos entfernen ließ, leichter als erwartet. Nun musste sie nur noch Wilhelm winken, dass er ihr folgte, doch sie zögerte. Sie hatte ihn schon mit dem Marsch zum Frauenberg in Gefahr gebracht, und auch, wenn er sich bemühte, ihr gegenüber tapfer zu wirken, entging ihr sein schlechter Zustand nicht. Besser, er blieb draußen und wartete, doch darauf würde er sich nicht einlassen, wenn sie ihm die Wahl ließ. Also durfte sie ihn nicht fragen.

Kurz entschlossen hob Sophie die Luke an und raffte ihren Rock, um hineinzusteigen. Der Durchgang war niedrig. Sie musste den Kopf einziehen und spürte, wie sie mit dem Haar durch Spinnenweben strich. Sophie versuchte, sich den Weg zwischen den Regalen und Fässern einzuprägen, ehe sie die Luke hinter sich schloss.

Unsicher blinzelte sie in die plötzliche Finsternis, die sie für einen Moment orientierungslos zurückließ. Nur langsam gewöhnten sich ihre Augen an die Dunkelheit. Durch die Ritzen der Luke drang ein wenig Licht, und irgendwo weiter hinten, wo sie eine Stiege ausgemacht hatte, schien eine weitere Tür zu sein.

Vorsichtig tastete sich Sophie durch den finsteren Raum. Es roch muffig, nach Feuchtigkeit, die seit Jahrhunderten das Mauerwerk durchdrungen hatte, und erdig nach Sandstein und Lehm. Irgendwo in der Dunkelheit raschelte etwas, vermutlich eine Ratte, die sich über den seltsamen Eindringling wunderte. Einmal stieß sie gegen ein Fass, unterdrückte im letzten Moment einen Laut und schlich mit zusammengebissenen Zähnen weiter, bis sie endlich die Treppe erreicht hatte. Auf Zehenspitzen stieg sie hinauf, angespannt bis unter die Haarwurzeln auf die knarrende Stufe wartend, die es in jeder Holztreppe mindestens einmal gab. Doch zu ihrer Überraschung gelangte sie geräuschlos bis zum oberen Absatz, wo ein schmaler Lichtstreifen unter der Tür den Ausgang verriet.

Sophie hielt den Atem an, während sie das Ohr an die Tür drückte und lauschte. Es war still, keine Schritte, kein unterdrücktes Husten oder das Klappern von Geschirr. Das Haus schien verlassen. Hatten sie sich doch geirrt und Fuchs war längst über alle Berge? Kurz rang sie mit sich, ob sie nicht doch besser wieder verschwinden sollte. Noch konnte sie zurück, niemand würde merken, dass sie hier gewesen war. Doch wenn es noch irgendeine Spur gab, dann wahrscheinlich hier. Sophie holte tief Luft, ihre Hand zitterte, als sie die Tür langsam aufschob. Das alles wäre nicht notwendig, wenn man Julius Glauben schenken würde. Doch wenn man erst Beweise brauchte, dann würde sie welche finden.

Die Angeln knarrten, dass sie meinte, man müsste es in ganz Marburg hören. Mit angehaltenem Atem hielt sie inne und lauschte in die Stille, doch das Rasen ihres eigenen Herzen war alles, was sie vernahm. Ruhig bleiben, beschwor sie sich. Wenn Gott es gut mit ihr meinte, fand sie schnell, was sie suchte. Es musste hier etwas geben, womit sie Fuchs überführen konnte.

Die Kellertreppe führte in die Küche, die verwaist dalag. Das Feuer in der Kochstelle war erloschen. Wahrscheinlich hatte Wittgen noch keinen Ersatz für Greta gefunden und speiste im Wirtshaus. Sophies Blick glitt über das Regal mit den Gewürzen, und für einen kurzen Moment spielte sie mit dem Gedanken, dort nach dem Gift zu suchen, kam aber gleich wieder davon ab. Sie konnte sich nicht vorstellen, dass Fuchs das Gift so offenkundig aufbewahrt hätte. Wahrscheinlich hielt er es irgendwo versteckt, wo nur er Zugang hatte. Oder wo es für ihn nicht gefährlich war, sollte es gefunden werden.

Nachdenklich ging Sophie die Möglichkeiten durch, wo ihr Vater etwas deponiert hätte, was er vor dem Rest der Familie geheim halten wollte. Das Schlafzimmer war ein schlechter Ort, dort putzte die Magd und ihre Mutter ordnete zum Frühling und zum Herbst die Wäsche. Aber die Bibliothek war Käthe verschlossen gewesen, und wenn ihr Vater sich dorthin zurückgezogen hatte, verlangte er selbst von seiner Frau und seinen Töchtern anzuklopfen. Sie konnte sich vorstellen, dass Doktor Wittgen es ähnlich hielt. Und wenn jemand das Gift dort entdeckte, würde der Verdacht auf den Doktor zurückfallen. Das Studierzimmer musste es sein!

Mit angehaltenem Atem bewegte sich Sophie hinauf in die oberen Kammern. Der abgestandene Gestank von Pfeifentabak wehte aus der Stube zu ihr herüber. Holzdielen knarzten unter Sophies Schritten, aber das Geräusch beruhigte sie mehr, als dass es sie ängstigte. Sie war allein, da war sie sich inzwischen sicher, und wenn das Haus zu ihr sprach, fühlte sich das beruhigend an.

Das Studierzimmer befand sich im zweiten Stock über der Stube. Es war weitläufiger als die Bibliothek ihres Vaters, mit hellen Fenstern, die nach Süden hinausgingen, niedrigen Deckenbalken und einem großen Schreibtisch in der Mitte des Raumes. An den Wänden reihten sich Regale mit Büchern, die jemand akkurat nach Größe sortiert und mit Zettelchen beschriftet hatte. Auf dem Tisch stand ein Tintenfass mit einem Sandstreuer, davor lagen einige Bogen Papier, die fein auf Kante geschoben waren, wie Sophie erstaunt feststellte. Sie wusste von Helene, dass Wittgen ein ordnungsliebender Mensch war, aber sie hätte nicht gedacht, dass er so penibel war.

»Versteck, Versteck ... Wo könnte er es nur versteckt haben?«, murmelte sie. Zögerlich trat sie vor die Regale und zog wahllos zwei Bücher hervor, um mit der Hand den Platz zwischen Buchreihen abzutasten. Staub klebte an ihren Fingerspitzen, als sie die Hand zurückzog und die Bücher wieder in die Lücke schob. Hier war nichts, aber die Idee war gut. Sie musste darauf achten, wo in letzter Zeit Bücher gerückt wurden.

Ihr Blick glitt über die Buchreihen, als sie erschrocken zusammenfuhr. Da war ein Geräusch gewesen, ein Klappen, wie das Zuschlagen einer Tür. Sophies Hals wurde eng, während sie angestrengt lauschte. Vielleicht war es auch nur der Wind, der in ein offenes Fenster gefahren war, versuchte sie sich zu beruhigen. Da war nichts, nur Stille und von draußen das gedämpfte Keckern einer hungrigen Ziege.

Nur zögernd wagte sie, wieder auszuatmen. Sie hatte wohl zu viele Geschichten von Hexen und Wölfen gehört, dass ihr ihre Fantasie schon Streiche spielte. Hier war nichts, nur ein Raum, in dem lange nicht mehr geputzt worden war.

Langsam ging sie an den Regalen entlang und hielt aufmerksam nach Spuren im Staub oder Buchrücken Ausschau, die nicht korrekt eingereiht waren. Wofür immer auch Doktor Wittgen eine Bibliothek unterhielt, er schien nicht viel zu lesen, ging Sophie durch den Kopf, als sie auch das letzte Regal durchgesehen hatte, ohne dass ihr irgendetwas aufgefallen wäre. Doch wo könnte er hier sonst etwas versteckt haben? Ihr Blick glitt ratlos durch die Kammer, bis er sich plötzlich an dem Schreibtisch fing. Oder besser an dem, was dahinter lag.

Erschrocken prallte Sophie zurück, fand Halt an einem der Regale. Zwei Bücher fielen hinaus, stürzten mit lautem Krach zu Boden.

Sophie meinte, ihr Herz bliebe stehen. Mit zusammengekniffenen Augen stand sie da und wartete, dass etwas geschah, das Haus über ihr zusammenbräche oder der Boden sie verschlänge. Doch es war ruhig, gespenstig ruhig.

Langsam atmete sie ein, sehr bewusst, ehe sie die Augen öffnete und auf die Füße starrte, die hinter dem Schreibtisch hervorschauten. Es waren einfache Schuhe, wie das arme Volk sie trug, aber sauber und neu.

Sophie schloss die Augen, zählte in Gedanken bis zehn, ehe sie es wagte, sich wieder zu rühren. Sie hob den Rocksaum an, während sie sich Schritt für Schritt dem Schreibtisch näherte und sich schließlich auf die Zehenspitzen stellte, um einen zögerlichen Blick hinüber zu werfen.

Es war der rothaarige Fuchs, der dort lag. Die leeren Augen hatte er weit aufgerissen, seine Hände waren aneinandergefesselt, die Finger hatten sich im Todeskampf zu Krallen geformt.

»Es tut mir leid, wenn es dich erschreckt hat. Aber es war notwendig.«

Sophie wirbelte herum, als sie eine Stimme von der Tür hörte.

Doktor Wittgen stand da. Sein Blick wirkte streng

und gleichzeitig bizarr erheitert, als erwische er ein ungezogenes Kind bei einem verbotenen Spiel. »Er kam herein, obwohl abgeschlossen war«, sagte er, während er die Tür sorgsam hinter sich verriegelte, als handele es sich um die gewöhnlichste Sache der Welt. Doch als er sich wieder zu ihr umdrehte, war sein Blick kalt.

»Du hast den gleichen Fehler begangen.«

Noch nie war Wilhelm die Zeit so unendlich zäh vorgekommen. Seinem Gefühl zufolge musste es Jahrhunderte her sein, seit Sophie über die Straße gehuscht war. Was im Himmel tat sie dort so lange? Von seiner Stellung aus konnte er die Kellerluke nicht einsehen, aber er zögerte, sich aus seinem Versteck hinauszuwagen. Es würde auffallen, wenn er vor dem Haus der Wittgens herumlungerte, und Aufmerksamkeit war das Letzte, was sie gerade brauchten.

Wilhelm stieß einen stummen Fluch aus, rieb die durchgefrorenen Finger unter den Achseln. Vielleicht hatte man sie erwischt, ging es ihm zum wiederholten Mal durch den Kopf, aber er schob den Gedanken beiseite. Er hätte etwas gehört oder gesehen, wie man sie fortgebracht hätte. Wahrscheinlicher war, dass sie die Luke nicht öffnen konnte und den Weg über die angrenzenden Dächer gesucht hatte. Dann war es kein Wunder, dass sie ihn nicht gerufen hatte, schließlich wusste sie, dass er ihr dabei kaum folgen könnte. Aber sie hätte wenigstens Bescheid geben können. Der

Gedanke, dass sie ihn einfach stehen ließ, versetzte ihm einen unerwarteten Stich.

Ärgerlich schüttelte er den Kopf. Nein, er sollte nicht darüber nachdenken, sondern lieber die Augen offen halten. Auch wenn er keine Ahnung hatte, wie er sie im Ernstfall warnen sollte. Sie gaben ein verdammt schlechtes Einbrecherpärchen ab.

Wilhelm zuckte zusammen. Jemand blieb unmittelbar vor der Gasse, in der er sich versteckt hatte, stehen. Sein Herz setzte einen Schlag aus, als er Hans erkannte.

»Verschwinde!«, stieß er hervor und machte einen unbeholfenen Schritt zurück. »Lass mich in Ruhe!«

Hans runzelte die Stirn, offenbar verstand er nicht. »Ich tu dir nichts«, sagte er unsicher und versuchte tatsächlich, so etwas wie ein Lächeln auf seine Lippen zu zaubern, auch wenn es Wilhelm wie das feiste Grinsen eines Teufels erschien. »Ich such nur die Sophie. Es eilt!« Beruhigend hob er beide Handflächen, eine friedfertige Geste.

Wilhelm atmete tief durch, versuchte, das Zittern in seiner Stimme unterdrücken. Offensichtlich war Hans heute wirklich nicht auf Streit aus.

»Was willst du von ihr?«, fragte er argwöhnisch.

»Die wollen die Hexe töten.« Hans wies mit der Hand die Straße entlang. »Mir haben sie nicht geglaubt, dass es die Hexe nicht war. Aber vielleicht glauben sie Sophie. Schließlich war ihr Vater der Professor Dierlinger!«

»Sophie kümmert sich schon darum, dass die

Hexe gerettet wird«, wehrte Wilhelm ab. »Sie sucht Beweise. Ohne Beweise können wir Fuchs nichts anhängen.«

Hans' Kopf ruckte herum, er starrte hinüber zu dem Haus. »Bei dem Doktor im Haus?«, fragte er entgeistert.

Wilhelm nickte. »Natürlich. Wo denn sonst?«

»Der ist doch zu Hause! Und der Fuchs ist auch dort!«

Eine plötzliche Kälte umfasste Wilhelms Brust. Wittgen. Fuchs und Wittgen in dem Haus. Warum dachte er erst jetzt daran? Womöglich machte sie gemeinsame Sache. Und Sophie war ihnen geradewegs in die Arme gelaufen!

Wilhelm sprang auf. »Wir müssen Julius Bescheid geben! Wir müssen sie da rausholen, ehe es zu spät ist. Hans, lauf zu Wachtmeister Schmitt und sag ihn, dass er kommen muss. Sofort!« Er wollte schon davon stürzen, als Hans ihn am Arm zurückhielt.

»Auf den ist kein Verlass. Ich weiß jemanden.«

»Wen?« Wilhelm versuchte, sich loszureißen. »Hans, wir haben keine Zeit!«

»Ich brauche dich. Hilfst du mir? Sonst hören sie nicht auf mich.«

Verdutzt hielt Wilhelm inne. »Was soll ich machen?«

»Du musst mit mir kommen, damit sie mich nicht wegjagen«, wiederholte Hans eilig. »Jetzt, schnell. Sonst ist es zu spät.«

Wilhelm zögerte, noch einmal erschienen all die Bilder von dem hässlichen Zwischenfall auf der Brücke vor seinem geistigen Auge, aber er wischte sie beiseite. Sophie war in Gefahr.

»Bring mich hin«, nickte er entschlossen.

Sophie war übel, aber sie wagte es nicht, Wittgen zu bitten, sie loszubinden. Wahrscheinlich spielte es ohnehin keine Rolle mehr. Aufgerichtet saß sie auf dem Lehnstuhl, die Unterarme mit breiten Riemen an die Lehnen gefesselt, ein Strick hielt ihre Körpermitte. Ihre Stirn wurde mithilfe eines breiten Bands zurückgedrückt, sodass sie nicht einmal den Kopf zur Seite wenden konnte. Wittgen schien etwas zu suchen. Ihre Hände waren feucht und kalt, und am liebsten hätte sie darum gebeten, ein Fenster zu öffnen, um atmen zu können. Die Angst wurde ihr bewusst, und dieses Mal war es berechtigt, Angst zu haben. Doktor Wittgen hatte die ganze Zeit über kein Wort gesagt, sondern sie nur gepackt und auf den Stuhl gezwungen, um sie zu fesseln. Wie gelähmt saß sie da, unfähig, auch nur einen Finger zu rühren. Erst jetzt, da er sich abgewandt hatte und sie einen Moment allein mit sich und ihren Gedanken war, verstand sie, was gerade geschah.

»Was werden Sie mit mir tun?«, fragte sie und schluckte, als ihre Stimme schwach und piepsig in ihren Ohren widerklang. »Sie können mich nicht töten! Man weiß, dass ich hier bin.«

Sophie konnte sein Schmunzeln förmlich hören. »Ich

werde bezeugen, dass du mein Haus wohlbehalten verlassen hast.«

»Dann lassen Sie mich gehen?« Sophies Herz machte einen Sprung, aber die jäh aufkeimende Hoffnung wurde schon im nächsten Moment wieder zunichte gemacht.

»Halt mich nicht für naiv, Kind.« Endlich schien er gefunden zu haben, wonach er gesucht hatte. Etwas klappte zu, und im nächsten Moment trat Wittgen wieder in Sophies Sichtbereich. Bedauern lag in den ernsten Zügen – und eine Kälte, die Sophie frösteln ließ. »Du wirst gleich schlafen. Tief genug, dass dich das Wasser der Lahn nicht wecken wird. Du wirst mit dem Gesicht nach unten treiben, und jeder wird denken, es sei ein Unfall gewesen. Vielleicht erzähle ich, dass dir nicht gut war, wenn man mich befragt. Du warst nicht recht bei Sinnen, wolltest hinab zum Fluss. Ich habe dich noch gewarnt, dass du vorsichtig sein sollst, der Strom ist schnell und reißend zu dieser Jahreszeit, aber du wolltest nicht auf mich hören. Bedauerlich, es schmerzt, ein Leben so jung verblühen zu sehen.«

Eine eisige Klaue griff nach Sophies Hals. Das sollte also ihr Ende sein, ersäuft wie eine junge Katze. Und wahrscheinlich würde man Wittgen wieder glauben, wenn er behauptete, von nichts zu wissen. Man hatte ihm ja immer geglaubt.

»Musste deshalb auch Helene sterben?« Ihr Mund war trocken und rau. »Warum? Was hat sie herausgefunden?«

Ein Schatten schien sich für einen kurzen Moment über Wittgens Gesicht zu legen. Er wandte sich ab. »Helene war deine Freundin, nicht wahr?«

Sophie wollte nicken, aber das Band um ihre Stirn verhinderte jede Bewegung. »Ja«, sagte sie daher leise. »Und ich hätte nie geglaubt, dass Sie Ihre eigene Tochter umbringen.«

Wittgens Schultern hoben sich, er atmete tief durch. »Helene war ein wenig wie du. Sie verstand es nicht. Sie verstand nicht, dass es notwendig war. Sie wollte zur Polizey gehen. Zur Polizey, meine Tochter. Mein eigen Fleisch und Blut!« Wittgen lachte heiser. »Du glaubst nicht, wie es schmerzt, das eigene Kind zu verlieren. Aber sie hat es einfach nicht verstanden.«

»Was hat sie nicht verstanden? Dass Sie Ihr Eheweib umbringen wollten? Sie wollten doch Katharina umbringen. Sie wussten von ihrem Verhältnis, nicht wahr?«

Einen Moment glaubte Sophie, Wittgen würde gar nicht mehr antworten. Stocksteif stand er am Fenster, die Hände auf dem Rücken verschränkt und den Blick hinaus gewandt. Leise Hoffnung keimte in ihr auf. Wenn er sie nicht gleich betäubte, blieb ihr noch Zeit. Vielleicht fragte sich Wilhelm inzwischen, wo sie geblieben war, vielleicht holte er längst Hilfe oder versuchte schon, ins Haus zu kommen. Sie musste nur lang genug reden, damit sie Zeit gewann.

»Warum haben Sie Katharina umgebracht und nicht ihren Liebhaber?«, fragte sie schnell, ehe das Schweigen zwischen ihnen zu schwer wurde. »Vielleicht war Katharina unschuldig, und der Student …«

»Es gibt keine unschuldigen Frauen!«, fuhr Wittgen herum. Ein irres Funkeln brannte in seinen Augen, den

Mund hatte er vor Hass zu einer grotesken Grimasse verzerrt. »Katharina war eine falsche Schlange! Wie alle anderen auch! Sie musste sterben!«

Wie alle anderen auch … Sophie fiel es plötzlich wie Schuppen von den Augen. Lisbeths Brief, Wittgen als bedauernswerter Witwer … Katharina war nicht die erste, die Wittgens Eifersucht zum Opfer fiel. Wahrscheinlich hatte er auch seine anderen Frauen umgebracht. Hatten sie auch Liebhaber gehabt, oder gab es andere Gründe?

»Aber warum musste Emilie Breuer sterben?«, fragte sie hilflos. »Frau Breuer war doch nicht mit Ihnen verheiratet. Oder hat Sie sie auch betrogen? Bringen Sie alle Frauen um, von denen Sie meinen, sie hätten Sie hintergangen?«

Der Schlag kam ohne Vorwarnung, und trotz der Fessel wurde Sophies Kopf zur Seite geschleudert. Lichter tanzten für einen Moment vor ihren Augen, und ihre Wange brannte, als sei sie in heißes Pech getaucht worden.

»Rede nicht von etwas, wovon du nichts verstehst«, zischte Wittgen, so dicht, dass sie seinen Atem auf ihrem Gesicht spürte. »Wenn jemand Schuld am Tod der Breuer trägt, dann Katharina. Schließlich war sie es, die sich zu fein war, meine Geschenke zu würdigen. Warum verschenkt sie sie auch?«

»Dann war die Wurst gar nicht für Frau Breuer, sondern für Ihre Gemahlin?«, brachte Sophie mühsam hervor. Ihre Lippe schmerzte, und sie schmeckte Blut auf der Zunge. »Es war ein Unfall?«

»Ein Unfall wäre es, wenn es eine Unschuldige träfe.« Doktor Wittgen richtete sich auf, seine Augen blickten kalt auf Sophie herab. »Gott weiß, dass kein Weib jemals unschuldig sein kann! Es ist gerecht zu töten, um Schuld zu sühnen.«

»Das ist krank!« Hilflos zerrte Sophie an ihren Fesseln. »Sie sind krank im Geist. Gott, lassen Sie mich gehen!«

Mit einem Ruck löste sich ein Riemen um ihren Unterarm. Sophie ruderte durch die Luft, der Schwung brachte den Stuhl zum Kippen. Sophie kniff die Augen zusammen, als sie mitsamt dem Möbel schwer auf die Dielen krachte.

»Hiergeblieben!«, hörte sie Doktor Wittgen brüllen. Er packte ihre freie Hand, ehe sie an den zweiten Riemen gelangen konnte, bog das Gelenk zurück, sodass Sophie hell aufschrie.

»Lassen Sie mich los!«, kreischte sie verzweifelt und versuchte zu strampeln, doch die Fesseln an den Fußgelenken hielten stand. Eine Faust traf ihre Wange, für einen Moment verschob sich die Welt vor ihren Augen und drohte in gnädiger Dunkelheit zu versinken. Losreißen!, schrie eine Stimme in ihrem Kopf, aber sie spürte bereits, wie ihr Widerstand erlahmte. Ihr Körper erschien ihr mit einem Mal unendlich schwer, ihre Glieder seltsam matt, als würden sie ihr nicht mehr gehorchen. Eine Hand packte ihr Kinn, Wittgens Finger drückten sich zwischen die Kiefer, sodass sie den Mund öffnen musste. Sophie wollte beißen, versuchte den Kopf wegzudrehen, aber die Finger hielten sie wie eiserne Klauen.

»Schlaf gut, süße Sophie«, hörte sie Wittgens Stimme wieder nah an ihrem Ohr, absurd sanft. »Gleich hast du es überstanden.«

Überstanden ... Sophie keuchte und versuchte die Zunge gegen das Fläschchen zu schieben. Sie wollte schreien, sich losreißen, ihn fortschieben, doch Wittgen hielt sie mit eisernem Griff. Tränen schossen ihr in die Augen. Das konnte nicht das Ende sein, nicht jetzt! Sie hatte doch kaum gelebt, was sollte aus den Jahren werden, die ihr zustanden?

Ein Rumpeln, dann tat es einen Knall, und plötzlich war die eiserne Hand fort. Sophie spuckte aus, griff sich mit den freien Fingern in den Mund, als könnte sie das Gift herauskratzen. Nichts schlucken!, schrie es in ihr, während sie spuckte und spuckte, bis ihr Mund schließlich ausgetrocknet war und sie erschöpft nach Luft rang.

»Sophie!«

Sophie blinzelte orientierungslos in das Gesicht, das sich vor ihre Augen geschoben hatte. Einen Wimpernschlag lang meinte sie, Wilhelm vor sich zu haben, doch dann erkannte sie das struppige blonde Haar und die sommersprossige Nase.

»Hans!« Sie hätte niemals geglaubt, beim Anblick des Jungen eine solche Erleichterung empfinden zu können. Wo zum Teufel kam Hans mit einem Mal her?

»Der Grimm wollte den Wachtmeister holen und deinen Vetter«, erklärte Hans hastig, während er die Riemen löste, mit denen Sophie gefesselt war. »Zum Glück habe ich nicht auf ihn gehört, sonst wären wir wohl zu spät gekommen.«

In diesem Moment konnte Sophie endlich den Kopf drehen, und ihr Blick fiel auf Onkel Hugo, der auf dem Boden kniete. Unter ihm lag Doktor Wittgen, der mit schmerzverzerrtem Gesicht versuchte, sich aus dem Griff zu winden, aber der massige Hugo hatte Wittgen den Arm auf den Rücken gedreht und hielt ihn mühelos. Neben ihm kniete Wilhelm, der versuchte, Wittgens Hände zu fesseln.

»Der wollte dich töten, Sophie!« Hugos einfältiges Gesicht zeigte Verblüffung und maßlosen Ärger. »Ich musste die Tür einschlagen. Er hat nicht geöffnet!«

Tränen der Erleichterung stiegen Sophie in die Augen, und am liebsten wäre sie dem Onkel um den Hals gefallen, doch stattdessen sprang sie auf und schlang die Arme um Wilhelm, der unter ihrem Ansturm beinahe zur Seite gefallen wäre.

»Langsam«, lachte er erleichtert und drückte ihr einen Kuss auf die Stirn. »Erst muss ich mich um den hier kümmern, damit er nicht verschwindet. Was ist mit dem da?« Er deutete mit dem Kopf in Richtung des Schreibtischs, wo Fuchs lag.

»Ich weiß es nicht. Vermutlich hat er dem feinen Doktor das Gift besorgt und wurde dafür von ihm umgebracht. Das wird uns Wittgen hoffentlich noch erzählen.« Sophie holte tief Luft. Der Teil ihres Verstands, der noch denken konnte, ermahnte sie, dass noch nicht alles vorbei war. Sie fasste Hans am Hemd. »Wo ist Julius?«

»Beim Gefängnis vermutlich.« Hans hatte sich ebenfalls erhoben und warf die Riemen beiseite. »Die wollen ja die Hexe aufhängen.«

»Wir müssen ihm helfen!« Sophie sprang auf. »Ehe die Hexe für etwas verurteilt wird, was dieses Monster hier getan hat!«

»Dann sollten wir uns beeilen«, bemerkte Wilhelm lakonisch. »Ansonsten kann es sein, dass wir nur noch ihre Einzelteile zusammensuchen können.«

»Sie müssen etwas unternehmen!« Julius hielt in seinem Auf- und Abgehen inne und wandte sich wieder dem Justiziar zu. »Wir können doch nicht warten, bis aus den dreißig Leuten dreihundert geworden sind! Oder noch mehr!«

Der Angesprochene, ein hagerer Mann mit tiefen Tränensäcken und einer trockenen Mundpartie, kaute angespannt am Griff seines Federhalters. Wie gelähmt blickte er hinaus durch das schmale Fenster. Man konnte die Menge, die sich unterhalb des Tors versammelt hatte, vom Hexenturm aus nicht sehen, aber die aufgebrachten Rufe waren weithin hörbar.

Sie waren bereits hier gewesen, als Julius dazugekommen war. Zum Glück schienen sie ihn als einen Verbündeten anzusehen, als jemanden, der bei der Verhaftung der Hexe dabei gewesen war und daher auf ihrer Seite stand, wenn sie den Tod der Hexe forderten. Julius war erleichtert, dass die kurfürstlichen Wachleute genug Beherrschung zeigten, die Menge nicht unüberlegt auseinander zu treiben. Die Leute, die dort unten standen und die Fäuste schüttelten, waren allesamt ehrbare Bürger, einfache Leute, Handwerker und Krämer, aber keine Aufrührer oder geistloser Pöbel. Dennoch war es faszinierend und gleichzeitig erschreckend, was Furcht aus Menschen machen konnte, sei es auf dem Weg zur Bastille oder hier vor dem Marburger Schloss. Zum Glück hatten die Wachen ihn durchgelassen. Doch das war inzwischen eine ganze Weile her, und dem Lärm nach hatte sich die Menge in der Zwischenzeit verdoppelt. Wenn sie tatsächlich begannen, gegen das Tor anzustürmen, mochte er sich nicht ausdenken, wie die kurfürstlichen Gardisten reagierten. Im schlimmsten Fall gäbe es ein Blutbad.

»Sagen Sie mir dann doch bitte, *was* ich tun soll, Doktor Laumann!«, hob der Justiziar mit kläglicher Stimme an. »Die bringen mich um, wenn ich da rausgehe.«

»Nicht, wenn Sie die Hexe mitnehmen«, brummte einer der Wachleute, ein rotgesichtiger Mittvierziger, dessen Nase verriet, dass er dem Wein nicht abgeneigt war. »Dann sind wir das Problem gleich los.«

»Sie werden die Frau nicht ausliefern!«, fuhr Julius herum. »Sie ist unschuldig.«

»Dann gehen Sie doch hinaus und erklären das den Leuten!« Der Justiziar hob gereizt die Hände. »Vielleicht hören sie auf Sie eher als auf mich! Mir wollen sie ja nicht einmal zugestehen, Frau Dörr zum Gericht zu bringen!«

»Nee, der Pöbel will die Hexe ja lieber baumeln sehen«, mischte sich der Wachmann wieder ein. »Passen Sie auf, dass Sie sie nicht gleich mit aufhängen, Herr Doktor.«

»Halten Sie den Mund, Schneider«, schnarrte der Justiziar. »Wenn Hand an Doktor Laumann gelegt wird, schießt ihr gefälligst.«

»Das vermeiden Sie bitte um Himmels willen«, wehrte Julius entschieden ab. »Das sind anständige Bürger. Wenn Sie hier schießen lassen, wecken Sie womöglich Kräfte, die Sie besser nicht geweckt hätten. Wünschen Sie mir Glück.«

Er hörte noch, wie der Justiziar hinter ihm etwas von »Wir sind hier in Marburg, nicht in Paris« murmelte, aber er ersparte sich eine Antwort.

Die Sonne blendete ihn, als die Tür hinter ihm zufiel und er über den Hof zum Tor lief, und für einen Moment fragte er sich, welcher Ironie des Schicksals es wohl gefiel, ausgerechnet heute den grauen Himmel aufzureißen. Auch wenn er es dem Justiziar und den Wachleuten gegenüber nicht zugegeben hätte, spürte er, wie sein Hals eng wurde beim Anblick der versammelten Bürger, die sich vor dem Tor drängten. Der Lärm war mit einem Mal verstummt, und für einen Moment fühlte Julius alle Blicke auf sich ruhen. Gespannte Erwartung hing nahezu greifbar in der Luft. Obwohl Julius es hasste, vor Menschen zu sprechen, hatte ihm einer seiner Professoren einmal gesagt, dass er diese Kunst recht gut beherrsche. Möchte der Himmel geben, dass das keine leere Floskel gewesen war.

»Wo ist die Hexe?«, tönte ein Ruf zum ihm herauf. »Schafft sie heraus!« Zustimmendes Gemurmel kam auf, weitere Stimmen erhoben sich und verstummten wieder, als Julius die Hand hob.

»Was wollt ihr von der?«, fragte er laut genug, dass sie ihn gut verstehen konnten. »Maria Dörr ist eine einfache, alte Frau, die euch über Jahrzehnte geholfen hat, wenn ihr in Not wart. Warum wollt ihr jetzt ihren Tod?«

»Weil sie eine Hexe ist!«, brüllte jemand. »Sie ist eine Giftmischerin!«

»Sie mischt die Gifte, die *ihr* bei ihr kauft«, verbesserte Julius. »Zeigt nicht mit dem Finger auf jemanden, den ihr erst zu dem macht, was er ist.«

»Sie ist eine Hexe!«

»Woher wollt ihr das wissen? Wissen Sie es sicher?« Julius wandte sich dem Mann zu, der gerade gerufen hatte. »Haben Sie gesehen, wie sie gezaubert hat? Ist sie mit einem Besen durch den Schornstein gefahren und hat sie mit dem Teufel gebuhlt? Habt ihr sie nachts beim Hexenreigen tanzen gesehen?«

»Natürlich nicht«, blaffte der Angesprochene zurück, offensichtlich peinlich berührt. Die Faust, die noch geballt war, sank herab. »Wie sollte ich auch.«

»Eine gute Frage, auf die ich vielleicht eine Antwort geben kann. Sie haben das nie gesehen, weil es das nicht gibt! Es gibt keine Hexen. Alle Geschichten darüber sind Ausgeburt eines wirren Aberglaubens, der schon viel Unheil angerichtet hat. Die, die ihr *Hexe* nennt, habt ihr selbst dazu gemacht! Tatsächlich ist sie nicht mehr als eine alte, einsame Frau, die von eurem Glauben lebt, sie könne Warzen fortzaubern oder mit ihren Tränken die Gicht heilen, die ihr euch angefressen habt!«

»Sie ist eine Mörderin«, wandte der Metzger ein, den Julius nach der Wurst befragt hatte. Er hatte den Unterkiefer entschlossen vorgereckt, aber seine Stimme verriet, dass seine Überzeugung bereits ins Wanken geraten war. »Sie hat die junge Wittgen auf dem Gewissen, sie hat sie doch vergiftet! Und Gott allein mag wissen, wen sonst noch alles!«

»Das, was sie Katharina Wittgen gegeben hat, hat sie anderen Weiber ebenso verkauft«, widersprach Julius. »Es sollte nicht die Mutter töten, sondern die Leibesfrucht. Dafür wird Maria Dörr zur Rechenschaft gezogen. Doch mit dem Tod der Wittgenfrauen hat sie nichts zu tun.«

»Woher wollen Sie das wissen?« Der Fleischhauer stemmte die Fäuste in die Seiten und äugte einem Bullhund gleich mit schräg gelegtem Kopf zu ihm hoch. »Wer soll es sonst gewesen sein?«

»Das werden wir herausfinden, wenn wir den rothaarigen Fuchs gefasst haben! Er hat das Gift gestohlen, und er weiß …« Julius brach ab, als aufbrandende Unruhe seine Worte verschluckte. Erneut versuchte er die Hand zu heben, um sich Gehör zu verschaffen, aber dieses Mal beruhigte sich die Menge nicht so schnell. Aufgebracht riefen sie durcheinander, schüttelten die Köpfe, als sei der Gedanke allein zu absurd, um ihn in Erwägung zu ziehen.

»Nun hört mir auch zu!«, brüllte Julius. »Es ist so, wie ich es euch sage. Hannes Fuchs hat das Gift besorgt! Er wäre längst gefasst, aber Wittgen beschützt ihn und …

»Warum sollte der Herr Wittgen das tun?«, bellte der Metzger, der mit wedelnden Armbewegungen versuchte, die Umstehenden zum Schweigen zu bringen. »Der schützt doch niemanden, der ihm Frau und Tochter umgebracht hat!«

»Wo stehen Sie eigentlich?«, keifte ein anderer, ein dürrer Schneider mit schütterndem Haar, der die Arme verschränkt hielt. »Wie können Sie diese Hexe in Schutz nehmen und einen Mann wie Doktor Wittgen beschuldigen?«

Julius holte tief Luft. Das anhaltende Gemurmel hatte den drohenden Unterton eines Bienenstocks angenommen, in dem man mit einem Ast herumstocherte. Das Stochern musste ein Ende haben, bevor die Bienen über ihn her fielen und alles vergeblich war.

»Weil ich weiß, dass ich recht habe«, sagte er bestimmt. »Es gibt Beweise, und ich werde …« Er hielt inne, als sein Blick auf eine kleine Gruppe fiel, die im Eilschritt den Berg hinaufkam. Sein Herz stockte, im ersten Moment dachte er, es sei Sophie, die über Hugos Schulter hing, aber dann erkannte er sie, wie sie die Röcke gerafft voranlief und ihm wild zuwinkte. Grenzenlose Erleichterung erfasste ihn. Sie waren erfolgreich gewesen.

»Dreht euch um!«, rief er und deutete über die Köpfe der Menge hinweg auf die Neuankömmlinge. »Dreht euch um, wenn ihr mir nicht glaubt! Die Hexe ist unschuldig! Und wir können es auch beweisen!«

XV

»Es ist freundlich, dass Sie mich begleiten.« Julius verzog die Lippen zu einem schiefen Lächeln, während er die Hand an den Türklopfer legte. Noch einmal atmete er durch, dann ließ er das schwere Stück auf das Holz schlagen.

Wachtmeister Schmitt grinste. »Na, kommen Sie. Das ist jetzt das Mindeste. Wenn Sie mit Ihrer Sturheit nicht gewesen wären, hätte sich niemand an Wittgen herangewagt.« Aufmunternd drückte er Julius' Schulter, eine Geste, die merkwürdig vertraulich schien, aber dennoch nicht falsch. »Für jemanden, der einmal der Brunnenmaid eine Unterhose über den Kopf gezogen hat, ist aus Ihnen was Feines geworden.«

»Ich habe Ihnen damals schon gesagt, dass ich das nicht gewesen bin«, brummelte Julius, verstummte aber, als die Tür geöffnet wurde.

Hermann war es, der sie hereinließ. Sein Bruder ließ mit keiner Regung erkennen, was er dachte. Still bedeutete er ihnen, hinauf zur Bibliothek zu gehen, wo das Tribunal wohl schon tagte. Julius erwartete ohnehin nicht viel. Sein Vater hatte sich noch nie damit hervorgetan, dass er zu großen Dankesbekundungen neigte. Im besten Fall kam er wohl ohne Rüge aus der Sache heraus – wenn man nicht schon längst beschlossen hatte, beim Kurfürsten um die Berufung eines anderen Adjunkts zu ersuchen. Julius stellte verwundert fest, dass er es bedauern würde, wieder gehen zu müssen. Obwohl er sich anfangs schwer getan hatte, sich an das beschauliche Leben in Marburg zu gewöhnen, mochte er die Stadt und ihrer Bewohner doch irgendwie.

Sein Vater erwartete sie bereits. Ratsherr Laumann stand am Fenster, im Mundwinkel eine Pfeife, an der er kaute, wie er es immer tat, wenn er nachdachte. Es war wieder Markttag, und geschäftiger Lärm drang zu ihnen hinauf, als hätten die Ereignisse der letzten Wochen niemals stattgefunden.

Julius blieb neben der Tür stehen, wartete, bis auch Schmitt und sein Bruder eingetreten waren. Dann räusperte er sich. »Vater?«

Laumann knurrte leise, ohne sich umzudrehen. »Ich habe euch wohl gehört. Du bist spät.«

»Ich musste Adams Bein noch versorgen. Er hält seinen Verband nicht sauber.«

»Und du weißt es besser, wie?«

»Es ist meine Aufgabe als Arzt, es besser zu wissen.«

Laumann schwieg, sog einen Moment an seiner Pfeife, ehe er sie aus dem Mund nahm und weißlichen Rauch in die Luft blies. Dann drehte er sich endlich um. Aus verengten Augen musterte er Julius. »Nicht nur als Arzt.«

Julius antwortete nicht, sondern erwiderte den Blick nur mühsam gelassen. Schon früher hatte sein Vater ihm vorgeworfen, altklug daherzureden, aber das war ein Vorwurf, den man einem Zehnjährigen machen konnte, nicht einem erwachsenen Mann. »In diesem wie in jenem Fall habe ich recht behalten, oder?«

Laumann nickte langsam. »Du hattest recht, und ich hatte unrecht. Dazu muss ich dir wohl gratulieren.«

»Meinen aufrichtigen Dank, Vater.« Julius neigte den Kopf ein wenig steif. »Ich bin mir sicher, es fällt Ihnen nicht leicht, es auszusprechen.«

Er spürte neben sich die entgeisterten Blicke, die Schmitt und Herman tauschten, aber zu seiner Überraschung wirkte sein Vater nicht verärgert. Im Gegenteil, ein leises Schmunzeln stahl sich auf seine Züge, als er den Kopf wandte.

»Manchmal kamen mir Zweifel, ob du auch etwas von mir haben würdest, aber ich sehe, du hast es«, stellte er fest und drehte sich nun endlich um. »Du warst uns allen voraus, und du hast Standhaftigkeit bewiesen. Übrigens wissen wir jetzt, was dieser Tote hinter Wittgens Schreibtisch mit der Sache zu tun hatte.«

»Hannes Fuchs?«

»Genau der. Der Mann hat mehr Dreck am Stecken als jeder andere Gauner, der mir bislang untergekommen ist. Er hat Wittgen das Gift besorgt. Das hat er übrigens schon in Kassel getan, für die Morde an Wittgens anderen Ehefrauen. Fuchs hat sich seine Dienste teuer bezahlen lassen und Wittgen gezwungen, seiner Schwester Unterkunft und ein Auskommen zu geben. Der Doktor erzählte sehr freimütig darüber und beklagte sich, dass Fuchs immer mehr von ihm verlangte. Offenbar versucht er, die Verantwortung auf Fuchs abzuwälzen. Aber das wird ihm nicht helfen. Eine unschöne Geschichte, die ja nun endlich aufgeklärt wurde.« Laumann winkte ab und ging zu dem Lehnstuhl hinüber, wo er sich mit einem tiefen Seufzer niederließ. Die Anwesenheit des Wachtmeisters schien er völlig zu übergehen. »Es war gut, auf deine Mutter zu hören. Du hast es ihren Bitten zu verdanken, dass wir dich nach Marburg geholt haben. Wusstest du das?«

»Ja, und ich habe mir schon gedacht, dass es nicht Ihr Herzenswunsch war, mich hier zu haben«, antwortete Julius ehrlich. »Ist nun der Zeitpunkt gekommen, wieder Lebewohl zu sagen? Ich denke, die Deputation ist nicht erfreut darüber, dass ich ihre Anweisungen missachtet habe.«

»Nein, aber Michaelis ist nicht dumm und weiß, Mut und Torheit zu unterscheiden. Außerdem ist er inzwischen von deiner Befähigung überzeugt.« Laumann zog erneut an seiner Pfeife, ließ den Rauch langsam zwischen den Lippen entweichen. »Man hat sich heute beraten. Die Medicinal-Deputation lädt dich morgen vor, um dir die Genehmigung zu erteilen, als Arzt zu arbeiten. Baldinger hat sich übrigens sehr für dich eingesetzt.«

Julius neigte den Kopf. »Ich schätze den Professor sehr«, bekannte er. »Ebenso wie Michaelis. Ich hätte es bedauert, wieder gehen zu müssen.«

»Du wirst dir jetzt eine eigene Bleibe suchen müssen. Die Dachkammer des alten Hirschner ist unwürdig«, befand sein Vater ungerührt. »Hermann wird dir dabei helfen, er kennt die Leute hier und kann vermitteln. Deine Mutter hat angeboten, dir bei der Einrichtung zu helfen. Alles Weitere besprechen wir ein anderes Mal. Du hast sicher noch zu tun.«

Julius verstand den Rauswurf, aber er war nicht verärgert darüber. Es waren heute schon genug Wunder geschehen, ein weiteres zu erwarten, wäre zu viel verlangt gewesen. So nickte er nur knapp und verließ, gefolgt von Schmitt und seinem Bruder, die Bibliothek.

»Glück gehabt«, bemerkte Hermann und klopfte ihm auf die Schulter. »Ich hatte eigentlich befürchtet, er würde dir den Kopf abreißen.«

»Nicht abreißen, aber ich hatte damit gerechnet, meine Sachen packen zu müssen.« Julius ließ ein schiefes Lächeln in seinen Mundwinkeln zucken. »Aber letztendlich hat er doch alles bekommen, was er wollte – der Mörder ist gefasst, der Wolf hat sich als wilder Hund entpuppt und die vermeintliche Hexe als Engelsmacherin, die zumindest mit den Todesfällen nichts zu tun hatte.«

»Der Hund wurde übrigens inzwischen erlegt«, brummte Schmitt. Sein Schnauzer hob sich zufrieden. »Es scheint, als ob es sich um einen Bullenhund handelt, den man auch schon in Bärenkämpfe gehetzt hat. Darauf lassen die Narben schließen. Vermutlich ist das Tier irgendwo abgehauen und hier bei uns in den Wäldern hängen geblieben.«

»Solange die Leute wieder ohne Angst in den Wald gehen können, ist doch alles gut«, nickte Hermann und fuhr Julius durch die Haare. »Und jetzt, Struwwel? Räumst du dein Zimmer bei Doktor Hirschner?«

»Vergessen Sie dann bitte nicht, die toten Ratten zu verbrennen«, mahnte Schmitt. »Wenn Sie die in die

Gasse schmeißen, habe ich nächste Woche Ärger mit toten Katzen und Hunden.«

»Ich werde alles verbrennen, was mit dem Gift in Berührung gekommen ist. Aber erst einmal besuche ich meine Tante und meine Base.«

»Um ihnen mitzuteilen, dass man Sie nicht aus der Stadt wirft?«, fragte Schmitt.

»Auch.« Julius grinste. »Ich habe es versprochen.«

Sophie stand am Fenster, die Nase an die Scheibe gedrückt, und starrte hinaus. Der Himmel war grau wie so oft in den letzten Tagen, doch heute trieb der Wind erstmals feine Schneeflocken mit sich, zu schwach noch, um liegen zu bleiben, aber es würde nicht mehr lange dauern, und Schnee läge auf Marburgs Dächern und versetzte die Stadt in einen verwunschenen Winterschlaf. Dann würde die Großmutter wieder ihre Märchen erzählen, doch dieses Mal würde Sophie sich nicht gruseln, wenn der böse Wolf Schlimmes im Sinn hatte. Schließlich hatte sie ihm selbst in den Schlund geblickt.

Es klopfte, und Bettine, Brentanos junge Schwester, sprang auf, um nach unten zu laufen und zu öffnen. Sie hatten sich heute alle in Savignys Haus versammelt, Clemens Brentano und seine Verlobte, Brentanos Schwestern, Lotte und auch die Grimms, die mit Savigny und Brentano gerade nach oben in die Bibliothek verschwunden waren. In zwei Tagen würde die Hochzeit stattfinden, sodass es kaum ein anderes Thema gab, doch die Gespräche verstummten, als Bettine zurückkam und den Besucher mitbrachte.

»Julius!« Sophie flog herum und fiel ihm vor Erleichterung um den Hals. Dass er hierher kam, konnte nur eins bedeuten.

Julius taumelte erschrocken zurück, fing sich aber rasch wieder und schob Sophie sacht von sich. »Pass auf, sonst stürzt du mich noch die Treppe hinab!«

»Du kannst bleiben, nicht wahr?«, strahlte Sophie und tippelte unruhig von einem Fuß auf den anderen. »Sie schicken dich nicht weg?«

»Also, erst einmal können *sie* mich gar nicht fortschicken. Das vermag nur der Kurfürst. Aber man sieht von einer entsprechenden Bitte ab.«

»Das freut mich für dich«, sagte Lotte, die aufgestanden war und Julius' Hände ergriff. Sie lächelte. »Marburg hat einen guten Fang gemacht mit dir. Man wird uns um unseren Stadtphysikus beneiden.«

»Oder bemitleiden«, grinste Sophie und zog schnell die Hände hinter den Rücken, um der Versuchung zu widerstehen, ihm einen Knuff in die Seite zu geben. »Aber du musst zugeben, dass du ohne mich nicht so weit gekommen wärst.«

»Nichts muss ich zugeben«, wehrte Julius ab, aber er lächelte dabei. »Wo ist eigentlich Wilhelm?«

»Oben«, mischte sich Bettine ein. »In der Bibliothek, mit meinem Bruder.«

»Ah.« Julius nickte. »Dann hat er wohl immer noch nicht genug von diesem verwunschenen Hokuspokus?«

Sophie schüttelte schmunzelnd den Kopf. »Im Gegenteil. Ich glaube, er fängt damit gerade erst an.«

Wilhelm war mit dem Gedichtband ans Fenster getreten, um besseres Licht zu haben für die Stelle, die Brentano ihm gezeigt hatte. Hinter ihm hörte er seinen Bruder und Savigny über ein Buch gebeugt leise murmeln. Wilhelms Blick glitt von den Buchstaben ab und verlor sich in der Ferne, wo das Lahntal im grauen Dunst versank und sich trotz des frühen Nachmittags die Dunkelheit ausbreitete. Es wurde Winter, sein erster Winter in Marburg, und er war gespannt darauf, die verschneite Stadt zu erleben, wie Sophie sie ausgemalt hatte. Ein Ort, an dem sich die Seele öffnete für die Geschichten, die in kalten Winternächten am Kaminfeuer erzählt wurden und die zur Seele eines Volkes gehörten wie seine Sprache.

»Woran denkst du?«, riss ihn Brentanos Stimme aus den Gedanken.

Mit einem verlegenen Lächeln wandte Wilhelm den Blick vom Fenster ab und deutete auf das Buch.

»Etwas, worüber wir schon einmal gesprochen haben. Ich denke darüber nach, wo die Geschichten ihren Ursprung nehmen«, antwortete er wahrheitsgemäß. »Die Lieder, Sagen, Märchen … Großmütter erzählen sie ihren Enkeln und die tragen sie weiter und ihre Enkel nach ihnen. Es ist erstaunlich, wie sie sich ähneln und mit den Ängsten der Menschen spielen.«

»Du meinst die Sache mit dem Wolf …«

Wilhelm nickte. »Zum Beispiel. Wenn die Furcht nicht dagewesen wäre, hätte man das Tier vielleicht früher gejagt.«

»Man fürchtete sich davor, weil es etwas Unheimliches, Unbegreifliches war. Zumindest solange, bis man es erschossen hat.« Brentano verzog einen Mundwinkel. »Aber wahrscheinlich hast du recht und die Geschichten tragen letztendlich die Urängste und Sehnsüchte eines Volkes in sich. Seine Seele. Vielleicht wäre es das wert zu ergründen?«

»Wie meinen Sie das?«

Brentano hob die Schultern. »Ich sammele Lieder und trage sie zusammen. Warum sollte man das Gleiche nicht mit den Märchen tun? Schließlich sind sie ebenso unser Volksgut wie unsere Lieder.«

»Ich sollte mich vor allem meinen rechtswissenschaftlichen Studien widmen«, wandte Wilhelm bedrückt ein. »Unsere arme Mutter hat uns nicht nach Marburg geschickt, damit wir unsere Zeit damit vertun, Märchen zu sammeln.«

»Es wäre keine vertane Zeit. Aber ihr beide seid ja noch jung.« Brentano drückte Wilhelms Schulter kurz und trat zurück. »Denk bei Gelegenheit darüber nach.«

Wilhelm nickte stumm und blickte wieder hinaus aus dem Fenster, wo der Schnee im Wind tanzte.

ENDE

Nachwort

Das Schreiben eines Historischen Romans bedeutet immer eine Gratwanderung zwischen historischer Authentizität und Fiktion. Dies gilt vor allem, wenn geschichtlich verbürgte Persönlichkeiten auftreten und im Rahmen der fiktiven Geschehnisse handeln.

Natürlich haben die Brüder Grimm während ihrer Marburger Zeit niemals einen Mordfall aufgeklärt, und die Romanze zwischen Wilhelm und Sophie ist ebenso erfunden wie der böse Wolf, die Hexe vom Frauenberg und der frauenmordende Doktor Wittgen. Auch Sophie Dierlinger und Julius Laumann haben niemals gelebt, ebenso wenig wie ihre Familien. Andere Personen, die historisch verbürgt sind, habe ich durch eigene Figuren ersetzt. Das betrifft vor allem den Wachtmeister Schmitt, der an die Stelle des überlieferten Wachtmeisters Klinzing tritt, wie auch den Stadtphysikus Hirschner, der das Amt von dem historisch verbürgten Doktor Busch übernommen hat.

Nicht fiktiv aber ist das Umfeld der Geschehnisse, das Universitätsstädtchen Marburg, das um 1800 gerade einmal 6.000 Einwohner und kaum 200 Studenten zählte. Heute wie damals ist und war die Universität von zentraler Bedeutung für die Stadt. Zwischen 1800 und 1806 versammelte sich in Marburg ein Kreis von Gelehrten, Dichtern und Studenten, der die Marburger Frühromantik begründete. Zentrum dieses Kreises war Friedrich Carl von Savigny, der mit gerade einmal zwanzig Jahren als Professor für Rechtswissenschaften in Marburg lehrte. Neben Savigny selbst gehörte Clemens Brentano diesem Kreis ebenso an wie dessen jüngere Schwester Bettine, die später Achim von Arnim heiratete. Sophie Mereau, die Clemens Brentano Ende November 1803 in der Lutherischen Pfarrkirche zu Marburg ehelichte, gilt als die erste Schriftstellerin, die von ihrer Arbeit leben konnte. Aber auch Caroline von Günderode, der Bettine Brentano nach deren Freitod einen Roman widmete, und der dafür verantwortliche Altphilologe Friedrich Creutzer gehörten diesem Kreis an. Und last but not least: die Brüder Grimm.

Jakob Grimm kam 1802 nach Marburg, um bei Savigny Rechtswissenschaften zu studieren. Sein Bruder Wilhelm folgte ihm Ostern 1803 gemeinsam mit seinem Schulfreund Paul Wiegand. Die Brüder Grimm waren blutjung, als sie ins Studium gingen – im November 1803 war Jakob gerade einmal achtzehn, Wilhelm siebzehn Jahre alt.

Der Vater war früh verstorben, und die Mutter hatte die beiden angehalten, zügig und gewissenhaft zu studieren, um das ohnehin knappe Geld nicht zu verplempern und rasch einen Abschluss zu erlangen, damit sie möglichst bald die Familie unterstützen könnten. Die Begegnung mit dem nur wenig älteren Savigny prägte die Grimms nachhaltig. Savigny weckte in ihnen die

Begeisterung für die deutsche Sprache und Geschichte, sodass die Marburger Jahre den Grundstein legten für die späteren Märchensammlungen und das weitere Schaffen der Grimms.

Die Zeit um 1803 ist eine Zeit des Umbruchs. Die Aufklärung fordert die Mündigkeit des Denkens, fernab von Aberglauben und Gängelung. Die Ideen der Französischen Revolution, die Ideen von Freiheit – auch für Frauen – werden im politisch zersplitterten Deutschland von der junge Generation begeistert aufgenommen und in den bildungsbürgerlichen Schichten teilweise auch gelebt. Dazu kommt die Bewegung der Romantik, die Rückbesinnung auf die eigene Geschichte, die Sehnsucht nach der Natur und dem Mystischen, die sich in schwärmerischen Gedichten wiederfindet. Der Kreis um Savigny war durchdrungen von diesen Gedanken, und gerade Marburg bot mit seinen verwinkelten, mittelalterlichen Gassen, den engen Fachwerkhäusern und dem Blick hinab ins Tal alles, was die Sehnsüchte der Romantiker weckte.

Obwohl es präzise Untersuchungen zum Bebauungsstand der Marburger Altstadt gibt, habe ich mich entschieden, die erwähnten Wohnorte nicht genau zu lokalisieren und damit keine Häuser festzulegen, in denen eine Familie Dierlinger, ein Doktor Wittgen oder ein Doktor Hirschner gelebt haben mögen. Das hat den Charme, dass ich keine dort verbürgten Familien aussiedeln musste, auf die ich vielleicht in späteren Bänden noch einmal zurückgreifen möchte. Savigny lebte im November 1803 sehr wahrscheinlich noch in der Ritterstraße 14 und zog erst nach seiner Hochzeit mit Gunda Brentano 1804 in das Unterhaus des Forsthofs auf der anderen Straßenseite um. Ich habe mir hier die Freiheit herausgenommen, ihn bereits im Forsthof einzuquartieren. Im Hinblick auf den Wohnort der Brüder Grimm hat Dr. Stephan Bialas-Pophanken anhand einer Neuauswertung der Grimm-Briefe dargelegt, dass die Brüder nicht, wie bislang angenommen, in der Barfüßerstraße 35, sondern in der Wendelgasse 4 wohnten. Der Roman folgt dieser Auffassung.

Ein Historischer Roman erfordert Recherche, und die wäre nur schwer möglich ohne die freundliche Hilfe derjenigen, die ihr Wissen bereitwillig mit mir teilten.

Bedanken möchte ich mich daher vor allem bei Frau Professor Marita Metz-Becker, die mir sehr geholfen hat, einen Zugang zu den Marburger Romantikern zu finden, und bei Herrn Dr. Ulrich Hussong vom Marburger Stadtarchiv. Ferner gilt mein Dank Iris Kammerer und Bernd Diehl, sowie meinem Bruder Andreas Wolf für kritische Anmerkungen, meinem Lektor René Stein und den zahlreichen Freunden und Kollegen, die mir mit Hinweisen auf geeignete Recherchemöglichkeiten oder Wissen um die Marburger Stadtgeschichte weitergeholfen haben.

Heike Wolf, Marburg im August 2012

Claudia Schulligen
Der Bund der silbernen Lanze
978-3-8392-1348-3

»Das mittelalterliche Trier zwischen Machtgier und Gotteseifer. Unbedingt lesen!«

Das Jahr 1147. Trier steht vor dem zweiten Kreuzzug. Während die Stadt in Erwartung des Papstes kopfsteht, wird ein Feind des mächtigen Erzbischofs in seinem Blut aufgefunden. Die kluge Klosterschülerin Laetitia macht sich auf die Suche nach dem Mörder und muss sich gegen einen fanatischen Templer durchsetzen. Sie stößt auf die Spur eines geheimnisvollen Bundes und deckt eine teuflische Intrige auf, die bis in die höchsten Kreise kirchlicher Macht führt und alles Vorstellbare sprengt …

GMEINER

Wir machen's spannend

Unsere Lesermagazine

2 x jährlich das Neueste aus der Gmeiner-Bibliothek

24 x 35 cm, 32 S., farbig; inkl. Büchermagazin »nicht nur« für Frauen

10 x 18 cm, 16 S., farbig

Alle Lesermagazine erhalten Sie in Ihrer Buchhandlung oder unter www.gmeiner-verlag.de.

GmeinerNewsletter

Neues aus der Welt der Gmeiner-Romane

Haben Sie schon unsere GmeinerNewsletter abonniert?

Monatlich erhalten Sie per E-Mail aktuelle Informationen aus der Welt der Krimis, der historischen Romane und der Frauenromane: Buchtipps, Berichte über Autoren und ihre Arbeit, Veranstaltungshinweise, neue Literaturseiten im Internet und interessante Neuigkeiten.

Die Anmeldung zu den GmeinerNewslettern ist ganz einfach. Direkt auf der Homepage des Gmeiner-Verlags (www.gmeiner-verlag.de) finden Sie das entsprechende Anmeldeformular.

Ihre Meinung ist gefragt!

Mitmachen und gewinnen

Wir möchten Ihnen mit unseren Romanen immer beste Unterhaltung bieten. Sie können uns dabei unterstützen, indem Sie uns Ihre Meinung zu den Gmeiner-Romanen sagen! Senden Sie eine E-Mail an gewinnspiel@gmeiner-verlag.de und teilen Sie uns mit, welches Buch Sie gelesen haben und wie es Ihnen gefallen hat. Alle Einsendungen nehmen automatisch am großen Jahresgewinnspiel mit attraktiven Buchpreisen teil.

GMEINER

Wir machen's spannend